카프 비평을 다시 읽는다

카프 비평을 다시 읽는다

이도연

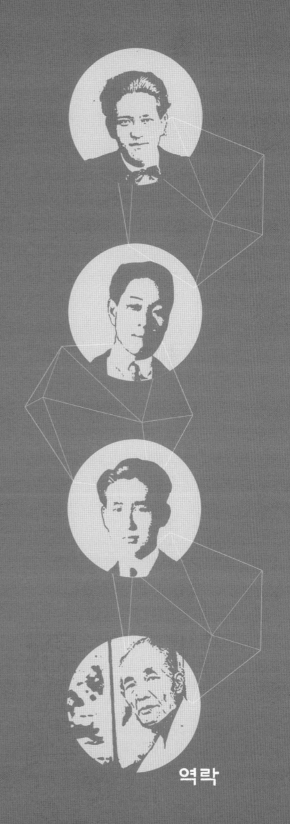

역락

차례

보유[補遺]: 비평사의 방법

머리말(총론): 카프비평사의 탈구축과 재구성

(1) 실증적 복원과 인식적 토대의 구축(1960~1970년대)
    김윤식, 『한국근대문예비평사연구』(1976)
                        ⇩
(2) 자료의 집성 및 실천적 관심의 고조(1980~1990년대) ⓐ
    임규찬·한기형 편, 『카프비평자료총서 I~VIII』(1989~1990)
    김성윤 편, 『카프시전집 I·II』(1988)
    김성수 편, 『카프대표소설선 I·II』(1988)
    역사문제연구소 편, 『카프문학운동연구』(1989) 등 기타
                        ⇩
(3) 실증과 해석의 원론적 결합 또는 문제틀의 구성과 논제의 추출
    (1980~1990년대) ⓑ
    김영민, 『한국문학비평논쟁사』(1992); 『한국근대문학비평사』(1999)
    권영민, 『한국 계급문학 운동사』(1998)
                        ⇩
(4) 학문적 인식의 분화와 전반적 관심의 퇴조(1990~2000년대)
                        ⇩
(5) 문학적 전통으로서 가치의 정립과 재구성의 필요성(2000년대 이후)
    정명중, 『육체의 사상, 사상의 육체』(2008)
    김계자외 편역, 『일본 프로문학지의 식민지 조선인 자료 선집』(2012)
    손유경, 『프로문학의 감성구조』(2012)
    김지형, 『식민지 이성과 마르크스의 방법』(2013) 등 기타

[표 1] 카프비평사 연구의 주요 동향 및 흐름

본 기획은 카프문학비평사의 체계적 기술과 새로운 서술을 궁극적인 목표로 삼는다. 뚜렷한 문학 장르의 하나로서 비평은 총괄적, 집합적, 최후적 진술로서의 성격과 의의를 갖는다. 비평사 서술이 개별 장르사로서 시사나 소설사를 보완하는 측면과 함께 독자적인 중요성과 위의(威儀)를 갖는 것은 이런 점들 때문일 것이다. 지금까지 한국근현대문학비평사는 김윤식의 기념비적 저작, 『한국근대문예비평사연구』를 필두로 괄목할 만한 성장과 발전을 이루어왔다. 특히 근대문학비평의 핵심에 놓여 있는 카프비평사 연구는 양적 확대와 함께 질적 발전을 거듭해왔다고 할 수 있다. 초기 연구 성과들의 실증작업에 이은 자료의 집성, 관련 작가들의 전집과 작품집의 출간, 그리고 1980년대의 특별한 집단적 관심과 실천적 사유 등은 이와 관련한 학계의 주요 성과로 꼽을 수 있을 것이다. 한편 1990년대 이후, 정확히는 현실 사회주의 국가들의 전면적 붕괴 이후 카프문학과 비평사에 대한 연구는 마르크스(주의)의 용도 폐기와 함께 전반적으로 급격히 사그라든 형국이다. 특히 2000년대 이후에는 몇몇 개인적 노력을 제외하면 주목할 만한 관련성과나 뚜렷한 후속 연구들이 이어지지 않고 있는 실정이다[표 1] 참고). 이는 실용주의로의 가치의 일원화와 함께 현실적으로 자본주의 너머의 대안적 가능성과 실천적 노력들이 가시적 수준에서 감지되지 않거나 거의 봉쇄돼 버렸다는 절망적 인식을 반영하고 있다. 그렇다면 마르크스주의(비평)는 이대로 사장되는 것이 정당한 것인가. 아니, 그것은 과연 가능한가. 이에 대한 정언적 답변으로서 데리다는 다음과 같이 말한다.

> 만약 내가 환영들과 상속에 대해, 세대들 및 환영들의 세대들에 대해, 곧 현존하지 않으며 우리에 대해서나 우리 속에서 또는 우리 바깥에서 현재 살아 있는 것들도 아닌 어떤 **타자**들에 대해 길게 말하려고 한다면, 이것은 정의正義의 이름으로 말하는 것이다(12쪽). …… 그렇지 않으면 해체는 완수된 의무에

대한 떳떳한 양심에 의지하게 될 것이며, 우리가 여기서 아무런 지식 없이 메시아주의적인 것이라고 이름 붙인 것(곧 타자의 도래함, **정의로서의** 도착하는 이arrivant의 절대적이고 예견 불가능한 독특성)에 대한 기다림에서 또는 그에 대한 호소에서, 장래의 기회, 약속 내지 호소appel의 기회 및 또한 욕망(곧 욕망의 "고유한" 가능성)의 기회를 잃게 될 것이고, (식별할 수 있는 내용이나 메시아를 지니고 있지 않은) 사막의 메시아주의의 기회 및 우리가 나중에 이야기하게 될 **바닥없는**abyssal 사막, "사막 속의 사막", 한 사막이 다른 사막을 향해 손짓하는, 바닥없는 **혼돈의** ─ 만약 혼돈chaos이 무엇보다도 열린 구멍의 틈새의 관대함, 과도함, 불균형을 기술하는 것이라면 ─ 막의 기회를 잃게 될 것이다. 우리는 이러한 메시아적인 것이 마르크스의 유산의 **지울 수 없는** ─ 지울 수 없고 지워서도 안 되는 ─ 표시로 남아 있으며, 또한 의심할 여지없이 **상속하기** 및 상속의 경험 일반의 지울 수 없는 표시로 남아 있다고 믿는다. 그렇지 않다면 우리는 사건의 사건성, 타자의 독특성 및 타자성을 제거하게 될 것이다.[1]

데리다가 이 글에서 강조하고 있는 것은 실천이성의 도덕적 정당성과 함께 분명히, 어떤 '희망 없는 사랑의 힘'에 관한 것이다. 그것은 이를테면 '바닥없는(사막의) 메시아주의', 보다 정확히는 '메시아 없는 메시아주의'라 명명될 수 있는 것이다. 여기에서 현실 사회주의의 전면적 붕괴, 거듭된 혁명의 실패로 점철된 반동의 역사를 떠올리는 것은 자연스러울 것이다. 또한 마르크스가 프랑스혁명사 3부작, 가령 「루이보나파르트의 브뤼메르 18일」 같은 저작에서 기술했던 철저한 혁명의 좌절과 지난한 패배의 역사를 연상하게도 한

---

1   자크 데리다, 『마르크스의 유령들』, 진태원 역, 그린비, 2007, 71-72쪽.(강조 표시는 원저자의 것임)

다. 마르크스는 이 저작들에서 혁명의 낙관적 전망이 아니라 환멸스럽도록 비정하고 추잡한 현실을 냉정하게 묘사할 따름이다. 마르크스는 우리의 기대와는 달리, 완강한 힘들로 결속된 '현실'이라는 견고한 요새를 끊임없이 상기시킨다. 계급투쟁의 혁명적 에너지들은 완전히 사멸된 채 그 전복적 힘의 보존조차 불투명해 보인다. 그럼에도 마르크스가 희망을 끝까지 포기하지 않는 것은 인간의 해방적 기획 속에 담긴 '정의에의 요청'과 이를 향한 '선의지' 때문이다. 자본주의 체계의 적대적 계급관계에 기초한 사회적 불평등이 엄존하는 한, 이로부터 기원하는 모든 인간의 소외가 궁극적으로 해소되지 않는 한, 정의에의 요청은 언제나 정당한 것이며 언제든 가능한 것이다. 본 연구는 이와 같은 인식과 문제의식을 공유한다. 이를 기초로 한국문학비평사의 실제적 국면들에 접근하기로 한다.

본 저술은 구체적으로 카프비평사의 탈구축과 재구성을 목적으로 한다. 카프비평사의 자료 복원과 실증작업은 1970~1980년대를 거쳐 1990년대에 이르러 어느 정도 마무리된 상태라고 볼 수 있다. 또한 일본프로문학과의 비교연구 또한 일정 수준에 도달한 상태라 하겠다. 현재 원론적 수준에서 카프비평사의 여러 논제를 구성하는 문제틀은 이미 골격을 갖춘 상황으로 간주할 수 있다. 이는 권영민, 김영민 등 연구자 개인의 비평사 서술 작업에 고무된 바가 적지 않다. 그렇다면 거개의 모양새가 드러난 형국에서 새롭게 논의하거나 추가해야 할 그 무엇이 있는지, 그리고 있다면 그것은 어떻게 설명되고 규정될 수 있는지가 해명되어야 할 것이다. 다음 예문들은 이와 같은 문제설정을 위해 선행연구들에서 참고한 것이다.

(1) 회월의 이러한 사회와 예술의 일원론적 견해와 대립되는 것은 팔봉이 내세운 이원론이다. 『KAPF는 프롤레타리아 예술가의 단체이며, 결코 푸로의 정치단체는 아니다』라는 입장에 선 팔봉은, 그러므로 작가의 할 일은 문학

행동이지 정치적, 사회적 행동과는 무관한 것이라 주장하였다(39쪽)// 회월의 내용·형식에 대한 구명은 훨씬 프로문학의 본질적 차원에 접근하려는 노력을 보인 것이라 할 수 있고, 이 점에서 팔봉보다 회월이 본래적 의미의 프로이론가라 할 수 있다(59쪽)// 회월이 목적의식을 논하면서 현실성을 끝까지 염두에 두어 문학주의와 조선주의를 포회한 사실은 고평되어야 한다.(67쪽)[2]

(1)'「카프」라는 조직이 지닌 큰 결점 가운데 하나는 유연성을 결여하고 있다는 것이었다. 예를 들면 「카프」노선의 선명성과 투쟁성을 강조하던 박영희가 "얻은 것은 이데올로기이고 잃은 것은 예술 자신"이라는 전향선언을 하고 「카프」에서 탈퇴하게 되는 것도 결국은 유연성 결여가 초래한 결과이다. 상대의 의견이 지닌 가치를 보려고 하지 않는 경직성이 급속한 방향전환을 추구하거나, 혹은 그 반대로 탈퇴 선언이라는 극단적인 결과들을 가져오거나 한 것이다. 그에 비하면 김기진은 다른 사람들이 지니지 못한 유연성을 지닌 인물이었다. 그는 현실타협론자라는 비판을 줄곧 받았지만, 문학을 통한 사회운동은 문학의 생명력을 끝까지 존중하는 가운데 이루어져야 한다는 주장을 굽히지 않았다. 김기진은 주관 없는 타협론자가 아니라, 오히려 자신이 초기에 세운 원칙을 끝까지 포기하지 않았던 원칙론자였다. 앞으로 프로문학과 「카프」에 대한 연구가 진행되는 가운데, 김기진에 대한 평가가 더욱 적극적으로 이루어져야 하리라고 생각한다.[3]

(2) 그가 말하는 「시민문학」에는 명백한 해명이 없다. 이원조나 김남천은

---

2   이상 인용은 김윤식, 『한국근대문예비평사연구』, 일지사, 1976.
3   김영민, 「「카프」 활동의 전개와 문학사적 의의」, 『문예연구』 22, 1999, 39-40쪽. 이와 관련한 보다 상세한 서술과 평가는 김영민, 『한국근대문학비평사』(소명출판, 1999)의 제2장 참고.

「퇴영한 프로문학」이 기능을 상실한 이상, 시민문학 즉 부르조아문학의 뒤를 잇는 리얼리즘에 합류되어야 한다는 것인데 이 의미 속에 위장적 포즈가 잠겨 있음은 물론이다. 고발문학론이 창작 방법이 되어야 한다는 당위성 때문에 김남천은 무리하게 시민문학으로서의 리얼리즘을 도입한다.(271-272쪽)[4]

(2)' 김남천은 마르크스주의 이론의 합리적 핵심이 윤리와 성격을 통해 풍속에까지 침윤된 것으로 나타나기를 희망하였다. 사회적인 습속과 습관, 생산관계에 기초한 인간생활의 각종 양식, 가족제도와 가족 감정, 도덕과 모럴, 사회의 물질 구조는 풍속으로 육체화된다고 생각했기 때문이다. 리얼리즘을 자기 고발과 모럴 관찰로 규정한 김남천의 리얼리즘론은 20세기 전반기 문학비평의 가장 높은 수준을 대표한다. 그러나 우리는 그의 비평에도 리얼리즘 논의의 핵심이 결여되어 있다는 사실을 외면할 수 없다. 그의 평론에는 근대의 이해 또는 근대성의 인식이 분명하게 나타나 있지 않다.[5]

(1), (1)'는 박영희와 김기진에 대한 서술과 평가를 담고 있으며, (2), (2)'는 김남천에 관한 것이다. 또한 (1)과 (2)는 김윤식의 저술에서 뽑은 것이고, (1)'와 (2)'는 이와 대비되는 다른 연구자의 수정된 의견이다. (1)에서 저자는 확연히 김기진보다는 박영희를 고평하는 입장에 서 있다. (1)'에서 필자는 이와는 상당히 다른 견해로서, 그 전후 맥락을 살피면 박영희보다는 김기진이 긍정적으로 평가되고 있음을 알 수 있다. 이러한 차이는 물론 연구자 개인의 취향이나 문학관, 학문적 입장에 따라 나타나거나 발생할 수 있는 것이다. 이어지는 (2)에서 김남천에 대한 평가는 유보적이거나 상당히 비판

---

4   김윤식, 같은 책.
5   김인환, 「20세기 한국 비평의 비판적 검토」, 『기억의 계단』, 민음사, 2001, 306쪽.

적인 반면, (2)'에서 그에 대한 평가는 마지막 구절을 제외하면 기본적으로 호의적이고 긍정적인 편이다. 이상의 엇갈린 평가의 논리적 타당성은 일단 논외로 하고 여기에서 우리가 말할 수 있는 것은, 이러한 평가의 배면에는 마르크스주의(비평)의 <합리적 핵심>과 <형상적 본질>을 무엇으로 파악하고 간주하느냐의 문제가 내장되어 있다는 점이다. 그리고 이 지점에서 마르크스주의(비평)의 현재적 가치와 유산이 드러날 수 있다고 필자는 생각한다. 그런 뜻에서 본 연구는 카프비평가의 특정 인물을 치켜세우거나 깎아내리는 일에는 별반 관심이 없다. 물론 이 책에서 주요 연구 대상으로 삼고자 하는 박영희, 김기진, 임화, 김남천 비평의 개별적 특성과 각각의 장단이 자연스레 드러나고 논의될 수밖에 없겠지만, 그 우열 관계를 설정하는 것은 본 연구의 목적과는 배치된다. 카프 비평 자체가 하나의 실패된 명명이요, 카프비평사 전체가 하나의 '위대한 실패'로 여겨지기 때문이다. 회월과의 논쟁에서 패배자로 기록된 팔봉의 자리, 임화와의 물논쟁 등에서 수세에 몰렸던 김남천의 옹색한 처지 등은 표면적인 승패를 넘어 그 패배의 과정에 담긴 진의를 반추하게 한다. 또한 드러난 승자로서 주도권을 쥐게 된 회월의 전향선언이나, 조직의 해산에 직면한 임화의 고뇌를 생각할 때 그들조차도 진정한 승자라고 말하기는 어려울 것이다. 카프비평 자체가 어떤 도저한 실패의 기록으로 간주될 수 있다면, 거기에는 상황의 논리만이 아닌 어떤 <내적 필연성>이 담겨 있던 것은 아닐까. 본 연구가 카프비평의 문학사적 성패에 주목하는 것은 이러한 질문들과 연관되어 있다. 팔봉과 김남천의 현실적 패배의 기억, 회월과 임화의 실패로의 궁극적 귀착을 재음미하려는 것은 마르크스주의의 현재적 가능성과 그 진정한 유산을, 사적 인식을 토대로 내적으로 재구성하기 위함이다. 그리고 그것의 '현실성(actuality)'을 사유의 고공비행이 아니라, 지금-여기 현존하는 전제들과 그 조건들로부터 구명하고자 함에서이다.[6]

한편 본 연구에서 일본 프로문학과의 직접적인 비교연구를 시도하지 않는 이유는 다음과 같다. 즉 일본 프로문학과의 비교연구는 그간의 성과를 통해 일정 수준에서 정리된 바 있으며, 식민지 카프의 비평가들이 일본 나프(NAPF) 또는 라프(RAPF)의 입장과 어느 정도 이론적으로 일치했는가 혹은 그 수준에 얼마나 미달했는가 등의 여부를 따지는 일은 그다지 생산적인 논의를 이끌어 낼 수 없다고 판단하기 때문이다. 보다 중요한 것은 카프 비평가들의 언어가 식민지 조선의 문학 장(場)에서 어떤 형태로 작동했으며, 당대의 경험적 현실 과는 어떻게 관련되고 있었느냐, 라는 발화의 구체적 양상들이기 때문이다. 따라서 본 연구에서는 비교문학의 관점을 충분히 고려하되 전면적으로 반영 하지는 않는다. 이보다는 카프 비평가들이 인식하고 주장했던 마르크스주의 의 실체가 무엇이었는지, 이를 통해 자신의 비평적 입장을 정립하는 자양분 으로 기능했던 것은 어떤 것들이었는지를 묻는 것이 보다 본질적인 차원에 육박해가는 경로라 본다.

이와 같은 맥락에서 마르크스를 단지 지나간 과거의 유물로 치부하거나 폐기 처분하지 않기 위해서는, 마르크스의 진정한 유산과 현재적 전통을 드러내기 위해서는, 길은 단 하나뿐으로 생각된다. 마르크스로 돌아가는 것 이다. 라캉이 프로이트로의 복귀를 강조했듯이, 마르크스의 원전에 입각해 철저히 이를 재검토하는 것이다.[7] 마르크스(주의)의 혁명적 잠재력은 단지

---

6 이와 관련하여 우리가 주목해야 할 것은 다음과 같은 진술들로 판단된다. "우리에게 공산주의는 조성되어야 할 하나의 **상태(Zustand)**, 혹은 현실이 따라야 할 하나의 **이상(Ideal)**이 아니다. 우리는 오늘날의 상태를 지양하는 **현실적인** 운동을 공산주의라고 일컫는다. 이 운동의 조건들은 현존하는 전제들로부터 생겨난다"(칼 마르크스·프리드리히 엥겔스, 『독일 이데올로기 I』, 김대웅 역, 두레, 1989, 78쪽. 강조는 원저자의 것임).

7 이와 관련한 서지사항을 적시해두기로 한다. 지금까지 한국에서 마르크스-엥겔스는 물론이거니와 레닌의 전집 또한 간행된 바가 없다. 현재로서 가장 많은 원전을 수록하고 있는 것은 박종철출판사에서 간행된 6권짜리 선집이 전부이다. 레닌의 저작 역시 1988~1992년 사이에 전진출판사에서 11권으로 일부 선집이 간행된 바 있지만, 이 또한 온전한 면모를 갖추고 있다고 보기 어렵다. 이런 이유들 때문에 본 연구에서 마르크스-엥겔스 원전의 검토

여기에서만 발견될 것이다. 한편으로 본 연구는 마르크스주의의 핵심 명제의 하나인 실천적 관심(마르크스가 1845년 집필한, 포이어바흐에 관한 11번째 테제: "철학자들은 세계를 단지 여러 가지로 해석해왔을 뿐이지만, 중요한 것은 그것을 변혁시키는 일이다")이나 문학의 효용적 가능성과는 분명한 거리를 둔다. 이는 어떤 면에서 모순적이기까지 하지만, 단적으로 필자는 문학은 쓸모없는 것이라 생각한다. 문학은 현실적 유용성과는 떨어져 있는 곳에 위치한다. 즉 "문학은 현실을 모방하지 않음으로써만 현실을 모방할 수 있다"는 아도르노의 명제는 여기에서 여전히 유효한 것이라고 필자는 믿는다. 문학의 쓸모와 효용성을 상상하고 구축하기 위해서는, 그것은 역설적으로 무용지용(無用之用)의 존재론이어야 한다고 생각한다. 다시 말해 '쓸모없음의 쓸모'를 문학적으로 구성하고 논리화하는 것에서, 문학의 효용성과 기능은 재정의될 수 있으리라고 기대한다. 이는 문학의 특수한 지위 혹은 '상대적 자율성'의 문제와도 불가분의 관련을 맺는 일일 것이다. 이상의 관점에 의거할 때, 본 연구의 핵심에 해당하는 카프비평사의 재구에 있어 보다 중요한 위상을 차지하는 것은, '박영희-임화'의 노선보다는 '김기진-김남천'의 노선이 될 것이다.[8]

는 2004년, 전 50권으로 완간된 *MECW(Marx-Engels Collected Works*: 영문판 맑스-엥겔스 전집)를 표준 텍스트로 삼아 준용하기로 한다. 장래에 *MEGA(Marx-Engels Gesamtausgabe*: 맑스-엥겔스가 남긴 모든 언어의 판본을 그대로 복원하여 집대성한 결정판 전집)가 표준 텍스트로 자리 잡을 것임이 분명하지만 아직 간행 중에 있기 때문에, 현재로서는 'MECW'를 가장 신뢰할 수 있는 최선의 텍스트로 간주할 수 있다. 같은 이유에서 레닌 원전의 검토 또한 *LCW(V.I. Lenin Collected Works*: 영문판 레닌 전집)를 근간으로 한다. 카프 해산기를 전후로 한 국내외 이론적 동향을 파악하기 위해서는, 레닌의 저작의 검토가 필수적이라 하겠다. 아울러 국내에 번역된 신뢰할 수 있는 국역본은, 우리 학계의 소중한 성과로서 적극적으로 수용하여 참고하고 활용할 것임은 물론이다.

8   이를 도식화하는 것은 어떤 면에서 다소 무리가 따르는 것일 수 있다. 또한 이는 궁극적으로는 연구자 개인의 취향이나 주관적 해석의 차원에 속하는 일이기 때문에, 섣불리 그 우열을 단정할 수는 없다. 그럼에도 결국 문학사 서술이 해석과 평가의 차원을 배제할 수 없다는 이유에서, 그 유보적 성격을 미리 전제하고, 개개인의 비평적 성과에 대한 문학사적 평가와 사적 의미망의 구성은 불가피한 것으로 여겨진다. 두 노선의 일반적 특성과 주도적

본 연구의 주요 분석 대상과 내용은 박영희, 김기진, 임화, 김남천의 비평 텍스트이다. 그 외 카프 비평가의 주요 인물로서 안막, 안함광, 한설야의 텍스트를 부가적으로 다루고자 한다. 무엇보다 카프 1세대의 비평은 박영희와 김기진이 주도하였고, 2세대의 비평은 임화와 김남천이 주도했기 때문이다. 또한 1세대 비평에서 '내용-형식 논쟁' 이후 주도권을 잡은 것은 박영희였으며, 2세대 비평에서 '물 논쟁' 전후로 주도권을 잡은 것은 임화였음을 상기할 수 있다. 한편으로 김기진이 나중의 회고에서 밝혔듯, 그것은 조직의 생리를 따랐던 때문이지 자신의 문학적 신념을 포기했던 것은 아니었다. 아울러 "다만 얻은 것은 이데올로기며 상실한 것은 예술 자신이었다"는 박영희의 소위 전향선언에 대해 가장 먼저, 그리고 가장 강력하게 비판한 사람은 오랜 벗 김기진이었음을 상기할 필요가 있을 것이다. 즉 김기진은 박영희에 대해, "부(否)다-모두 다 부(否)다 …… 이데올로기를 예술적으로 소화하는 방법을 습득하지 못하였던 곳에 책임은 있다. 결코 이데올로기가 그 물건에게 원인이 있는 것이 아니다. 마르크스주의의 세계관에 죄는 없다. 세계관은 교란자가 아니다"[9]라고 단언하며 마르크스주의의 원칙을 고수하려고 했던 것이다. 이와 같은 점들을 함께 고려한다면, 앞서 언급한 그 표면적 패배의 기록들은 다시 읽을 필요가 있을 것으로 판단된다. 다시 말해 그가 예술의 형식적 요건을 강조하면서도 끝내 지키려고 했던 마르크스주의의 원칙과

경향을 몇 가지 개념들로 정리하면 아래와 같다. 한편 이와 같은 이분법적 도식은 비평적 발화의 구체적인 양상들을 모두 포괄할 수 없는 어디까지나 잠정적인 것이며, 개별 담론의 실제적 효과와 맥락들은 이와는 분명히 다를 수 있음을 염두에 두어야 할 것이다.
<박영희-임화' 노선>: 추상적, 관념적, 볼셰비키적, 실천적 목적성, 혁명적 낭만성, 이념 지향성, 정치/문학의 (표면적) 일원론, 선험적 초월론, '마르크스주의적인(Marxist) 것'.
<김기진-김남천' 노선>: 형이하학적, 유물론적, 멘셰비키적, 과정적 충실성, 경험적 구체성, 현실 지향성, 정치/문학의 (표면적) 이원론, 경험적 초월론, '마르크스적인(Marxian) 것'.
9 김기진, 「문예시평―박군은 무엇을 말했나?」, 『동아일보』, 1934.1.27~2.6.

세계관은 무엇이었는지가 다시금 문제적인 것으로 설정될 수 있다고 본다. 또는 어쩌면 양립 불가능해 보이는 마르크스주의의 실천적 전략과 예술의 상대적 자율성 문제가 양립 가능해지는 국면들, 곧 정치와 문학의 공존을 가능케 하는 각각의 존립 근거와 지반이 어떤 것이었는지가 그 핵심적 관건으로 여기에 부상하는 것이다. 그리고 이를 해명하는 것이 곧 마르크스주의(비평)의 현재적 유산을 확인하는 일과 직결되며 최소한 무관하지 않을 것이라는 것이 본 연구의 기본적 관점이라 하겠다. 임화와 김남천의 관계 역시 대개는 이와 유사하게 그리고 보다 본질적인 차원에서 대립되고 있다는 점에서, 보다 상세한 논의가 필요하리라 생각한다. 여기에는 임화가 시인으로서 근본적으로는 낭만주의자였으며, 김남천은 소설가로서 기본적으로 리얼리스트에 가까웠다는 점이 고려될 수 있을 것이다. 이러한 이념적 분화의 인식론적 기반은 무엇이며, 그것의 궁극적 지향점 및 현실적 의미는 과연 무엇이었던가. 오랜 동지로서 모두 마르크스주의를 신봉했음에도, 이러한 사유의 분화의 과정, 즉 마르크스주의(비평)의 분파를 형성해갔던 내적 논리, 그리고 그 사유의 구조와 특성들은 어떻게 식별될 수 있는 것인가. 본 연구는 그 세부적 차이들의 이념적 기원과 인식소들을 첨예화하고 정의하는 것에서 마르크스주의(비평)의 정당한 유산이 상속될 수 있으며, 그 현재적 가치 또한 재구성될 수 있을 것으로 본다.

덧붙여 김기진, 김남천의 현실적 패배 못지않게 재차 상기되어야 할 것은, 박영희의 실제적 패배, 임화를 마지막 서기장으로 와해됐던 카프 조직과 카프 문학 자체의 역사적 실패와 좌절이다. 마르크스주의가 끊임없는 패배와 반동의 역사로 점철되었듯이, 카프 혹은 마르크스주의 문학 역시 참담한 패배와 좌절의 역사만을 기록했던 것이다. 가령 한국사회의 변혁의 가능성과 동반한 1980년대 카프문학에 대한 집단적 연구열은 일시적인 현상으로서 매우 예외적인 경우에 속한다 할 것이다. 환언하여 카프문학에 부친 <제재의

고정화, 작품의 유형화, 창작의 도식화>라는 오명과 함께, 불명예스러운 이름의 하나는 '이식사(利殖史)', '창작무관사(創作無關史)'라는 주홍글씨라 할 것이다. 이러한 실패가 우리에게 남겨둔 것과, 여기에서 우리가 배울 것은 무엇인가. 아마도 그것은, 생경한 이념이 아니라 눈앞의 생동하는 현실에 대한 인식의 결정적 중요성이다. 식민지 조선의 경험적 현실을 숙고하지 않은 채 서구와 일본의 이론을 서둘러 도입한 결과 이식사라는 오점을 남긴 것이며, 현재의 문학을 구성하는 필수 요소이자 창작의 근간으로서 구체적 현실을 고려하지 않은 나머지 창작무관사라는 치명상을 얻게 된 것이다. 반복하건대 마르크스는 대부분의 저작에서 혁명의 낙관적 전망 대신, 현실이라는 광야(廣野)로 다시금 되돌아갈 것을 끊임없이 주문한다. 그런 의미에서 마르크스주의의 <합리적 핵심>은 추상적 이론의 체계가 아니라, 원리로 환원될 수 없는 완강한 사실들의 힘에 대한 겸허한 승인과 존중에 있다고 할 수 있을 것이다. 카프 비평의 역사적 실패에서 우리가 배워야 할 것 역시도, 이와 크게 다르지는 않을 것이라 생각한다.

이상의 논의를 간략히 정리하기로 한다. 먼저 이 책에서 서술할 관점들에 입각할 때 '박영희-임화' 노선은 상대적으로, 경험적 현실로서 객관적 존재보다는 뚜렷한 의식 지향성으로서 주체의 주관적 의지에 의존하는 경향이 보다 두드러진다고 평가할 수 있다. 다시 말해 박영희의 외래사조 등에의 민감성이나 이념 편향성, 그리고 임화의 낭만적 정신으로의 궁극적 귀착과 회귀 등은 이러한 특징을 예시하는 것이라 하겠다. 한편으로 내용-형식 논쟁 등에서 보였던 박영희의 편내용주의 및 이데올로기에로의 경사의 양상들은 그가 문학의 독자성이나 예술의 상대적 자율성에 대한 정당한 이해와 충분한 고려, 결과적으로 양자 간의 적절한 균형감각을 유지하지 못했음을 반증하는 것이라 할 것이다. 가령 이는 예술의 형상화 과정과 관련하여, 김기진의 "이데올로기는 독자의 마음 가운데 정서 가운데서 물이 번지듯이, 와사(瓦斯)가

충만하듯이 삼투되어야 할 것이다"라는 입장과는 사뭇 다른 것으로 간주해야 온당할 것이다. 즉 팔봉은 예술의 형상화에 있어 과정적 충실성, 목적의식의 달성에 필요한 시간의 완만한 작용과 그 파급효과를 역설하고 있는 것이다. 따라서 이는 음식의 발효에 자연의 시간이 요구되듯, 상식적인 견지에서도 매우 타당하며 설득력 있는 진술이라 하지 않을 수 없다. 이처럼 팔봉은 마르크스주의 이념적 당위성과 함께 예술의 고유성과 그 형식적 요건을 언제나 아우르고자 했으며, 이는 임화의 비판처럼 당파성과 원칙의 포기로 간주되는 멘셰비키적 현실 투항이나 사이비 마르크스주의자의 것이라 결코 재단할 수 없는 성질의 것이었다.

덧붙여 이는 김남천이 창작방법론의 자기 전개를 통해 예술의 형식소들과 그 형상화 과정을 지속적이고 일관되게 검토하고, 창작과정에 있어 '주체화'의 문제를 집요하게 탐색해갔던 과정과도 견줄 수 있는 것이라 하겠다. 즉 김남천이 '일신상의 진리'라 명명했던 주체화의 문제는 결국 이념의 자기화 과정으로서, 예술적 가상의 창조에 있어 이데올로기의 육화와 진정한 체화의 중요성을 강조했던 것으로 이해할 수 있기 때문이다. 그것은 경험적 현실의 대응물이라고도 부를 법한 <예술적 현실>에 대한 합당한 존중과 고려로 여겨야 할 것이다. 한편으로 김기진과 김남천은 마르크스주의의 이념형을 지향하면서도 끊임없이 식민지 조선의 경험적 현실을 환기하며 그 문학적 사유의 구체성을 견지하고자 노력했다. 이는 두 사람 역시 박영희나 임화 등과 똑같이 아이디얼리즘이라는 확실한 고정점을 지녔음에도, 본질적으로는 리얼리스트라는 일관된 문학적 입장으로써 자신들의 비평을 시종하게 했던 버팀목이었다. 부연하자면 김기진의 사유체계는 이론과 현실의 부단한 변증법적 상호작용으로 요약할 수 있으며, 김남천이 사회주의 리얼리즘 논쟁에서 김기진 등과 마찬가지로 식민지 조선의 경험적 구체성을 각별히 강조했던 사실 등은 바로 본고의 관점과 논리를 뒷받침하는 것이다. 이상의 서술들을 종합적으로 고려할 때, '김기진-김남천' 노선은 상대적으로 인간의 주관적 실천의 지보다는 객관적 존재로서 경험적 현실을 기반으로, 문학예술의 공리적 성격을 충분히 인식하면서도 예술의 자율성과 문학의 특이성 등에 대해 기꺼이 승인할 수 있는 열린 체계로서의 신축적 개방성과 사고의 유연성을 내포하고 있다고 평가할 수 있다. 따라서 향후 카프비평사의 재구성에 있어서도, '박영희-임화'의 노선보다는 '김기진-김남천'의 노선이 보다 강조되고 재음미될 필요가 있다고 생각한다. 이는 카프문학비평사를 지나간 과거의 유물이 아닌, '지금-여기' 문학의 창조에 새롭게 기여할 수 있는 현재의 문학적 전통으로 갱신하기 위함이라 하겠다.

박영희 비평의 기원과 준거들

1. 들어가는 말

　이 글의 관심은 박영희 비평 자체만의 분석과 해명에 있지 않다. 본고는 박영희의 비평 담론의 구명과 재구성을 통해 카프문학비평사에 있어 하나의 이론적 준거와 이념적 기원을 설정해볼 수 있기를 희망한다. 그것의 주요한 명제 중 하나는 문학과 정치의 이접(離接)적 공존의 가능성이 될 것이다. 주지하듯 카프로 대표되는 프로문학은 문학의 정치성을 그 첨점(尖點)에까지 추구한 결과 어떤 면에서는 문학의 독자성을 부인하는 양상으로 전개되었다. 가령 박영희와 함께 프로문학의 초창기를 이끌었던 김기진의 경우, 문학의 정치적 성격을 끝까지 추구하였으나 한편으로 문학의 고유성과 형식적 요건에 대해서도 배제하지 않는 일관된 입장을 고수하였다. 반면 박영희는 문학의 정치성을 지속적으로 옹호하다가 전향선언 이후 문학의 심미성으로 급진적으로 전회하게 된다. 아울러 회월의 전향선언에 대해 "마르크스주의의 세계관에 죄는 없다."[1]고 단언하며 가장 먼저, 그리고 가장 적극적으로 반대의

1　김기진, 「문예시평－박군은 무엇을 말했나?」, 『동아일보』, 1934.1.27~2.6.

사를 표명하여 카프의 입장을 옹호한 사람이 팔봉이었다는 점은 특기할 만하다. 이런 맥락에서 문학과 정치는 이율배반적이며 양립이 불가능한 것인가. 예술의 특수한 지위와 상대적 자율성을 승인하면서도 문학의 정치적 성격을 보존하는 길은 과연 난망한 것인가. 역사의 합목적성에 관여하는 문학의 가치란 부재하는 것인가. 이와 같은 물음에 답하기 위해서는 "프로문학의 고난에 찬 십 년"[2]의 역사와 그 문학사적 실패의 기록을 다시금 반추해 볼 필요가 있다. 이와 같은 역사적 재구성의 문제는 문학의 현재에 대한 관심 및 인식의 문제와도 긴밀히 결부된 것이다.

본고와 관련하여 김윤식의 『박영희 연구』[3]는 그 논의의 대강과 기본적인 문제를 제공했다는 점에서 선구적인 의의를 지닌다. 책의 제1부에서 박영희의 문학 활동을 연대기적으로 고찰한 뒤 전향의 문제를 "계급주의의 포기"와 "친일관계"라는 두 가지 차원으로 나누어 살핀다. 제2부에서는 전향의 문제를 실존적 무의식의 층위에서 검토하고("독방의 윤리감각"), 이어서 박영희의 「현대조선문학사」를 일종의 "문단사"이자 "체험적 문학사"로서 그 성격을 규정하고 있다. 제3부에서는 동시대 카프 문인으로서 임화 및 김팔봉과의 관계를 통해 박영희의 문학사적 위상을 점검하고 있다("임화와 박영희"/"김팔봉과 박영희"). 여기에서 그는 김기진보다는 상대적으로 박영희를 고평하는 입장에 있는데, 이와 같은 관점은 박영희에 대한 평가에 있어 주도적인 담론으로서 지속적으로 기능하게 된다. 이상에서 김윤식의 연구는 박영희의 문학적 공과에 대해 일목요연하게 제시함으로써 후속 연구들의 기반을 마련했다 하겠다. 1980년대 프로문학에 대한 집단적 학구열 속에서 박영희는 통상 변절자 내지 나약한 사회주의자로 규정되었으며, 이후 한동안 학문적 인식의

2   임화, 「조선 신문학사론 서설」, 『조선중앙일보』, 1935.11.13.
3   김윤식, 『박영희 연구』, 열음사, 1989. 여기에는 부록으로 박영희의 「현대조선문학사」의 미발표 분("제3편 수난기의 조선문학")이 수록되어 있다.

대상에서 제외된 바 있다. 주지하듯 2000년대 이후 박영희 및 프로문학 연구의 최근 동향[4]은 감성론이 그 주류를 형성하고 있다. 주로 1990년대 이후의 포스트-담론들에 입각해 있는 제 논의들은 프로문학에서 그간 간과되었던 감성 혹은 감각이라는 정의적(情意的) 차원의 이질적 벡터들을 분석함으로써 입론의 입체화와 질적 제고에 기여했다고 평가할 수 있다. 그 성과를 충분히 존중하면서도 필자는 몇 가지 문제를 보유(補遺)하고자 한다. 우선 그것이 프로문학을 감성론으로 접근함으로써 정치와 이데올로기의 문제를 정면으로 다루지 못한다는 사실이다. 가령 카프 시기의 문학에서 정치 및 이데올로기가 점유하는 최종심급으로서의 그 배타적 위상을 고려할 때, 그것을 부차적인 것으로 다루는 한 카프문학사의 재구성은 본질적으로 불가능한 것이다. 하여 산발적이며 파편적인 기호들의 종합에서 얻어지는 것은 하나의 전체상이 아니라는 점을 유념할 필요가 있다고 본다. 다른 한편으로 감성론에 입각한 최근의 논의들이 1990년대 이후 사회주의 혹은 마르크스주의 이념의 용도폐기를 은연중에 전제로 하고 있다는 점이다. 말을 바꾸어 데리다가『마르크스의 유령들』[5]에서 "메시아 없는 메시아주의", "사막의 메시아주의"라는 이름으로 마르크스를 재차 호명한 것은 '정의에의 요청'이라는 평범한 정언명령 때문이었다. 따라서 정치와 이데올로기의 문제를 우회하거나 회피하지 않고 이를 프로문학의 본질 구성요소로서 정당하게 재정위하는 길은 마르크

---

4 2000년대 이후의 주요 연구 성과들은 다음과 같다. 박현수,「박영희의 초기 행적과 문학 활동」,『상허학보』24, 상허학회, 2008; 송민호,「카프 초기 문예론의 전개와 과학적 이상주의의 영향－회월 박영희의 사상적 전회과정과 그 의미」,『한국문화연구』42, 동국대 한국문학연구소, 2012; 손유경,『프로문학의 감성구조』, 소명출판, 2012; 최병구,「초기 프로문학에 나타난 감성과 제도의 문제」,『현대문학의연구』47, 한국문학연구학회, 2012; 정주아,「동지애와 증오애(hurting love)－회월 박영희의 전향선언과 '좌파/문학'」,『한국현대문학연구』48, 한국현대문학회, 2016.

5 자크 데리다,『마르크스의 유령들』, 진태원 역, 그린비, 2007.

스주의의 정통에 서서 관련 명제들을 다시금 정초하는 것에서만 비로소 가능해지리라 판단된다. 이런 점들에서 필자는 프로문학에 있어 문학과 정치의 문제는 상호모순적인 명제로서 일종의 이중구속(double bind)[6]적인 것으로 이해되어야 한다고 생각한다. 그 첨예한 길항관계 속에서 배태되는 역사적 긴장의 동력을 파악할 때 프로문학의 재인식은 온전히 이루어질 것이다. 본고는 이상의 관점에 토대하여 박영희의 비평을 재독하고자 한다.

2. 전향의 논리 혹은 문학과 정치의 이원론

시종 난삽하고 관념적인 데다 전면적 자기부정의 과정으로 일관하고 있는 박영희의 비평 텍스트에서 무엇을 발견할 것인가. 이는 비평가로서 그의 '이론적 정처 없음'[7]이나 현저한 불통일성을 일방적으로 비난하거나 비판하고자 함이 결코 아니다. 본고는 그 이론의 파편적 산재성 속에서 가중되고 있는 자기분열과 혼란의 기원들, 그리고 그것에 내재한 최소한의 규준과 원리들을 실증적으로 논구하고자 한다. 필자는 박영희 비평의 시간적 전개에 앞서, 먼저 그의 이른바 전향선언에 해당하는 글을 살피고자 한다. 이는 그것이 전향 전후의 박영희 비평의 대강을 짐작해볼 수 있는 가늠자 역할을 한다고 판단되기 때문이다.[8]

---

6 '이중구속(double bind)'의 개념은 그레고리 베이트슨이 「정신분열증의 이론을 위하여」(1956)라는 글에서 제시한 것이다. 이 글은 그레고리 베이트슨, 『마음의 생태학』, 박대식 역, 책세상, 2006, 331-366쪽에 수록되어 있다.

7 김영민, 『한국근대문학비평사』, 소명출판, 1999, 75쪽에 "박영희 문학이론의 정처없음"이라는 표현을 볼 수 있다.

8 이와 관련한 박영희 자신의 회고 및 사후 평가는, 전향 이후 박영희 비평의 총결산이라할 수 있는 『문학의 이론과 실제』(日月社, 1947)에서 이루어진 바 있는데, 본 저술은 온전히

박영희는 1933년 10월 7일 카프에서 탈퇴하였으며, 「최근 문예이론의 신전개와 그 경향」[9]이라는 글이 발표된 것은 1934년 1월 『동아일보』 지면을 통해서였다. 즉 "다만 얻은 것은 '이데올로기'며 상실한 것은 예술 자신이었다."는 문장을 통해 자신의 전향을 선언했던 널리 알려진 글이다. 우선 축자적으로 위 문장의 뜻을 새기면 카프활동을 통해 <정치를 얻고 문학을 잃었다>는 의미 정도가 될 것이다. 그는 이 글에서 전향의 동기와 배경 등에 대한 자신의 입장을 상세하고 구체적으로, 때론 장황하고 추상적으로 밝혀놓고 있다. 자기반성을 명분으로 하는 글들의 이면에는 철저한 자기합리화의 논리가 은폐되어 있다는 점은 손쉽게 간파할 수 있는 일이다. 게다가 조직을 이끌었던 장본인으로서 느끼는 심리적 압박감에 상응하는 자기변호의 욕망은 더욱 증폭되었을 것으로 짐작된다. 따라서 이 글이 갖는 기본적 성격은 변명과 자기합리화로 볼 수 있다. 문제는 그것을 구성하는 논리의 정합성과 타당성, 논의의 수준과 깊이라 할 것이다. 궁극적으로는 박영희 자신에게 갖는 '참/거짓'의 진위 여부도 실존적 차원에서 중요하겠지만 여기에서는 논외로 하기로 한다. 그가 밝힌 전향의 이유는 세 가지인데, 이에 앞서 그 동기와 배경부터 살펴보기로 한다.

유인 씨의 창작의 고정화 문제에 관한 신제안은 유래의 캅푸논객들의 태도에 비하야 대담한 감이 없지 않다. 사실상 창작가 자체의 우수한 기술이 제1의 문제이겟지마는, 자기가 시대를 '리드'하고 계급의 '참피온'으로의 명예를 오

프로문학에 대한 대타의식으로 채워져 있음이 뚜렷이 확인된다.

[9] 박영희, 「최근 문예이론의 신(新)전개와 그경향」, 『동아일보』, 1934.1.2~1.11. 본고에서의 인용은 이동희·노상래 편, 『박영희전집』 I~VI(영남대출판부, 1997)에 수록된 국한문 혼용 텍스트에 바탕하였다. 인용 시 한글 어법은 그대로 따르며, 의미상 필요한 경우만 한자표기를 노출시키기로 한다.

손(汚損)할까 보아서 비상한 경계를 하면서, 자기의 창작상 자유성은 완전히 상실되며, 그러므로 낙엽으로써 등걸만 남은 나뭇가지 모양으로 골자만 남은 '이데오로기'의 예술적 가장을 아니할 수 없게 되니, 이 소위 뿌루조와 문사들이 논박 화살을 던지는, '선전삐라' '신문기사' 정치가의 '프랫-쫌' 등의 조소를 받으면서 고경(苦境)을 걸어왓는 것이다.// 아-이 심경을 누가 알엇으리오!// 그러나 진리와 불평은 한가지 은닉할 수 없는 성질을 가젓다. 그러다가 이 불평과 불만은 드디어 요원한 북방에 잇는 '랍푸'에서 터져나와 그것이 '납푸'를 거처서 해를 거듭한 후에 우리들에게 나타낫다. 자기의 회포를 자기가 용감하게 터뜨리지 못한 미성년의 비애는 어찌할 수 없는 일이니 자기의 지적 천박을 조소해도 소용없는 일이며 자기의 무용기를 자책하여도 소용없는 일이나 여하간 조선에서도 이러한 불평이 한번 터지기 시작하자 이제부터는 짐짓 가슴을 어루만지면 큰 소리로 이 오류와 진리를 한가지로 부르짓엇다.// 유인, 한설야, 백철 씨 등의 모든 논문은 다소 차이점이 잇기는 할망정 역시 동일한 불평이 잇엇으며 동일한 절규가 잇엇다. 유인 씨의 "한 권의 정치 교정, 한 쪽의 신문보도에 의한 만용은 인제 버리자"라는 말은 옳은 소리라고 않을 수 없다.// 온갖 사회의 현상, 사람의 정서적 활동이 압축되고 그 인간의 정서상 조화가 단순화하야 문학사상(文學史上)에 그 유례가 없을 만치 협소하엿다. 그 반면에는 창작과 기타 문학적 력(力)의 정치적 사회적 긴급한 비상한 정세를 위한 그 봉사적 심지(心志)야말로 귀(貴)여운 일이 아니면 아니되며, 광영의 일이 아니면 아니된다. 그러나 심신의 넘치는 일이라면 아모 공적도 없이 소멸될 것이 아닌가?// 이러한 의미에서 예술은 무공(無功)의 전사(戰死)를 할 뻔하엿다. 다만 얻은 것은 '이데오로기'며 상실한 것은 예술 자신이엿다.[10]

---

[10]　박영희, 윗글,『박영희전집』III, 549-550쪽. 이하 인용문 말미의 권수와 페이지 수는『박영

이 글의 가장 큰 논리는 부제에서 드러나듯이('社會史的 及 文學史的 考察'),
이른바 <예술의 문학사적 경향과 사회사적 경향>이다. 그리고 그가 주장하
는 문예이론의 새로운 경향이란 백철의 인간묘사론 등으로 대표될 수 있는
'문학사적 경향'을 말한다. 또한 극복되어야 할 과거의 경향은 카프로 대표될
수 있는 '사회사적 경향'이라는 것이다. 이러한 분류법이 가능한 것인지는
논외로 한 채 이를 우선 단순한 도식으로 파악한다면, '사회사적 경향'은
문학의 정치적 성격으로, '문학사적 경향'은 문학의 심미적 성격으로 각각
규정할 수 있을 것이다.[11] 그리고 이는 문학(미)과 정치(이데올로기)의 이원론
적 분리 및 공속적 결합관계의 완연한 해체를 전제로 하는 것임이 명백하다.
이러한 논리를 뒷받침하는 방법론으로서 제시되는 것은 변증법의 자의적
왜곡이다.[12] 항구불변하고 영원한 가치를 추구하는 문학의 영역에서는 변증

희전집』의 것이다.

11 이와 관련한 박영희의 다음 설명은 기존의 '토대-상부구조'론을 부정하는 것으로 이해된다.
"문학사적 연구와 사회사적 연구는 물론 동일한 연구로 취급하여서는 아니된다. 다만 문학
사의 가장 밀접한 영향을 받는다. 인간의 사회활동의 부단한 발전과 투쟁의 역사는 사회사
를 형성하고 인간의 개인 혹은 사회적 생활에서 생기는 감정의 발전과 그 형상적 발현은
문학사를 형성하는 것이니, 전자는 경제생활의 발전 기록이오 후자는 감정적 생활의 예술
적 표현인 것이다. 인간은 생활과 감정을 소유하고 잇다. 그러나 이 감정은 생활로부터
제약되고 규정된다. 이것은 아조 범속한 기본원리다. 그러나 감정과 정서가 곧 경제적 생활
은 아니다. 정서의 활동과 발전은 이 정서의 개별적 특수적 성질을 연구함에 잇다."(552-
553쪽)

12 다음과 같은 구절들에서 그 아전인수식 논법은 정점에 달하게 된다. "현재 조선문학에서
보이는 기본문제 가운데 첫재로 말해야 할 것은 철학적 개념-즉 **변증법적 변천에 관한
한 개념**이다. 과거 십년 동안에 조선 신흥문학의 의식문제에 관련한 기본 요소였다 ……
그러나 이것은 절대적이 아니고, 상대적임을 자각하는 데서 겨우 문학적 위기에서 구명은
하엿으나, 그 진로가 아직도 확실하지 못함은 자각적 실행이 업는 까닭이다. …… 사실에
잇어서 변이의 관념은 문학을 그 근본적으로 개혁할 수는 업는 것이다. 따라서 생활과 인간
에 관한 변천이라는 것도 그 근본적 이질적 구성을 완성하기는 극히 불가능한 것이다. **그
변이 발선하는 것은 늘 외면적 형식 양식에 불과하다.** 사회의 변천과 발전은 생활 범위의
고저를 의미할 수 잇으되 생활 본체의 변질을 의미할 수 업는 것이다. 일일(一日)은 주야의
교체로 변화할 수 잇으되 밤이 지내면 낮이 온다는 합률성(合律性)은 어느 때나 동일한

법의 변화나 발전 개념이 적용될 수 없다는 것이 박영희의 새로운 주장이다. 즉 "처음부터 출발점이 다르다든가, 혹은 부여된 발전에서 전혀 탈선하야 개별의 선로로 달아나는 것에 변증법은 적용되지 못한다"(556쪽)는 것이 그 골자다. 그리고 이와 같은 편의적 논법은 결국 정치나 사회사로부터 완전히 분리된 문학의 독자적 영역의 구축, 그 특수성과 개별성에 대한 강조로 귀결된다. 그리하여 박영희가 최근 문예이론의 양상들을 일별한 뒤, 그 결론으로서 요약 제시한 내용들[13]도 이와 다르지 않다. 그 요점만을 재차 간추려보면, <(1) 비평 이론과 창작적 실천의 괴리 (2) 진실한 문학의 길을 위한 부르조아 문학의 계승 (3) 창작의 고정화로부터 정서적 온실로의 이행 (4) 기술문제를 고려한 예술적 본분에의 충실 (5) 삶의 복잡성을 자유로 확대한 영역에서 관찰 (6) 개인의 특성과 그 본성의 탐구 (7) 정치와 예술의 기계적 연락관계의

것이다. 인간은 그 본능에 잇서서 또는 생리적 작용에 잇서서 그 사상적 기능에 잇서서 어느 때나 인간적 본질을 보유하고 잇스나 그 본질이 확대되며 그를 위요한 환경이 변화할 때마다 **인간의 생활 형태는 변이를 일으키게 된다. 그러나 인간의 본질은 아모 변화도 밧지 안는다.**"(「조선문학의 현단계」, 『조선일보』, 1937.10.1~10.6; IV, 284-285쪽, 이하 강조는 인용자)

13 "(一) 지도적 비평가가 창작가에 대한 요구와 창작가의 부조화된 실행에서 생기는─즉 지도부와 작가와의 이반.
   (二) 그러므로 창작가의 진실한 길은 편파한 협로에서 진실한 문학의 길로 구출할 것─즉 진실한 의미에서 푸로문학은 뿌르쥬와문학의 믿을 만한 계승자가 될 것.
   (三) 이것을 실행함에는 이론적 동사상태에서 창작을 정서적 온실 속으로 갱생시킬 것─즉 창작의 고정화에서 구출할 것.
   (四) 그리자면 지금까지 등한히 생각하엿든 기술문제에 논급하야 예술적 본분을 다 해야할 것.
   (五) 또한 계급적 사회생활을 정확히 반영할 수 잇는 인간의 제반 활동과 그 생활의 복잡성을 자유로 확대한 영역에서 관찰할 것.
   (六) 집단의식에만 억매이든 것을 양기하고, 집단과 개인의 원활한 관계에서 오히려 개인의 특성과 그 본성에 정확한 관찰을 할 것.
   (七) 정치와 예술과의 기계적 연락관계의 분쇄.
   (八) 따라서 '캅푸'의 재인식."(551쪽)

분쇄 (8) 카프의 재인식>으로 파악할 수 있다. 여기에서 논의가 집중되고 있는 핵심 명제가 (7)이라는 점은 자명하다. 나머지는 모두 (7)에서 파생되거나 직·간접적 인과관계에 있는 것들로 간주할 수 있기 때문이다. 이 지점에서 박영희의 전향선언의 요체는 문학과 정치의 이원론적 분리임을 재확인하게 된다. (1), (3), (5), (8)의 경우 그 타당성은 별도로 하고 박영희의 입장에서 본다면 충분히 이해 가능한 문제들이다. 그러나 (7)과 함께 (2), (4), (6)의 경우는 파격적인 측면이 있어 얼마간 숙고해볼 필요가 있다고 본다. 박영희가 추상적 범주로서 강조하고 있는 것은 "진실한 문학"과 "예술적 본분"이라는 개념이다. 물론 기존 카프의 활동은 이에 해당하지 않는 것이다. 그것의 실체에 대해 박영희는 굳이 숨기지 않고 (2)에 분명히 적시해놓고 있다. 곧 <부르조아 문학>이 그것이다. 그렇다면 (4)와 (6)의 전면적 자기부정이 유발하는 심리적 거부감과 낯설음도 어느 정도는 완화될 수 있다. 그것은 전적으로 부르조아 문학의 명제들이기 때문이다. 이제 다소 과격하게 표현되어 있는 (7)을 재음미하기로 한다. 여기에는 '기계적'이라는 수사가 붙어 있어, 정치와 예술의 관계를 부정하는 것에는 일부 유보적 판단이 내포된 것으로 해석할 수 있다. 정치와 예술, 문학과 정치의 상관관계는 완전한 폐기가 아니라, 재조정을 통한 관계의 갱신과 상호개방성의 회복이라는 여지를 남겨두고 있는 것이다. 즉 박영희는 당파성에 근간한 카프의 공식주의와 이를 추수한 창작상의 기계적 도식주의를 비판한 것으로 이해할 수 있는 것이다. 따라서 마지막으로 남는 문제는 박영희가 생각하는 정치와 문학의 올바른 관계와 그것의 관계론적 위상이다. 이에 대해서는 추후 논의하기로 하고 원 인용문으로 돌아가기로 한다. 그 대강의 개요를 이제까지의 서술에서 정리하였기에, 이제 전향선언의 직접적 계기에 해당하는 부분을 살펴본다. 이와 관련하여 『문학의 이론과 실제』의 「서문」격에는 "이러한 자각은 역시 발원지인 소련의 평단에서 시작된 것이다. 즉 자기비판이 시작된 것이다. 그러면 이

자기비판이란 것은 우에 열거한 것과 같은 이론적 근거가 있거니와 또 한 편으로는 무서운 그 독재정치적 중압에서 중요한 원인을 발견할 수 있다. …… 이와 같은 경향은 조선에서도 반복하였다. 독자는 상론한 인용문에서 당시의 정세를 대략 아렀을 것이라고 생각한다."(Ⅳ, 441-442쪽)라는, 이 글에서 계기를 설명하는 부분과 거의 동일한 진술이 반복되고 있음을 확인할 수 있다. 다시 말해 박영희의 전향과 퇴맹의 직접적인 계기이자 동기를 제공한 것은 라프(RAPF)와 나프(NAPF)로 표상되는 국제정세 및 외국이론의 변화였던 것이다.[14] 여기에서 우리는 박영희의 전향선언에 담긴 진정성에 대해 묻지 않을 수 없다고 생각한다. 박영희는 외래사조의 변천에 따라 끊임없이 몸을 바꾸는 철새 문학인으로서의 면모를 보이는 측면이 적지 않기 때문이다. 동시에 그것은 식민지 조선의 현실에서 자기 내면으로 충분히 체화되거나 육화된 논리가 아니었기 때문이다. 거칠게 말하여 박영희의 비평이 어떤 면에서 외국이론의 '인용'으로서의 비평이 아닌지 고개를 갸우뚱하게 되는 것도 이런 점에서이다.[15] 다음으로 그가 언급한 퇴맹의 직접적 이유 세 가지

---

14 이는 전향선언을 비판한 김기진의 글에 대한 박영희의 재반박에 해당하는 글(「문제 상이점의 재음미」, 『동아일보』, 1934.2.9~2.16.)에서도 명백히 드러난다. 박영희는 '현실'의 변화를 주로 강조하는데, 그가 언급하는 '현실'이란 식민지 조선의 경험적 사실들이 결코 아니라, 라프를 위시한 국제정세와 외국이론이라는 대외 '현실'의 변화를 가리킨다. "만일 박군이 '캅프' 내에 그러한 과오가 잇는 것을 알엇으면 다 가치 합력하여 정정할 것이니 퇴맹하는 것은 부당하다. 그것은 중요한 원인이 이 현실이 그로 하여금 그리하게 하엿다고 심리 분석을 시험하엿다. ……그러면 웨 하필 이런 시기에 네의 태도를 표명하느냐? 이곳에서는 김군의 의혹을 사게 되어도 하는 수가 없다. **내 자신의 관한 처리에 그동안 동한하엿던 나는 현실에 영향을 받은 것은 물론이다.** 그러나 근본부터 X의 문학에 쌍수를 들고 환영하지 않어서 우익적 평가를 받은 사람으로서 이러한 시기라고 해서 불명예될 것은 없다. …… 지금의 싸베트는 정치가들의 문예적 정책이 정치적에서 문학적으로 옮기어 진 것을 우리는 본다."(Ⅲ, 572-573쪽) 여기에서 박영희가 말하는 '현실'의 정체는 명징한 것이다.

15 가령 다음과 같은 구절은 이러한 추론을 가능하게 한다. "우에서도 말하엿거니와 문화의 선진한 다른 나라에서도 논의되기 시작하엿다. 그러므로 조선에서도 그들을 인용하여 가면서 자체의 오류를 논급하기 시작한 것이다. 이것은 문화의 후진한 사람들의 비애이겟지마

를 검토한다.

개개의 인원은 현금 문학사적 연구와 발전을 논의하면서 '카푸'만은 아즉도 사회사적 견지에 입각한 고각(古殼) 그대로를 가지고 잇다. 이것 때문에 필자도 비공식으로 의견을 암시한 바 잇엇으나 아모 효과없이 침묵하고 잇다. 필자의 퇴맹의 **제일(第一) 이유**는 이곳에 잇다. 즉 '카프'는 진실한 예술적 집단이 될 수 없을 만치 되어 잇는 것을 혁신하지 않으면 예술가로서는 무의미한 것이다.(555쪽)// …… 그 내용에 잇어서는 창작가 자신의 관찰력 여하에 잇다. 현명한 작가, 사려 잇는 작가는 현실주의, 사실주의의 사회, 계급 기타의 정확한 것을 의식할 것이다. 진정한 의미에서 말하면 모든 사실주의, 자연주의, 낭만주의에 관한 지식은 평론가가 창작가에게 가르치는 것이 아니라, 창작가의 창작에서 학습하는 것이다. 평가가 가진 것은 일개의 개념뿐이나 작가의 작품에는 구체적 형상이 표현되어 잇는 까닭이다. 그러므로 평가가 가령 사실주의를 역설하고 작가가 사실적으로 하지 않으면 가치를 인정치 않겠다고 하면서 기실 그 구체적 방법을 제시하지 못하는 것은 그 까닭이다. 작가만이 그 구체적 표현이 가능한 것이다. …… 이제 결론은 간단하다. '캅푸'의 문학적 지도는 무의미한 것이다. 지도부의 사회사적 고립과 그 문학사적 붕괴가 그것이다. 이것은 상론에서 주장하는 최근의 경향에서 용이히 발견하게 되는 것이다. 이것이 또한 내가 퇴맹한 **제이(第二)의 이유**이다.(558-559쪽)// …… 지금도 지도부의 의견은 역시 '당파성'의 옹호에 잇어 보인다. …… '당파성'에 어그러지면 자유주의자의 인(印)을 찍히며 비계급적이라 하나 발표 제한의 철폐, 내용 비판의 철폐, 이것도 무서운 '리버래리슴'의 발현이 아니면

는 그다지 불명예 된 것은 없다. 문제는 그들을 배우고 또한 인용하드라도 정당하게 적합하게 조선현실에 적응하게 하면 오히려 그 공이 클 것이다. 그러나 늘 생경하게 소화되지 않게 부적하게 인용되는 것으로 문제를 일으키는 것이다."(552쪽)

아니된다. 이리고 보면 명실공히 '파-티앤·쉽'의 붕괴며, 다만 기분적 '섹타리 아니슴'의 공각(空殼)뿐이다. 나는 이러한 분위기를 실허한다. 그러므로 이곳 에서 탈출함이 내 퇴맹의 **제삼(第三)의 이유**다.(561쪽)

첫 번째 이유는 앞선 맥락에서 이해할 수 있는 것으로, 정치와 문학을 분리해야 한다는 자신의 입장을 완강히 고수하는 것으로 볼 수 있다. 두 번째 이유는 비평/이론 우위에서 창작 우위로 전환해야 한다는 점에서 카프 의 이론적 지도나 창작방법론의 제시가 무용하다는 관점을 역설하고 있다. 첫 번째와 두 번째 것과 긴밀히 연결되는 마지막 세 번째 이유는 '당파성'의 폐해와 이에 대한 거부이다. 박영희는 이를 두고 빈껍데기의 분파주의로 비난한다. 이는 결국 문학의 정치적 성격의 거세와 절대적 현존으로서 문학 의 독자성의 옹호로 귀착되는 것이다. 이상의 박영희의 논리가 이해되지 않는 바 아니며, 원론적 타당성의 측면에서 수긍할 점 또한 없지는 않다. 한편으로 이것은 과거 자신의 문학 활동을 정면으로 부정하는 것이라는 점에 서, 이러한 자기비판이 갖는 자기충실성과 진정성의 문제는 여전히 남는다. 그것이 진실한 것이 아니라면 카프 맹원으로서 이전 박영희의 비평적 발언들 은, 심각한 자기분열을 내포하는 위태로운 언사(가령 첫 번째 인용문에서, "아-이 심경을 누가 알엇으리오!"와 같은 구절에서 배어나오는)이거나, 또는 거짓과 위선으로 점철된 한낱 공허한 수사에 지나지 않는 것으로 판명될 수밖에 없기 때문이다. 이처럼 박영희의 이론적 전회가 상당 부분 이론의 대외종속 성에 기인한다는 점에 덧붙여 여기에서 지적되어야 할 것은, 그것이 조직 내 헤게모니 투쟁과도 어느 정도 관련이 있으리라는 가설이다. 즉 박영희는 카프의 조직활동을 문단권력이라는 측면에서도 바라보고 있었다는 점이다. 예를 들어 "많은 '유토피아'를 꿈꾸고 온갖 혁명운동이 또한 이에 따랐던 것이다. 이것은 현세적 고뇌에서도 원인한 것이지만 권력의 파악이라는 영웅심에도 또한 그 원인이 있을 것이다."(「문학의 이론과 실제」; IV, 437쪽) 등의 구절들은 이와 같은 추론을 뒷받침한다. 따라서 카프 내 헤게모니가 임화나 김남천 등 소장파에게로 넘어간 후 영향력의 급격한 감소가 박영희의 퇴맹을 부추겼을 가능성이 없지 않다는 점이다. 물론 이는 단순한 가설이거나 간접적인 정황 증거로만 간주되어야 마땅할 것이다. 전향을 선언한 글의 말미에서 박영희는 자못 장중한 목소리로 다시금 다음과 같이 선언한다. "그러나 이제는 고행의 순례는 종료되엇다. 예술 전당에 도착하엿으며, 창작의 사원의 종소리를 듣게 된 까닭이다." 하지만 고즈넉한 "사원의 종소리"가 울려 퍼지는 바로 이 지점에서, 우리는 그 "고행의 순례"가 진정으로 끝난 것인지, 혹은 정녕 "이제는" 끝이 나도 되는 것인지를 되묻지 않을 수 없다고 생각한다.

3. 마르크스주의(비평)에 있어 객관적 존재와 주관적 의지의 관계

박영희의 문학적 행정(行程)을 간추려보면, 1922년 1월부터 9개월 간 유미주의를 표방하며 간행됐던 『백조』의 동인으로 출발하여, 김기진 등과 카프의 조직에 깊숙이 관여하여 소장파가 부상하기 직전까지 카프의 전반기 활동을 주도하였으며, 1930년경을 전후로 사상적 변화과정을 통해 카프 탈퇴 및 전향을 선언하였고, 이후 사실상 부르조아 문학에 경도되었다가 1930년대 후반부터는 본격적인 친일문학의 길로 접어들게 되었으며, 1950년 납북되어 이후 행방은 정확히 알려진 바가 없다. 여기에서도 확인할 수 있듯이 그의 문학적 행정은 철저한 자기부정과 문학적 전회과정으로 점철되었다 해도 과언이 아니다. 그리고 그 방향전환의 긴박한 포인트에 대해서는 앞서 언급한 바와 같다. 이제는 가급적 연대기적 배열에 따라 그의 비평 활동과 그것을 규정하는 준거들에 대해 살피기로 한다.

경우에 따라 박영희의『백조』동인활동에서 박영희 문학의 기원을 설명하기도 하는데, 이는 타당성이 아주 없는 것은 아니지만 본고는 이에 대해서 별다른 관심을 가지고 있지 않다. 그것은 전향 이후 그의 행적을 명료하게 설명해주는 듯하지만 지나치게 소박하고 단순한 논리로 여겨진다. 한편으로 문학과 정치의 지속적 긴장과 그 길항관계에 특별한 관심을 갖고 있는 본고에 크게 기여하는 바가 없어 보이는 때문이기도 하다. 그러한 논리의 정합성에 대해서는 일부 참고만 하기로 한다. 오히려『백조』의 활동에 대해 주목할 경우에는,『백조』에 내재되어 있던 이질적인 두 가지 경향, 즉 '낭만주의적 요소'와 '자연주의적 요소'를 복합적으로 고려하는 것이 보다 온당해 보인다.[16] 그것은 이후『백조』동인들이 카프의 조직에 관여하게 되는 직접적인 단초로도 작용한 것으로 판단되기 때문이다.『백조』동인이었던 회월과 팔봉은 동인의 해산에 임박하여 "푸로레타리아문학의 그 다음 단계를 준비"[17]하였던 것이다. 김기진과 박영희, 두 사람은 이제 카프의 조직 활동을 선두에서 지휘하게 된다.

박영희는 초기 비평들에서 주로 외국문학 및 그 이론의 소개에 열중하는 모습을 보인다. 혁명전후 러시아 문학에 대한 경도가 두드러지지만, 이외에 미국이나 유럽의 문학 등에도 적지 않은 관심을 보여준다. 이후 카프 시기 박영희의 비평은 주지하듯 선명한 계급의식을 강조하는 매우 선동적인 언어

---

16 이에 대해서는 박영희 자신의 회고를 참고할 수 있다. "이와 같이 극도로 퇴폐한 생활은 현실고에서 탈출하려는 소극적 방책이었다. 이 현실고를 떠나 문학과 예술에서만 안위와 만족을 얻으려고 하였었다. **낭만주의적 열정과 자연주의적으로 인생의 추악면을 찾아 보려는 두 주류**가 교류된 이러한 인생관은 또한 그 때 문사들의 생활면으로 나타났던 것이다. 그 때 기생 집에 놀러 가는 것을 우리는 '순례'라고 이름하였다. 그것은 인생을 순례한다는 뜻이니, 미녀와 정화(情話)를 속삭이려는 반면에 인생 생활의 암흑면을 찾아 보자는 진리의 탐구자로 자처하려고도 하였다."(박영희, 「초창기의 문단측면사」, 『현대문학』 제56-65호, 1958-1960.5; II, 312쪽)

17 같은 글, 313쪽.

들로 이루어져 있다. 그리고 그 내용은 동일한 논리의 반복인 경우가 허다하다. 이와 같은 점에서 개별적인 특성을 드러내지 못하는 이 시기 박영희의 대부분의 텍스트들을 일일이 분석할 필요는 없어 보인다. 다만 대표적인 글들을 검토하는 것으로 마르크스주의 비평가로서 박영희의 일관된 입장을 읽어보기로 한다. 앞선 말한 바 유미주의적 경향에 속해 있을 때까지, 박영희는 보들레르의 미학을 떠안을 수 있을 만한 문학적 수용력을 유지하고 있었다.[18] 하지만 카프 비평가로서 출발을 알렸을 때부터는, 그는 보들레르를 부르조아의 퇴폐미로 규정하고 가차 없이 매도하기 시작한다. 한편 박영희의 비평은 이론에의 경사가 특징적인 때문에 실제비평보다는 이론비평으로서의 성격이 강한 편이다.[19] 그리고 실제비평의 경우 작품분석을 통한 자료의 귀납보다는 이론의 적용을 통한 연역적 재단의 양상이 빈번하게 드러난다. 따라서 그 논리적 주춧돌이 되는 이론의 성격과 실체, 직접적으로는 그가 설정하고 있는 마르크스주의(비평)의 원리와 세목들을 따져보는 것이 보다 효율적일 것으로 판단된다. 가령 박영희는 「객관적 존재와 주관적 의지의 상호 관계」[20]를 대표적으로, 「관념 형태의 현실적 토대」 등의 글들에서 마르크스주의의 이론을 그대로 옮겨놓아 검토하고 있다. 따라서 그가 주목하고 있는 마르크스주의(비평)의 고찰을 통해, 박영희 비평의 핵심 원리를 추출함

---

[18] "그의 열정과 생에 대한 고통과 한 가지 그의 인생에 대한 악의 본질을 발견하엿든 것이다. 모든 작가들도 그와 가튼 열광과 생의 고민을 노래하엿으나 더욱이 빌어 들은 방 안에서 빌리어 안즌 여자로 더부러 세상을 버린 쏻드레르 만혼 작가, 혹은 시인들보다 더 이즐 수가 업다."(「『惡의 花』를 심은 쏻드레르론」, 『개벽』, 1924.6; III, 65쪽)

[19] 이론비평의 성격을 띠는 글들로 대표적인 것들은 다음과 같다. 「메시아 사상의 사회경제적 기초」, 『조선지광』, 1929.9; 「변증법적 제2명제와 그 발전 과정」, 『조선지광』, 1929.9; 「관념 형태의 현실적 토대」, 『조선지광』, 1930.1; 「객관적 존재와 주관적 의지의 상호 관계」, 『대조』, 1930.6; 「자본론 입문」, 『조선지광』, 1931.1; 「스피노사의 철학과 현대 유물론」, 『신계단』, 1932.11.

[20] 박영희, 「객관적 존재와 주관적 의지의 상호 관계」, 『대조』, 1930.6; III, 448-464쪽.

과 함께 그의 비평에 내장된 <모순과 혼돈의 기원> 역시 효과적으로 밝혀질 수 있으리라 기대한다. 여기에 사용된 <객관적 존재>와 <주관적 의지>는 마르크스주의(비평)에서 낯익은 용어로서 물론 박영희의 독창적인 개념은 아니다. 그것은 '토대-상부구조'론을 바탕으로 하며, 마르크스주의의 방법론인 변증법론 유물론이나 사적 유물론과도 밀접한 관련이 있다. 가령 마르크스의 '프랑스혁명사 3부작'의 상이한 서술방식을 두고 이를 설명하는 경우도 종종 있다. 또는 문예사조상의 '사실주의'(객관적 존재)와 '낭만주의'(주관적 의지)를 이에 상응하는 맞짝의 개념으로 이해하려는 시도 역시 있어 왔다. 요컨대 그것은 객관적 존재와 주관적 의지의 상호작용 및 변증법적 통일에 관한 것이라 할 것이다. 마르크스의 저작들과 사유를 주의 깊게 살핀다면 변증법적 유물론의 '원리론'과 사적 유물론의 '단계론', 그리고 자본주의 경제에 대한 '현상분석'의 기저에 공통적으로 작동하는 있는 것은, 객관적 현실에 대한 주관적 인식의 문제로서 여기에 모든 사유가 집약되고 있음을 알 수 있다. 결국 그것은 객관적 실체로서 주어진 역사의 구체상에 개입하는 인간의 합목적적 활동으로서 주관적 실천의 문제라고도 할 것이다. 마르크스의 저작들은 양자 사이에서 끊임없이 길항하는 첨예한 긴장적 사유의 결과이다. 때로 양자 사이의 균형이 사라지거나 어느 한쪽이 보다 우세한 형태로 드러나기도 하지만, 마르크스의 사유는 최대한 일관되게 그 긴장의 동력을 유지하고자 한다. 그러나 양자 사이의 긴장과 균형에서도 어디까지나 제일의 (第一義)적인 것은, 객관적이고 물리적인 실체로서 구체적 역사를 구성하는 경험적 현실이다. 또한 그것은 유물론의 명제로서 '토대-상부구조'론에서 분명하게 표현되듯이 매우 확고한 것이다. 이는 박영희의 글에서도 그대로 확인되는데, 관련하여 마르크스의 진술을 잠시 검토하기로 한다.

다른 한편으로 "전진하겠다는" 선의(善意)가 사실에 대한 정통한 지식을 때로 압도했던 당시의 프랑스 사회주의 및 공산주의를 약간 철학적으로 채색한 반향이 「라인 신문」에서 들리게 되었다. 나는 이 어설픈 처사에 반대한다는 것을 표명했으나 동시에 프랑스적인 추세들의 내용 자체에 관한 어떤 판단을 감행하는 것은 나의 지금까지의 연구가 허용치 않는다는 것을 아우그스부르크의 『알게마이네신문』과의 논쟁에서 솔직하게 인정했다.[21]

여기에서 마르크스가 언급하고 있는 <"전진하겠다는" 선의(善意)>나 <프랑스적인 추세들>이란 역사를 변혁시키는 인간, 혹은 그 내부의 주관적 실천의지를 말한 것에 다름 아니다. 반면 <사실에 대한 정통한 지식>은 경험적 현실과 역사적 사실들에 대한 객관적 인식을 암시하는 것으로 간주해도 무방할 듯하다. 유물론자로서 마르크스는 자신의 사유과정 속에서 주관적 의지를 회피하거나 가능한 최소화 하고자 한다. 이는 윗글에서도 드러나듯이 그가 주관의 인식작용이란 어디까지나 객관적 사실과 경험적 현실에 토대해야 한다는 믿음을 굳건히 견지했었기 때문이다.[22] 마르크스가 『정치경제학 비판 요강』에서도 밝혔듯이 그것은 '추상'에서 '구체'로 향하는 역사유물론의 방법

---

21 칼 마르크스, 「서문」, 『정치경제학 비판을 위하여』, 김호균 역, 중원문화, 1988, 6쪽.

22 가령 마르크스는 「1848년에서 1850년까지의 프랑스에서의 계급투쟁」(1850)의 <서문>에서 다음과 같이 적고 있다. "1848년에서 1849년까지의 혁명 연대기에서 비교적 중요한 각 편들은 불과 몇몇 장을 제외하고는 다음과 같은 제목을 달고 있다: **혁명의 패배!** 이러한 패배들 속에서 쓰러진 것은 혁명이 아니었다. 쓰러진 것은, 그때까지 첨예한 계급 대립으로까지 치닫지 않았던 사회적 관계들의 결과들, 혁명 이전의 전통적 부속물들이었다.- 쓰러진 것은 2월 혁명 이전까지 혁명 당이 벗어나지 못했던 인물들, 환상들, 관념들, 계획들이었으며, 2월의 **승리**가 아닌 일련의 **패배들**이 이러한 것들로부터 혁명 당을 자유롭게 할 수 있었다. 한마디로: 혁명은 그 직접적이고 희비극적인 성과물을 통해서가 아니라, 반대로 결속되고 강력한 반혁명을 산출함으로써, 적을 산출함으로써 그 전진의 길을 개척해 나갔다. 그 적과 맞붙어 싸움으로써 전복 당은 비로소 진정한 혁명 당으로 성장하였다. 이 점을 증명하는 것이 본서의 과제이다."(칼 마르크스, 「1848년에서 1850년까지의 프랑스에서의 계급투쟁」, 최인호 역, 『칼 맑스·프리드리히 엥겔스 저작 선집』 2, 박종철출판사, 1990. 강조는 원문의 것임)

론을 관통하는 명제이기도 하다. 또한 인류의 역사를 인간의 '자연사(Natural History)'의 과정으로 파악하려 했던 그의 진의도 바로 여기에 있는 것이다.[23]

한편 박영희의 비평의 원리를 구성하고 있는 여러 명제들은 마르크스주의 이론에 부합하며 논리적 정합성을 갖추고 있다고 평가할 수 있다. 그럼에도 카프 시기 박영희의 비평이 깊은 감명을 주지 못하는 것은 왜일까. 이는 여러 가지로 설명할 수 있겠지만, 앞선 논의의 연장에서 몇 가지 첨언해보고 자 한다. 무엇보다 그것은 박영희 자신의 논리가 취약했기 때문으로 볼 수 있을 것이다. 1920년대 박영희 비평의 전개는 외국의 (문학) 이론의 번역 및 소개와 거의 맞물려 있음을 구체적으로 확인할 수 있다. 그리고 박영희의 논의의 전개는 대부분 자신이 접한 외국의 이론에 의존하지 않을 수 없었다. 이는 박영희 자신을 경험적 현실의 구체성보다는 이론에의 경사로 몰고 가는 역할을 하였다.[24] 미리 말해 두어 박영희의 비평적 실패의 원인의 중요한 한 가지는, 객관적 존재와 주관적 의지 사이의 균형감각의 상실에 있다고 판단된다. 즉 이론투쟁이라는 관념의 주관적 실천에 함몰된 나머지 박영희는 식민지 조선의 경험적 현실에 대한 객관적 인식을 결여하게 되었다는 것이 하나의 가설로 제시될 수 있다. 가령 1920년대 박영희의 비평에서 압도적으

---

23 다음의 진술들이 이를 뒷받침한다. "역사는 인간의 진정한 자연사이다(History is the true natural history of man)."(칼 마르크스, 『1844년의 경제학―철학 수고』, 김태경 역, 이론과 실천, 1987, 132쪽); "마르크스는 사회운동을 하나의 자연사적 과정으로, 즉 인간의 의지나 의식 그리고 의도와는 무관한, 아니 오히려 이들 의지나 의식·의도를 규정하는 그런 법칙이 지배하는 과정으로 간주하였다."(I.I. 카우프만이 발표한 마르크스의 『자본론』에 대한 서평 문의 일부로서, 페테르부르크에서 발행된 『유럽통신』 1872년 5월호에 실렸다. 마르크스는 『자본론』 제1권의 「제2판 후기」에 그 내용을 소개해놓고 있다.)

24 이와 유사하게 김영민은 박영희의 비평을 다음과 같이 평가한다. "이러한 면모를 보면, 박영희의 주장이 일관된 논리보다는 유입된 지식의 단편성에 의존한다는 사실이 더욱 분명 히 확인된다. 자기의 주관적인 견해를 일관성 있게 전개하기보다는, 새로 유입되는 견해들 과 높은 목소리의 진원을 따라 부유하는 것이 박영희의 이론 전개사였다."(김영민, 위 책, 161쪽)

로 우세하게 등장하는 단어는 '생활'과 '현실'이다. 박영희는 조선의 경험적 현실에 대해 끊임없이 강조하지만, 박영희의 비평 텍스트들에서 실제로 그것의 세부적 구체성이 드러나는 경우는 거의 없거나 매우 드문 편이다.[25] 그것은 주로 프롤레타리아의 계급적 현실이라는 원리로 환원되거나, 도식적 마르크스주의의 이념으로 분해되어 버리곤 한다. 덧붙여 1920년대 박영희의 비평 텍스트에는 개방적이고 유연한 태도 혹은 문학의 독자성과 상대적 자율성 등을 복합적으로 고려하는 사고의 신축성이 현저히 결여되어 있는 것으로 보인다. 김기진과의 논쟁에서도 자신이 내용-형식의 일원론자였다고 주장하지만[26] 이는 사실과 다르다. 전향선언 이전까지 박영희는 이분법적 사고를 바탕으로 내용 우위의 외재비평을 신념으로 삼았던 이원론자였으며 결코 일원론자는 아니었다는 점을 분명히 기록해두기로 한다.

4. 비평의 지향점으로서 문학적 이념형들과 추상적 관념론

미리 본 바 전향선언으로 문학관을 일신한 박영희는 이후 「심미적 활동의 가치 규정-예술의 항구성에 관한 일분석」[27]과 같은 일련의 글들에서, 고전문학 등의 강조를 통해 문학의 독자성과 심미적 가치를 역설하게 된다. 그

---

25 이는 당대의 경험적 현실로서 '식민지 종속형 자본주의' 하의 조선의 노동자에 대한 충분한 이해나 고려가 없다는 점과도 관련된다 할 것이다. 소위 <실천세계와 연계된 문예학의 과제>에 대해서는, 플로리안 파젠, 『변증법적 문예학-마르크스주의 문학이론과 문학사회학』 (1985년 번역본의 신역), 임호일 역, 지성의 샘, 1997, 16-41쪽의 서술을 참고할 수 있다.

26 "요약해 말한다면 기진군은 이원적-형식과 내용을 구별해서 비평하자는 것이고 나는 일원적-형식과 내용을 쪼기지 말고 한 덩어리로 보자는 것인데 그건 벌써 해결이 되엇습니다." (「문사방문기」, 『조선문단』, 1927.3; III, 209쪽)

27 「심미적 활동의 가치 규정-예술의 항구성에 관한 일분석」, 『동아일보』, 1934.4.12~4.20; IV, 24-39쪽.

타당성은 논외로 하고 흥미로운 것은 이 지점에서도 박영희가 기대는 논리적 준거의 하나로 마르크스가 인용되고 있다는 점이다. 그것은 잘 알려진 대로 『정치경제학 비판 요강』에서 마르크스가 그리스 예술을 논하는 대목이다.[28] 박영희는 이를 '토대–상부구조'론을 부정하는 논거로 삼으며 문학의 영원성과 항구불변의 가치를 옹호하는 전범으로서 절취한다. 이 부분에서 '토대–상부구조'의 상호규정성 및 일종의 관념형태로서 문학과 예술의 상대적 자율성을 마르크스조차 승인하고 있다는 점은 이미 알려진 견해였으나, 박영희는 과거 자신의 비평에서 관련 서술을 하면서 해당 부분을 인용했던 사례는 태무하였다. 또다시 박영희의 문학적 진정성을 의심케 하는 것이다. 한편 전향 이후 박영희가 지속적으로 강조하는 명제의 하나는, 객관적 존재의 인식 혹은 창작상의 사실주의적 태도이다.[29] 예를 들어 졸라, 플로베르, 발자크, 고리끼 등을 거명하면서 그들의 사실주의적 창작방법에 대해 고평하는 것이다. 그러나 박영희는 창작과정에서 주관적 의지의 작용을 작품의 결함으

---

28 즉 <예술 생산과 물질적 생산의 발전 사이의 불균등한 관계>라는 명제 하에 마르크스는 다음과 같이 피력한다. "예술의 경우에 있어서는 일정한 융성기가 사회, 그리하여 말하자면 그 조직의 골격인 물질적 기초의 일반적인 발전과 결코 비례하지 않는다는 것이 잘 알려져 있다. 예컨대 근대인들과 비교된 그리스인들 또는 셰익스피어. 일정한 예술 형식들이, 예컨대 서사시의 경우에는 예술의 생산 자체가 시작되자마자 그것들이 세계적으로 획기적이고 고전적인 형체로는 더 이상 생산될 수 없다는 것이 인식되고 있다. 요컨대 예술 자체의 영역 내에서 어떤 중요한 예술 형상들은 예술이 미발전된 단계에서만 가능하다는 것조차 인정된다. 이것이 예술 영역 내의 다양한 예술 종류들 사이의 관계에서 그러할진대, 일반적인 사회 발전에 대한 전체 예술 영역의 관계에서 그러하다는 것은 그다지 눈에 두드러진 것이 아니다. 어려움은 단지 이 모순들의 일반적인 파악(Fassung)에 있다. …… 그러나 어려운 것은 그리스 예술과 서사시가 일정한 사회적 발전 형태들과 결부되어 있다는 것을 이해하는 것이 아니다. 어려운 것은 그것이 아직도 우리에게 예술의 즐거움을 제공해 주며, 어떤 점에서는 예술의 규범과 도달할 수 없는 모범으로 여겨진다는 것이다."(칼 마르크스, 「서설」, 『정치경제학 비판 요강』 I, 김호균 역, 백의, 2000, 80~83쪽 참고)

29 대표적인 글들은 다음과 같다. 「창작방법과 작가의 시야」, 『중앙』, 1934.4; 「문학의 이상과 실제」, 『조선일보』, 1934.6.30~7.5; 「문학 영역에서 보는 생활의 창조와 인식」, 『신동아』, 1934.10.

로 취급함으로써, 이와 같은 논리는 사실상 현실 추수를 전제로 하는 자연주의적 쇄말주의에로 함몰되고 만다. 간혹 작가의 주관적인 구성적 인식의 중요성에 대해 언급하기도 하지만, 이후 박영희의 비평에서 특별하게 두드러지는 일관적 자세는 주관의 폐기와 객관의 강조라 할 것이다.[30] 대부분의 실제비평도 이러한 관점 하에 수행된다는 점이 쉽게 확인된다. 그리고 이는 박영희의 이론 전개사의 특성을 감안하다면 자연스레 이해되는 측면이기도 하다. 즉 카프 시기의 비평을 투박하게 정치를 지향하는 주관적 의지의 과잉으로 규정한다면, 정치와 주관적 의지가 거세된 후 자리를 대신할 수 있는 것은 그 대립항으로서 문학과 객관적 존재의 강조 외에는 없는 것이다. 이는 너무나도 자명한 이치다. 그런 점에서 전향 이후 박영희의 비평은 단순한 자리바꿈으로 파악할 수도 있으며, 따라서 박영희 비평의 전반적 혼란은 이러한 균형과 조화의 상실에 있다고 정리할 수도 있을 것이다. 비평적 긴장의 붕괴의 한 결과로서, 박영희는 과거 맹렬히 비판하던 조선의 전통 및 고전문화에 대해서도 새삼스레 동조하는 입장을 취하게 된다. 그의 조선어와 조선문학에 대한 갑작스러운 관심과 애정은 당혹스러울 만큼이나 사뭇 진지해 보인다.[31] 이쯤에서 떠오르는 의문 하나는, 그렇다면 박영희는 과연 문학의 정치성을 완전히 폐기하였는가, 라는 질문이다. 가령 박영희는 사회의식을 반영한 작품에 대해서도 여전한 관심을 보이며, 대표적으로 이기영의 문학적 성취에 대해서 찬사를 아끼지 않는다.[32] 전향 이후 박영희의 정치적

---

30 이는 1888년 엥겔스가 '발자크론'에서 리얼리즘의 양대 축으로서, 세부묘사의 충실성과 함께 전형적 상황에서의 전형적 성격의 창조를 강조했던 사실과도 얼마간 거리가 있는 것으로 간주할 수 있다. 그것은 어떤 면에서 창작과정에 있어 주관과 객관의 통합을 지향하는 것이기 때문이다. 즉 '전형(典型)'이란 비현실적인 이상적 인간형으로 추상된 것으로서, 작가의 주관적 구성의지를 반영한 것에 다름 아니다.

31 대표적으로 다음의 글들을 꼽을 수 있다. 「조선문화의 재인식」, 『개벽』, 1934.12; 「조선어와 조선문학」, 『신조선』, 1934.10.

입장이 무엇인지 궁금해지지 않을 수 없는 것이다. 그가 부르조아 미학의 전유물이었던 '문학적 분위기'의 창조를 역설하거나, 부르조아의 허위의식으로 치부되던 인공적 장식미를 작품들에서 발견하는 것을 보면,[33] 박영희의 정치적 자리가 어디쯤인지 가늠해보기는 어렵지 않다. 그럼에도 그는 '예술을 위한 예술'을 부정하며 변함없이 '인생을 위한 예술'을 옹호한다. 전향 이후 박영희 비평의 총결산에 해당하는 1947년 출간 단행본, 『문학의 이론과 실제』의 서술을 종합하여 추론하자면, 박영희는 문학의 정치적 성격을 사회적 필연의 결과로서 사유하지 않고 한낱 사회적 우연의 산물로 간주하고 있다는 결론을 얻을 수 있다.[34] 그리고 그것은 결국 부르조아의 정치의식으로 수렴될 가능성이 농후한 것이라 할 것이다. 이에 따라 전향 이후 박영희의

32　「민촌의 역작 『고향』을 읽고서」, 『조선일보』, 1936.12.1. "「농부 정도령」보다 「고향」은 문학적 권내에서 완성된 작품이다. 인간의 생활이 주관적 의식에 지배를 밧는 것보다도, 인간의 생활이 인간의 정신적 본질에 조화되려는 일편이 또한 업지 안타. …… 이러한 의미에서 「고향」은 농민생활의 축도라고도 할 수 잇다. 근간에 민촌의 「고향」 이후의 작품을 보면 문학적 인생관이 변하엿다. 「고향」은 민촌의 「고향」 이전과 「고향」 이후를 분별하게 하는 분수령이며 기념탑이라고 나는 생각한다."(IV, 238-239쪽)

33　대표적인 글은 다음의 것들이다. 「창작 월평」, 『조선일보』, 1937.1.16~1.21; 「문예시평-문학적 분위기의 필요」, 『동아일보』, 1937.7.10~7.14.

34　다음의 구절들은 이를 뒷받침하는 것으로 판단된다. "우리는 이때까지 가치 있는 문학적 작품을 창작하기에 필요한 모든 요구를 찾아 보았으며 경고한 '이데오로기' 틀에서 질식상태에 있는 인간을 다시 사러 있는 인간으로 부활식히기에 노력한 것이다. 그리하야 즉 이제 우리는 생기 있는 인간, 감동력 있는 인간을 우리 앞에 세워 놀 수 있게 되었다. 개성이 있고 정서가 있고 창조력이 있으며 생각할 수 있는 즉 영혼이 있는 인간을 차진 것이다. 그러므로 이 인간은 자기의 성격을 다른 사람의 그것과 분별하며 월광을 보고 아름다움을 느끼며 슬프게 눈물을 흘리고 즐거우메 노래하며, 춤 출 줄도 알게 되었다. 그는 아름다운 사람을 보메 연모할 줄 알며 모든 것이 뜻대로 않되매 고민도 하는 것이다. 그는 살기 위하야 공장이나 사무소에 나가 일을 할 수도 있다. 세상에서 옳지 안는 것을 볼 때 분노하야 이러나며, 사람에게 자유와 권리가 없을 때 그는 혁명아가 될 수도 있는 것이다. 그러나 그는 부유한 사람의 아들이 되어 매일과 같이 주색에 빠져 깊은 구렁텅이로 떠러질 수도 있는 것이다. 혹은 노름으로 혹은 사기 절도 강도가 될 수도 있고, 그와는 반대로 종교가나 예술가가 될 수도 있는 것이다."(IV, 500쪽)

비평은 진·선·미 등의 개념을 매개로 한 추상적 관념론으로 전화한다. 이에 대한 대표적인 글로서 박영희의 실제비평을 하나 검토하기로 한다. 그것은 김남천의 소설 「생일전날」에 대한 평가를 수반하는 것인데, 여기에서 박영희의 문학적 지향점은 여과 없이 드러나게 된다.

늙어 가는 안해와 두딸-서분이와 인숙이, 그리고 인호라는 아들을 둔, 아버지의 생일 전날에 일어난 일이다. 그런데 서분이는 빈농에게 시집을 보내고 인숙이는 경부에게 시집 보내고, 인호는 무슨 죄를 지은 모양인, 이러한 식구들이 모힌 데서 이야기가 시작되는 것이니 …… 다만 작자는 가정의 윤리적 관계를 극히 부동된 것으로 생각하고 그 윤리와 도덕이란 것이 인생의 영원한 관계에서 떠나서 물질적 표준 여하에 따러서 행사되고 변이된다는 것을 표현하려고 한 듯하다. 즉 쉽게 말하면 ㉠자식도 돈이 잇서야 부모의 사랑을 밧고 부모도 돈이 잇서야 자식에게 부모의 대접을 밧는다는 극히 천박한 사상을 표현하려는 것이엿다. 그는 경제생활에서 생기는 싸움과 갈등을 확대하여서 그곳에다가 인생의 윤리, 도덕, 선행까지를 결부시키여 버리고 또한 그곳에서 완전한 해결이 잇슬 듯이 확신하는 모양이다. …… ㉡특수 사정이나 특별한 악성이 업는 한 부자나 모자, 혹은 모녀 사이에서 얼크러저 잇는 영구불변의 애정-그것은 실로 강한 것이다. 이것은 천고로부터 내려오는 부모와 자식 사이에 무조건의 애정이다. …… 그런데도 불구하고 작자는 가난한 서분이를 고립무원의 경지에 빠트리고 만 것은 다만 빈부의 차이에서 생기는 갈등을 과장하려 하며 그 유물주의에 인륜과 도덕을 방매(放賣)하려는 것이다. 그러나 우리는 서분이에게 대해서 그를 위해서 의분을 이르킬 필요는 조금도 업다. 작자가 그리여 논 그 인물들의 선량성에서는 결코 서분이를 업수이 여기고 냉대할 사람이 업는 것이다.[35](강조는 인용자)

인용문은 상당히 많은 문제들을 함축하고 있다. 먼저 김남천의 소설은 주지하듯 일련의 창작방법론의 전개과정에서 발표된 분명한 제작 의도를 지닌 작품이라는 점을 상기할 필요가 있다. 이를 추론해보자면 '토대-상부구조'론에 입각하되 그것을 추상적 관념이 아닌 '풍속화된 이데'로서 드러내는 것이 김남천의 작가적 의도였던 것으로 보인다. 문제는 그것이 얼마나 개연성 있게 자연스레 형상화 되었는가가 관건일 것이다. 달리 말해 박영희의 비판의 주안점은 이곳(결론이 아니라 결론에 이르는 과정)에 놓여 졌어야 한다는 점이다. ㉠의 경우 박영희는 김남천의 작가의식을 천박한 것으로 매도하였으나, 이는 일상에서 한 번쯤은 누구나 경험할 만한 충분한 설득력을 지닌 것으로 생각된다. ㉡에서 박영희는 도덕과 인륜의 감정은 항구불변하고 보편적인 것으로서 영원한 진리라고 강변한다. 전향 이후 박영희의 지향점이 선명히 드러나는 대목이다. 따라서 ㉠과 ㉡의 대립은 사실상 유물론과 관념론의 대립으로 볼 수 있다. 앞서 본 바와 같이 박영희의 방법론적 전제의 하나는 변증법의 변화 개념을 거부함으로써 유물론의 명제들을 부정하는 것으로 드러난 바 있는데, 이러한 태도가 어떻게 관철되며 변주되고 있는지를 실제비평에서 확인하게 되는 것이다. 하여 정신과 영혼, 개성과 자유 등의 보편적 이념형들에 본격적으로 매달리게 되면서 박영희의 비평은 경험적 구체성을 사상한 채 추상적 관념론으로 급격히 떨어지게 된다.

5. 남은 문제들과 마무리

1939년경을 기점으로 박영희의 비평은 다시 한 번 특유의 사상적 전회를

---

35   「3월 창작평」, 『조선일보』, 1938.3.18; IV, 302-304쪽.

시도하는데, 곧 친일매문의 길이다.[36] 이는 전향 이후 객관적 존재의 강조가 현실 추수로서의 성격을 어느 정도는 띠는 것이기에 상당히 예견된 것이라고 도 볼 수 있다. 즉 현실인식의 문제와 결부된 것으로서 그것의 실체는 위장된 순응주의였던 것이다. 이에 대한 윤리적 판단은 별도로 하고 본고에서는 그 논리만을 추적하기로 한다.

문학의 공리적 사명을 말할 때, 나는 어느 때나 소련의 문학 정책을 생각하 게 되며, 또한 그 실패를 연상하게 된다. 당책의 문학화, 예술화는 일시 전세계 문학계를 동요하며 그러므로 세계문학의 위기를 만들어 낸 일이 있었다. 조선 문단에서도 그러한 폭풍우시기가 지내갔다. 그것은 확실히 상술한 위정자의 정책을 억지로 문학화 예술화하야 선전에 소용되게 하려는 것이었다. 즉 스타 린 일인을 위한 문학인 까닭이다. 그러나 이제 우리가 당면한 신계단의 문학운 동인, **전쟁문학**은, 결코 그러한 불순한 내용을 갖는 것이 아니다. 이것은 위정 자의 독특한 선전술도 결코 아니다. 위정자나 국민이나 일도단결된 대중적 한 과정이다. 그것은 정책의 예술화가 아니라, 일본정신의 예술화와 문학화인 것이다. 이 일본정신은 세계정신의 중추를 형성하면서 있으니, 이 정신 우에 서 창작되는 문학적 작품은 세계문학의 이상을 맨들어 낼 것이다. 지금 우리가 말하는 전쟁문학은, 그실은 일본정신의 일영역에 불과한 것이다. 금반 지나사 변은 전투를 위한 전투가 아니다. 동양의 영구한 평화를 위한, 일본정신의 발로다.[37]

---

36 「'전쟁문학'과 '조선작가'」, 『삼천리』, 1939.1; 「보리와 병정─명저 명역의 독후감」, 『매일 신보』, 1939.7.25~7.26; 「전쟁과 조선문학」, 『인문평론』, 1939.10; 「문장보국의 의의」, 『매 일신보』, 1940.4.25; 「문학운동의 전시체제」, 『매일신보』, 1940.7.6; 「포연 속의 문학」, 『매 일신보』, 1940.8.15~8.20; 「신체제를 맞는 문학」, 『매일신보』, 1940.11.6~11.7; 「신체제하 의 조선문학의 진로」, 『삼천리』, 1940.12.

37 「전쟁과 조선문학」; Ⅳ, 375-376쪽.

여기에서 인용문을 따로 분석할 필요는 없을 것이다. 그 논리가 너무도 빈약하기 짝이 없기 때문이다. 박영희가 퇴맹했던 주요한 이유 중의 하나가 선전도구로서의 문학, 정치에 복무하는 문학에 대한 혐오였다는 사실을 환기하는 것조차 이 마당에서는 볼썽사나운 것이 되고 만다. 위의 언어도단이 정신적 파탄의 결과가 아닐진댄 그것은 교묘한 위장술이자 파렴치한 자기기만으로 간주하지 않을 수 없다. 박영희는 다시 한 번 문학의 정치를 전면화한다. 동시에 자신이 옹호하던 항구불변의 문학적 가치들로서 개별적 개성은 집단적 개성으로, 추상적 도덕 체계는 일본정신의 신성성으로 환치되는 것이다.[38] 따라서 전향 이후 모호해 보였던 박영희의 정치적 자리는 결코 모호한 것이 아니었음이 사후적으로 판명되는 셈이다. 그것은 기성의 질서에 안존하려는 부르조아 계급의 정치적 보수주의를 대변하는 것이다.

이상의 논의를 토대로 박영희의 비평 활동에 대해 갈무리하고자 한다. 박영희의 비평은 기본적으로 객관적 존재와 주관적 의지의 상호작용이라는 측면에서 파악할 수 있다고 할 것이다. 그리고 그 와중에 노정된 모순의 제 양상들로서 텍스트에서 감지되는 각종 파열음 또한 여기에 내재되었거나 이로부터 파생된 것으로 보는 것이 온당하다고 판단된다. 그런 점에서 박영희 비평의 전반적 혼선은 양자 간의 균형감각의 상실에서 기인하는 것으로 보아야 한다. 어떤 면에서 한편으로는 박영희의 비평적 본질은 전혀 변하지 않았다고 말할 수도 있을 법하다. 그것은 박영희의 비평이 일관된 주관적

---

38 다음의 낯 뜨거운 문장들은 이를 빠짐없이 입증하고도 남음이 있다. "다시 말하면 자기를 표준한 개성은 사회적 단위의 개성, 국가적 단위의 개성을 만들어야 하는 것이다. …… 포연 미틀 거러가는 문학은 형식의 향락이 아니라 내용의 전달이다. 이 내용은 자신을 국가에 바치고 자신을 국민대중에게 바치는 병사의 정열과 용장한 전투이니 그 신고의 생활 그 속에는 동양적 도덕의 일본정신이 살어 잇는 생명이 빗나고 잇는 것이다. 도덕과 인격과 희생심과 정의와 인도가 고갈된 현대문학에 새로운 정열의 문학이 수립되면서 잇는 것이다."(「포연 속의 문학」; IV, 417-421쪽)

의지의 산물로 여기지는 때문이다. 전향 이후 표면적으로는 객관적 존재를 강조하였으나, 이 또한 실제로는 그가 주관적으로 설정한 문학의 이념형을 실현하기 위한 방법으로 간주할 수 있기 때문이다. 그런 이유로 결국 그는 자신이 속해 있는 경험적 현실에 대한 객관적 인식에 도달하지 못한 것으로 보인다. 이는 박영희가 마르크스주의(비평)의 실체에 전혀 접근하지 못했음을 반증하는 것이기도 하다. 앞서 본 바 마르크스가 누차 강조했던 것은 인식의 주관적 활동보다는 경험적 현실의 <역사적 구체상>이었다. 역사유물론을 통해 '추상'에서 '구체'로 진입하고자 했던 마르크스의 학문적 신념과 진의 역시 거기에 있는 것이다. 박영희의 비평 활동은 문학과 정치의 길항관계 및 그 긴장의 역사적 동력을 여실히 예시한다는 점에서, 20세기 한국의 마르크스주의 비평의 성패를 가늠하는 한 척도가 될 수 있을 것이다.

김기진 비평의 인식소들과 열린 체계

1. 비평적 사유의 원천으로서 정치와 문학의 길항(拮抗) 관계

팔봉(八峰) 김기진(1903~1985)은 카프 1세대 비평가로서 박영희와 함께 프로문학의 전반기를 선도함으로써, 후반기를 주도한 2세대 비평가 임화, 김남천 등에게 정신적 자양분을 제공하고 그 비평적 지반을 마련하는 데 각별한 기여를 했던 인물이다. 김기진에 대한 연구는 1970년대 이후 한국 프로문학에 관한 연구가 본격화하기 시작하면서 주로 학위논문을 통해서 이루어졌다. 특히 1980년대 『김팔봉문학전집』(문학과지성사, 1988~1989)이 간행되면서부터 더욱 활발해졌는데, 이제까지의 연구사를 개관하면 다음과 같다. 먼저 거시적 관점의 연구로서, 프로문학 초기 신경향파에 대한 연구,[1] 프로문학을 운동론의 관점에서 카프 조직의 변모과정과 관련하여 고찰한 연구,[2] 비교문

---

1 홍정선, 「신경향파 비평에 나타난 '생활문학'의 변천과정」, 서울대 석사논문, 1981; 김철, 「1920년대 신경향파 소설 연구」, 연세대 박사논문, 1984; 유문선, 「신경향파 문학비평 연구」, 서울대 박사논문, 1995; 박상준, 「한국근대문학의 형성과 신경향파」, 소명출판, 2000.
2 김시태, 「한국프로문학비평 연구」, 동국대 박사논문, 1978; 역사문제연구소 문학사연구팀, 『카프문학운동 연구』, 역사비평사, 1989; 권영민, 『계급문학운동사』, 문예출판사, 1998.

학의 관점에서 일본 프로문학과의 영향관계를 살핀 연구,[3] 카프 내부의 논쟁에 대한 개별 연구[4] 등이 이루어졌다. 김기진에 대한 개별 연구로는, 작가론, 비평 중심의 프로문학론 연구,[5] 문학 작품의 연구 등이 있다. 팔봉의 프로문학론에 대한 연구는 내용-형식 논쟁을 중심으로 한 연구와 예술 대중화론에 대한 연구[6]가 다수를 차지하였고, 그것은 주로 카프 문학운동과의 관련 속에서 이루어졌다. 그가 카프 문학 초기의 주요 이론가였다는 점에서 그러한 이해와 접근법은 정당한 것이라 할 수 있다. 본고는 기존의 관점을 수용하면서도 김기진 비평이 지닌 논리적 일관성과 비평적 고유성에 보다 주목하고자 한다. 그것은 그의 비평을 소재나 논쟁 중심으로 나열하지 않고 그의 문학관을 형성하는 근원적 인식소(認識素)들을 추출하고 그 사유의 원천을 탐색하여 '문제틀(the problematic)'을 새롭게 설정함으로써 가능해질 것이다. 본고는 1923년부터 1935년까지의 팔봉의 비평을 연구 대상으로 삼는다. 이후의 팔봉의 비평은 문학적 긴장이 현저히 떨어진다는 것이 연구자들의 공통된 의견이며, 팔봉 자신도 이 시기를 자신의 문학적 활동기로 술회하고 있기 때문이다.[7]

---

3   임규찬, 『일본프로문학과 한국문학』, 연구사, 1987; 조진기, 『한일 프로문학론의 비교연구』, 태학사, 1994.

4   이영미, 「1920년대 대중화 논쟁 연구」, 고려대 석사논문, 1986; 류보선, 「1920~1930년대 예술대중화론 연구」, 서울대 석사논문, 1987.

5   임규찬, 「팔봉 김기진의 프로문학론에 대한 고찰」, 성균관대 석사논문, 1985; 이미순, 「팔봉 김기진 문학론 연구」, 서울대 석사논문, 1988; 함태영, 「팔봉 김기진의 프로문학론 연구」, 연세대 석사논문, 1999.

6   이강수, 「김기진의 대중화론에 대한 커뮤니케이션학적 접근」, 『관악어문연구』 25, 2000; 한강희, 「팔봉 예술대중화론의 변모과정과 그 의미」, 『한국문예비평연구』 8, 2001.

7   김기진은 다음과 같이 회고한다. "1935년 7월엔가 8월엔가 문학부 책임자였던 김남천의 이름으로 경기도경찰부에 해산계를 제출함으로써 1925년 조직했던 카프가 해체되기까지 10년 동안 나는 프로문학가였다 …… 그러나 이 10년이 나의 문학활동의 시기였다."(「나의 인생과 나의 문학」, 『현대문학』, 1965.6; 『김팔봉문학전집 II. 회고와 기록』, 문학과지성사,

김기진 비평의 전개에 있어 무엇보다 근간을 이루는 핵심적 사유로서 근본적 문제의식에 해당하는 것은 정치와 문학의 길항관계 혹은 그 역동적 평형상태에 관한 것이다. 그것은 기본적으로 <정치≠문학>이라는 인식을 토대로 한다. 또한 이는 가령 박영희나 임화 등이 기본적으로 <정치=문학>이라는 명제 하에 자신의 문학 활동을 전개해 나갔던 것과도 비교될 수 있을 것이다. 팔봉에 의하면 정치와 문학의 영역은 각각 그 성격이 다르며 그 위상이나 효과들 역시 다른 것이기에 역설적으로, 정치와 문학의 길항, 그 첨예한 긴장관계는 역동적 평형상태 속에서 일관되게 파악되며 또 지속가능한 것으로서 사유될 수 있었다. 이는 팔봉의 한결같은 입장과 태도로서 그의 초기 글들을 시작으로 반복하여 나타나고 있다.

예술은 이 두 가지의 요소―실용 본능·유희 본능―를 포함하여야만 할 것이다.[8] // 미의식이라는 것은 생의 비참에서 나온 것이다―그리하여, 예술이라는 것은 **유쾌와 유익의 양면을 가지고 있는 즉 심미와 공리를 합해서** 가지고 있는 것인데, 상업주의·자본주의 아래에서 예술품은 장식품이 되고 유희만 위해서 생산되게 되었다. …… 마지막 내가 문학이 단지 선전문으로만의 작용을 하는 것을 슬퍼하는 정도로, 그 슬퍼하는 정도는 예술지상주의자가 슬퍼하는 정도보다 못하지 않다는 말을 하여 둔다. 정말로 슬퍼할 일이다.(같은 글, 26쪽)

1988, 448쪽.)

8 김기진, 「금일의 문학, 명일의 문학」, 『개벽』 44호, 1924.2; 홍정선편, 『김팔봉문학전집 I. 이론과 비평』, 문학과지성사, 1988, 18쪽. 본고에서 김기진 텍스트의 인용은 이 책의 것이며 『전집 I』로 약하기로 한다. 또한 이하 인용문 말미에서 이 책의 쪽수만 밝히기로 하며, 특별한 부기가 없는 한 강조 표시는 인용자의 것임을 일러둔다.

예문에서 보는 바, 김기진은 예술의 두 가지 기원으로서 '실용 본능'(유익, 공리)과 '유희 본능'(유쾌, 심미)을 꼽는다. 그리고 이는 곧 공리적 차원으로서 정치 영역과 심미적 차원으로서 예술 영역을 각각 대변하는 것으로 이해할 수 있을 것이다.[9] 부연하여 심미적 차원은 예술 고유의 영역으로서 일차적 성격을 갖는다면 공리적 차원으로서 정치의 영역은 이에 덧붙여진 것으로서 이차적 성격을 갖는다 하겠다. 이와 같은 정치와 예술의 이접(離接)적 공존 양상, 혹은 그 길항 관계는 팔봉의 비평적 사유의 본질을 구성하는 것으로서 그 중핵에 해당한다 할 것이다. 가령 "예술투쟁을 전혀 정치 투쟁과 동일한 물건으로 사료한다든지 혹은 무용한 물건으로 평가하는 사람은 한가지로 색맹이다."(349쪽)[10]와 같은 문장들은 이에 대한 단적인 표현이라 할 것이다. 한편 이상의 논리는 예술의 특수성과 그 형식적 요건을 승인하고 숙고하려는 태도와 자연스레 연결된다. 즉 인용문 말미에 표명된 팔봉의 우려와 경계는 바로 여기에서 나오는 것이다. 아울러 예술의 특수성 혹은 상대적 자율성에 대한 존중과 고려는 마르크스 자신에 의해서도 이미 언급된 바 있는데, 팔봉이 그 내용을 옮겨 적고 있는 대목을 확인하기로 한다.

"곤란은 그리스 예술 및 사시(史詩)가 사회의 어떤 발달 형태와 서로 맺어 있는 것을 이해함에 있는 것이 아니라 곤란은 그것들이(예술이) 지금까지도

---

9 이는 팔봉이 즐겨 사용했던 표현의 하나인 '금일(오늘)의 문학'과 '명일(내일)의 문학'으로 변주되기도 한다. "작고하시기 직전 기억조차 희미한 상태에서 동국대 학생들에게 "나에겐 그때나 지금이나 '오늘의 문학'이 있고, '내일의 문학'이 따로 있다고 생각됩니다. 사회 현실이 지리멸렬한 때는 문학도 사회 현실에 적극 개입하는 '오늘의 문학'이 되어야 하고, 그 결과 사회 현실이 개조된 뒤엔 '내일의 문학'을 해도 되지 않을까 합니다."라고 말씀하시 며,"(김복희·김용한·김호동, 「아버님의 뜻」, 『김팔봉문학전집 I』, 문학과지성사, 1988, iv 쪽.)

10 「예술 운동에 대하여」, 『동아일보』, 1929.9.20~9.22.

계속하여서 우리들에게 예술적 향락을 주고 또는 어떤 의미에 있어서는 규범으로 한대도 참말로 미치지 못할 만큼 모범으로서의 의식을 가지고 있는 사실을 이해함에 있다."(마르크스 『경제학 비판 서설』)(306쪽)[11]

그리스 예술이 고전으로서 지닌 양식적 규정력과 그 항구적 성격은 마르크스에게도 예외적인 것으로 인식되었다. 그것은 유물사관의 소위 '토대-상부구조'론과 배치되는 일이어서 적절한 해명이 필요한 것이었다. 다시 말해 "이 모순들의 일반적 파악"에 어려움이 놓여있다는 언급은 바로 이러한 점들을 반영한다. 하나의 의식형태로서 문학 및 예술은 하부구조인 경제적 사회관계에 의해 일의적으로 규정되지 않는다. 이처럼 물적 토대의 원리에만 의존하지 않는, 예술의 자율성은 독립적 존재로서 예술의 특수한 국면들을 환기한다. 하지만 동시에 팔봉은 "문학을 과대시"하는 "인식적 불구자의 미망"(283쪽)을 지적하며 "문학은 결코 독립한 존재도 아니요, 문화의 초석도 아니다."(284쪽)[12]라고 단언한다. 결론적으로 사회적 제 관계 속에서 팔봉이 파악하는 문학의 위상이란 요컨대, 결코 '절대적 현존'이라는 초월적 지위에까지 상승하지 않으며 다만 '상대적 자율성'의 영역만을 구유(具有)한다는 것으로 요약될 수 있다. 하여 문학과 예술의 상대적 자율성을 승인하면서도 그것의 사회적 함의와 정치적 가능성을 타진하는 험로는 어떻게 발견될 수 있으며, 또한 가능한 것인가. 이러한 물음들에 궁극적으로 답하기에 앞서 우선 팔봉의 비평관을 검토하기로 한다.

예술적 작품의 구성 요소를 분해하며, 그 결합을 조사하며, 조화의 유무를

---

11 「감상을 그대로-약간의 문제에 대하여」, 『동아일보』, 1927.12.10~12.15. 김기진이 인용한 부분과 관련하여 국역본을 함께 참고할 수 있는데, 이 책의 1장, 각주 28 참고.
12 「문예시평」, 『조선지광』, 1927.3.

지적하며, 내용과 기교의 관계를 분석·주석하는 비평은 문학사적 비평이고, 예술적 작품을 일개의 사회 현상으로서, 나타난 예술가를 일개의 사회적 존재로서, 그 현상 그 존재의 사회적 의의를 결정하는 비평은 문화사적 비평이라고 한 청야(靑野)씨의 분류는 타당하다. 소위 내재적 비평이라 함은 문학 전문가적 비평이요, 소위 외재적 비평이라 함은 문화사적 비평이다. 그리하여 나는 나의 결론을 말하면 **우리 문예 비평가는 소위 내재적 비평을 취입한 외재적 비평이어야만 한다는 것이다.** ······ 내재적 비평을 취입한 외재적 비평은 '내재'도 아니고 '외재'도 아니다. 이것은 둘이 아니고 온전한 하나다. 이것이 내가 말하는 마르크스주의적 문예 비평의 방법이다.(106-107쪽)[13]

예문에서 분명히 드러나는 것처럼, 비평가로서 팔봉의 기본적인 입장은 지금의 용어로 풀어보자면 단순한 형식주의 비평이나 문학사회학도 아니며, 가령 '문학텍스트의 사회학'이라 일컬을 만한 것이다. 덧붙여 형식주의(문학사적·내재적 비평)와 내용주의(문화사적·외재적 비평)를 유기적 통일체로서 정립하는 과정에서 보다 우위에 있는 것은 물론 내용주의이며, 이는 곧 내용의 우선성을 드러내는 것이라 하겠다. 팔봉이 주장하는 '마르크주의적 비평'의 실체와 면모는 바로 이러한 것이었다. 그런 맥락에서 문학사에서 기억하는 바, '내용-형식 논쟁'을 통해 회월과의 비교 속에서 팔봉이 마치 형식주의자인 것처럼 오해되는 경우가 적지 않은데, 팔봉의 진의는 전혀 그것이 아니었음을 몇몇 일련의 글들은 뚜렷이 증거하고 있다.[14] 여기에서 팔봉의 입각점은

---

13 「무산 문예 작품과 무산 문예 비평 ─ 동무 회월에게」, 『조선문단』 19호, 1927.2.
14 대표적으로 다음과 같은 문장을 예시할 수 있다. "우리들의 설명은 이것을 거꾸로 세워야 한다. 즉 "존재를 최후로 결정하는 것은 형식이다. 무엇이 존재하려면 그 무엇이 발생하면서 동시에 필요한 형식을 동반하고 그 무엇의 성질에 따라서 그 형식은 많든지 적든지 간에 변경하여야 한다. 그러므로, **형식이라는 것은 언제든지 내용에 따라다니는 것이다.**"(64쪽)(「변증적 사실주의 ─ 양식 문제에 대한 초고」, 『동아일보』, 1929.2.25~3.7.)

내용을 중심으로 한 내용-형식의 일원론이었음을 재차 확인하게 된다. 이상의 입장과 논리들을 충분히 고려하면서 팔봉이 옹호하고자 했던 미학의 실체에 접근해 가기로 한다.

감각의 혁명은 금일에 앉아서 제일착으로 실행하지 않으면 안 된다. 지금까지 꾸부러진 교화를 받아오던 우리들의 기성 지식으로부터 양념받은 우리의 감각을 아무라도 바삐 씻어 없애야만 할 일이다. 그리하여, 완전한 생명에서 흐르는 문학을 작성할 수 있고 병적으로 발달된 우리의 미각은 본질로 돌아갈 수 있는 것이다. 인간성의 본질로 돌아가면 감각의 혁명을 먼저하고 그런 뒤에 인간 개조를 해야만 한다.(25쪽)[15] // 생활은 감각하는 것과 의욕하는 것의 통칭이요 문예는 이 생명의 실재인 생활 위에 기초를 두고 발생한 것이다. 그런고로 문예상에 있는 '감각'의 위치는 중대하다. 나의 입론은 실로 이곳에 섰다. 거듭 말하는 것 같지만 생활한다─는 것은 감각한다, 의욕한다는 것의 별명이 아니냐. 감각은 생존하여 있는 동물 이외에는 하지 못하는 것이다. 그리고 의욕은 감각 현상이 있은 후에 일어나는 심리 현상이다. 생명의 제일의적인 본능인 '생활'이라는 것을 구성하여주는 것은 실로 이 '감각한다'는 것이다. 그리하여 감각되었던 것이 문자로 표현되면 그것은 문예라는 것이 된다. …… **환각이라든가 착각이라든가 하는 감각 현상은 고운 것이다. 그러나 그보다도 정확한 감각을 나는 더 고운 것이라고 한다. 사물을 정확하게 감각한다는 것은 아름다운 일이다.** 이른 봄에 배나무에 꽃이 피었다가 바람이 부는 날 그 새하얀 꽃이 훨훨 날리어 떨어지는 것을 보고 배꽃과 흰나비를 분별할 여유가 없어서 "나비인가 하고 잡으려 하였더니 다시 보니 배꽃일러라"라고 하는 노래가 있다. 이것은 착각을 문자로 표현한 것이다. 그리고 우리

15　「금일의 문학, 명일의 문학」.

들은 이 착각에서 미를 발견한다. 그러나 이 '미'야말로 손장난감 같은 '미'이다. 그 대신으로 지금 여기에 한 사람의 공장 노동자가 있다. …… [55행 삭제](36-37쪽)[16]

　예문에서 팔봉이 '감각의 혁명'을 주장하는 것은 예상된 것이기도 예상되지 않은 것이기도 하다. 예술의 특수성과 형식적 요건에 대한 일관되고 지속적인 관심을 감안한다면 그것은 충분히 예상 가능한 것이며 한편으로 문학예술의 공리적 성격과 정치적 목적성을 고려한다면 다소 의외의 것이기도 하다. 여기에 담긴 그의 진의를 하나하나 따져보기로 한다. 먼저 감각의 갱신이 필요한 이유는 "꾸부러진 교화"[17]로 왜곡되고 마비된 민중의 의식을 해방시키고 "인간성의 본질"을 회복하기 위해서다. 팔봉에 따르면 생활은 감각과 의욕의 통일체이며 문예는 이러한 생활에 기초하여 발생하는 것이다. 따라서 생활을 구성하는 일차적 요소로서 '감각'이 문예에서 차지하는 위상은 결정적인 것이라 하지 않을 수 없다. 그리고 자신의 입론은 "실로 이곳에 섰다."라고 공표한다. 바꿔 말해 '감각'이 일차적 지각 현상으로서 대상에 대한 객관적 인식과 결부된다면, '의욕'은 이차적 심리 현상으로서 주관적 상상력과 연계된다. 그런 뜻에서 생활의 본원적 구성 요소는 신체활동으로서 '감각한다'는 지각 현상이라 하겠다. 궁극적으로는 계급의식에 입각해 있는 팔봉이 감성의 영역 및 그 활동의 지평을 끌어들이는 것은 꽤나 흥미로운 대목이라 하겠으나, 여기까지는 문학예술의 일반적, 보편적 진술에 가까운 것이어서 논리상 크게 배치되는 것은 아니라고 말할 수 있겠다.

16　「감각의 변혁」, 『생장』 2호, 1925.2.

17　「지배계급 교화, 피지배계급 교화」(『개벽』 43호, 1924.1.)의 내용을 참고한다면, 이는 '부르조아 컬트'로서 부르아 이데올로기 및 문화 전반을 가리키는 것으로 이해할 수 있다. 그리고 이와 대비되는 것은 '프롤레타리아 컬트'이다.

팔봉이 제기하는 감각의 문제가 정면으로 겨냥하고 있는 곳은 따로 있어 보인다. 그것은 이어지는 문장들에서 확연히 드러나는데, 그는 "정확한 감각"의 중요성에 대해서 재차 강조한다. 그리고 환각이나 착각에서 비롯된 개인적, 주관적 차원의 '가공의 미'(전술에 따르면 심미성)와 사회적 계급 관계에 대한 객관적 인식을 바탕으로 한 '생활의 미'(전술에 따르면 공리성)를 선명히 대비시킨다. 그리고 전자를 "손장난감 같은 '미'"라 평가절하하고 후자를 아마도(뒤 55행은 삭제되었기에 유보적 표현이 불가피하다) '정확한 감각'에 토대한 참된 미, 진정한 아름다움으로 평가했을 법하다. 이 지점에 이르면 그의 감각의 혁명이 애초에 의도했던 바와 그 궁극적 목표가 여실히 드러난다고 할 수 있다. 그것은 가감 없는 실제 생활에 토대하며 그것에 직결되는 <감각으로의 전환>이다. 부연하여 그것은 감각의 변혁으로서 정치적 무의식의 발견이며 한마디로 '계급의식의 각성'이다. 이는 거시적 차원에서 기존의 부르조아 미학으로부터 혁명적 프롤레타리아 미학으로의 전환을 천명하는 것과 진배없다. 따라서 팔봉의 감각에 대한 논의들을 이데올로기와 이념으로부터 탈피한 감성의 차원의 강조나 감각의 재발견 등으로 정의한다면 그것은 대단한 오독이 아닐 수 없다. 이에 대한 각별한 주의와 섬세한 독해가 요구되는 것은 이런 사정들에서 나온다.

이와 같은 팔봉의 프롤레타리아 미학이 필경 도달한 것은 '변증적 사실주의'였다.(팔봉 자신의 정의에 따르면 그것은 "프롤레타리아 철학에 입각한 변증적 사실주의"(71쪽)이다.) 그리고 그것은 이후 카프문학의 전개에 따라 안막 등에 의해 점차 체계화된 명제로서 '프롤레타리아 리얼리즘'에 거의 근사한 것이었다. 때문에 비평사적 관점에서 팔봉이 프롤레타리아 리얼리즘의 초석과 대강의 얼개를 마련했다고 보아도 크게 지나친 말은 아닐 것이다. 팔봉의 변증적 사실주의에 대한 정의에서 주목해야 할 곳은 다음과 같은 구절들로 여겨진다.

프로 작가는 객관적 태도라야 한대서 초계급적 냉정한 태도를 가하다 함은 아니다. 초계급의 태도가 아니라 프롤레타리아의 전위의 태도이어야 한다. 무슨 까닭이냐 하면, **초계급적 태도란 있을 수 없고 현재에 있어 프롤레타리아 전위만이 현실을 객관적으로 정확하게 그 전체 중에서, 그 발전상에서, 전체와의 불가분의 관계에 있어서 파악하는 유일한 계급인 까닭이다.**(72쪽)

표현은 상투적이고 내용은 진부하다. 논의가 상식적이며 기초적인 원론적 수준에 머물고 있음 또한 자명하다. 이와 함께 역설적으로 그것이 갖는 원론적 성격이야말로 지나칠 수 없는 의미를 내포하고 있다 하겠다. 리얼리스트로서 프로 작가의 묘사 수법은 필연적으로 "객관적·현실적·실재적·구체적"(72쪽)이어야 한다고 그는 주장한다. 예문은 뒤에 이어지는 문장으로서 그 객관적 태도는 "초계급적 냉정한" 태도를 말함이 아니라고 앞선 내용을 재차 반복하고 있다. 그것은 엄정히 "프롤레타리아 전위"의 태도로서 무엇보다 계급의식에 철저할 것을 주문하고 있는 것이다. 계급적 전위성에 입각했을 때만이 유물변증법에 따라 현실을 '객관적'으로 인식할 수 있기 때문이다. 단지 언어유희에 불과한 것으로 폄훼할 수도 있겠으나 <역사의 객관적 가능성>이라는 유물사관의 견지에서는 논리적 모순이 없는 비교적 선명한 원론적 진술이라 하겠다. 어떤 면에서 초보적 수준의 입장 표명이라 할 수도 있지만, 프롤레타리아의 계급의식을 내용으로 한 리얼리즘의 형식을 제안했다는 점에서, 프로 문학의 양식 문제와 관련해서는 팔봉의 정리가 거의 최초의 것이라 봐도 무방할 것이다. 이는 이후 세계관과 창작방법의 결합이라는 창작방법논쟁으로 연면히 이어지는 것이기도 하다. 이와 같은 점들에서 그 선구적 의의는 마땅히 팔봉 자신에게로 돌아가야 할 것이다. 이제 이상의 프로 문학에 대한 정의들이 실제 창작에서 구현되는 방식, 문학예술의 형상화 과정에 대한 논의들로 초점을 이동해가기로 한다.

이데올로기를 작가가 의식적으로 작품 가운데 주입하려는 노골적 기도가 독자의 눈에 나체로 되어서 나타날 때 주입된 이데올로기의 전달의 효과는 최대한도로 감쇄(減殺)된다. 다시 말하면 작가의 이데올로기가 흐르는 냇물 가운데 물결에 싸여서 떴다 잠기었다 하며 떠내려가는 착색한 목편(木片)과 같이 또는 마라톤 경주를 하고 있는 선수들 가운데 특정한 색복(色服)을 입은 한 사람의 유표(有標)한 선수의 달음질하는 모양과 같이 작가의 이데올로기의 걸어가는 꼴이 보인다는 것은 불행한 일이다. **이데올로기는 독자의 마음 가운데 정서 가운데에서 물이 번지듯이, 와사(瓦斯)[18]가 충만하듯이 삼투되어야 할 것이다.** 작가의 이데올로기가 '여기 간다…… 여기 간다……' 하도록 노골로, 설화로, 비형상으로, 대도연설로 나타날 때 벌써 그것은 예술적 효과를 거두지 못하고 사또 행차의 구경거리로 시종하고 만다. 이것이 과거에 작가들이 실패한 중대한 결점의 하나였다. …… 부(否)다-모두 다 부(否)다.-작가들의 실패는 작가 자신의 천분의 부족과 기술의 불연숙(不鍊熟)과 노력의 불충분 등에 그 전책임이 있다. 다시 말하면 이데올로기를 예술적으로 소화하는 방법을 습득하지 못하였던 곳에 책임은 있다. 결코 이데올로기가 그 물건에게 원인이 있는 것이 아니다. **마르크스주의의 세계관에 죄는 없다. 세계관은 교란자가 아니다.**(189-190쪽)[19]

---

18 <'와사(瓦斯)'의 뜻과 해석에 대하여>: '와사'의 어원은 영어 '가스(gas)'의 일본어 음역(音譯)인 '瓦斯'(gasu)를 우리 한자음으로 읽은 데서 비롯된 말이다. 즉 기체 물질을 통틀어 이르는 말로서 지금은 '가스'로 순화된 단어이다. 먼저 김광균의 대표작 「와사등(瓦斯燈)」(1938)이나 김수영의 시 「아메리카 타임誌」(1947)의 한 구절, "瓦斯의 政治家여" 등을 떠올릴 수 있을 것이다. 그리고 일본 프로문예 비평가 하야시 후사오(林房雄)의 "와사와 같이 사회에 충만하여지면 그만이다."라는 문장을 고려한다면 '와사'의 뜻은 아마도 '가스'로 보는 것이 맞을 것이다. 그런데 그 전후의 표현들, 즉 "물이 번지듯이"와 "삼투되어야" 등이 '액체'의 이동과 관련된다는 점을 감안한다면, 또 '비가시성'과 '완만한 과정'을 강조하려는 팔봉의 진의에도 그것이 부합하는 것이라면, 오독을 무릅쓰고 '와사'를 '기왓장'으로 보아 <기왓장에 빗물이 스며들 듯이>, 이데올로기는 자연스럽게 작품이나 독자에게 녹아들어야 한다는 의미로 해석하는 것도 불가능하지는 않으리라 개인적으로 생각해본다.

팔봉은 변함없이 프로 문학의 정치적 목적성과 공리적 성격을 염두에 두었지만, 동시에 그러한 목적과 선명한 결말에 이르기 위해서는 반드시 예술의 형상화 과정이라는 난관들을 돌파하는 것을 회피해서는 안 된다고 믿었다. 주지하듯 회월과의 내용-형식 논쟁도 이런 맥락에서 출발한 것이었고, 이후 표면적으로는 자신의 주장을 철회하는 듯했지만 실제로는 일관되게 자신의 입장을 고수했다고 보는 편이 보다 진실에 가까운 것이었다. 예문은 회월의 전향선언에 대한 팔봉의 전면적인 비판으로, 이러한 그간의 사정들이 고스란히 녹아있는 것으로 보인다. 쉽게 확인되듯 위 서술들은 기존 팔봉이 내세웠던 소위 '소설 건축론'의 내용과 별반 다르지 않다. 더불어 논의를 확장한다면 이는 엥겔스가 이른 바 '리얼리즘의 승리'를 통해 설파했던 주장들과도 일맥상통하는 것으로 판단된다. 즉 "작가의 견해가 숨겨져 있으면 있을수록, 그만큼 더 예술작품에게는 좋은 것입니다."[20]라는 조언이다. 주지하듯 엥겔

---

19 「문예 시평-박군은 무엇을 말했나?」, 『동아일보』, 1934.1.27~2.6. 이외에도 팔봉은 여러 차례에 걸쳐 회월의 전향을 단호히 비판하였다. 다음 예문 또한 이를 입증한다. ""얻은 것은 이데올로기뿐이오 상실한 것은 예술 자신"이 아니라 이 역사적 순간에 있어서 고조되어야 할 것이 이데올로기이어야 합니다. 퇴각할 것이 아니오 준비해야 할 것이며 패배해야 할 것이 아니오 현실에서 승리해야 할 것인 까닭으로 발흥하는 정신과 고조되는 열정이 필요합니다."(95쪽)(「조선문학의 현계단」, 『신동아』 39호, 1935.1.)

20 원문은 다음과 같으며 국역본을 참고하여 번역 문장을 수정하였다. "The more the opinions of the author remain hidden, the better for the work of art. The realism I allude to may crop out even in spite of the author's opinions."(작가의 견해가 숨겨져 있으면 있을수록, 그만큼 더 예술작품에게는 좋은 것입니다. 제가 말하는 사실주의는 심지어 작가의 일정한 견해에도 불구하고 드러날 수 있는 것입니다; F. Engels, "Engels to Margaret Harkness in London"(1888.4.), K. Marx & F. Engels, *Marx-Engels Collected Works(MECW)* Vol. 48, London: Lawrence & Wishart, 2001, pp.166-169.)
덧붙여 다음과 같은 구절들도 같은 맥락에 있는 것으로 볼 수 있겠다. "But I believe that the tendency should spring from the situation and action as such, without its being expressly alluded to, nor is there any need for the writer to present the reader with the future historical solution to the social conflicts he describes."(그러나 제가 생각하기에, 경향성이란 명시적으로 제시됨이 없이 상황과 행위 그 자체로부터 분출되어야 하는 것이

스는 이에 대한 대표적인 사례로 발자크를 꼽는다. 많지 않은 마르크스-엥겔스의 문학예술론에서 주관적 이상화는 리얼리즘과 배치되는 폐단 중의 하나였으며, 이처럼 마르크스-엥겔스는 문학예술의 특수성과 형상화 과정에 적지 않은 관심을 표명함으로써 속류 마르크스주의와도 결별한다. 달리 말해 이 지점은 '마르크스주의적인(Marxist) 것'과 '마르크스적인(Marxian) 것'이 분화하는 결정적 계기 중의 하나이기도 할 것이다.[21] 김기진의 기본적 태도 역시이와 같았으며, 이러한 신축적 태도와 사고의 유연성이야말로 팔봉과 회월의 문학적 여정을 갈라서게 했던 본질적 차이에 속하는 것이라 해도 과언은 아닐 것이다. 덧붙여 역설적으로, 이상의 개방적 태도 때문에 팔봉은 오히려

며, 또한 작가는 자신이 묘사하는 사회적 갈등에 대한 미래의 역사적 해결책을 독자에게 제시할 필요가 없는 것입니다; F. Engels, "Engels to Minna Kautsky in Vienna"(1885.11. 26.), K. Marx & F. Engels, *Marx-Engels Collected Works(MECW)* Vol. 47, London: Lawrence & Wishart, 1995, pp.355-358.)

21 이러한 구분은 발리바르의 논의에서 본격적으로 구상되었고 보다 구체화된 것이다. "이 얇은 책이 전반적으로 목표하는 것은 …… 마르크스가 철학에 대해 제기하는 질문들과 철학에 대해 제시하는 개념들을 통해 마르크스를 과거의 기념비적 인물일 뿐만 아니라 현재성을 지니는 저자로 만드는 것이다. 나는 다소 역설적인 다음의 테제를 옹호하고 싶다. 우리가 어떻게 생각해왔든지 간에, **마르크스주의적 철학이란 존재하지 않으며 앞으로도 존재하지 않을 것인 반면, 철학에서 마르크스가 차지하는 중요성은 그 어느 때보다도 크다.**(강조는 원저자의 것) 우선 우리는 '마르크스주의적 철학'이 의미했던 바를 이해해야한다. 이 표현은 상당히 다른 두 가지 관념, 하지만(19세기 말에 구체적으로 형성되었으며 공산주의 국가들과 공산당들에 의해 1931년과 1945년 사이에 제도화되었던) 정통 마르크스주의의 전통이 분리 불가능한 것으로 간주했던 두 가지 관념을 지시할 수 있었다. 이두 가지 관념은 바로 노동자계급의 역사적 역할이라는 관념에 기초해 있는 사회주의 운동의 '세계관'이라는 관념과 마르크스의 것으로 간주되는 그 체계라는 관념이다. …… 문헌학자들 또는 비판적 정신의 소유자들은 마르크스의 텍스트들이 지니고 있는 내용과 이 텍스트들의 '마르크스주의적' 후예들 사이에 존재하는 거리를 간과하지 않고 이를 강조했으며, 또한 마르크스의 철학이 존재한다는 점이 이 철학의 뒤를 잇는 마르크스주의적 철학의 존재 자체를 함의하는 것은 전혀 아니라는 점을 정확히 보여주었다."(발리바르, 「제1장. 마르크스주의적 철학인가 마르크스의 철학인가?」, 『마르크스의 철학』, 배세진 역, 오월의 봄, 2018, 60-61쪽.)

이데올로기나 당파성에 보다 철저할 수 있었다고도 말할 수 있을 것 같다.[22] 가령 인용문 말미의 "마르크스주의의 세계관에 죄는 없다. 세계관은 교란자가 아니다."라는 그의 단언도 크게 놀랄 일이 못 되는 것은 바로 이 때문이다. 이상의 논점과 맥락들을 종합할 때, 회월과의 내용-형식 논쟁 못지않게 카프 진영 내에 비상한 관심을 끌었던 임화와의 논쟁 또한 재검토할 여지가 있어 보인다.

① 우리들의 문학은 사람이 보도록 알아보기 쉽게 만들어야 한다. 더구나 작금 1년 이래로 극도로 재미 없는 정세에 있어서 우리들의 '연장으로서의 문학'은 그 정도를 수그려야 한다. …… 이때에 있어서 우리의 덩어리의 일은 어떻게 확대하여야 하며, 우리의 문학은 어떻게 만들어야 할 것인가. 이 두 가지가 문제이니, 이것이 작년 말부터 예술 운동의 각 부문을 통하여서 기술 문제가 문제되기 시작한 원인이다. 그리하여 이곳으로부터 전문적·형식적 문제는 출발하게 되는 것이다. 내가 이곳에서 소설의 양식 문제를 문제로 하는 이유가 여기에 있다.(62-63쪽)[23] // ② 이 점은 피차에 논쟁할 거리가

---

22 이와 비슷한 맥락에서 김영민 역시 팔봉의 입장을 지지하고 있어 주목된다. "「카프」라는 조직이 지닌 큰 결점 가운데 하나는 유연성을 결여하고 있다는 것이었다. 예를 들면 「카프」 노선의 선명성과 투쟁성을 강조하던 박영희가 "얻은 것은 이데올로기이고 잃은 것은 예술 자신"이라는 전향선언을 하고 「카프」에서 탈퇴하게 되는 것도 결국은 유연성 결여가 초래한 결과이다. 상대의 의견이 지닌 가치를 보려고 하지 않는 경직성이 급속한 방향전환을 추구하거나, 혹은 그 반대로 탈퇴 선언이라는 극단적인 결과들을 가져오거나 한 것이다. 그에 비하면 김기진은 다른 사람들이 지니지 못한 유연성을 지닌 인물이었다. 그는 현실타협론자라는 비판을 줄곧 받았지만, 문학을 통한 사회운동은 문학의 생명력을 끝까지 존중하는 가운데 이루어져야 한다는 주장을 굽히지 않았다. 김기진은 주관 없는 타협론자가 아니라, 오히려 자신이 초기에 세운 원칙을 끝까지 포기하지 않았던 원칙론자였다. 앞으로 프로문학과 「카프」에 대한 연구가 진행되는 가운데, 김기진에 대한 평가가 더욱 적극적으로 이루어져야 하리라고 생각한다."(김영민, 「「카프」 활동의 전개와 문학사적 의미」, 『문예연구』 22, 1999.9, 39-40쪽.)

23 「변증적 사실주의─양식 문제에 대한 초고」, 『동아일보』, 1929.2.25~3.7.

못 된다. 왜 그러냐 하면, 임군이 아무리 역격을 역격으로 대하고 통제를 취한다 해도 그렇게 쓴 글이 인쇄·발표되지 못하면 우리가 얻어 보지 못할 것이니 역격을 어디까지든지 역격으로 대한다는 것도 비현실적 헛 리쿠스에 불과하다. 임군이 정히 이와 같은 의미로서 "역격을 역격으로 대해야 한다."고 주장한 것도 아닐 것이며, 또 내가 표현의 강도를 수그리어야 한다 한 것은 **내용 문제가 아니요, 표현상의 어세·문맥 등의 기술 문제이니 이것이 직시(直時) 무장 해제가 될 이유가 없다.**(179쪽) …… 다음으로는 예술상의 특수한 문제(예, 표현 수법 문제)를 일률로 정치 이론으로서 규정하려 하는 오류를 버려야 한다.(179-180쪽)[24] // ③ "우리들의 연장으로서의 문학은 그 표현의 강도(정도 2자를 개정함)를 수그리어야 한다." 이것은 작년 말에 내놓은 슬로건이다. 슬로건은 주관적 조건과 객관적 정세에 즉(則)하여 구체적으로 그 당시 당시의 행동의 지표가 됨에 전의의(全意義)와 목적이 있는 것이다. 그러므로 원칙상 공식은 비교적 항구적이되 슬로건은 일시적인 물건이다. 그리고 **원칙상 공식은 주로 의식 문제에 대한 일반적 발언이요 슬로건은 그 원칙에 입각한 전략전술에 의하여서의 필요한 행동의 규정이다.** 표현의 강도를 수그리는 것은 표면 퇴각인 듯하나 실상은 퇴각이 아니다. 그것은 엄정히 마르크스주의적 XX적 원칙에 입각한 예술의 영역 내에 있어서 특수전술이다.(348쪽)[25]

다소 긴 예문들은 위 논쟁과 관련하여 팔봉의 생각을 엿볼 수 있는 글들을 한데 그러모은 것이다. 주지하듯 ①은 논쟁이 촉발된 계기가 된 글로서, 팔봉의 예술 형식에 대한 관심이 단지 고립된 사유의 결과물이 아니라 매우 '현실 지향적인',[26] 환언하여 현실의 문제(특히 검열의 문제)를 나름대로 해결하기

---

24 「예술 운동의 일년간―대강대강 생각나는 대로」, 『조선지광』, 1930.1.
25 「예술 운동에 대하여」, 『동아일보』, 1929.9.20~9.22.
26 가령 팔봉의 일련의 대중화론 역시 지극히 '현실 지향적인' 것으로서, 식민지 조선의 낙후된

위한 고육지책이었음을 간파할 수 있다.(여기서 ①은 앞서 검토한 「변증적 사실주의」의 일부임을 기억해둘 필요가 있다.) 그러나 임화는 이에 격렬히 반대하였고 팔봉을 개량주의자로 매도하며 맹공을 퍼부은 바 있다. 이어지는 ②와 ③은 임화의 비판에 대한 팔봉의 해명이자 재반론이다. ②에서 그는 여전히 검열이라는 현실적 어려움을 들어 임화의 주장이 비현실적임을 지적함과 동시에, 한편으로 그것이 내용과는 다른 형식의 문제이므로 내용에 해당하는 정치성의 '무장해제'가 전혀 아님을 강조하고 있다.(하지만 내용-형식이 하나의 통일체라는 그의 주장들을 상기한다면, 형식의 변화는 내용의 변화를 수반할 수밖에 없다는 반론이 즉각적으로 제기될 수 있는 것이다.) ③에서 팔봉은 일반적 원칙·공식과 구체적 전략·전술을 각기 항구적 목적과 일시적 수단에 해당하는 것으로 구분함으로써, 자신이 내건 슬로건의 정당성을 옹호하고 있다. 그리고 그 논리는 원칙적으로, 틀리지 않은 타당한 것으로 이해될 수 있다고 본다. 표면적으로는 예술의 형식 문제를 거론하는 것이 정치적 목적성의 약화로 비칠 수 있겠지만, 정치-예술의 길항 관계를 늘 염두에 두고 숙고를 거듭하였던 팔봉의 입장에서는 전혀 부당한 오해로 받아들여질 수밖에 없었을 법하다. 그것은 "실상은 퇴각이 아닌" 것이다. 결론적으로 팔봉에게 그것은 "엄정히 마르크스주의적 XX적 원칙에 입각한" 것으로서, 여일한 스스로의 문학적 신념을 피력한 것으로 간주해 주길 당부하고 있다 하겠다.[27]

문화적 상황과 실제 문학 독자들의 현실적 조건들을 반영하고 깊이 숙고한 결과이다.(「문예 시대관 단편-통속소설 소고」, 『조선일보』, 1928.11.9~11.20; 「농민 문예에 대한 초안」, 『조선농민』, 1929.3; 「대중소설론」, 『동아일보』, 1929.4.14~4.20; 「단편 서사시의 길로」, 『조선문예』 창간호, 1929.5; 「프로 시가의 대중화」, 『문예공론』 2호, 1929.6; 「예술의 대중화에 대하여」, 『조선일보』, 1930.1.1~1.14; 「대중소설론」, 『동아일보』, 1929.4.14~4.20; 「예술의 대중화에 대하여-신년은 이 문제의 해결을 요구」, 『조선일보』, 1930.1.1~1.14.)

27 예를 들어 팔봉의 균형감각 또는 정치와 예술을 함께 고려하려는 일관된 태도는 실제비평에서도 여실히 드러난다. 다음 예문은 김남천의 「물」에 대한 주석이자 평가인데, 절대 긍정도 절대 부정도 아닌, 제한적 부정(긍정)에 입각해 있음이 쉽게 확인된다. 이는 실상 동일

2. 과정의 충실성 또는 경험적 초월론의 양상

주지하듯 카프문학은 이념형으로서 프롤레타리아의 이데올로기 및 계급적 당파성을 강조한다는 의미에서, 그리고 궁극적으로는 공산주의의 사회적 실현을 정치적 목표로 삼는다는 점에서 '지금-여기'의 현실을 넘어서려는 일종의 초월론의 양상을 띠게 마련이다. 그것은 카프 진영에 몸담았던 문학가들의 공통된 입장이었다. 보다 중요한 것은 그 이념들의 분화 과정, 마르크스주의 문학(비평)의 분파들을 보편적으로 타당하게 식별해내는 작업이다. 이는 본고의 주요 명제의 하나인 '마르크스주의적인(Marxist) 것'과 '마르크스적인(Marxian) 것'의 구분, 보다 구체적으로는 '마르크스주의적인(Marxist) 것'으로부터 '마르크스적인(Marxian) 것'을 구출해내는 작업과도 긴밀히 연관된다. 그리고 이는 카프문학의 현재화 작업, 즉 카프문학을 한낱 과거의 유물이 아닌 여전히 유효한 현재적 전통으로서 복원하기 위해서는 반드시 필요한 일이다. 앞 장에서 필자는 그것의 유력한 준거점의 하나로 <정치=문학>이 아니라 <정치≠문학>이라는, 정치와 문학의 항구적 길항관계 또는 그

작품에 대한 임화의 평가와도 근사한 것이어서, 위 예문에서의 서술처럼, 어떤 면에서 팔봉과 임화의 견해가 그리 동떨어진 것은 아니라는 점을 시사해준다. "극도로 부자연한 환경과 거기서 당하는 비XX적 대우 중에서 변태적으로 일어나는 강렬한 물의 욕구와, 일단 이 비상한 욕망이 달성되는 순간의 이루 다 말할 수 없는 환희의 표현은 조금도 거짓 없이 또는 조금도 과장이 없이 묘사되어 있다. 그런고로 이 작품에 대해서 그 욕망이 변태적이라든가 그 환희가 과장이라든가 환경이 부자연하다든가 하는 유의 비난과 공격은 부당한 말이다. …… X방 안에 있어서의 다른 모든 불평불만과 일반적 대우 문제와 시설 문제와는 별다른 전혀 이것들과는 관계없는 인간의 본능적인 욕망만을 고조하는 일체 다른 것을 들여다보려고 하지 않은 것은 이 작품을 계급적 생산품으로 갖기에 부족을 느끼게 한다. 염열 백도에 달하는 시설에 2평 7합 속에서 12명과 한가지로 볶이고 있는 한 사람의 '산 인간'은 있다. 그리고 본능적인 극도의 욕망이 있을 뿐. 그 외에 감방 안의 생활로서의 다른 부면은 구체적으로 보이려 하지도 아니하였다. 따라서 주제도 적극적인 것이 못 된다."(366~367쪽)(「1933년도 단편 창작 76편」, 『신동아』 26호, 1933.12.)

이접적(離接的) 공존의 양상으로 이를 파악하였다. 그것은 문학예술이 자신의 고유한 역량의 확인을 통해 역사의 합목적적 발전에 온전히 기여할 수 있는 희소한 통로이다. 이 장에서는 이상의 김기진의 문제의식과 비평적 사유를 뒷받침하고 있는 '현실 인식'의 문제라는, 보다 근원적인 지대를 탐색하는 데 집중하려고 한다. 이를 위해 다음 예문을 그 단초로 삼아도 좋을 것이다.

> 즉, 정신주의와 실제주의의 두 갈래 암류에 대해서—물론 **현실주의와 이상주의와 같이 밀접한 현실을 떠난 이상주의가 없는 것과 같이 정신주의와 실제주의와도 뿌리는 같다 할지라도 그 각각 쓰는 전술, 즉 택틱의 성질이 명료히 다르므로** 여기에는 얼마간 논의할 필요가 있는 것으로 나는 믿는다.(429쪽)[28]

위 글은 주지하듯 클라르테 운동의 진로와 관련하여 벌어졌던 앙리 바르뷔스와 로망 롤랑 간의 논쟁을 배경으로 한다. 팔봉은 양자 간의 논의를 소개하며 공통점에 대한 지적보다는 그 본질적 차이의 부각에 좀 더 주의를 기울이고 있어서, 바르뷔스의 견해에 동조하고 있는 것으로 보인다.[29] 바르뷔스는 롤랑의 비개입적 태도를 가리켜 "'비승인'의 위대한 수동적 거절"(462쪽)이

---

28 「클라르테 운동의 세계화」, 『개벽』 39호, 1923.9.

29 다음 예문은 이를 단적으로 보여준다. "이 위에 쓰인 로망 롤랑과 같이 앙리 바르뷔스와의 논쟁을 읽었으면 그 두 사람의 차이점이 어디 있는 줄을 알았을 것이다. **바르뷔스가 말하는 거와 같이** "인류가 마법사들의 쓰는 지팡이의 힘으로 서서히 조화와 총명과를 변형하고 개화되어나간달 것 같으면 그것은 매우 바람직한 일이다. 그러나 생간건대 인류의 생활력의 존속하는 이상은 요원한 시일을 잡아먹을 듯한 자연적 변화를 기다리고 있기 전에 우리는 먼저 움직이지 않으면 안 된다. 그래서 법칙을 변경하기를 새 법칙으로 하지 않으면 안 된다. 이 단축된 정리와 합리의 길이야말로 프롤레타리아의 향해서 나아갈 길이라고 우리는 해석한다"라는 말이 **거지반 탁상적인 영탄조의 롤랑의 말보다는 현실의 굳은 철학이 있는 것을 발견할 것이다.**"(「바르뷔스 대 로망 롤랑간의 쟁론—클라르테 운동의 세계화(끝)」, 『개벽』 40호, 1923.10; 같은 책, 465쪽.)

라 일컫는데, 현실참여의 '오늘의 문학'을 주창했던 팔봉이 바르뷔스에 기울어있는 것은 자연스럽게 여겨진다. 인용에서 팔봉은 롤랑디즘을 '정신주의(이상주의)'로 바르뷔스주의를 '실제주의(현실주의)'로 각각 칭하고 있는데, 일단 논쟁의 실상이나 귀결점 등을 논외로 한다면, "정신주의와 실제주의와도 뿌리(현실, 인용자)는 같다 할지라도 그 각각 쓰는 전술, 즉 택틱의 성질이 명료히 다르므로"라는 언급은 마르크스주의 비평으로서 카프 문학비평의 성격과 본질을 구명하는 데 하나의 시사점이 될 수 있다고 생각한다. 즉 이는 마르크스(주의) 내의 뚜렷한 두 가지 사유의 지향성으로서, '객관적 존재'와 '주관적 의지'의 변증법적 교호 관계 내지 양자의 결합 양태에 관한 것이다. 아울러 양자는 문예사조 상에서 '리얼리즘(현실주의)'와 '로맨티시즘(낭만주의)'라는 이름으로 호명됐던 일련의 흐름과 현상들을 통칭하기도 한다. 하여 마르크스는 현실 인식의 문제를 객관적 존재와 주관적 의지의 상호작용을 통해 파악하고자 하였다. 그럼에도 마르크스가 보다 중요한 것으로 간주했던 것은 후자라기보다는 어디까지나 전자에 가까웠다고 말해야 할 것이다. 다음과 같은 서술들은 이를 확고히 뒷받침한다.

> 마르크스가 가장 힘들여 노력을 기울이는 것은 엄밀한 과학적 연구를 통해 일정한 사회적 관계질서의 필연성을 논증하고 자신의 논증을 받쳐줄 주요 거점으로 사용될 수 있는 **사실들을 최대한 완벽하게 구성해내는 일**이다. 이 일은 그가 현재 질서의 필연성과, 사람들이 믿든 안 믿든 사람들이 의식하든 안 하든 상관없이 이 질서가 다른 질서로 이행할 수밖에 없는 필연성을 논증하기만 하면 그것으로 완전히 달성된다. 마르크스는 사회운동을 하나의 자연사(Natural History, 인용자)적 과정으로, 즉 인간의 의지나 의식 그리고 의도와는 무관한, 아니 오히려 이들 의지나 의식·의도를 규정하는 그런 법칙이 지배하는 과정으로 간주하였다.[30]

이처럼 마르크스는 "원리로까지 환원시킬 수 없는 완강한 사실"[31]의 힘을 승인하고 존중했던 것이다. 또 헤겔과 대비되는 자신의 정치경제학 방법론을 두고 마르크스가 <'추상'에서 '구체'로> 진입하는 것이라 에둘러 말했을 때,[32] 그것은 바로 주관적 의지에 대한 객관적 존재의 우위성을 은연중에 드러내는 것이라 할 것이다. 이런 점들에서 마르크스(주의) 내의 사유의 두 가지 지향성 및 그 결합 양태는 마르크스주의 비평으로서 카프 비평의 이념적 분화 과정 및 더 나아가 마르크스주의의 분파들을 파악하고 식별해 내는 주요한 준거점의 하나가 될 수 있다. 궁극적으로 그것은 '마르크스주의적인 (Marxist) 것'으로부터 '마르크스적인(Marxian) 것'을 구별하고 현재의 역사적 전통으로서 마르크스를 재정위하는 작업으로까지 이어질 수 있을 것이다. 가령 박영희나 임화의 경우 분명히 둘은 공히 객관적 존재에 대한 주관적 의지의 우위를 바탕으로 '마르크스주의적인(Marxist) 것'의 도그마화로 나아갔던 부분이 있다. 이에 반해 김기진이나 김남천의 경우는 상대적으로 '마르크스적인(Marxian) 것'에 비교적 충실했던 편이라고 볼 수 있는 여지가 많다. 그리고 이러한 유보적 판단들은 그들의 '현실 인식'의 문제에 집중한다면 보다 많은 논거들을 얻을 수 있다고 생각한다. 이와 관련하여 팔봉의 경우를

---

30 칼 마르크스, 『자본 I-1』, 강신준 역, 길, 2008, 58쪽. 인용문은 I. I. 카우프만이 발표한 마르크스의 『자본론』에 대한 서평문의 일부로서, 페테르부르크에서 발행된 『유럽통신』 1872년 5월호에 실렸다. 마르크스는 『자본론』 제1권의 「제2판 후기」에 그 내용을 소개해 놓고 있다. 더불어 김기진의 다음과 같은 서술들 역시 이와 동일한 맥락에 놓여있는 것으로 보아도 무방할 것이다. "나아가서는 이러한 사회적 죄악의 필연적 소멸을 강조하였을 것이다. 그러면 이러한 태도는 리얼리즘의 태도가 아니라 할 것이나, 그러나 도리어 이렇게 하는 것이야말로 진정한 리얼리즘의 태도다. 왜 그러냐 하면 현실에 있어서 이러한 사회적 죄악을 양조하는 정서적·경제적 기구는 점점 소멸로의 길을 걷지 않을 수 없는 역사적 필연에 있는 까닭이다."(69쪽)(「변증적 사실주의」)

31 A. N. 화이트헤드, 『과학과 근대세계』, 오영환 역, 삼성출판사, 1990, 46쪽.

32 이에 대해서는 칼 마르크스, 『정치경제학 비판 요강 I』, 김호균 역, 백의, 2000, 70-72쪽 참고.

살펴보기로 한다. 특히 그는 1930년대 중후반 '사회주의 리얼리즘'의 소개 및 도입과 관련해서 반복적으로 이 문제를 제기한다.

① 그러나 일역(日譯)된 이 책 한 권이 일본 및 조선의 프로 문학으로 하여금 예술 전당에서 그윽한 종소리를 듣고 있도록 만든다면 가소로운 일이다. 우리는 킬포친이나, 루나차르스키나, 킬손이나, 그론스키나가 모두 다 전부 그들의 문학상 문제를 취급함에 있어서 제일 먼저 그들의 현실에서부터 문제를 출발시키고 있는 방법을 배워야 한다. **문학의 권내에서부터 출발하는 것이 아니고 현실의 광야에서 출발하고 있는 것을 보아야 한다.** …… 여하간, 소시얼리스틱 리얼리즘의 봉화가(박군이 지칭하는 문예 이론의 신전개를 의미한다) 우리에게 던지는 영향은 클 것이리라.(194쪽)[33] // ② 다만 세계관과 창작 방법과의 교호 관계라는 문제도 또는 예술 단체의 재조직 문제도 전자거나 후자거나 **이것이 모두 다 조선이라는 세계 역사의 체계 중에 쌓여있는 현실에 대한 인식 파악의 문제**인 것만을 말씀하려 합니다. '소시얼리스틱 리얼리즘'이 소비에트 러시아에서 체결된 창작 방법이니까 우리들도 이 방법에 의하여서 창작을 하여야 되겠다는 것이 아니라 조선의 현실도 이러하니까 이 현실을 조명하는 우리의 창작도 이 방법에 의하지 아니하여서는 못 쓰겠다고 하는 인식에서 새로운 사실주의 방법은 논의되어야 하며 또는 현재 그와 같이 논의되는 중에 있습니다. …… 이 두 개의 문제가 현실 인식의 원칙적·근본적 문제와 밀접하게 서로 붙어있는 것은 말할 필요도 없을 것입니다.(92~93쪽)[34]

①은 박영희의 전향을 언급하면서 이를 비판하는 대목이다. 팔봉은 "예술

---

33 「문예 시평-박군은 무엇을 말했나?」, 『동아일보』, 1934.1.27~2.6.
34 「조선문학의 현계단」, 『신동아』 39호, 1935.1.

의 전당과 창작의 사원에서 그윽한 종소리를 듣게 될 만큼 현실은 변하였는가?"(같은 글, 193쪽)라고 재차 묻는다. 여기에서 주목할 수 있는 것은, 양자가 인식하며 보고자 했던 현실은 판이하다는 점이다. 안타깝지만 박영희에게 그 현실은 엄정히 말해 '이론의 현실'이었다.[35] 반면 김기진은 이론의 출발점으로서 '현실의 광야'를 정당하게 지적하고 있는 것을 볼 수 있다. 그가 인식하고자 했던 현실은 식민지 조선의 경험적 구체성, 20세기 전반기 낙후된 조선의 후진성이었다.[36] 그리고 이를 회피하거나 정면으로 바라보지 않을 경우 결코 현실에 대한 정당한 인식에 이를 수 없다는 것이 팔봉의 생각의 골자였다.[37] ②에서 언급되는 내용도 이와 대동소이하거니와, 사회주의 리얼

---

[35] 이는 전향선언을 비판한 김기진의 글에 대한 박영희의 재반박에 해당하는 글(「문제 상이점의 재음미」, 『동아일보』, 1934.2.9~2.16.)에서 명백히 드러난다. 박영희는 '현실'의 변화를 주로 강조하는데, 그가 언급하는 '현실'이란 식민지 조선의 경험적 사실들이 결코 아니라, 라프를 위시한 국제정세와 외국이론이라는 대외 '현실'의 변화를 가리킨다. "만일 박군이 '캎프' 내에 그러한 과오가 잇는 것을 알엇으면 다 가치 합력하여 정정할 것이지 퇴맹하는 것은 부당하다. 그것은 중요한 원인이 이 현실이 그로 하여금 그리하게 하엿다고 심리 분석을 시험하엿다. …… 그러면 웨 하필 이런 시기에 네의 태도를 표명하느냐? 이곳에서는 김군의 의혹을 사게 되어도 하는 수가 없다. **내 자신의 관한 처리에 그동안 등한하엿던 나는 현실에 영향을 받은 것은 물론이다.** 그러나 근본부터 X의 문학에 쌍수를 들고 환영하지 않어서 우익적 평가를 받은 사람으로서 이러한 시기라고 해서 불명예될 것은 없다. …… 지금의 싸베트는 정치가들의 문예적 정책이 정치적에서 문학적으로 옴기어 진 것을 우리는 본다."(이동희·노상래 편, 『박영희 전집 III』, 영남대출판부, 1997, 572-573쪽) 여기에서 박영희가 말하는 '현실'의 정체는 숨김없이 나타나고 있다.

[36] 가령 낙후된 후진적 상황임에도 조선이라는 현실과 마주하지 않을 수 없는 인식의 괴리와 갈등, 그 정신적 긴장의 토로를 다음과 같은 문장들에서 여실히 볼 수 있다. "**혼돈과 오만과 숙면의 조선**—똑같은 의미의 서울! 서울!—이 그리웠었다. 조선이 보고 싶었다. **나를 낳아 준 땅덩이, 나를 길러낸 땅덩이가 보고 싶었다.**"(409쪽)(「프로므나드 상티망탈」, 『개벽』 37호, 1923.7. 글의 제목 "프로므나드 상티망탈"은 프랑스어 'Promenade Sentimetal'을 우리말 소리대로 표기한 것으로, '감상적 산책(길)' 정도의 뜻으로 새길 수 있다.)

[37] 문학인에게 현실 인식의 문제가 갖는 결정적 중요성에 대해, 팔봉은 아래와 같은 진솔한 어조로 설득력 있게 갈파하고 있다. 또한 그 현실이라는 것은 철저하게 '조선'의 현실이라는 점을 누차 강조한다. 이것만으로도 팔봉의 진의는 넉넉히 전달될 수 있다고 본다. "문학의 길이라는 것이 달을 바라다보고 한숨이나 쉬고 낙엽을 주워들고서 눈물이나 짓는 것이

리즘의 도입 즈음 함께 대두되었던 세계관과 창작방법의 문제, 예술 단체의 재조직 문제도 러시아나 일본 등의 외국의 이론을 그대로 답습하거나 추종할 것이 아니라, 어디까지나 식민지 조선의 경험적 현실에 입각해서 논구되고 규명되어야 할 문제라는 것이다. 다시 말해 논의의 결과가 중요한 것이 아니라 그러한 결론이 도출되기까지의 과정과 방법, 즉 그들이 당면한 구체적 현실을 토대로 이론을 도출하는 사고의 귀납 과정과 그 과정의 충실성을 따라야 한다는 것이다. 그렇다고 조선이라는 특수성과 고립된 개별성만을 강조하자는 것이 아니라, 현실 인식의 문제는 특수성과 보편성의 변증법적 지양으로서 구체적 보편성, 보편적 개별성의 차원에까지 도달해야한다는 점을, "조선이라는 세계 역사의 체계 중에 쌓여있는 현실"이라는 어구를 통해 분명히 하고 있다는 점을 부기해야 할 것이다. 이제 소결로서 그 과정의 충실성이 향해 있는 인식론적 지평의 양상과 실체를 확인하기로 한다.

3. 맺음말

1860, 70년대의 러시아가 어떠했었더냐. 투르게네프의 소설은 이것을 말

라고 한다면 모든 문제는 그야말로 누워서 떡먹기보다도 더 간단하고 손쉬운 일이겠습니다. 그러나 문학적 수련의 길은 문학의 전문적인 기교-가령 말하면 시를 시로서 만드는 재주, 소설을 소설로서 만드는 재주, 극을 극이 되도록 만드는 재주와 같은 재주를 닦는 것도 물론 중요한 문학적 수련의 길입니다마는 그보다도 못하지 않게 중요한 요건은 **현실의 대해(大海)를 뒤 산악(山嶽)을, 전력을 다해서 밑바다으로부터 겉껍질까지를 전체적으로 파악하기 위해서 노력하는 일입니다. 문학의 길은 여기서부터 비로소 본질로 들어서는 것입니다.** 현실을 조사하자. 조선을 정당하게 알자. 하는 각성이 최근에 일반적으로 좌익에서나 우익에서나 대두하고 있는 경향이 문학의 영역에서도 발견되는 것은 기뻐할 만한 현상입니다. 왜 그러냐 하면 조선 인식에 대한 노력이 없이 조선 문학의 충실한 발전을 기대하기 곤란한 까닭입니다."(94쪽)(「조선문학의 현계단」, 『신동아』 39호, 1935.1.)

한다. 한 사람이라도 좋다. 우리네들 속에서 '정말'을 생각하고 있는 사람이 나왔다고. 다만 한 사람이라도 좋다. 사람사람들은 무엇을 찾고 있느냐? 앞집 김모나 옆집 이모가 무엇을 찾고 있는지 아느냐? 모두가 '결론'이다. 모두가 결론을 생각하고 있는 것이다. **황막한 처녀지에는 씨를 뿌리는 것보다도 땅 그것을 갈아 제치는 게 제1착으로 시작할 일이 아니냐. 그러나 당신네들이 내가 찾고 바란다는 것은 '결론'뿐이다.**(412쪽) …… 기대하면 안 될 것을 기대하고 '이 세상에 없는 것'이 아니라 '이 세상에 없으면 안 될 것'을 믿지 않으면 안 된다.(421쪽) …… 황막한 『처녀지』는 너희들의 손으로 갈아붙여 놓지 않으면 안 될 것이다. 너희들이 '갈'고 너희들 뒤에 오는 사람이 '뿌리'고 그 뒤에 오는 사람이 '거두'어야 한다. 결론을 찾기를 급히하지 말아야 한 다.(423쪽)[38]

이상의 맥락 속에서 팔봉은 위 예문에서 과정에 충실하지 아니하고 '결론'을 찾기에만 급급해하는 당대의 세태와 식민지 조선의 현실을 여지없이 비판한다. 더불어 "'이 세상에 없는 것'이 아니라 '이 세상에 없으면 안 될 것'을 믿지 않으면 안 된다."라는 언급은 팔봉의 사유의 성격과 그 지향성을 잘 드러내는 것으로 생각된다. 즉 선험적인 것이 아니라 경험이라는 내재적 구도를 통해 초월론적 지평을 개진해야 한다는 점이다. 분명 김기진과 박영희, 임화와 김남천을 위시한 카프 진영의 문인들은 예외 없이 마르크스주의를 바탕으로 한 역사 발전의 필연성을 신봉하는 이데올로기스트였다. 따라서 그들이 도달하고자 했던 지향점과 목표, 최종적 결론은 동일했다고 할 것이다. 문제는 그 결론에 이르는 과정을 어떻게 인식하고 처리했느냐가 보다 관건이 되는 것이다. 객관적 존재로서 경험적 사실들보다는 주관적 의지의 당위에 의지해

---

38 「프로므나드 상티망탈」.

현실을 돌파하고자 했던 경향이 강했던 이들은 박영희와 임화 쪽이었다고 봐야 할 것이다. 반대로 주관적 의도의 오류 가능성을 늘 경계하며, 사실들의 세계로서 객관적 존재에 더 많은 관심과 주의를 기울였던 쪽은 아무래도 김기진과 김남천 쪽이었다고 말할 수 있겠다. 갈무리하자면 양자가 경험적 현실을 넘어서는 이념형을 지향한다는 점에서 일종의 초월론적 사유로서의 성격을 지닌다는 점은 결과적으로는 동일하겠으나, 그 과정의 뚜렷한 차이와 현저한 이질성 때문에 전자의 경향을 '선험적 초월론(a priori transcendentalism)'으로 후자의 경우 '경험적 초월론(empirical transcendentalism)'으로 규정하는 것이 비교적 온당할 것으로 여겨진다. 이는 다른 말로 초월의 근거가 어디에 있느냐에 따라서, 외재적 초월론과 내재적 초월론으로도 불릴 수 있을 것이다. 다음은 회월과 팔봉 간의 내용–형식 논쟁이 촉발된 글이지만, 지금까지의 양자의 차이를 잘 정리해서 보여줄 수 있다고 생각되어 검토한다.

그 결과 이 일편은 소설이 아니오 계급 의식·계급 투쟁의 **개념에 대한 추상적 설명에 시종**하고 말았다. 일언일구가 이것을 설명하기 위하여서만 사용되었다. 소설이란 한 개의 건축이다. 기둥도 없이, 서까래도 없이, 붉은 지붕만 입히어놓은 건축이 있는가? 비단 이 일편뿐만이 아니라 회월형의 창작의 거개 전부가 이와 같은 실패에 종사하고 마는 것은 작가로서의 태도가 너무도 황당한 까닭이다. 작자는 먼저 어떤 한 개의 제재를 붙들고서 다음으로 어떤 목적지를 정해놓고 그리고서는 그 목적지에서 그 제재로 붙잡은 사건을 반드시 처분하고야 말겠다는 계획을 갖고 그리고서 붓을 들어 되든 안 되든 그 목적한 포인트로 끌고와 버린다. 그런 까닭으로 그곳에는 여러 가지 **부자연한 것이 있고 불충실한 것이 있고, 모순된 것이 있게 된다.** 이것이 회월형의 창작상 근본적 결함이다. …… 묘사의 공과는 실감을 줌에 있다. 그런데도 여기에 그 묘사가 없다. 모든 것이 작자가 예정한 포인트까지 끌리어 오기에

온갖 소설적 요건을 무시한 불행한 결과가 있을 뿐이다.(270-271쪽)[39]

　여기에서 회월의 사유 특성을 드러내고 있는 말들로 '먼저', '반드시', '목적지', '계획', '포인트', '예정' 등을 꼽을 수 있다. 그리고 이것들은 모두 선수립된 이론의 연역적 특성으로서 경직성을 드러내고 있으며 작품의 도식성, 관념성, 추상성과도 결부된다. 이것이 '소설 건축론'을 제기하며 팔봉이 파악한 회월의 "창작상 근본적 결함"이다. 바꿔 말해 경험적 현실과 예술의 형상화 과정을 보다 중시하는 팔봉의 입장을 위 단어들과 관련하여 다시 표현해본다면 아마도 그것은, '나중에', '열려있음', '과정', '무의도(무목적)', '세부들', '미정' 등으로 예상할 수 있겠다. 그리고 그것은 그 초월론적 사유의 특성을 각각 <선험적인 것>과 <경험적인 것>으로 구분하고 식별케 하고 있다. 더불어 묘사를 통해 '실감(리얼리티)'의 구현에 실패한 결과 여러모로 "부자연한 것이 있고 불충실한 것이 있고, 모순된 것"이 있다는 것이 회월의 소설에 대한 팔봉의 비평적 진단이다. 때문에 "이 소설의 구상은 가장 논리적으로 된 것 같다"(같은 글, 269쪽)는 평가는 차가운 역설이자 반어가 아닐 수 없다. 하여 "개념의 추상적 설명"만으로는 예술의 선전 효과를 충분히 달성할 수 없다는 것이 팔봉의 일관된 생각이었고, 이는 정치와 예술을 지속된 길항 관계 속에서 파악하고자 했던 그의 문학적 신념을 올곧이 반영한 결과였다. 이하 췌언으로서 "발바닥에다 눈을 두고서 걸음을 걸어야 한다. 발이 공중에 뜨면 안 된다."(419쪽)[40]와 같은 표현들 역시 추상적, 관념적, 주관적 사고 패턴의 위험성과 비현실성을 경고한 것으로 읽을 수 있다고 본다. 아울러 "경솔·성급·모방·과장의 스텝을 버리자. 똑바른 스텝을 밟을

39　「문예 월평—산문적 월평」, 『조선지광』, 1926.12.
40　「프로므나드 상티망탈」.

줄 모르는 무도는 그것을 보는 사람들이 **다리 없는 사람의 무도**에 가깝다고 말할 것이다."(196-197쪽)[41]라는 구절 또한 같은 맥락에서 이해될 수 있을 것이다. 여기서 "다리 없는 사람의 무도"란 땅(현실)에 발붙이지 않고 허공(몽상)에 떠있는 춤사위, 즉 <무중력 상태의 댄스>를 빗대어 추상적 이상주의, 형이상학적 관념론, 나아가 비현실적인 공식주의 및 도식화된 이데올로기 등을 넌지시 비판하고 있는데, 이는 이어지는 김남천의 '칸트의 경쾌한 비둘기' 관련 논의에서 <진공 상태의 비둘기>와 비견될 수 있는 명징한 문학적 상징으로 이해될 수 있다는 점을 덧붙여둔다.

---

[41] 「문예 시평-박군은 무엇을 말했나?」.

임화의 사유 체계와 비평적 자기 동일성

1. 임화 초기 비평의 전개 및 특성

대략 1926년을 시작으로 하여[1] 1940년대 후반까지 이어지는 임화의 비평은, 예컨대 박영희의 텍스트들에 비해 상대적으로 훨씬 다채롭고 풍부한 사유의 과정과 논리의 전개를 보여준다.[2] 또한 무엇보다 지속적이며 일관된

---

1   임화, 「근대문학상에 나타난 연애」, 『매일신보』, 1926.1.1. 이하 임화 비평의 텍스트는 별도의 표기가 없는 한, 임화문학예술전집 편찬위원회 편, 『임화문학예술전집 1~5』(소명출판, 2009)의 것을 따른다. 아울러 그 직접적인 검토와 분석의 대상은 제1권 『시』를 제외한 전 4권으로서, 제2권 『문학사』/ 제3권 『문학의 논리』/ 제4권 『평론 1』/ 제5권 『평론 2』으로 한정한다. 이하 이 책의 인용은 인용문 말미에 해당 권수와 쪽수만 표기하기로 한다.

2   본고의 관점과 관련하여 도움을 얻을 수 있는 임화론은 다음과 같다. 김윤식, 『임화 연구』, 문학사상사, 1989; 이현식, 「주체 재건을 위한 도정과 실천으로서의 리얼리즘 - 1930년대 후반 임화의 비평」, 『임화 문학의 재인식』, 소명출판, 2004; 김수이, 「임화의 시비평에 나타난 시차(視差, parallax)들 - '신성한 잉여'와 '창조적 비평'을 중심으로」, 『임화 문학 연구 2』, 소명출판, 2011; 최병구, 「임화의 유물론적 사유에 나타나는 '윤리적 주체의 문제' - '대중화 논쟁'과 '물 논쟁'을 중심으로」, 같은 책; 권성우, 「임화와 김남천 - 동지, 우정, 고독」, 『임화 문학 연구 3』, 소명출판, 2012; 이명원, 「임화와 박영희 - 얻은 것과 잃은 것」, 같은 책; 김동식, 「리얼리즘의 승리와 텍스트의 무의식」, 같은 책; 김지형, 『식민지 이성과 마르크스의 방법 - 김남천과 임화의 창작방법론 연구』, 소명출판, 2013.
    이현식은 본고와 유사하게 '주객 통합의 원리로서 낭만정신'을 꼽고 있어 주목된다. 하지만

논리와 함께 뚜렷한 문학적 자의식을 드러낸다. 1940년 출간된 평론집 『문학의 논리』는 "1934년으로부터 1940년 1월"[3]까지의 글들을 추려놓은 것으로, 따라서 그 이전(1926~1934)의 비평들을 먼저 검토하는 것이 순서일 것이다.[4] 범박하게 말해 이 시기의 임화는 마르크스주의 비평의 원리에 충실한 원칙주의자로서의 모습에서 크게 벗어나지 않는다고 할 것이다. 가령 김기진의 대중화론을 비판하고 있는 「탁류에 항하여」(1929)나 「김기진군에 답함」(1929)은 그 논의에 대해, 근본적 "원칙의 치명적 무장해제적 오류", 현행 검열제도하의 "합법성의 추수"(이상 4, 140)라고 비난하면서, 그것을 "개량주의적 원칙, 매(賣)계급적 원칙"으로서 "수정주의를 찬미"(이상 4, 150)하는 것으로 규정한다. 이어 임화는 "아무러한 **더 재미없는 정세**에서라도 현실을 솔직하게 파악하여 엄숙하고 정연하게 대오를 사수하는 것이 정당히 부여된 역사적 사명인 것이다"(4, 141, 강조는 임화)라고 결론짓는다. 이후 임화는 원칙에 어긋나는 과도한 현실에의 고려나 경험주의적 지향성 등을 가리켜, '우익 일화견주의'나 '멘셰비키적' 또는 '데보린주의적' 경향으로 비판하면서, 예술운동의 '볼셰비키화'를 통한 "코뮤니즘 문학의 건설"[5]을 프로문학이

본고와는 다르게 임화가 사실(주의)의 재인식을 통해 낭만정신을 반성하고 주체의 재건으로 나갔다고 보고 있기도 하다. 권성우는 "임화가 원칙적 이상과 이념을 강조하는 격정적이며 낭만적인 기질이 승했던 데 비해서 김남천은 현실에 대한 관찰, 구체적인 실천을 강조하는 꼼꼼한 현실주의자 기질이 강했다"고 평가하는 점에서 본고의 관점과 크게 다르지 않다. 다만 권성우는 임화와 김남천은 동등한 동지적 관계가 아닌, 임화가 김남천에게 존경하는 선배이자 스승에 가까운 존재로 여겨졌으며, 따라서 둘을 두고 '미달된 우정의 형식'이라 규정한다. 나머지 글들에 대한 언급은 논의의 전개과정에서 별도로 하기로 한다.

3 임화, 「序」, 『문학의 논리』, 학예사, 1940.
4 나머지 1940년대 전반기의 비평은 대략 15편 남짓인데 본고의 논의와 관련하여 언급할 만한 것은 「창조적 비평」, 「생활의 발견」, 「신문학사의 방법」(이상 1940년 발표)과 「문예시평―여실한 것과 진실한 것」(1941) 정도로 보인다. 그리고 해방 이후 임화의 비평은 별도의 논의가 필요한 것으로 여기에서는 제외하기로 한다.
5 「1932년을 당하여 조선문학운동의 신계단」, 『중앙일보』, 1932.1.1-1.28; 4, 201.

지향할 최후의 과제로서 역설한다. 동시에 임화는 당대의[즉 카프의 2차 방향 전환(1930.4) 이후, 필자] 프로문학이 처한 가장 큰 위험으로서, "좌익적 관념의 고정주의와 문학적 주제의 일양화"(4, 200)의 발생을 지적한다. 또한 이는 "필연적인 일정한 역사적 당위성을 가진 위험이고 오류"(4, 201)라고 진단한다. 여기에 이르러 임화가 일종의 해결책으로 제시하는 것은, "이 전진이 진실한 맑스주의적 방법인 변증법적 관점으로써 된 것이 아니라 한 개의 추상된 관념적 방법을 가지고 수행된 것"이라는 카프 맹원으로서의 자기비판이다. 그럼에도 「6월 중의 창작」 등에서 여실히 드러나는 것처럼, 이상의 카프 조직 및 프로비평가로서의 자신에 대한 비판은 어디까지나 분명한 한계를 갖는 <제한적 부정>으로서의 성격을 지닌다.[6] 주지하듯 위에 언급된 당시

---

6 다음 구절에서 임화의 이런 태도를 확인할 수 있다. "개별적인 것 그 자체로서의 개별적 인간의 탐구ㅡ인간의 비사회적인 내면 생활, 의식하적인 것에 대한 집요한 추구, 다양성에 대한 생활의 풍부에 대한 이상의 항분, 심리적 사실주의에 대한 편애 등등 이 모든 것은 프롤레타리아문학과는 무연한 중생이다."(「6월 중의 창작」, 『조선일보』, 1933.7.12~7.19; 4, 264) 이 글에서 일차적으로 임화가 문제 삼고 있는 것은 신유인의 '유물변증법적 창작방법론'이다. 그리고 그것은 카프창작이론의 공식주의와 기계적 도식주의에 대한 비판으로 요약되는 것이었다. 이를 계기로 카프 내에서는 여러 차례 자기비판이 행해진 바 있는데, 가령 안막의 경우 「창작방법 문제의 재토의를 위하여」(『동아일보』, 1933.11.29~12.7.)라는 글에서 사회주의 리얼리즘을 소개하고 변증법적 유물론에 입각한 창작방법의 폐기를 주장하여 큰 반향을 일으킨 바 있다. 그러나 이에 대한 임화의 입장은 위에 언급한 바와 같이 매우 분명하고 확고한 것이었다. 즉 "문학의 공식화 일양화(一樣化)"라는 말에서 자기비판을 암시하고는 있지만 그것은 여러모로 일면적인 것으로 국한되고 있다. 단적으로 물에 목말라하는 '산 인간=구체적 인간'이라는 논리를 뛰어넘는, "보다 더 구체적인 구체성"으로서 '계급의식'과 '당파성'이 제시되고 있는 때문이다. 다음 문장은 이를 뒷받침한다. "프로문학에 있어 정치와 당파적 입장의 문제는 그것이 없이는 프롤레타리아문학이 존립할 수 없기 때문에 기초적이고 초보적인 상식이다. 그리고 이 초보적인 상식에 구니(拘泥)되어 과거에 우리들의 문학은 공식화 일양화(一樣化)되었다. 우리들은 이 정치와 당파성의 너무나 강한 중압에 의하여 공식화 일양화된 문학을 풍부한 예술적 다양화의 포도 위로 이끌어내야 한다고 말한다. 이 '우월한' 견해이 이론적 대표자의 '명예'는 동지 유인(唯仁) 군에게로 돌아가야 한다. 그리하여 이것은 '공식적 계급투쟁으로부터 산 인간을……, XX적 투쟁 대신에 철학 연구를!'이라는 슬로건이 되어 우리들의 진영의 몇 사람의 시인 작가를 사로잡았다. 동지 남천 군도 불행히도 이 영예 있는 창작이론의 조류 가운데에 신체의 한 부분을

카프에 닥친 위기와 곤란은 신유인 등에 의해서 제기되었던 것인데, 이러한 비판을 두고 임화는 그 의의를 인정하면서도 끝내는 마르크스주의(비평)의 원칙들을 재확인하며 원리에로 회귀하는 양상을 보인다. 즉 김남천의 「물」에 대한 임화의 비판은 "이러한 창작상의 편향을 낳은 일련의 창작이론(즉 신유인의 '유물변증법적 창작방법', 필자)과 함께 체계적으로 비판받아야 하고 끊임없는 투쟁의 포화가 이곳에로 집중되어야 한다"(4, 264)라는 선명한 구획 및 경계 짓기로 귀결되는 것이다.

이에 대한 논거로서 임화의 설명을 따르자면 맑스주의적 예술비평은 단지 "비평의 객관성 일반을 부정하거나 주관적 비평 일반을 긍정하는 것"[7]만으로 규정되지 않는다. 즉 "주관과 객관의 변증법적 통일, 그 가운데 있어서 양자를 관철하는 현실의 객관적 법칙과 그 합법칙성의 원리를 정립한다"(이상 4, 297)는 명제로서 그것은 파악되어야 하는 것이다. 이와 같은 진술들은 본고의 관점과도 밀접한 관련을 갖는데, 글의 결론에서 이에 대한 임화의 보다 선명한 입장을 확인할 수 있다. 다시 말해 "비평은 "세계를 단순히 해석할 뿐만 아니라 서계의 변혁자가 되어야 한다"는 능동적인, 명확히 당파적인 견지에 서야 하는 것이다"(4, 298)라거나, "왜 그러냐 하면 이곳은 이론의 당파성과 부르주아적 객관주의의 분기점인 까닭에……. 그리고 『자본론』

맡기고 말았다. 소설 「물」이 그것이다. …… 이 사회의 '도덕적 인간'들―그 계급을 대표한―이 그들을 부자유하게 만든 현실 상태에 대하여 여하히 X[저]항해 나간다는―물론 실패와 성공은 구체적 문제이나―다른 한쪽의 '인간'의 욕망은 조금도 나타나 있지 않다. 뿐만 아니라 이러한 결함으로 인하여 이른 바의 '산 인간=구체적 인간'은 이 작품의 어느 곳에도 나타나 있지 않다. XX주의자도, 학생도, 담합 사건에 들어온 일본인도 다 '물을 갈망하는 인간'이란 개념하에 추상적이 되어버리고 말았다. 인간의 구체성―이 구체성의 보다 더 구체적인 구체성인 인간의 계급적 차이는 조금도 '살아' 있지 않다. 그리고 그 구체적 구체성인 계급성-당파적 견지의 결여는 '물 담당'의 행동에 있어서는 전혀 죄악적으로 전화되고 있다."(같은 글; 4, 261-264)

7 「비평의 객관성의 문제」, 『동아일보』, 1933.11.9~10; 4, 297.

가운데의 상품 분석에 있어 칼 맑스는 자본주의 그것에 대한 정열에 타는 증오와 프롤레타리아의 승리에 대한 확신에 불타는 위대한 흥분이 없이는 저 역사적 난사를 능히 성취하지는 못하였을 것이기 때문에"(4, 299)라는 진술들이 바로 그것이다. 하여 작품 「물」에 대한 비판의 논거로 임화가 제시한 '비평의 객관성'이란 상기 내용들로 구성되는 것이라 하겠다.

2. 주관적 의지의 우위성 혹은 선험적 초월론의 양상

  1934년을 전후로 "진실을 그려라"라는 명제로 대표되는 사회주의 리얼리즘 논의가 대두되자 임화는 자신의 비평적 일관성을 타진하며 스스로의 입장을 정리하지 않을 수 없었다. 특히 카프의 일부 작가들은 이를 전향의 빌미로 삼고 있었기에 서기장 임화의 고민은 깊어질 수밖에 없었을 것이다. 그리고 그 고민의 결과가 곧 『문학의 논리』의 제1부를 구성하고 있는 6편의 연계된 글들이다. 이에 대한 검토를 통해 임화 비평에 대한 본고의 논의 역시 그 핵심에 진입할 수 있으리라 기대한다. 앞서 본 바 임화는 사유의 주관적 활동으로서 현실변혁의 의지를 일관되게 유지하고자 하는데, 이는 시인으로서 낭만정신에 근거한 것이기도 할 것이다. 그리고 비평가로서 이러한 그의 면모가 선연히 드러나고 있는 지점은 사회주의 리얼리즘의 수용과 관련한 두 편의 글, 「낭만적 정신의 현실적 구조-신창작이론의 정당한 이해를 위하여」와 「위대한 낭만적 정신-이로써 자기를 관철하라!」으로부터 '사실(주의)'의 재인식에 이르는 변증법적 사유의 도정에서라 할 것이다. 미리 말해 낭만주의와 사실주의 사이의 팽팽한 길항 속에서도, 임화는 사유의 한 형태로서 낭만주의를 결코 폐기하지 않는다. 그것은 임화 비평의 한 정신적 원천이자 의식의 지반으로서 연면히 이어진다. 먼저 '낭만적 정신'을 규정하고 있는 예문을 검토한다.

문학은 호수의 물과 같이 무의지한 자연의 산물이 아니고 인간의 정신적 활동의 소산이라는 점을 ……. 문학은 인간의 것이다. 그러므로 인간의 의식성, 주관이 전면에 서 있는 문학적 조류인 낭만주의문학은 물론이어니와 우리들이 즐기어 예 드는 발자크, 스탕달의 사실주의도 결코 완전한 몰아주의요 절대적 객관성 위에 서 있는 것이 아니다. …… 발자크, 스탕달, 톨스토이의 사실주의문학은 호수에 의하여 씌어지지 않고, 인간인 작가의 머리를 통해서 씌어졌다. …… 문학의 역사 위에서 이러한 사실적·낭만적인 것은 지배적인 2대 경향으로 표현되어 문학사의 사실은 이 양대 조류의 상호 삼투, 대립, 상충의 복잡한 작용으로 각각 그 특수화된 성격을 구현하게 된 것이다. 그리하여 나는 문학상에서 주관적인 것으로 표현되는 모든 것을 낭만적인 것이라고 부르며, 그것이 사실적인 것의 객관성에 대하여 주관적인 것으로 현현하는 의미에서 '낭만적 정신'이라고 부르고 싶다. …… 문학이라는 것은 자연, 인간 그 어느 것이나 혼자가 고립적으로 생산하는 것이 아니라, 자연과 인간의 생활적 관계 가운데서 형성되는 것이고 직접적으로는 인간의 의식적 활동의 일 소산인 점에서, 문학적 현실이란 현실적이면서 동시에 낭만적인 것의 상호 관계라고 부를 수 있는 때문이다. 따라서 문학적 현실의 세계라는 것은 객관과 주관의 상극적 운동에서 현실적인 것과 낭만적인 것의 모순되는 관계 가운데서 형성되며 반대로 문학적 현실은 현실적인 것과 낭만적인 것으로 전부가 환원되기 때문이다.[8]

---

8   임화, 「낭만적 정신의 현실적 구조 – 신창작이론의 정당한 이해를 위하여」, 『조선일보』, 1934.4.14~4.25; 3, 16-18.

임화에 따르면 '낭만적인 것'(로맨티시즘)과 '현실적인 것'(리얼리즘)은 문학사의 양대 조류로서, 언제나 대등한 힘으로서(써) 버티는 긴장 관계에 놓여있는 것이다. 시간과 공간에 따라 어느 한쪽이 우세하거나 두드러지는 양상을 띠기도 하지만, 그것은 결코 절대적인 것이 아니며 상대적인 것으로만 규정될 수 있다는 것이 그의 주장의 요체이다. 이는 앞서 언급했던 마르크스(주의)의 사유틀에서 주관주의(주관적 의지)와 객관주의(객관적 존재) 사이의 상호 의존관계와도 진배없는 것이다. 임화 역시 기본적으로는 이러한 관점을 토대로 논리를 전개하고 있음이 뚜렷이 감지된다. 결국 임화 비평에 있어 '낭만적 정신'이란 주관적 의지의 발현 작용을 말함에 다름 아니라는 점을 확인할 수 있다. 한편으로 임화는 인간의 의식 활동에서 '낭만적인 것' 혹은 인식의 주관성이 필연적인 것으로서 본원적 성격을 지님을 강조한다. 즉 문학이라는 창조행위가 인간의 '의식의 산물'이자 '관념적 소산'의 일부라는 점은 부정할 수 없는 불가피한 사실이라는 것이다. 이에 대한 다른 증거로서 임화는 문학의 형상화 과정이 언어라는 매개 수단에 의존한다는 점을 들고 있다.[9] 주지하듯 인간의 의식은 언어를 통해 비로소 구조화됨과 동시에 언어는 인간 의식의 일부로서 존재한다. 따라서 그러한 언어에 기대고 있는 문학작품의 창작은 정신의 한 요소로서 주관적 인식의 작용을 배제할 수 없다는 것이다. 즉 거기에는 "비자연적 정신적인 요소가 숙명적으로" 개입하게 된다. 결과적

---

[9]　이해를 돕기 위해 해당 부분을 인용하면 다음과 같다. "그것은 문학이 본래 언어적 형상을 통한 감정이나 정서의 전달이기 때문에 그 감정 정서를 생생한 힘으로 남에게 전하려면 그러한 감정 내지 정서를 일으키지 아니치 못한 일정한 상태의 사실적 형상을 제시하지 않고는 불가능하기 때문이다. 그러나 다시 그것은 언어적 수단에 의한 사실적 형상의 구성이란 의미에서 한 개의 한정을 갖는 것이다. 즉 언어는 인간이 말하는 언어이며 동시에 그것은 인간의 인식 사유 등의 주관적 과정을 통과하는 것이므로 비자연적 정신적인 요소가 숙명적으로 가미하게 된다. 그리하여 이 주관은 작자가 현실 가운데서 어떠한 대상을 선택하느냐 하는 것과, 그 대상을 어떻게 형상화하느냐 하는 두 가지 영역에서 표현되어 결국 리얼리티란 한정적인 개념에 지나지 않는 것이다."(같은 글, 22쪽)

으로 문학에서의 리얼리티란 어디까지나 <재현된 현실>로서 이와 같은 제한적 성격을 본유하게 되는 것이다. 이상의 논리를 기반으로 임화는 글의 말미에서, 신창작이론(사회주의 리얼리즘, 필자)과 관련한 나름의 결론을 도출해낸다. 그것은 소위 '낭만적 정신의 현실적 구조'로서 글의 제목과도 조응하는 것이다.

> 그러므로 우리의 '사실주의'는 과거의 것이 고정적 정력학적(靜力學的)이었음에 반하여 그것은 동적 다이나믹한 것이다. 따라서 현실에 만족치 않고 명일과 미래에로의 부단한 전진을 위하여 활동하는 것이다. 즉 이것은 키르포친의 용어를 빌면 '현실적인 몽상', 현실을 위한 의지, 그것이 이 낭만적 정신의 기초이다. …… 그러므로 진실한 낭만적 정신-역사주의적 입장에서 인류사회를 광대한 미래로 인도하는 정신이 없이는 진정한 사실주의도 또한 불가능한 것이다. 즉 주관과 객관을 진실로 통일하고, 현실 가운데서 비본질적인 일상성의 속악한 제이의적(第二義的) 쇄사에만 종사하는 것이 아니라, 그것을 제거하고 혹은 그것을 뚫고 들어가 그 가운데 움직이는 본질적 성격의 제 특징을 파악하는 것이, 우리들의 새로운 창작이론과 문학의 이상이다. 그렇지 않으면 일상성의 속악한 실재에 만족하고 본질을 빼어 놓고 비본질적 쇄사에만 종사하는 표면적인 공허한 리얼리즘에-트리비얼리즘에 그치고 만다. 이것은 신문학을 낡은 문학 이하의 수준으로 몰아넣는 허위의 사실주의이다.(같은 글, 28-29쪽)

인용에서 새로운 창작방법으로서 "진정한 사실주의"는 '현실적인 몽상'으로 특징되는 "진실한 낭만적 정신"을 기초로 한다. 여기에서 보듯이 그것은 마르크스주의(비평)에서 주관주의와 객관주의의 종합과 통일이라는 명제와도 일맥상통하는 것이다. 예문의 후반부에서 임화가 구사하고 있는, 주관과 객관의 개념 및 기타 논리적 준거들은 이를 여실히 뒷받침한다. 또한 그가 현상과 본질이라는 이분법적 구도 속에서, 현실을 구성하는 일상성을 비본질적이며 제이의적(第二義的)인 것으로 간주하고 있다는 점을 쉽게 확인할 수 있다. 그런 맥락에서 임화는 "객관적 진실을 그려라"라는 말로 압축되는 사회주의 리얼리즘의 모토가 자칫 당파성의 폐기로 오인되거나 혹은 자연주의적 묘사로 일관하는 트리비얼리즘에 함몰될 위험을 극도로 경계한다.[10] 인식의 주관적 활동으로서 현실변혁의 의지를 임화는 완강히 고수하는 것이다. 따라서 이 글의 전체 얼개는 낭만주의와 사실주의의 변증법적 종합을 염두에 두고는 있지만, 사실상 그 방점은 현실초월의 주관적 원리로서 낭만적 정신에 찍혀있는 것으로 파악하는 것이 보다 온당해 보인다. 아울러 이는 박영희가 이 무렵 전향선언을 계기로 <주관의 배제와 객관의 강조>를 통해 문학적 변신을 꾀했던 것과도 극명히 대비되는 대목이다.[11] 이상 임화의 의식지향성

---

10 다음과 같은 구절 역시 동일한 맥락에 근거하고 있다. "이것은 비평의 사상적 질의 강하, 역사적 전망의 결여, 작가와 독자에 대한 지도적 임무의 포기, 작품에의 무제한적인 추종으로 나타나는 비평 퇴화의 명확한 표징이 아니냐? 비평의 추종주의는 실로 파행적 리얼리즘의 이론적 표현이다."(「사실주의의 재인식」, 『동아일보』, 1937.10.8~10.10; 3, 75)

11 박영희의 이러한 이론적 전회에 대해 임화는 지속적이고도 냉정한 비판을 가한다. 임화는 박영희의 「조선문학의 새로운 발전책은 무엇인가?」(미확인)를 두고 다음과 같이 평가한다. "박씨의 객관주의는 사회성을 제거한 개인과 민족성만을 보는 객관주의 즉 개인적 민족적 주관과 사회성 부정의 주관에 의하여 착색된 객관주의, 다시 말하면 반사회적이고 개인적, 민족적인 주관주의가 아닐까? 정히 사태는 씨의 의도 여하에 불구코 이러한 비객관적인 주관이, 또 순수문학적이 아닌 한 개의 사회적 입장으로서의 개인주의와 민족성에의 편에가 씨의 사실주의의 근저에 놓여있는 것이다! … 따라서 순수 객관주의 혹은 문학지상주의라는 것에서 표시되는 민족성에의 관심이라는 것은 하등 조선의 진정한 문학상에서 민족적인 것 혹은 조선적인 것에의 정당한 역사적 자각과는 성질을 달리함을 알 수가 있다"(「문학상의 지방주의 문제」, 『조광』, 1936.10; 4, 716-717)
다음 문장에서도 이러한 임화의 비판적 입장은 확인된다. "포복하는 파행적 리얼리즘이란 것의 타협적 본질은 무엇보다도 소시얼리즘적 리얼리즘 논의과정 가운데 표명된 박영희 씨의 견해에서 전형적 표현을 얻었다. 연전 『동아일보』 신년호에 발표된 「최근 문예이론의 신전개와 그 경향」을 통하여 박영희 씨는 신창작방법을 경향문학으로부터 일체의 경향성

및 사유체계의 특성은 고스란히 보존되어 임화의 비평을 시종 일관하게 된
다.[12] 이 글의 문맥과 그대로 잇닿아 있는 다음 예문을 고찰한다.

> 작가는 대개 그 창조하는 인물에 의하여 영향력을 부식하는 것이다. 이것은
> 작가와 문학의 생명력이기도 하다. 그러나 독자에게 기억되고, 또한 그 인물
> 에 의하여 무엇이고 배울 가치가 있는 인간적 형상이란 명확하게 비자연적이
> 고 비일상성적이다. …… 어떠한 의미에서 보면 그 인물이란 한 개 비실재적인
> 가공적 존재이다. 그러나 그 인물은 일상생활에서 견문하는 그러한 인물보다
> 이상적이어야 한다. 그것은 분명히 실재한 인간의 모방이 아니다. 한 개의
> 창조된 개성이다. …… 즉 아무데서도 찾아볼 수 있는 특정한 개인적 경력을
> 가진 인간이나, '그 가운데는 보통사람 가운데 있는 사상·욕망·정열·계획이
> 마치 에센스와 같이 뭉켜 있는' 그러한 보편성이 부여된 성격이다. …… 따라
> 서 인간적 형상이란 비일상적인 전형(典型)임을 요하는 것이며, 통상의 인간
> 을 전형화하는 데는 실재성 위에 작가의 이상(꿈)이 작용하는 것은 상상키
> 어렵지 않다. …… 따라서 이 낭만주의는 새 리얼리즘이라고 부르는 문학의
> 불멸의 내용이고 그 빛나는 일면이다. 이것은 아마도 일편으로서는 '신 로맨
> 티시즘'이라고 불러질 것으로, 리얼리즘 가운데 시를 존재케 하는 것이다.

을 방축(放逐)하는 이론을 안출하였다. 문학적 진실이란 것은 박씨에 있어서는 마치 생활적
진실의 부정과 같아서 그 뒤에 온 리얼리즘 비평·창작의 기본 경향이었던 단순한 리얼리즘
의 선편을 친 것이었다."(「사실주의의 재인식」, 『동아일보』, 1937.10.8~10.10; 3, 68-69)

12 가령 <존재>와 <당위>의 이원적 사고에 기초한 다음 구절들 역시, 마르크스주의 비평으로
서 임화 사유의 특징과 그 원천을 전형적으로 예시한다. "문학은 꿈 없이는 존재하지 않는
다. 이러한 꿈은 필연적으로 사물의 자연적인 성질을 부정한다. 자연적인 진행의 속도를
인위적 행위로 보다 빨리 이상에로 접근시키므로 그것이 원칙적으로 존재의 자연성의 상위
에 있다. …… 꿈의 반(反)자연성은 결코 비자연성이 아니다. 가능한 당위를 자연적 진행으로
가 아니라 인위적 행위에 의하여 실현시키는 그것이다. …… 즉 행동과 함께 있는 꿈─이것만
이 창조의 꿈으로서, 이러한 꿈으로 현 세기를 대표하는 저작은 『카피탈』일 것이다."(「위대
한 낭만적 정신─이로써 자기를 관철하라!」, 『동아일보』, 1936.1.1~1.4; 3, 33-34)

그러므로 이것은 분명히 당파적이다. 왜 그러냐 하면 현재에 있어 당파적인 문학만이 미래에 있어 비당파적-전인류적 공감 가운데 설 수 있으므로……[13]

여기에서 임화가 논의하고 있는 것은 직접적으로는 리얼리즘에서의 전형(典型) 문제이다.[14] 그리고 그 논리의 근간이 되는 것은 주지하듯 엥겔스의 발자크론이다. 보다 구체적으로는 "내 생각으로는 리얼리즘이란 세부의 충실성 이외에도 전형적 상황에서의 전형적 인물들의 충실한 재현을 의미합니다."[15]라는 유명한 문장이다. 우선 리얼리즘론에서 전형의 개념은 비현실적인 이상적 인간형으로서 추상(抽象)된 것이라는 점에 주목할 필요가 있다. 즉 역사에서 몰락하는 부르조아 계급의 전형이든, 상승하는 프롤레타리아 계급의 전형이든, 그것이 '개별화(Individualisation)'라는 구체성의 사상(捨象) 과정을 통해서 구축된다는 점에서는 마찬가지라는 점이다. 또한 작가에게 있어 세부 묘사의 충실성은 객관주의적 태도를, 전형의 창조란 그 주관적 구성 의지를 각각 반영한 것에 다름 아니라는 점에서, 리얼리즘은 궁극적으로는 창작과정에 있어 주관과 객관의 통합을 지향하는 것으로도 평가할 수 있을 것이다. 위 인용문은 이와 같은 맥락에서 이해될 수 있으며, 크게는 앞선 논의들의 연장선에서 파악할 수 있다고 본다. 보편적 존재로서 전형은 "작가의 이상(꿈)이 작용하는 것"이라는 임화의 진술은 이에 적절히 부합하

---

13 임화, 「위대한 낭만적 정신 — 이로써 자기를 관철하라!」, 『동아일보』, 1936.1.1~1.4; 3, 35-44.
14 이 문제와 관련하여 임화는 다음의 글들에서도 논의를 진행한 바 있다. 「문학에 있어서의 형상의 성질 문제」, 『조선일보』, 1933.11.25~12.2; 4, 300-328; 「집단과 개성의 문제 — 다시 형상의 성질에 관하여」, 『조선중앙일보』, 1934.3.13~3.20; 4, 413-440; 「현대소설의 주인공」, 『문장』, 1939.9; 3, 324-336.
15 "Realism, to my mind, implies, beside truth of detail, the truthful reproduction of typical characters under typical circumstances."(F. Engels, "Engels to Margaret Harkness"(1888), *Marx-Engels Collected Works(MECW)* Vol. 48, London: Lawrence & Wishart, 2001, p. 167.)

는 설명이라 하겠다. 이런 관점에서 임화가 추구하는 새로운 리얼리즘의 지평은 필경 로맨티시즘을 포섭하는 것이지 않을 수 없으며, 따라서 명백히 "당파적"인 것으로 규정된다. 임화의 비평적 일관성과 자기동일성이 여실히 드러나는 부분이다. 이제 이상의 논리에 대한 자기평가를 수반하고 있는 다소 긴 예문을 살피기로 한다.

　　그러나 새로운 고차의 리얼리즘은 비단 파행주의의 청산으로만 발육되는 것은 아니다. 주관주의라는 또 한 개의 강대한 '에니미'가 있다. 만일 파행적 리얼리즘이 사물의 현상과 본질을 혼돈하고 디테일의 진실성과 전형적 사정 중의 전형적 성격이란 본질의 진실성을 차별하지 않고 현상을 가지고 본질을 대신하였다면, 주관주의는 사물의 본질을 현상으로서 표현되는 객관적 사물 속에 현상을 통하여 찾는 대신 작가의 주관 속에서 만들어내려는 것이다. …… 이러한 키르포친과 와실리예프스키의 로맨티시즘론을 중심으로 만들어진 것이 필자의 「낭만 정신의 현실적 구조」란 논문이었다. 이러한 입장을 낡은 공식주의에 대한 비판으로서 또는 관조주의에 대한 반발로서 설정하려고 하였던 일방 난 시의 리얼리티를 고매한 시대적 로만티카 가운데서 찾으려고 했던 것이다. …… 오류의 출발점은 전기 논문의 제목이 말하듯 시적 리얼리티를 현실적 구조 그곳에서 찾는 대신 정신을 가지고 현실을 규정하려는 역도된 방법에 있었던 것이다. …… 나의 로맨티시즘론이 의도 여하를 물론하고 신리얼리즘으로부터의 주관주의적 일탈의 출발점이었다는 점은 지적하기에 인색하고 싶지 않다. …… 아직도 작년에 씌어진 나의 낭만주의론을 반(反)리얼리즘처럼 오인하는 이가 있는 듯하므로 재언하거니와 나는 결코 리얼리즘 대신에 로맨티시즘을 주장한 것이 아니다. 관조주의로부터 고차적 리얼리즘으로 발전하기 위한 일 계기로서 그것을 제안한 것이다. 그러나 과오는 의연히 과오로서, 문학에 있어 주체성의 문제를 낭만주의적으로밖에 이해하지 못한 곳에 병인이 있었다. 즉 경향성 자신이 철저한 리얼리즘 그것의 고유한 것이 아니라 작가에 의해 부가되는 어떤 것으로 생각했던 것이다. 그러므로 리얼리즘과 병행하여 로맨티시즘을 생각하였다. 그러나 본래로 레볼루셔널 로맨티시즘은 신리얼리즘의 일 측면, 한 속성, 한 요소에 불과하였고, 그것(레볼루셔널 로맨티시즘, 인용자)은 주관의 토로에서가 아니라 객관적 현실과 우리들의 주체가 실천적으로 교섭하는 데서 일어나는 우리의 고매한 파토스를 의미하는 것이었다. …… 그러므로 리얼리즘이란 결코 주관주의자의 무고처럼 사화(死化)한 객관주의가 아니라 객관적 인식에서 비롯하여 실천에 있어 자기를 증명하고 다시 객관적 현실 그것을 개변해가는 주체화의 대규모적 방법을 완성하는 문학적 경향이다. …… 이곳에서 우리는 예술적 인식에 있어 추상과, 상상력의 작용에 있어 세계관의 압도적 역할을 망각해서는 아니 된다.[16]

'고차의 리얼리즘'의 전단계로서 반복적으로 논의되는 파행적 리얼리즘(트리비얼리즘)의 오류와 함께 여기서 주요하게 언급되는 것은 정신의 주관주의 혹은 로맨티시즘에 내포된 위험성이다. 임화는 직접적으로 「낭만적 정신의 현실적 구조」를 화두로 논의를 전개한다. 이를 두고 그는 "주관주의적 일탈의 출발점"이었다고 솔직하게 고백한다. 또한 그것은 문학의 "주체성의 문제를 낭만주의로밖에" 이해하지 못한 것에 그 원인이 있었다고 진단한다. 즉 프로문학의 '경향성'이 작가 자신의 인위적인 관념의 조작에 의해 부여될 수 있다고 판단한 것이다. 다시 말해 '레볼루셔널 로맨티시즘'(혁명적 낭만주의)은 "주관의 토로"에서가 아닌 "객관적 현실"과의 "실천적 교섭" 속에서만

---

16 임화, 「사실주의의 재인식 − 새로운 문학적 탐구에 기(寄)하여」, 『동아일보』, 1937.10.8~10. 14; 3, 77-85.

이 홀연히 현현하는 "고매한 파토스"임을 상기할 필요가 있다는 점이다. 그리하여 다시금 리얼리즘이란 객관적 인식 및 실천을 통한 존재 증명임과 동시에, 객관적 현실 자체를 변혁해가는 주관적 의지의 실현까지를 포괄하는, "주체화의 대규모적 방법"과 이에 이르는 험난한 도정을 두루 일컫는 말로 재정의 돼야 할 것이다. 덧붙여 임화는 예술적 인식과 상상 작용에 있어 '추상'과 '세계관'의 "압도적 역할"을 강조하기를 잊지 않는다. 이 자리에서 여일하게 확인하게 되는 것은, 주관과 객관을 통합하려는 임화 비평의 일관된 태도이다. 마찬가지로 간과되지 않아야 할 것은 이를 관장하는 지배적 인식소로서 주관주의의 경향, 그리고 세계관의 구성요소로서 당파성이 차지하는 막중한 비중이다. 이는 임화 비평의 기저를 관통하는 불변의 상수이자 뚜렷한 의식 지향성의 하나로서 기억해 둬야 할 것 같다. 이러한 임화 비평의 특성은 박영희 비평과는 미묘한 유사성과 차이를 내포하는 것이다. 투박하게 말해 전향 이전과 이후를 포함한 박영희의 비평과 임화의 비평 전반은 부분적으로는 동일한 원리에 의해 작동하고 있는 것으로 판단된다. 물론 이는 세부적 차이들은 무시한 것이며, 비평적 긴장의 동력 유무와도 크게 상관이 없는 하나의 가설로서 제시된 것이다. 이는 좀 더 면밀한 검토가 필요할 것이다.

지금껏 살펴본 몇몇 텍스트들에서 드러난 비평적 긴장이 집약된 결과로서, 종국적으로 임화가 묻게 되는 것은 바로 '현실'에 대한 인식의 문제라 할 것이다. 즉 (문학적) 현실을 어떻게, 무엇으로, 규정할 것인가라는 질문은 그의 비평의 핵심적 국면을 이룬다. 이런 맥락에서 매우 비중 있게 검토되어야 하는 글은, 그간 크게 주목되지 않았던 「생활의 발견」이라는 텍스트라고 판단한다. 이 글은 앞서 1938년에 발표된 '본격소설론'의 논리적 준거들이 대부분 압축되어 있으며, 무엇보다도 임화 비평에서 '현실'의 의미가 비교적 명확히 드러나고 있다. 다음 대목은 그 논리적 중핵에 해당한다.

본질에 대립하여 그것을 항상 은폐하고 있는 것으로 우리는 현상이란 것을 또한 늘 이야기해왔었다. 현상이란 현실에 있어는 늘 일상성의 세계다. 일상성의 세계란 속계, 우리가 어떠한 경우에도 거기서 헤어날 수 없고 어떠한 이상도 그 속에선 일개의 시련에 부닥뜨리지 아니할 수 없는, 밥 먹고, 결혼하고, 일하고, 자식 기르고 하는 생활의 세계다. 생활에 비하면 현실이란 현상으로서의 생활과 본질로서의 역사를 한꺼번에 통합한 추상물이다. 생활은 모두 산 형태를 가지고 있으나 현실이란 형태를 아니 가지고 있다. 현실적이란 것이 그 본질의 의미에서 물질적인 것이라면 생활만이 실로 물질적이요 현실적이다. 생활만이 참말의 현실이다! 이렇게 말할 수도 있다. 그러면 '현실을 그려라!' 혹은 '현실의 진(眞)을 그려라!' 하는 데서 씌어지는 현실의 의미는 대단히 비현실적이다. 생활에 비하여 일층 고차의, 추상적인, 본질적인 것이 현실이라 할 수 있지 않을까? 이러한 생활이란 유형한 세계를 통해서만 표현되는 무형의 현실, 즉 생활의 본질적 핵심으로서 현실이란 차라리 정신적인 것이라 부름이 옳지 아니할까?[17]

이 글에서 자명하게 표현되고 있듯이, 임화가 고려하고 있는 '현실'이란 분명히 정신적인 것으로서 추상적 '비현실'에 매우 가까운 것이었다. 이와 같은 논리는 부분적으로는 헤겔의 관념론적 사유에 보다 근사한 것으로 평가할 수 있을 것이다.[18] 이는 '주인공–성격–사상' 노선을 강조했던 임화의 문학

---

17 「생활의 발견」, 『태양』, 1940.1; 3, 265.
18 임화와 헤겔의 사유의 상동성과 관련하여 다음의 논의를 참고할 수 있다. 김지형은 임화의 「집단과 개성의 문제」를 언급한 뒤 다음과 같이 평가한다. "임화는 이로써 도식성 문제와 주체성(당파성) 문제를 동시에 해결한다. 곧 도식성 문제는 헤겔을 통해서 형상으로 해결하고, 헤겔의 형상을 사회주의 리얼리즘의 전형으로 재전유함으로써 전위들의 실천을 주문할 수 있게 되었다."(김지형, 위 책, 157쪽) 또한 「주체의 재건과 문학의 세계」(『동아일보』, 1937.11.11~16.)을 인용한 뒤 다음과 같이 지적한다. "주체는 타자가 현전했을 때, 비로소

적 입장과도 일정 부분 맞닿아 있는 것으로 보이며, 그런 면에서 '세태-생활-사실' 노선을 일관되게 강조했던 김남천의 관점과는 선명히 대비되는 것이다. 가령 김남천이 인식하고자 했던 '현실'은 이 글에서의 '생활'에 해당하는 것으로 파악할 수 있을 듯하다. 그리고 이러한 비평적 자기동일성 및 그 미시적 차이들에 주목할 때 마르크스주의(비평)의 분파들, 달리 말해 인식론적 토대로서 유물론의 이데올로기적 분화과정을 우리는 비교적 온당하게 추적할 수 있다고 생각한다. 여기에서 보듯이 임화 비평 언어의 추상적이고 관념적인 성격은, 마르크스주의(비평)으로서 그의 텍스트를 온전히 유물론적 사유의 산물로 규정하기 어렵게 하는 측면이 있다. 비평가로서 임화의 사고 특성은 문학사가로서 그의 텍스트들에서도 그대로 표출된다. 대표적인 일례로서 「신문학사의 방법」(『동아일보』, 1940.1.13~1.20.)에서 임화가 목표로 하고 있는 것은 '보편적 정신사'의 기술이며, 이는 객관적 관념론으로 규정할 수 있는 헤겔의 사유와 정확히 일치하는 것이다. 바꾸어 말해 헤겔이 절대정신을 통해 '구체'에서 '추상'으로 향하는 상승의 변증법을 보여줬다면, 마르크스가 강조했던 것은 '추상'에서 '구체'로 향하는 사적 유물론의 구성이었다. 철학적 입장에서 임화는 헤겔과 마르크스 사이에서 진동하며 배회한다. 이에 잠정적이며 유보적인 결론으로서, 임화의 인식론적 지반과 사유의 거점은 객관적 관념론과 형이상학적 유물론[19]의 중간 혹은 그 사이의 점이지대 어디

자기의 한계를 넘어설 수 있는 계기가 된다. 이로써 주체의 변화가 가능하고 타자와 통일된 주체는 더욱 객관적 현실에 가깝게 된다. 이 과정의 끝은 결국 헤겔이 말한 즉자대자적 존재로서, 주체와 객체의 완전한 통일이다. 헤겔은 이러한 변증법적 운동이 정신의 자기전개라고 했다면, 임화는 이러한 변증법적 운동은 '예술적' 실천을 통해 이루어질 수 있다고 보았다"(김지형, 위 책, 311쪽) 임화 자신의 다음과 같은 진술 또한 참조할 수 있다. "그 뒤 카프는 해산되고 경향문학은 퇴조하고, 그는 병들어 수년간 시골 가 누웠다가 결혼하고 아이 낳고, 파스칼과 몽테뉴를 읽고 헤겔을 심복하고…"(임화, 「어떤 청년의 참회」, 『문장』 1940.2; 박정선 편, 『언제나 지상은 아름답다―임화 산문선집』, 역락, 2012, 252쪽.)

19　널리 알려진 대로 마르크스와 엥겔스는 『독일 이데올로기』(1846)에서 포이어바흐 등을 '형

쯤으로 추정된다. 이상에서 논의한 바 임화 비평의 사유체계와 일관성은
「창조적 비평」 등을 통해 흥미롭게 변주되기도 한다.

　　요컨대 침체 부진이란 말은 탄생 이래 우리 문단과 평단에 두 번 회귀한
셈이다. 그러나 이 회귀설을 좀더 자세히 음미하면, 우리의 오랜 독자에게
다시 물어보고 싶은 두 개의 어구를 골라낼 수가 있다.// 하나는 '하지 아니하
면 아니 된다'는 말이요, 또 하나는 '하다' 혹은 '한 것이다'라는 말이다.//
주지하듯 두 가지 말이 다 어미에 씌어지는 말이요, 또한 그 두 가지 말의
어느 하나가 어미에 붙고 아니 붙는 데서 평론의 내용과 성격이 심히 다르지
아니할 수 없이 중요한 말이다. … 신문학의 초창 이후 신경향파, 경향문학에
이르기까지 비평 내지 평론적 문장은 모두 '하지 아니하면 아니 된다'는 말로
끝을 맺었다는 것이 우리의 친애하는 독자의 속임없는 고백일 것이다. …
'하도다' '하였도다' 식의 영탄적인 어미가 없어진 뒤 '하여라'에서 비롯하여
'하지 않으면 아니 된다'는 말은 조선 문예비평의 기백과 용기와 결단을 표징
하는 생생한 언어였다.// 그러던 것이 우리의 시대, 현대 조선문학이라는 것의
세대가 문단의 주류에 올라서면서 이 말은 어느 틈인가 소멸하고, '하다' '한
것이다'라는 식의 보고적 내지는 설명적인 어미가 일반화하였다. … 현재의
'하다'와 '하였다'는 결국 어떤 '하지 아니하면 아니 된다'는 것에 의하여 다시
구원되어야 할 것으로되, 그 '하지 아니하면 아니 된다'는 것보다 '무엇을
할 것인가?'란 명제가 우리의 면전에 출현해 있는 것이 현대다. 자기가 '무엇

이상학적 유물론'으로 비판하는 일련의 과정 속에서 '사적 유물론'을 정초하였다. 이와 관
련하여 다음의 지적도 참고할 만하다. "임화는 '실천하는' 리얼리스트였다. 그러나 '사실'
은 주관, 곧 인식방식에 매개된다. 유물론이 말하는 바는 이 인식방식 역시 사회적 조건에
따라 제한된다는 것이다. 그러나 임화가 말한 주관을 매개하지 않는 '고차의 리얼리즘'은
상상된 초월적 위치에서만 가능한 것이다. 이 초월적 위치는 형이상학적 장소일 뿐이다.
그것은 역사적 장소를 갖지 않는다."(김지형, 같은 책, 407쪽)

을 할까?'를 알지 아니하면 남에게 그것을 '하지 아니하면 아니 된다'고 말할 수는 없는 것이다. … 그러나 '하다'와 '하였다'의 오늘날, 비평과 이론이 보고와 설명에 그쳤다는 것은 비평가의 용기와 결단의 문제가 아니라 실로 비평적 신념의 결여의 불가피한 결과라 할 수밖에 없다.[20]

예문의 논지와 골자는 임화 비평의 사유체계를 고려한다면 쉽게 이해될 수 있다. 언급돼 있듯이 '하다'와 '한 것이다'는 설명적, 보고적 종결 어미로서 필자의 객관적 서술 태도를 반영한 것이다. 그것은 <당위>의 언어와 대비되는 <존재>의 언어이자, 문예사조상 사실주의적 경향과도 친연관계에 놓여 있는 것이다. 이에 반해 '하지 아니하면 아니된다'는 명령을 내포하는 종결 어미로서 필자의 주관적 신념과 의지를 표현하는 데 적합한 어사이다. 마찬가지로 그것은 <존재>의 언어에 대비되는 <당위>의 언어로서, 문예사조의 낭만주의적 경향과도 결부될 수 있는 것이다. 약간의 비약을 감수하다면, 이는 마르크스주의의 객관적 존재와 주관적 의지의 상호관계와도 일맥상통하는 것으로 볼 수 있겠다. 임화가 이 자리에서 다시금 독자에게 요청하는 것은 신념에 찬 당위의 언어로서 명령어임이 확연히 드러난다 할 것이다. 말을 바꾸어 그것은 '확실성'에의 욕구이자 선명한 의식 지향성에 대한 갈망이다. 그리고 임화에게 있어 그것은 '미라-당김'이라는 작동 원리를 내장하는 '낭만적 정신' 혹은 '주관적 의지'의 발현 외에 그 무엇이겠는가. 이처럼 임화의 인식론적 특징과 비평적 자기 동일성은 언어의 형태 분석이라는 미시적 표현의 층위를 통해서도 고스란히 드러나며 일관되게 사유되고 있음을 확인할 수 있다.[21]

---

20 「창조적 비평」, 『인문평론』, 1940.10; 5, 240–242.

21 끝으로 덧붙일 것은 2000년대 이후 활발하게 논의되고 있는 「의도와 작품의 낙차(落差)와 비평—특히 비평의 기능을 중심으로 한 감상」(『비판』, 1938.4: 원제는 '작가와 문학과 잉여

3. 맺음말

임화 비평은 객관과 주관의 변증법적 통일을 지향하는 사유의 모험을 지속적이고 일관되게 실천하고자 노력했던 것으로 보인다. 1장에서 논의한 바와 같이 임화 비평의 사유의 원천과 인식론적 지반은 낭만적 정신으로 표상되는 주관적 의지의 구상력(構想力) 및 정신의 합목적적 실천 활동이었다. 그리고 이는 낭만주의와 사실주의의 길항 관계 속에서도 변함없는 비평의 원리로서 임화의 사유 전반을 지탱하는 거멀못으로서 기능하였다. 이와 같은 양상은 해방 이후의 비평에까지 연면히 이어지는데, 특히 1930년대 후반기는 임화 비평의 진경이 펼쳐지는 순간들로 기억돼야 마땅할 것이다. 동시에 이 시기는 임화 비평이 프로문학에 대해서도 얼마간 객관적 거리를 확보하면서 보다 보편적이며 일반론적인 성격이 강화되었다는 점도 부기되어야 할 것이다. 문학사 기술을 위시하여, 일련의 저널리즘론 및 문화산업론, 고전의 세계나

의 세계'; 3, 560-571.)에 관한 것이다. 이에 대한 논의로서 대표적인 것은 다음과 같다. 김동식, 「'리얼리즘의 승리'와 텍스트의 무의식－임화의 「의도와 작품의 낙차와 비평」에 관한 몇 개의 주석」, 『민족문학사연구』 38, 2008; 김수이, 「임화의 시비평에 나타난 시차(視差, parallax)들－'신성한 잉여'와 '창조적 비평'을 중심으로」, 『임화 문학 연구 2』, 소명출판, 2011. 임화의 이 글에서 주목되는 것은 "여기서 '작가의 의도를 넘어서…'라는 비평의 세계와 '작가의 의도에 반하여…'라는 잉여의 세계가 긴밀한 관계를 맺게 된다"라는 문장과 표현들이다. '작가의 의도'라는 것은 필자의 주관적 구성 의지에 해당하는 것이고, 작품의 '신성한 잉여'란 곧 이에 반하는 의지 너머의 세계인 까닭이다. 임화는 비평의 대상으로서 작가의 의도에 반하는 '잉여' 역시 작품과 동일한 원천으로서 "현실"에 기반하고 있음을 강조한다. 즉 "잉여의 세계란 작가의 주체를 와해로 밀치면서까지 제 존재의 가치를 협위적으로 시인해달라는 새 세계의 현실적 힘임을 인식해야 할 것이다"(3, 570)라는 구절이 그것이다. 따라서 이는 마르크스주의(비평)에 있어 주관적 의지를 넘어서는 객관적 존재로서 경험적 현실의 구체성을 지시하는 것으로도 읽을 수 있을 법하다.(이를 두고 김동식은 임화의 의식세계에서 '리얼리즘의 승리'가 종국적으로 관철된 것으로 보았다.) 그런 의미에서 이 글은 임화의 사유체계에서 상당히 예외적인 사건으로 간주될 만하고, 임화의 비평적 자기동일성에 균열이 발생하는 지점으로도 읽힐 수 있는 가능성을 내포하고 있다 하겠다. 이는 매우 흥미로운 주제로서 별도의 논의가 마련되어야 할 것이다.

문학의 질료로서 언어 자체에 대한 관심, 그리고 민족어로서 조선어에 대한 천착과 성찰, 문학의 장르에 대한 고찰 등은 임화 비평의 넓이와 깊이를 예증하는 데 전혀 모자람이 없다.

서두에서 언급한 바와 같이 마르크스가 거듭 강조했던 것은 인식의 주관적 활동보다는 경험적 현실의 역사적 구체상이었다. 역사유물론을 통해 '추상'에서 '구체'로 진입하고자 했던 마르크스의 진의 또한 여기에 놓여 있다 하겠다. 가령 마르크스의 대표작 『자본론』의 구성 체계를 통해 이러한 마르크스의 기획과 의도는 이해될 수 있는 것이다. 즉 제1권과 제2권은 각각 생산 영역과 유통 영역을 다루고 있다. 그리고 이 두 권의 책은 자본주의 경제 분석을 위한 이론적 전제들로서 논리적 '추상'에 해당하는 것이다. 이에 반해 제3권은 자본주의의 현상 분석으로서 잉여가치로부터 전화된 이윤과 지대를 다루고 있는데, 이는 자본주의 경제의 가시적 형태들로서 역사적 '구체'에 해당하는 것이라 할 수 있다. 결국 마르크스가 궁극적으로 도달하고자 했던 곳은 어떤 원리로도 환원될 수 없는 사실들의 세계이자 광활한 대지로서 '현실' 그 자체였다고 보는 것이 타당할 것이다. 이와 같은 점들에서 카프비평사의 역사적 실패의 기록은 다시금 반추될 여지가 있으며, 그 과정의 내적 논리들 또한 식민지 조선의 경험적 현실을 기반으로 재구성될 필요가 있다고 생각한다.

보론(補論): 『신문학사』의 방법론 비판에 대한 반비판

임화의 문학사 서술은 해방 후의 글을 제외하면, 1935년의 「조선신문학사론 서설」, 1939년에서 1941년까지의 「개설 신문학사」, 1940년의 「신문학사의 방법─조선문학연구의 일과제」의 세 영역으로 크게 나누어 볼 수 있다.

임화의 일련의 신문학사론들 중에 가장 빛을 발하고 있는 부분은 1935년, 병와 중에 마산에서 씌어진 「조선신문학사론 서설」이다. 여기에서 임화는 신문학사 서술의 구체적인 동기[22]를 밝혀놓고 있다. 카프의 서기장이었던 그에게 카프의 해산은 충격적인 사건이었고, 비록 일제의 탄압으로 조직이 와해됐지만 카프문학운동의 역사적 위상(位相)와 그 정당성을 신문학사의 사적(史的) 전개 속에서 밝히는 일은 그에게 당면한 과제로 인식되었던 것이다. 임화의 신문학사론이 철저히 사적 유물론에 입각해 있음은 명백해 보인다. 그러나 그 서술에 있어 방법론의 작품에의 적용은 경직되고 기계적인 방식이 아니라, 철저히 실증적인 것이었고 문학의 상부구조로서 '상대적 자율성'을 인정하는 지점에서 출발하고 있었다. 임화의 문학사론이 이식문학론이라는 점에서 후대의 연구자들은 극복의 대상으로 삼았지만, 우리의 근대문학이 서양의 근대문학을 모델로 한 것이었음은 부정할 수 없는 사실이다. 그리고

---

22 "이러한 의미에서 필자는 일찍이 현재의 시기에 있어 금일까지의 신문학의 전역사에 관한 과학적인 역사적 반성을 요망하는 것이고, 특히 프롤레타리아 문학이 선행한 신문학으로부터 계승한 제유산과 부채를 과학적 문예학의 조명하에 밝힐 것을 희망한 것이다. 이것은 곧 프로문학의 십년간에 긍(亘)한 예술적 정치적 실천이 자기의 쌍견(雙肩) 위에 지워진 예술사적 임무를 정확히 자각하고 실천하였는지 그렇지 못하였는지를 알게 하는 것이며, 또 그것의 과학적인 비판은 곧 장래할 우리들의 문학의 역사적 진로를 조명하는 예술적 강령의 범위를 지시하는 것이다. 그러므로 비록 희귀하고 실로 완전치 못하나마 이러한 문학사적 반성의 맹아에 접할 수 있는 것은 이러한 귀중한 관심의 앙양으로서 반가와 해하여야 할 현상이다"(임화, 「조선신문학사론 서설」, 『조선중앙일보』, 1935.10.10. 여기에서는 임규찬·한진일 편, 『임화 신문학사』, 한길사, 1994, 319–320쪽에서 인용. 이하 '임화 신문학사'의 인용은 이 책의 것이며, 필요한 경우 이 책의 쪽수만 밝히도록 하겠다.) 이러한 내적 동기 외에, 김윤식은 임화의 문학사 서술의 외면적이고 실천적 동기를 다음과 같이 지적하고 있다. "카프문학(신경향파)이 저토록 감옥생활을 하게 되는 것의 원인이 카프 속에 내포되어 있는 미학적, 문학적, 이론적, 오류에서 온 것이냐 아니냐를 따지는 일은 카프 측으로서는 사활이 걸린 일이 아닐 수 없는 문제였다. 비록 권력의 폭력에 의해 카프가 감옥에 갇혀 있지만, 그들이 전개했던 문학행위는 어디까지나 정당하다는 확신을 이론적으로 제시하는 일이야말로 임화가 맡은 소임이었다"(김윤식, 『林和硏究』, 문학사상사, 1989, 511쪽).

임화가 강조했던 것은 서구 문학의 압도적인 영향을 강조했던 것이었지, 우리 문학의 '전통'에 대해서 모조리 부정하려고 했던 것은 결코 아니었다. 이는 이인직과 이해조를 주된 대상으로 하여 분석하고 있는, 「개설 신문학사」를 조금만 살펴보아도 쉽게 알 수 있는 것이다. 임화는 신소설 속에 내재되어 있는 구소설의 전통, 즉 '가인기우(佳人奇遇)', '계모형(繼母型) 가정소설', '권선징악의 이분법적 구도'등을 세밀하게 읽어냈다.

「개설신문학사」를 쓸 때 임화는 과학자도 아니고 마르크스주의자도 아니며, 무엇보다 '실증주의자'였다.[23] 이런 관점에서, 임화의 신문학사 서술에 대한 가장 일반적이면서도 가장 부당하다고 여겨지는 독해는, 그의 이식문학론에 대한 비판이다. 원전의 분명한 오독에 의한 김윤식 교수의 '이식문학론 비판'을 시작으로, 임화는 식민사관과 결탁한 문학가이자 민족의 주체성을 몰각한 이식론자라는 오명을 얻게 되었다. 이는 미제 스파이라는 누명으로 형장의 이슬로 사라진 임화로서는 어떤 면에서 부당한 것일지도 모른다. 김윤식 이후 1990년, 우리문학연구회의 「새로 쓰는 민족문학사」[24]까지 이러한 오명은 여전히 씻겨지지 않고 있다. 그렇다면 그러한 판단은 과학적이고 정당한 것이었던가. 먼저 김윤식의 '이식문학론 비판'의 논리를 살펴보자. 김윤식은 주로 「신문학사의 방법」에 드러나고 있는 논리의 추상성과 여기에서 문학사 방법론의 제3항으로 설정된, '환경'에 나타난 '무매개성'을 문제삼고 있다.[25] 일본근대문학의 이식이라는 '비교문학적인' 관점에서 종속적인

---

23 김윤식, 『林和研究』, 521쪽.

24 『한길문학』, 1990년 5월호~11월호에 그 부분이 연재되었다. 그 참여자로는 강영희·김경원·김재용·오성호·이상경·하정일의 6인이었다.

25 임화는 여기에서 다음과 같이 언급하고 있다. "신문학이 서구적인 문학 장르(구체적으로는 자유시와 현대소설)를 채용하면서부터 형성되고 문학사의 모든 시대가 외국문학의 자극과 영향과 모방으로 일관되었다 하여 과언이 아닐 만큼 신문학사란 이식문화의 역사다"(임화, 「신문학사의 방법」, 『동아일보』, 1940.1.13~20. 여기에서의 인용은 임규찬·한진일 편, 『임

영향관계로만 우리의 근대문학을 재단하고 있다는 것이다. 임화에 입장에 서자면, 김윤식의 판단은 신문학사의 서설격인, 불과 14쪽의 개괄적인 방법 론만을 근거로 한 다소 신중하지 못한 결론일 수도 있다는 것이다. 방법론의 구체적인 적용인 「개설 신문학사」나 「조선신문학사론 서설」을 함께 포괄적 으로 검토한다면, 그와 같은 결론은 수긍하기 어렵다. 그리고 신승엽이 밝히 고`있듯이,[26] 김윤식의 그러한 판단은 명백히 원전의 오독에 근거하고 있다. 이를 먼저 검토하기로 한다.

> 한편 전통이란 무엇인가. 전통이란 환경 곧 비교문학을 설명하는 한갓 보조 적인 관념에 지나지 않는다. '전통'이란 개념을 이끌어들인 것은 환경에 대한 과도한 무게를 두었음에서 말미암았다. …… 다시 말해 '환경'과 '전통'은 거의 같은 뜻으로 사용된 셈이다.[27]

김윤식의 이러한 판단의 근거는 무엇이었는가. 그것은 다음과 같은 대목으 로, "새로운 정신문화나 문학이 생성·발전하는 데 여건의 하나로서 제출되는 유산이라는 것은 좀 더 객관적으로 생각하면 문화적, 문학적인 환경의 하나 로 생각할 수 있다. 즉 새로운 것의 형성을 둘러싸고 있는 소여의 조건의 하나다. 그러한 의미에서 유산은 항상 객관적인 것이다"(임화, 「신문학사의 방법」, 380쪽)라는 진술이다. 여기에서 김윤식은 '전통'을 '유산'과 동일한 것으로 읽고, 임화가 '전통'을 한낱 '환경'에 불과한 것으로 처리하고 있다고

화 신문학사」, 한길사, 1994, 378쪽에서 인용. 이하 임화, 『신문학사』의 인용은 이 책의 것이다).

26 신승엽, 「이식과 창조의 변증법—임화의 '이식문학론'의 정당한 이해를 위하여」, 『창작과 비평』 1991년 가을호.

27 김윤식, 「이식문학론 비판」, 『한국근대리얼리즘비평선집』, 서울대출판부, 1988, 233쪽.

본다. 따라서 김윤식은 방법론의 제3항과 4항을 동일선상에서 파악하게 된다. 그러나 이것은 다음 인용문에서 드러나듯이 분명히 오독에 기초한 것이다.

> 유산은 그것이 새로운 창조가 대립물로서 취급할 때도 외래문화에 대하여 주관적으로 향한다. 그러한 때에 유산은 이미 객관적 성질을 상실한다. 즉 단순한 환경적인 여건의 하나가 아니라 그 가운데서 선발되며 환경적 여건과 교섭하고 상관한 주체가 된다. 이러한 것이 항상 한 문화, 혹은 문학이 외래의 문화를 이입하는 방식이며 새로운 문화의 창조는 좋은 의미이고 나쁜 의미이고 양자의 교섭의 결과로서의 제3의 자(者)를 산출하는 방향을 걷는다.[28]

임화는 인용문에서 분명히 '유산'(전통)이 '단순한 환경적인 여건의 하나가 아니라', 다른 여건들과 교섭하는 '주체'가 된다고 언급하고 있다. 단순한 환경적인 여건의 하나가 되고 마는 것은 '전통'으로 부활하지 못하는 '유물'이다. 이어지는 인용문에서 그것은 좀 더 확실해보인다.

> 여기에서 유산은 더욱이 외래문화와 마주서는 데서 표현되는 상대적인 주관성에서도 떠나 순전한 여건의 하나인 '유물'(Uberreste)로 돌아가고 과거의 고유의 문화는 다시 '전통'(Tradition)으로서 부활된다. …… 신문학사의 생성과 발전에 있어 조선 재래의 문화가 정히 이러한 형식으로 신문학의 창조와 관계한 것이다. 그것은 신문학을 외국문학으로부터 구별하는 형식이 되고 또한 내용이 되는 것이다. 그런 의미에서 서구의 르네상스와 같이 우리 문학사는 자기의 상대에 부흥될 전범을 갖지 못했으나, 그러나 신문학은 그러면서 고유한 가치를 새로운 창조 가운데 부활시키는 문화사의 한 영역이다. 신문학

---

28 임화, 「신문학사의 방법」, 『동아일보』, 1940.1.18. 위 책, 380쪽.

이 한문으로부터의 해방에서 출발한 것은 동시에 언문문화의 복귀에서 출발했음을 의미한다. 그것은 단지 언어로서의 언문문화에 그치는 것이 아니라 정신으로서의 언문문화로 살아나는 데 신문학사가 전통을 간과할 수 없는 이유가 있다.[29]

과거의 정신적 '유산' 중에서 그 생명력을 소진하여 죽은 유산으로 남게 되는 '유물'이 있는가 하면, 변화하는 시대 속에서 새로운 창조적 동력으로 작용하는 '전통'이 존재한다. 그러나 김윤식은 '전통'을 죽은 '유물'과 동일시하고 이를 '환경'의 보조관념에 지나지 않는다고 해석했다. 이는 간과할 수 없는 오류가 아닐 수 없다. 제3항(환경)과 제4항(전통)을 동일선 상에서 파악함으로써 결국 김윤식은 스스로의 함정에 빠진다. 즉 '토대와 상부구조'의 '매개항 없음'에 관한 논의이다. 김윤식은 토대와 상부구조 사이의 '매개항'을 임화가 설정하지 않음으로써 비변증법적인 유물론, 결국은 변증법으로부터 이탈하고 말았다고 주장한다. 그러한 논지는 이후 연구자들의 논의에서 중심을 이루게 된다. 그러면 김윤식과 임화의 글을 직접 비교해보기로 한다.

(1) 그러니까 유물변증법에 따르면, 먼저 상부구조와 토대 사이의 매개항이 설정되어야 하고, 그 다음엔 상부구조(이데올로기)들 사이에 매개항이 논의되어야 한다. 이 두 매개항이 토대와 상부구조에 연쇄적으로 작용할 때 그것은 유물변증법에 합당할 것이다. 그런데 임화는 이 두 가지 매개항(토대와 상부구조 사이·상부구조 상호간의)에 대한 고려가 없고, 다만 그는 그가 독특하게 내세운 '환경'과 '전통' 사이에만 매개항을 인정하고 있었던 것이다. 그렇게 되니까 토대와 상부구조와는 아무런 관련 없이 환경과 전통이 따로따로 놀아

---

29 임화, 같은 글, 위 책, 381-382쪽.

나는 것으로 되고 말았다.[30]

(2) 그런데 여기에서 우리가 주의할 것은 외래문화와 고유문화의 유산의 교섭이 인간을 매개체로 하고 있다는 점이다. 즉 행위에 의하여 매개된다. 그런데 행위자와 지향은 문화의향만이 아니다. 그들의 계층적 성질 혹은 그들의 실질적 기초가 제약한다. 다시 말하면 그들의 물질적 지향이 외래문화와 고유문화의 문화교류, 문화혼화에서 새로운 문화 창조의 형태와 본질을 안출한다. 그러므로 문화교섭의 결과로 생겨나는 제3의 자(者)라는 것은 기실 그때의 문화담당자의 물질적 의욕의 방향을 좇게 된다. 그 의욕은 곧 그 땅의 사회 경제적 풍토다.[31]

두 글의 비교에서 보듯, 임화는 분명히 매개항으로서 주체의 '행위'와 '의식지향'을 설정해 놓고, '토대'와 상부구조로서 '문학' 사이의 연결고리를 설정하고 있다. 토대와 상부구조는 인간의 실천적 활동을 통해 형성된다는 점이 고려되어야 한다. 토대와 상부구조의 '변증법'은 인간의 '행위' 속에서 실현된다.[32] 그러나 김윤식은 '유산'과 '전통'을 동일시했기 때문에, 이 '매개항'을 달리 설명할 길이 없어지고, "환경과 전통이 따로따로 놀아나는 것"으로밖에 파악할 수 없었다. 이는 단순히 '외래 문화'와 '고유 문화' 사이의 교섭을 매개한다는 의미가 아니라, 외래문화와 고유문화의 교섭을 통한 '새로운 문화의 창조'(상부구조로서의 예술과 정신문화)와 '물질적 토대' 사이를 "인간의 '행위'와 '의식지향'"이 매개한다는 것으로 보아야 그 의미가 온전히 파악될 수 있다. 이로써 임화가 얻은 누명은 어느 정도 해소될 수 있을 것이

---

30   김윤식, 같은 글, 같은 책, 235쪽.
31   임화, 같은 글, 같은 책, 381쪽.
32   한국철학사상 연구회 편, 『철학대사전』, 동녘, 1989, 1304쪽.

다. 임화 신문학사의 의도가 단순하고 기계적인 이식문화론이 아니었다는 점은 다른 곳에서도 누차 확인된다.[33] 역사적 사실로서, 한국의 근대문학사가 서양문학의 압도적인 영향 하에 형성·발전되었다는 사실은 인정하지 않을 수 없다. 따라서 불가피하게 실증(實證)이 빈약할 수밖에 없는 내재적 발전론에 도입하는 것으로 진정한 의미의 주체적인 민족문학론이 도출되기는 어렵다. 우리에게는 사실(史實)을 사실(事實)로서 인정하는 것에서 출발하는 자세가 필요하다. 임화가 우리문학의 이식성을 강조했던 것은, 한국 근대문학의 형성에 있어 그 '특수성'을 강조하려는 의도였지, 그것이 민족의 주체적 역량을 무시하거나 김윤식의 지적대로, "식민사관과의 기묘한 유착"[34]은 더더욱 아니었다. 임화는 자신이 경험했던, 근대계몽기의 '시대정신(Zeit Geist)'과 당대의 한국문학에 정직하려 했을 뿐이다. 그것으로 임화를 단죄하기는 어렵다고 본다.

임화의 문학사가 받고 있는 또 다른 오해의 하나는 그의 경직된 기계론적 유물사관 혹은 예술 상부구조론에 대한 것이다. 그러나 이것 역시 오해로 판단된다. 김윤식의 글을 다시 검토하기로 한다.

이러한 문학사의 방법론의 결함은 과연 무엇인가. 한마디로 요약하면 유물사관에 입각하면서도 변증법적 방법을 일관하여 유지하지 못한 점이라 할 수 있다. 문학예술이 상부구조(이데올로기)에 속한다고 보고 이것과 토대와의 상호관계에서 문학사의 발전을 파악하고자 할 때에도 상부구조에 대한 근본

---

33 "동양 제국과 서양의 문화교섭은 일견 그것이 순연한 이식문화사를 형성함으로 종결하는 것 같으나, 내재적으로는 또한 이식문화사를 해체하려는 과정이 진행되는 것이다. 즉 문화 이식이 고도화되면 될수록 반대로 문화 창조가 내부로부터 성숙한다. 이것은 이식된 문화가 고유의 문화와 심각히 교섭하는 과정이요, 또한 고유의 문화가 이식된 문화를 섭취하는 과정이다"(임화, 같은 글, 같은 책, 381쪽).

34 김윤식, 『林和研究』, 문학사상사, 1989, 509쪽.

적인 우위성을 인정하면서 경험적 사실로서 확인되는 상부구조의 상대적, 자율적 발전을 어떻게 논리화할 것인가.[35]

그의 주장대로 임화는 상부구조로서의 예술의 상대적 자율성을 인정하지 않고 있는 것일까. 그러나 이에 대해서도 역시 부정적이다. 「방법론」(1940)보다 먼저 씌어진 「조선신문학사론 서설」(1935)에는 다음과 같은 대목이 있고, 「방법론」과 같은 해에 씌어진 다음의 글 즉, 고전의 의미에 대해서 언급하고 있는 아래 예문은 예술의 특수성 내지 상대적 자율성에 대한 임화의 견해를 시사해주기에 족하다.

(1) 문화 및 예술사의 발전에는 원칙적으로 토대적인 것에 제약을 受하면서 一應 그것과는 구별되는 관념형태 그것이 갖는 고유의 객관적 법칙성을 갖는 것이다(354쪽).// (2) 이것은 단순히 고전과 고전과의 사이를 매개하는 것도 아니요, 오히려 고전과의 단절과 독립해서 연속되어 있는 것이다. 이것은 고전의 특수적인 측면을 대표하는 것이다. 고전은 일정한 시대에만 아니라 특수한 풍토, 고유한 민족 가운데 나서 독자의 사고와 감수의 양식 가운데 안어졌음에 불구하고 보편적인 것으로 세계와 영원 가운데 나아가서 독립한 것이다. 그러므로 전통이란 전승한 자에 의하여 소유된 고전들이다.[36]

이것은 임화가 토대와 상부구조의 상호 모순적 작용을 변증법적으로 파악하고 있다는 증거가 된다. 김윤식의 견해는 이런 면에서 다소 거친 것이 사실이다. 이처럼, 임화의 문학사는 유물사관에 바탕하고 있지만, 예술작품

---

35 김윤식, 「이식문학론 비판」, 같은 책, 234쪽.

36 임화, 「고전의 세계」, 『조광』, 1940.12, 199쪽.

의 상대적 자율성을 염두에 두고 있었다. 그의 토대–상부구조 일원론은 단순한 일원론이 아니었다. 이는 일찍이 마르크스조차 그리스 예술을 논하면서 인정할 수밖에 없었던 부분이다. 임화의 문학사가 유물사관의 기계론적인 적용이 결코 아니었었다는 것은, 「개설 신문학사」에서도 여실히 드러나고 있다. 임화는 방대한 사료(史料)에 입각해서, 실증적 방법으로 문학사를 서술하였다. 이와 같은 태도는 「조선신문학사론 서설」에서 카프문학의 문학사적 의의를 밝히는 대목에서도 확연히 드러난다. 임화는 신경향파 문학과 카프문학의 역사적 한계를, 누구보다도 정당하게 인식하고 있었다.

> 그러나 신경향파 문학의 이 원칙적 욕구는 금일에 이르기까지 프로문학의 전 실천을 일관한 프린시플이었다. 하나 이 유소한 문학적 세대들은 이러한 원칙을 강조하는 나머지 문학상에 내용 편중주의라고 하는 한 개의 마이너스를 가졌었다. 그리하여 문학상에 있어 그 사상성과 예술성에 대한 통일된 과학적 견지를 가지는 대신 …… 공히 정치의 우위성이란 것을 곧 정치 및 사상에의 직접의 봉사주의라는 방향을 가지고 최근까지에 이르도록 지배적 원칙으로써 통용된 것이다(323쪽) …… 주지하는 바와 같이 사적 유물론은 한 개 관념형태로서의 '자각의식'의 '초보성'을 '목적의식적 개조운동' 그 자체의 '초보성'으로부터 연역하고 후자가 가진 현실적 '초보성'의 정신적 반영으로 그것으로 말미암아 제약된 필연적 결과로서 파악하는 것이다(325쪽) …… 이곳에는 낭만주의의 '악(惡)한 전통'의 하나인 구체적 현실에 안일한 관념적 이상화의 방법이 신경향파의 세계관적 또 예술적 미숙과 상반(相伴)하여 문학 가운데 나타난 세계관의 생경한 노출이란 결과를 초래하였다(366쪽)

팔봉과 회월의 내용·형식 논쟁 이래, 문학작품의 내용과 형식을 일치시키는 노력은 프로문학가들이 사활을 걸 만큼 핵심적인 관건의 하나였다. 주지하듯 김남천은 작가적 경험을 중시하면서 '세태-사실-생활'의 노선을 고수한 반면, 안함광이나 임화 등은 일관되게 '주인공-성격-사상'의 노선을 견지했다. 1930년대 중반 카프 조직의 와해 이후에도 임화는 「세태소설론」을 통해 '본격소설'의 가치를 옹호했다. 이와 같은 임화의 실증적 정신과 변증법적 사고는 상부구조로서 예술작품의 상대적 자율성을 의식하고 있었으며, 카프 문학의 역사적 한계 또한 분명히 인식하고 있었다. 따라서 해방공간에서 임화의 '인민민주주의 문학론'은 세계관과 문학론의 '인식론적 단절'이나 변화라기보다는 일관된 논리 속에 지속성과 연속성을 내포하고 있는 것으로 파악되어야 한다. 임화의 문학사에 씌워졌던 유물사관의 기계론적 적용이라는 누명은 때문에 온당하지 않다. 이는 "프로문학의 고난에 찬 십년"의 의미를 근대문학의 사적(史的) 전개를 통해 밝혀내고자 했던 임화의 신문학사 서술에 대한 정당한 평가로 보기 어렵다.

창작 과정에 있어 '주체화'의 문제
김남천의 '일신상(一身上)의 진리' 개념을 중심으로

1. 세계관과 창작 방법의 문제

지금까지 김남천의 창작 활동에 관한 연구[1]는 그의 창작방법론에 대한 특별한 관심과 이에 따른 문학이론을 창작을 통해 실천에 옮겼다는 점에 초점을 맞추어 이루어졌다. 즉 그의 창작 방법론의 전개 과정과 이에 따른 그의 문학관이 무엇인가를 밝히는 데 중점을 두고 진행되었던 것이다. 그리고 처음에는 작품보다는 문학론에 비중을 둔 연구[2]가 주를 이루었으나, 1980년대 중반부터 작품을 중심으로 한 연구[3]가 본격화되었다. 김남천의 창작방법론에 대한 연구는 주로 당대 리얼리즘과의 상관 속에서 그의 리얼리즘에

---

1   본고의 김남천의 창작방법론과 관련한 연구사 검토에는, 홍원경, 「김남천의 창작방법론 변모과정」, 『어문논집』 31집, 중앙어문학회, 2003, 190-191쪽의 정리에서 도움을 얻었다.

2   김미란, 「김남천 연구」, 고려대 석사학위논문, 1987.
     김윤식, 「김남천, 물논쟁, 논리적 대결의식」, 『임화연구』, 문학사상사, 1989.
     유문선, 「1930년대 창작방법논쟁 연구」, 서울대 석사학위논문, 1986.
     채호석, 「김남천 창작방법론 연구」, 서울대 석사학위논문, 1987.

3   권혁준, 「김남천 소설연구」, 성균관대 석사학위논문, 1989.
     김동환, 「1930년대 전향소설연구」, 서울대 석사학위논문, 1986.
     문영진, 「김남천의 해방전 소설 연구」, 서울대 석사학위논문, 1989.

대한 인식의 내용을 다루었다. 김남천의 문학론은 카프 해산을 전후로 한 시대 상황의 변화와 맞물리면서 지속적인 변모의 과정을 겪게 된다. 그의 창작방법론은 특히 임화와의 '물 논쟁' 이후 많은 변화를 맞이하게 되는데, 본고는 김남천의 창작방법론의 변모 과정을 통시적으로 개괄하는 것은 이어지는 논문에서 다룰 것이다. 창작방법론에 대한 김남천 자신의 명명과 설명에 집중하기보다는, 일련의 창작방법론을 통해 언표되고 있는 김남천의 문학적 사유의 핵심들을 몇 가지 '문제틀(the problematic)'을 통해 접근하고자 한다. 그리고 구체적인 논의의 대상으로는, 카프 해산 이후 김남천의 창작방법론 중 그 핵심에 있다고 보여지는 모랄론을 '일신상의 진리'라는 개념을 중심으로 살펴보고자 한다. 그리고 이하의 논의에서 직접적으로는, 창작 과정에 있어서의 '주체화'의 문제를 본격적인 분석의 대상으로 삼는다.

칸트의 3대 비판서가 다루고 있는 문제는 각각 眞(진리의 인식)·善(윤리적 실천)·美(미적 감각)의 영역으로서, 이를 창작 과정의 문제와 관련짓는다면, 세계관은 작가의 세계 직관으로서 종국적으로는 인식론의 문제로 귀착되는 것이며, 창작 방법이란 결국 작품 행동으로서, 즉 작가의 예술적 실천의 문제로 귀결되는 것이라 하겠다. 한편으로 세계관과 창작 방법의 문제 혹은 인식과 실천의 문제는, 작가의 세계관이 예술적 형상을 통해 표현됨으로써 그 구체적 언어를 얻고, 세계관은 작가적 실천이라는 검증을 통한 반작용에 의해 수정·변화할 수 있다는 점에서 그것은 분리된 별개의 문제가 아니라 상호 침투하며 유기적 관련을 맺는 것으로 이해할 수 있다.

카프 문학운동 내부에서 창작 방법 문제의 논의는 역설적으로 카프 해산기에 이르러 비로소 본격화되고 구체화 되었는데, 이는 사회주의 리얼리즘의 수용 문제,[4] 보다 직접적으로는 공식적 창작 노선으로 채택된 유물 변증법적

---

4   김남천은 이와 관련하여 크게 두 가지로 문제제기를 한다. "① 논쟁의 토대를 조선의 작가

창작 방법의 오류와 작품의 도식화를 반성적으로 극복하기 위해 제출된 것이다. 즉 마르크스-레닌주의와 프롤레타리아 계급의식이라는 세계관을 예술적으로 형상화하는 데 카프 작가들이 실패했다는 문제의식과 공감대를 배경으로 이루어진 것이다. 따라서 여기에서는 작가의 이데올로기적 선명성 여부가 아니라 예술적 형상화의 문제, 즉 창작 방법의 문제가 보다 중요한 과제로서 대두된다. 이는 회월과 팔봉 간의 내용-형식 논쟁의 공과를 계승하는 것이면서도 좀 더 실제적으로 작가의 내밀한 창작의 과정을 직접적으로 겨냥하고 있다는 점에서 카프 내의 이론적 심화의 과정으로도 볼 수 있다. 이러한 문제의식은 박영희의 소위 "얻은 것은 이데올로기며 상실한 것은 예술 자신이었다"[5]라는 전향선언에서 가장 극적인 표현을 얻고 있지만, 김남천에게 있어서는 창작 방법의 논의가 즉각적인 세계관의 포기나 이념적 무장해제로 연결되지 않는다.[6] 오히려 그는 킬포친의 "진실을 그려라"는 명제를 예로

와 작품과 조선의 문학적 현실에 두지 않은 것. 평론가들은 신창작방법의 가(可)냐 부(否)냐를 토론함에 소련적 현실(사회주의적 현실)과 조선적 현실(자본주의적 현실)을 일반적으로 운위함에 그쳤을 뿐으로, 조선의 문학적 현실에서 토론의 자료와 물질적 기초를 구하기에 인색하였다. … ② 리얼리즘 위에 붙은 '소셜리스틱'이란 말이 조선에서는 구체적으로 무엇을 가르침인가 불문에 붙여 있었다. 다시 말하면, 이 창작이론이 조선에서는 구체적으로 여하히 발전되어야 할 것인가를 문학적 정세의 면밀한 분석 속에서 규정하지 못하고 사회 정세 일반에서 기계적으로 추출되었던 때문에 '유물변증법적 창작방법' 당시에 '유물변증법'에 손을 다친 작가들은 다시금 신창작이론에 대해서도 그것이 그들을 삼켜버리려는 마귀라도 되는 듯 두려움을 느꼈던 것이다. 그들은 그것이 리얼리즘을 구체화하는 길 이외에 아무것도 아니라는 것을 명백히 알지 못하였었다."(김남천, 「고발의 정신과 작가—신 창작이론의 구체화를 위하여」, 『조선일보』, 1937.6.1~6.5. 여기에서는 정호웅·손정수 편, 『김남천 전집 I』, 박이정, 2000, 225~226쪽에서 인용. 이하 김남천 글의 인용은 이 책의 것이며, 본문에서 책의 쪽수만 밝히기로 한다.)

5   박영희, 「최근문예이론의 신전개와 그 경향」, 『동아일보』, 1934.1.2~1.11.

6   예술의 정치성과 관련하여 김남천은 다음과 같이 언급한다. "농민에게도, 문학자에게도, 시인에게도 정치란 것을 떠나서 생활이란 것이 영위된 적은 없었다. 이씨는 씨의 사색을 '예술은 자유의 산물'이라고 기록하였지만, 실상은 예술은 '자유를 위한 길항(拮抗)의 산물'이라고 표현하는 것이 더욱 정당할 것이라고 나는 생각한다. … "밥짓는 식모까지 정치는

들면서 당파성의 강조로[7] 나아갔던 것이다. 김남천은 프로문학 운동에서 조직의 중요성을 누구보다 강조했던 이론가였다.[8] 그렇다면 전형기(轉形期)의 김남천에게 있어 사유의 핵심은, 세계관과 창작방법의 유기적 통일과 변증법적 지양의 문제가 될 것이다. 그는 이 문제를 어떻게 해결하려 했던 것일까. 그에 대한 일단을 우리는 「소설의 운명」에서 찾아볼 수 있다. 김남천은 「소설의 운명」에 대한 주석에서, "소설의 장래를 말하려고 하면서 내가 이곳에 운명이란 말을 사용하는 것은 소설의 당면한 문제가 주체를 초월하여 외부적으로 부여된 문제이면서 동시에 내재적 요구에 의하여 주체에 부여된 문제인 것을 진심으로 자각하고자 생각한 때문이었다. 소설의 장래를 자기 자신의 문제로서, 운명으로서 초극하려는 데 의하여서만 문학은 그의 정신을 유지 신장할 수 있으리라고 생각하기 때문이었다"[9]는 의미심장한 발언을 하고 있다. 여기에서 김남천이 문제 삼고 있는 것을 단도직입적으로 말한다면, 창작 과정에 있어서의 '주체화'의 문제이다. 작가의 세계관이나 이념형이

알아야 한다"는 유명한 말이 있거니와, 사상 생활을 영위하는 문화인이 이에 대하여 부닥치기를 기피한다면 그 자성이 어떠한 것이 되는지는 명백하지 않을까"(김남천, 「최근 평단에서 느낀바 몇 가지」, 『조선일보』, 1937.9.11~9.16. 위 책, 258쪽).

7 "킬포친이 '진실을 그려라' 혹은 '예술은 객관적 현실의 내용을 형상화하는 것이다'라는 것은 예술의 정치로부터의 이탈을 의미함이 아니고 그의 정치적 당파적 입장을 더욱 명확히 표현하는 것이라는 점이다. 최근 한설야, 임화 더구나 백철 등에 있어서는 킬포친의 슬로건이 왜곡화되어 '진실을 그려라'가 일종의 유행으로 되었으며 이 슬로건은 여태껏의 'X의 문제를 그려라'와 대립하는 것으로 오해되기 쉬운 형세에 이르렀다."(김남천, 「창작방법에 있어서 전환의 문제―추백(萩白)의 제의를 중심으로」, 『형상』, 1934.3. 위 책, 67쪽)

8 대표적인 글로서 다음과 같은 것을 꼽을 수 있다. "훌륭한 작가를 그의 재능으로 돌리지 말라 … 카프 작가의 진정한 전진! 그것은 카프라는 그것의 진정한 발동(發動)을 떠나서 있을 수 없는 것이다. (중략) 작가들과 조직과는 떼어서 생각할 수는 없다. 동반자 작가의 비약은 그의 생활을 조직 속에서 훈련받고 그 곤란한 일 속에서 단련되는 데 의하여서만 비로소 있을 수 있는 것이다"(김남천, 「문학시평―문화적 공작(工作)에 관한 약간의 시감(時感)」, 『신계단』, 1933.5, 위 책, 15-21쪽).

9 김남천, 「소설의 운명」 주 1), 『인문평론』 13호, 1940.11. 위 책, 660쪽.

생경한 이데올로기의 표출로 나타났던 것이 카프 작가들의 작품이 지녔던 공통된 결함이었다. 그리고 그것은 거꾸로 선 이데올로기, 즉 이념이 경험적 현실로부터 도출된 것이 아니라 이념에 의해 현실을 재단하려는 태도에서 기인하는 것이었다. 문제는 이념을 자신의 경험적 현실 속에서 녹여내고 육화(肉化)하는 것, 다시 말해 이데올로기의 체득(體得)의 문제로 집약될 수 있는 것이다. 그것은 이념을 자신의 '문제의식'으로 체화하는 것이고, 구체적 인 '몸의 언어'를 얻는 과정으로 말해질 수 있다. 김남천은 창작 방법의 문제 를 다음과 같이 인식하고 있었다.

> … 창작방법은 창작에 있어서의 규범이라기보다는 차라리 창조적 부면(部面)에 있어서 작가의 능력과 사회적 투쟁을 인도할 수 있는 원칙적인 것, 다시 말하면 예술적 창작의 기본적인 방법이라는 데서 우리에게 요구되는 것이라 믿어진다. 물론, 창작방법은 고래불변인 것도 아니오 또 만인 공통인 것도 아니다. (중략) 그러면 세계관과 형식적으로 구별되는 창작방법이 그 내용으로 하는 기본적 방향은 무엇이며 또 그것은 몇 개나 되는 것일까. 여기에서 나는 창작방법의 기본적 방향으로서 리얼리즘과 아이디얼리즘의 두 개만을 단정하고 싶다. 이 두 가지 외에 또 다른 기본적인 창작방법은 있을 수 없는 것이다. 로맨티시즘은 그러므로 이것과 병립될 수 있는 기본적인 창작방법이 아니라 특정한 역사적 시대의 하나의 실제상의 유파이거나 또는 기본적 창작방법의 계기로서밖에는 불리워질 수가 없는 것이다. 왜냐하면 리얼리즘과 아이디얼리즘의 분류는 객관적 현실과 주관적 관념이라는 두 개 의 대립하는 관계로서 성립될 것이요, 그러므로 이 양자는 단순한 정도의 차이가 아니라 질적인 원리적인 차이이기 때문이다. 이것은 혼란을 방지하기 위하여 꼭 필요한 개념규정이 아닐 수 없다.// 그러면 리얼리즘이란 무엇이며 아이디얼리즘이란 무엇이냐. 리얼리즘은 객관적 현실을 주로 해서 주관을

그에 종속시키는 것요, 아이디얼리즘은 그 반대로 주관적 관념을 주로 해서 객관적 현실을 이에 종속시키는 것이라고 말할 수 있다. 그러므로 창작방법의 기본방향은 둘 중의 하나만일 수도 없으며 둘 이상이 될 수도 없을 것이다. 이때에 있어 주관이란, 혹은 객관이란 것은 상대적 의미로서 사용되는 것요, 그렇기 때문에 아무리 객관적이라고 생각되는 관념일지라도 그것이 만약 창조상 실제에 있어서 현실을 재단하는 선입견으로 사용된다면 그것은 역시 주관적 관념으로 불려질 수 있는 것이다. 그러므로 오해되고 혼란스러워지기 쉬운 주관, 객관의 용어를 피한다면 현실을 선입견을 갖지 않고 현실의 있는 그대로를 그리려고 하는 태도가 리얼리즘이요, 현실에 선입견을 가지고 임하여 그것으로써 현실을 재단하려는 창작태도가 즉 아이디얼리즘이라고 말할 수 있을까 한다.[10]

김남천은 창작방법의 기본적인 방향으로 '리얼리즘'과 '아이디얼리즘'이라는 두 개만을 단정하고 있다. 그리고 카프 작가의 실패는 리얼리즘에의 철저하지 못함, 다시 말해 유물변증법적 세계관을 가졌지만 그것이 현실을 재단하는 이데올로기와 선입견으로 작용해 아이디얼리즘으로 흐르는 우를 범했으며 결과적으로 현실을 왜곡했다는 것이다. 그러한 사정은 주지하듯 '리얼리즘의 승리'라고 말해지는, 즉 왕당파의 반동적 세계관을 가졌던 발자크가 리얼리스트인 덕분에 도리어 자신의 세계관을 넘어설 수 있었던 사실에서도 입증될 수 있는 것이다. 따라서 카프 해산 이후, 김남천에게 있어 창작방법의 기본적인 방향 설정은 리얼리즘 정신으로의 복귀와 이의 재정립을 통해서 이루어진다. 즉 김남천 자신이 주창했던, "고발문학이란 리얼리즘 문학이라는 뜻이다"[11]라고 재차 밝히기도 한다. 리얼리즘의 정신에 따라, "주인공이

---

10   김남천, 「새로운 창작방법에 관하여」, 『중앙신문』, 1946.2.13~2.16. 위 책, 757~759쪽.

진보적인 인간인가 아닌가가 주제의 적극성을 결정하는 것이 아니라, 형상화된 전형이 이것을 결정하는 것이며 작품의 결말이 명랑하여 해피엔드를 맺거나 그것이 현실적인 것이 아니라, 그곳에 그려져 있는 성격과 정황이 죽은 것이 아니고 펄펄 뛰는 산 인간의 구체적 정황이라야 비로소 그것을 건강한 작품이라고 말할 수 있는 것이다."[12] 이는 '물 논쟁' 이후 '주인공=성격=사상'의 노선을 주장했던 임화에 반하여 '세태=사실=생활'의 노선을 일관되게 주장했던[13] 김남천의 창작방법에 여실히 드러나 있는 것이다. 이러한 김남천의 입장을 우리는 '경험론적 현실주의'라고 명명할 수도 있을 것이다. 그는 카프 해산 이후, 자신의 문학적 도정을 "자기고발-모랄론-도덕론-풍속론-장편소설 개조론-관찰문학론"[14]으로 도식화하고 있거니와, 이는 리얼리즘 정신으로의 복귀로 요약될 수 있는 것이었다.

2. 창작 과정에 있어 '주체화'의 문제

김남천은 「발자크 연구노트 4」에서 다음과 같이 술회하고 있다.

> 이렇게 생각하여보면 필자 왕년의 자기고발문학은 일종의 체험적인 문학이었다. 그것은 주체재건(자기개조)을 꾀하는 내부 성찰의 문학이었으니까. 이러한 과정은 여하(如何)히 하여 나와 같은 작가에게는 필연적인 과정이었던

---

11 김남천, 「최근 평단에서 느낀 바 몇 가지」, 위 책, 260쪽.
12 김남천, 위 글, 위 책, 262쪽.
13 김남천, 「체험적인 것과 관찰적인 것(발자크 연구 노트 4)—속·관찰문학소론」, 『인문평론』, 1940.5. 위 책, 607-608쪽 참조.
14 김남천, 위 글, 위 책, 610쪽.

가. 추상적으로 배운 이데, 현실 속에서 배우지 않은 사상의 눈이 현실을 도식화하는 데 대하여, 자기 자신의 눈을 통하여 현실 속에서 사상을 배우고, 이것에 의하여 자기를 현실적인 것으로서 인식하자는 필요에 응하여서였다. 자아와 자의식의 상실이 리얼리즘을 오히려 그 반대의 경향에 몰아넣어 돌아보지 않는 문학정신의 수락을 구출하기 위하여서였다.[15]

앞서 살펴본 바와 같이, 김남천의 창작방법론의 모색은 전형기의 '주조(主潮)' 탐색이라는 카프 해산 이후 문학적 환경의 변화를 직접적인 배경으로 하는 것이었지만, 세계관과 창작방법의 문제에서 제기되는 세계관의 체화과정, 이념의 자기의식화의 문제는 비단 카프 작가들에게만 해당하는 것이 아니라, 창작 과정에 있어서 '주체화'의 문제라는 보다 보편적이고 일반론적 차원의 '문제틀(the problematic)'로서 사유될 수 있는 것이다. 본고의 문제의식은 본질적으로 여기에서 시작된다. 김남천에 따르면, "작가는 항상 문제를 주체성에 있어서 제출"[16]하는 자이다. 다시 말해, "작가에게 있어서는 국가·사회·민족·계급·인류에 대한 사상과 신념의 문제가 여하한 것일런가? 하는 국면으로서 제출되는 것이 아니라 이러한 높은 문제가 얼마나 작가 자신의 문제로서 호흡되어 있고 그것이 어느 정도로 그 자신의 심장을 통과하여 작품으로서 제기되고 있는가 하는 문제"(307쪽)이다. 따라서 작가적 진정성에 대한 물음은, "작가 개인이 절실하다고 생각하고 그의 마음이 항상 그것을 가운데 두고 호흡하는 문제가 역사나 국가나 계급으로서도 역시 중요하고 절실한 문제"(같은 쪽)인가라는 것으로 주어져야 한다. 여기에서 김남천은 과학적 개념과 문학적 표상을 대비시킨다. 이는 앞서 말한 세계관과 창작방

---

15 김남천, 위 글, 위 책, 609쪽.
16 김남천, 「유다적인 것과 문학―소시민 출신 작가의 최초 모랄」, 『조선일보』, 1937.12.14~12.18. 위 책, 306쪽.

법의 상호 침투의 문제와도 결부된다. 그 요지를 간추리면 다음과 같다. 먼저 과학은 개념에 의한 인식이고 문학은 표상에 의한 인식이다. 과학적 개념이 갖는 '합리적 핵심'은 "그것이 실재(實在)와 일치하는가 안하는가의 여하에 의하여 결정된다."[17] 과학의 보편화의 결과와 형식은 논리적 범주이다. 다시 말해 과학적 개념의 결합은 정식 혹은 공식을 산출한다는 의미이다. 공식이 란 소여된 일정 조건이 존재하는 곳에선 어떠한 곳에서도 적용될 수 있는 정식, 보편성을 뜻한다. 그리고 그것은 구체적인 분석을 위한 보편자이다. 문학적 표상에 있어 성격적 묘사는 이러한 과학의 공식적 분석을 통과하여만 정당한 것에 이르게 된다. 다시 말해 문학적 표상이 진리의 반영이 되기 위해서는 과학적 개념이 갖는 합리성을 갖지 않으면 안 되는 것이다. 그러나 과학적 개념이 구체적인 분석을 통해서 얻은 현실 세계에 대한 인식을, 공식 에 의한 법칙 이상까지 인식 목적을 연장할 때 그것은 과학의 성능이 아니 다. 따라서 과학이 이 한계를 넘어서는 곳에서 문학의 권리는 시작되는 것이 고, 그 과정이 바로 '주체화'의 과정이다. 그리고 과학적 진리가 작가라는 주체를 통과하는 과정에서 설정된 것이 모랄이다. 다시 말해 작가의 세계관 이 창작방법을 통해 문학적 표상이라는 감각적 구상화에까지 이르는 과정의 중간 개념으로서 모랄이 설정되는 것이다. "진리의 탐구를 대상으로 한 과학 의 성과를 지나서 과제를 일신상의 진리로 새롭게 한 것이 문학"[18]이며, 이리 하여 과학적 개념이 갖는 합리적 핵심을 지니지 않는 모랄은 진정한 모랄이 아니다. 이를 정리하면, 과학의 대상은 진리이고, 문학의 대상은 일신상의 진리이다. "일신상의 진리란 과학적 개념이 주체화된 것"[19]을 말함이다. 그러

17 　김남천, 「일신상(一身上) 진리와 모랄―'자기'의 성찰과 '개념'의 주체화」, 『조선일보』,
　　1938.4.17~4.24. 위 책, 350쪽.
18 　김남천, 「도덕의 문학적 파악―과학·문학과 모랄개념」, 『조선일보』, 1938.3.8~3.12. 위 책,
　　349쪽.

므로 "어떤 예술가가 독자적이라든가 개성적이라든가 유니크하다든가 하는 것은 이러한 과학이 갖는 보편성이나 사회성을 일신상 각도로써 높이 획득했다는 것"(360쪽)을 말하는 것이다. 이와 같은 '주체화'의 문제를 특수와 보편이라는 관점에서 살펴보면 다음과 같다.

그러나 물론 이것만으로는 도덕이 문학의 점유물이라는 이유가 되지 않는다. 과학적 개념과 그의 공식으로서도 '개인'의 문제는 처리될 수 있기 때문이다. 예컨대 사회기구의 일반적 제 관계를 표시하는 과학적 공식은 각 '개인'의 경우에까지 특수화되는 것이며, 이리하여 개인은 문제없이 공식에 의하여 처단된다. 그러나 '개인'과 구별되는 '자기'라는 것을 생각하면 과학은 벌써 그의 기능을 상실한다. '자기'는 결코 '개인'이 아니다. '개인'은 아직도 일반적이고 '자기' '자아'에 이르러서 비로소 그것은 최후의 특수물이 된다. 예를 들면 김모와 이모는 동일한 '개인'이다. 그러나 김모 '자신'은 결코 이모 '자신'이 아니다. 이곳에서는 김모는 벌써 '개인'이 아니고 이모 '자신'과 구별되는 김모 '자신', 다시 말하면 '자기'다.// 사회를 특수화하면 '개인'이 된다. 이곳까지는 확실히 과학의 영역이다. 그러나 '개인'을 아무리 특수화하여도 '자기'로는 안된다. 이 '개인'이 자기로 되는 과정, 다시 말하면 과학적 개념의 기능이라 하여 문학적 표상 앞에 자리를 물려줄 때 모랄은 제기된다.[20]

인용문에서 '사회'라는 보편자를 특수화 하면 '개인'이라는 특수자가 도출된다. 그러나 특수자 혹은 특수성은 언제나 변증법적 지양을 통해 보편자 혹은 보편성으로 종합되어 통일되는 일반자로서의 성격을 여전히 갖는다.

---

19   김남천, 「일신상 진리와 모랄」, 위 책, 354쪽.

20   김남천, 「도덕의 문학적 파악－과학·문학과 모랄 개념」, 위 책, 348쪽.

특수자이자 일반자로서의 '개인'의 성격은 이와 같이 규정되는 것이다. 그러나 '자기' 혹은 '자신'은 '개인'을 아무리 특수화하여도 산출되지 않는 것이다. 여기에서 '자기'는 '개별자(singularity)' 혹은 '단독자'이다. 다시 말해서, 특수자로서의 '개인'이 개별자로서의 '자기'로 변환되는 과정이 바로 일신상의 진리가 산출되는 '주체화'의 과정이다. 따라서 주체화란 개별자의 산출과정이지만, 그 개별자는 과학적 개념이 갖는 '합리적 핵심'을 지닌다는 점에서 '보편적 개별자(universal singularity)'[21]이다. 다시 말해, 모랄은 일신상의 진리로서 '개별자'로서의 성격을 지니지만 동시에 그것은 "사회적 인식이나 그를 가능케 하는 전인류의 실험이나 실천을 무시하는 개인주의적인 회의적 자아 탐구에서는 생각할 수 없는 일종의 행동의 시스템이다. 그것은 합리적 개념의 골격을 핵심으로 하고만 비로소 생겨날 수 있는 물건"[22]으로서 '보편자'로서의 성격을 갖는다. 그런 맥락에서, "일반적인 것, 원리적인 것을 가지고 개별적인 것, 구체적인 것을 그와의 관련 속에서 해결하는 것만이"(353쪽) '진리'이다.[23] 문학적 진리는 일신상의 진리로서 주체화의 과정 속에서 도래하는 것이고, 비자발적으로 주체의 신체에 기입되는 것이다. 그것은 '육체의 주체적 길'[24]외에 다른 것이 아니다.

---

21 이와 관련하여 바디우는 다음과 같이 언급하고 있다. "개별성은 보편성이 존재하는 한에서만 존재한다. 그렇지 않다면 진리를 벗어난 특수자[특수성]만이 존재할 수 있을 뿐이다."(알랭 바디우, 『사도 바울』, 현성환 역, 새물결, 2008, 187쪽)

22 김남천, 「일신상 진리와 모랄」, 위 책, 358쪽.

23 이와 관련하여, '사건으로서의 진리'라는 개념을 정식화한 바디우는, 진리의 성격을 다음과 같이 규정하고 있다. "진리는 사건적인 것, 즉 도래하는 것에 속하는 것으로서, 이때 진리는 개별적이다. 그것은 구소석인 것도 아니요, 공리적인 것도, 법적인 것도 아니다."(알랭 바디우, 위 책, 32쪽)

24 알랭 바디우, 위 책, 98쪽.

3. 일신상(一身上)의 진리로서 '모랄'의 문제

김남천에게 있어 모랄의 문제가 대두되는 것은 카프 해산 이후, 전형기라는 시대적 분위기 속에서 첨예화된 문학의식의 위기, 주체의 내면의 위기로부터 비롯된 것이었다.[25] 어떤 담론과 사유의 수준은 그것에 닥쳐오는 '근본개념의 위기'[26]를 감당하는 능력에 따라 결정된다고 볼 수 있다. 따라서 이러한 근본개념의 위기와 문학적 긴장을 어떻게 수용하고 처리하느냐가 결국 김남천 비평의 수준을 가늠하게 하는 척도가 될 것이다. 김남천의 모랄론이 갖는 결정적인 중요성은 바로 여기에 있다. 모랄은 '주체화된 윤리'라는 점에서, 도덕이나 사회적 습속(習俗) 등과는 그 차원을 달리한다. 모랄에 있어 중요한 것은 '자기의식의 정립'이라는 문제이다. 따라서 김남천에게 있어 모랄의 문제가 주체의 재건과 결부되어 있다는 것은 어떤 면에서 당연한 논리적 귀결이었다. 카프라는 조직이 아직 건재해 있을 때에는, 집단과 개인의 문제나 조직의 이념과 작가의 윤리와의 괴리 혹은 그것들 사이의 심연이 충분히, 분명하게 인지되지 않는다. 아래 예문은 카프 해산을 전후로 한 프로문학가들의 내면적 정황을 잘 설명해준다.

　　다시 말하면 자기의 운명을 집단의 거대한 운명에 종속시키고 자기의 표현을 이 속에서만 발견해 오던 시대에 있어서는 집단과 개인과의 사이에 넘을

---

25 다음과 같은 김남천의 진술은 이를 뒷받침해준다. "객관세계의 모순을 극복하느라고 자기 자신을 돌보지 않았던 주체가 한번 뼈아프게 차질을 맛보는 순간 비로소 자기의 속에서 분열과 모순을 발견하게 되었던 것이며 이것의 정립과 재건 없이는 객관세계와 호흡을 같이 할 수는 없으리라는 자각이 그의 마음을 혼란케 하는 과정으로 정시(呈示)되었다는 것이 보다 정확한 관찰일 것이다."(김남천, 「자기 분열의 초극―문학에 있어서의 주체와 객체」, 『조선일보』, 1938.1.26~2.2. 위 책, 324쪽)

26 마르틴 하이데거, 『존재와 시간』, 이기상 역, 까치, 1998, 25쪽.

수 없는 문화사상상의 불일치는 표면화될 여유가 없었고, 각 개인은 사소한 불일치를 실천과정 속에서 해결하여 그곳에는 일정한 객관적 방향과 영향 밑에서 일치하여 자기를 이끌고 나가는 통일된 방침이라는 것이 있을 수 있었다. 작가는 이것으로부터의 일탈을 경계하면서 창작활동에 종사하였고, 평론가와 비평가는 이 통일된 방침의 엄정한 수립을 위하여 작가와 긴밀하게 협동하였다. 설혹 이러한 작가와 비평가의 지도력이 어떠한 오류를 범하고 그곳에서 아직도 저미(低迷)하고 있는 위험한 상태를 과정(過程)하고 있을 때에도 이 예술가들의 방향의 과오를 시정하고 이것을 그릇된 길로부터 구출하여 줄 명확한 영향력이라는 것이 존재하여 있었다.// 그러나 하루아침 역사의 행정이 이러한 것의 일반적인 퇴조적 현상을 우리의 앞에 강조할 때에 집단성의 밑에 종속되었던 작가와 비평가는 자신의 출신 계급을 따라 일개의 독립된 작가로 귀환하고 말았다. 이들은 그 전날 집단성 밑에 종속되었던 것에 대하여 그것을 역사적으로 정당히 평가하는 대신 소시민적 자의(恣意) 위에 눌려있던 제주력(制肘力)을 일방적으로 그릇되게 회상하여 금일의 향유된 자유를 찬가 (讚歌)하고 있다. 이렇게 하여 「저주할 만한 압제」로부터 해방된 작가와 비평가와 시인은·아무것에도 구속되지 않은 소위 「자유인」이 되어 일찍이 그들이 경멸하여 침 뱉고 또한 저항의 대상으로 삼았던 「문단」이란 시민적 개념 밑에 자신을 종속시킴에 이른다. 상실된 자유탈환을 위하여 그들이 전개한 성전은 거룩한 「문단인」의 명패 획득에 의하여 단원을 지으려고 하는 것이다.[27]

예문에서 확인할 수 있는 것처럼, 카프는 일종의 '이데올로기'[28] 기구의 기능을 수행했던 것이다.[29] 다시 말해 카프라는 조직이 '명확한 영향력'을

---

27 김남천, 「고발의 정신과 삭가-신 창작 이론의 구체화를 위하여」, 위 책, 220-221쪽.
28 루이 알튀세르, 「이데올로기와 이데올로기적 국가 장치」, 『아미엥에서의 주장』, 김동수 역, 솔, 1991, 88-89쪽.

행사하는 동안에는 자아의 문제는 집단의 문제에 종속되었고, 당파적 이익과 개인적 이익과의 사이에 모순이 생겼을 때는 후자는 전자에 따라서 당연히 귀속되는 것이어서 '생활의 일원화'[30]가 가능하였다. 그러나 조직이 와해됐을 때, 집단과 개인 사이에는 거대한 심연이 가로놓이게 되었고, 작가와 비평가는 자신의 '출신 계급'에 따라서 일개의 독립된 개인으로 돌아가게 되었다는 것이다. 이때부터 지금까지 표면화되지 않았던 주체의 모순과 자기분열이 비로소 자각되고 수면 위로 부상하게 된다. 특히나 프로 문학가들 대부분의 경우 소시민 지식인 계급 출신이어서, 자신의 이상적 자아였던 프롤레타리아적 주체와 현실적 자아인 소시민적 주체 사이에는 넘을 수 없는 간극과 분열이 예각화되기 시작한다. 따라서 카프 해산 이후 주체 재건의 문제는 이러한 소시민적 주체에 대한 점검과 이를 통한 주체의 재정립이 단연 긴박한 과제로 떠오르게 되는 것이다. 이 시기의 김남천이 소시민적 주체에 대한 '자기고발'을 부르짖고 '모랄'의 문제를 제기하게 된 것은 바로 이러한 정황과 맞물려 있다. 김남천의 일련의 고발문학론과 모랄론은 다음 예문에서 가장 극명하게 그리고 극적으로 표출되고 있다.

이상 나는 빈약한 성서의 지식을 기울여서 지나치게 장황한 독단을 시험하

29　이와 관련하여 다음과 같은 언급을 참고할 수 있다. "카프가 이데올로기 장치로서 제 역할을 수행하고 있을 때 조직과 개인 사이에 어떠한 모순이 생길 여유가 없었다. 왜냐하면 조직의 일정한 방침에 따라 개인은 일방적으로 귀속되는 방식으로 모든 문제를 해결할 수 있었기 때문이다. 이른바 실제의 자기(소시민적 주체)와 가상의 자기(프롤레타리아적 주체) 사이에 모순이나 간격이 생길 틈이 없었던 것이다. 곧 카프의 구성원들은 카프라는 이데올로기 장치의 호명에 응하기만 하면 그러한 가상의 주체들이 될 수 있었던 것이다. 그러나 이데올로기 장치인 카프가 명확한 영향력을 상실할 때 사태는 달라진다. 실제의 주체와 가상의 주체 사이에 이전에는 누구도 감지할 수 없었던 괴리 현상이 나타날 수밖에 없기 때문이다."(정명중, 「김남천 문학비평 연구」, 전남대 박사학위논문, 2002, 20쪽)

30　김남천, 「비판하는 것과 합리화하는 것−박영희씨의 문장을 독(讀)함」, 『조선중앙일보』, 1936.7.26~8.2. 위 책, 169쪽.

였다. 그러나 위에서 본 세 장면, 다시 말하면 기독이 배신자를 적발하는 곳과 베드로가 그의 선생을 부인하고 통곡하는 곳과 끝으로 유다가 선생을 판 것을 후회하고 스스로 제 목숨을 끊어버리는 이 세 가지 감격적인 장면에서 나는 유례없는 높은 문학 정신을 파악해 보려고 한다.// 생각건대 이 세 개의 인간적 감정이 한 둘의 계단을 넘어서서 가장 전형적으로 종합된 것은 물론 유다에게 있었다. 그러나 은 30냥과 바꾸려는 제자를 무자비하게 적발하는 기독의 비타협성과 자신의 비굴과 회의와 자저(趑趄)와 비겁에 가슴을 두드리며 통곡하는 베드로를 넘어서 그의 마음을 팔았던 유다가 은전을 뿌려던지고 목을 매어서, 자기승화를 단행하는 곳에 이르러 우리들이 결정적인 매혹을 느끼는 것은 무슨 까닭일런가?// 이 세 장면이 흔연히 합하여 하나의 높은 감동을 주어 이곳에서 현대문학 정신으로 직통하는 어떤 직감적인 것을 갖게 하는 대신, 유다의 속에는 우리들 현대 소시민과 가장 육체적으로 근사한 곳이 있으며, 다시 그의 민사(悶死)의 속에서 소시민 출신 작가가 제출하여야 할 최초의 모랄을 발견하게 되는 때문은 아닐까하고 나는 지금 생각하고 있다.// 실로 모든 것을 고발하려는 높은 문학 정신의 최초의 과제로서 작가 자신 속에 있는 유다적인 것을 박탈하려고 그곳에 민사에 가까운 타협없는 성전(聖戰)을 전개하는 마당에서 문학적 실천의 최초의 문제를 해결하는 작가의 모랄은 성서가 우리에게 주는 상술한 바와 같은 고귀한 감흥 이외의 것이 아니다. 이곳에 유다를 성서에서 뺏어다가 우리들의 선조로 끌어 세우려는 가공할 만한 현실성이 있는 것이다. 실로 현대는 그가 날개를 뻗치고 있는 구석구석까지 유다적인 것을 안고 있다는 것으로 고유의 특징을 삼고 있다.[31]

---

31 김남천, 「유다적인 것과 문학−소시민 출신 작가의 최초 모랄」, 『조선일보』, 1937.12.14~ 12.18. 위 책, 305-306쪽.

김남천은 예수가 배신자를 적발하는 장면과 베드로가 그의 선생을 부인하고 통곡하는 장면, 그리고 유다가 선생을 판 것을 후회하고 스스로 목숨을 끊어버리는 세 가지의 장면에서 높은 '문학 정신'을 발견한다. 그러나 이중 우리들이 결정적인 매혹을 느끼는 것은, 영혼을 팔았던 유다가 은전을 뿌려 던지고 목을 매어서, 자기승화를 단행하는 것에 이르는 장면이라 할 것이다. 그리고 김남천은 그러한 유다의 죽음에서 소시민 출신 작가가 제출하여야 할 최초의 '모랄'을 발견하게 된다고 주장한다. 다시 말해 모든 것을 고발하려는 높은 문학정신의 최초의 과제로서 작가 자신 속에 있는 '유다적인 것'을 박탈하려고 거기에 민사(悶死)에 가까운 타협없는 성전을 전개하는 마당에서, 문학적 실천의 최초의 문제를 해결하는 작가의 '모랄'은 현대 소시민과 가장 육체적으로 가까운 곳에 있다는 것이다. 이어지는 문장을 본다.

시대는 정히 작가 자신이 자기의 문제를 해결하지 않고는 아무 것도 할 수 없다는 것을 절실히 깨닫게 하는 데까지 절박되어 있다. 작가가 자신의 속에서 유다적인 것을 발견하려고 하고 이것과의 타협없는 싸움을 통과하는 가운데서 창조적 실천의 최초 문제를 해결해 보려고 하는 것이 현대 작가의 모랄이 되는 것도 이 때문이라고 말할 수 있을 것이다. 그러므로 유다적인 것과의 항쟁, 그것이 옳건 그르건 하나의 결론을 보려고 할 때까지 작가는 자기 자신을 추급하고 박탈하고 끝까지 실갱이해 보려는 방향을 고집할지도 알 수 없다. 이것이 또한 고발문학이 가지는 넓은 과제 중의 하나로 소시민 출신 작가의 자기고발의 문학적 방향이 설정되는 소이이다.// 그러면 우리들 심내(心內)에 있어서의 유다적인 것이란 대체 무엇을 말함이런가? 그것은 결코 유다가 돈을 받고 그의 선생을 매각해버렸다는 표면적 사실에서 제출되지는 않을 것이다. 그것은 그러므로 소시민 지식인이 신봉하는 어떤 사상이나 주의에서 이탈하거나 배반한다는 등의 저급한 곳에서 제출될 상식적인 것이

아니라 자기 자신의 매각이라는 고도의 성찰과 더불어 제출되는 문제일 것이다.[32]

그렇다면 우리 안의 '유다적인 것'이란 무엇을 말하는 것인가. 그것은 일차적으로 작가들이 지니는 '소시민성'을 말한다. 그리고 이를 앞 장의 논의와 연결시켜 본다면, '배반하지 말라'는 기독교의 계율을 자기화하여, 다시 말해 '주체화'하여 자신의 절실한 '문제의식'으로 승화시킨 유다의 삶이야말로, '일신상의 진리'로서 육화된 '자기 모랄'을 실천적으로 구현하는 길이라 할 것이다. 따라서 우리들 심내의 '유다적인 것'이란 돈을 받고 선생을 팔아버렸다는 '표면적 사실'에서 제출되는 것이 아니라, 또는 어떤 사상이나 주의에서 이탈하거나 배반한다는 등의 '상식적인 것'에서 제출되는 것이 아니라, 바로 '자기 자신의 매각'(그리고 죽음)이라는 개별적이고 심층적인 차원에서 제출되는 성질을 지닌 것이다. 다시 말해 그것이 바로 체화된 '일신상의 진리'로서 '자기 모랄'이다. 그러나 모랄은 '자기 고발'이라는 부정의 정신만으로는 정립되기 어렵다. 그것을 넘어서는 더 높은 긍정의 정신이 필요한 것이다. 김남천은 인간의 감정 속에서 전자를 '증(憎)'으로, 후자를 '애(愛)'로 파악한다. 애증은 인간의 '양가감정(amvibalence)'이다. 증오의 감정이 자기 안의 '이질성(heteronomy)'과 '차이(difference)'를 고발하고 적발해내는 정신이라면, 사랑의 감정은 이러한 차이와 이질성을 가로질러 '궁극적 화해'를 가능하게 하는 '보편적' 힘이다.

이렇게 해서 유다적인 것과의 항쟁에서 발로되는 문학의 정신은 일찍이 고리끼가 사람이 가질 수 있는 최고의 선물이라고 말한 '애와 증'의 두 감정의

---

32   김남천, 위 글, 위 책, 308쪽.

극히 아름다운 통일 위에 건립된다. 고발의 대상은 증오에 치(値)한 것 그것 이외에는 없다. 그러나 증오를 무찔러서 그칠 줄 모르는 타협없는 감정은 증오의 대상이 인간의 힘으로 소탕된다는 높은 긍정의 정신, 인류를 사랑하고 인간의 힘을 예찬하는 아름다운 정서 이외의 것도 아니다. 자기 속에 깃들이고 있는 유다적인 것의 적발은 물론 끊임없이 증오하는 감정에서 출발한다. 그러나 그것은 자기 자신의 인간적 개조가 가능하다는 높은 애(愛)의 정서가 없는 곳에는 있을 수 없는 감정이다.// 이것은 물론 소시민 지식인의 얼토당토 않는 자기 위안의 감정과는 전연 무연(無緣)이다. 왜냐하면 소시민의 인간적 개조의 방향은 원칙적으로 자신의 역사적 지위의 과학적 인식이라는 이성적 지향과 일치하는 때문이다.[33]

그리하여 주체의 재건과 자기의식의 정립이라는 모랄의 과제는 '사랑'의 힘을 통해서만이 비로소 완성된다. 즉 "사랑은 율법의 완성이다"(「로마서」, 13장 10절)라는 성경의 가르침이 지시하고 있는 진의는 계율의 수동성을 넘어서는 사랑의 긍정적·능동적 성격이다. 그러나 바디우에 따르면 보편적 힘으로서 사랑은 '타자에 대한 헌신'을 통해 자기를 잊어버리는 헌신적 사랑의 이론과는 다르다. 그 이전에 먼저 자신을 사랑할 수 있어야지 진정한 사랑도 있을 수 있다("네 몸과 같이 네 이웃을 사랑하라"). 그것은 '자기 자신의 인간적 개조가 가능하다'는 믿음으로부터 출발한다. 사랑이란 정확히 믿음으로 가능한 것이다. 자기애를 바탕으로 "말건넴의 보편성을 내포하고 있는 사랑"[34]만이 '자신의 역사적 지위의 과학적 인식'이라는 '해방'을 실행할 수 있다. 그리하여 보편적 힘으로서의 "사랑은 진리와 함께 기뻐한다."(「고린도전서」, 13장 6절)

---

33 김남천, 위 글, 위 책, 309-310쪽.
34 알랭 바디우, 위 책, 176쪽.

4. 유물론적 리얼리스트로서 김남천의 초상

김남천이 강조하는 리얼리스트란 다음과 같은 모습을 하고 있다. 즉 "그러므로 "사회주의자는 정당하다"는 가정의 공식적 개념에서가 아니라 직접 파고 들어가서 그의 진정한 타입을 창조하려고 한다. "노동은 신성하다"는 기정의 격언을 가지고서가 아니라 맨몸으로 노동의 생활과 생산과정에 임하여 그것을 꿰뚫고 흐르는 법칙을 고발"[35]해야 한다는 것이다. 또한 김남천은 발자크를 인용하여 "작가의 견해가 노출되어 있지 않으면 않은 만큼, 예술작품은 훌륭한 것이 됩니다. 나의 생각하고 있는 리얼리즘은 작자의 견해 여하에 불구하고 나타나는 것입니다"[36]라는 점을 강조한다. 엥겔스는 그의 '발자크론'에서, 리얼리즘의 요건으로 "세부의 진실성, 전형적 상황에서 전형적 인물의 창조"[37]를 적시한 바 있다. 이와 같은 맥락에서 김남천은 유물론이 아이디얼리즘의 공식주의로 함몰되는 것을 극도로 경계했다. 그는 어디까지나 '유물론적 리얼리스트'이고자 했다. 그는 식민지 조선의 경험적 구체성을 소중히 여겨, 견고한 마르크스주의자이면서도 외국 이론의 기계적 도입에 반대했다. 그는 '국제적 테제와 작가'라는 소제목의 글에서, "외국 동지들의 논의를 우리나라에로 이식하기에 가장 신속한 예민성을 가지고 있는 계절조와 탁목조(啄木鳥)는 벌써 몇 번인가 창작방법에 대한 진정한 길을 지시하였다. 그러나 나의 생각 같아서는 이들이 지시하는 그들의 제안 속에는 그것

35　김남천, 「창작방법의 신국면 — 고발의 문학에 대한 재론」, 『조선일보』, 1937.7.10~7.15. 위
　　책, 242쪽.

36　김남천, 「관찰문학 소론 — 발자크 연구노트 3」, 『인문 평론』, 1940.4. 위 책, 592쪽에서 재인
　　용.

37　프리드리히 엥겔스, 「엥겔스가 런던의 마가렛 하크니스(Magaret Harkness)에게」(런던,
　　1888.4.), 『맑스·엥겔스 문학예술론』, 만프레트 클림 편, 조만영·정재경 역, 돌배게, 1990,
　　162-166쪽.

자신이 구(救)할 수 없는 유형 속에 질식하고 있다고 생각한다"[38]라고 지적하면서, 새로운 외국 이론에 밝은 한국의 이론가들은 그가 보기에 사상적 '철새'나 다름없다고 단언한다. 그가 이해하는 한에서, 외국의 이론가들은 "창작 방법의 문제를 한 번도 그 나라에 있어서의 근로대중의 당면한 과제와 분리하여 제기한 적이 없다."[39]

카프 해산 이후 전개된 모랄론에서 그가 강조했던 것은 창작 과정에 있어서 '주체화'의 문제, 즉 '일신상(一身上)의 진리'로서 갖게 되는 모랄(작가로서 자기윤리)의 성격이었다. 여기에서도 작가의 구체적인 육체의 물질성을 강조하는, 리얼리스트로서 김남천의 면모가 드러난다. 그것을 우리는 '마주침의 유물론'[40]이라 부를 수도 있을 것이다. 일신상의 진리란 체화되고 육화된 진리로서, 개별자인 작가의 신체 위에 무의지적으로 기입되는 것이기 때문이다. 그것은 일반화된 특수성과 보편성을 넘어서는 '보편적 개별자(universal singularity)'로서의 위상을 점유한다. 그것은 예술 창작의 특수한 국면을 구체적으로 포함하는 것으로서, 동시에 그 특수성은 예술의 '절대적 현존'으로까지 비약되는 것이 아니라, 어디까지나 보편적 '진리'의 담지자로서 기능하는 것이다. 카프 해산 후 위기에 처한 마르크스주의와 주체의 내면성이라는 특정한 시대의 문제의식을 그 역사적 국면에만 한정하지 않고, 창작 과정에서의 '주체화'의 문제라는 보편적인 문제틀의 차원으로까지 끌어올리고 있는 것은 김남천 문학의 사유의 깊이를 여실히 보여주는 것이라 하겠다. 그것은 마르크스주의라는 보편적이고 객관적인 이념을 개별자로서 창작의 주체

---

38 김남천, 「문학시평-문화적 공작(工作)에 관한 약간의 시감(時感)」, 『신계단』 8호, 1933.5. 위 책, 15쪽.

39 같은 글, 같은 책, 같은 쪽.

40 루이 알튀세르, 「마주침의 유물론이라는 은밀한 흐름」, 『철학과 맑스주의』, 서관모 외 편역, 새길, 1996.

인 작가의 주관성 속에서 용해시킴으로써, 프로문학의 위기를 타개하려 했던 그의 정직한 '내면적 고투'를 통해 얻어진 것이다. 이상의 맥락에서 그 내면적 고투의 흔적을 가리켜 '보편적 개별자를 향한 사유의 모험'이라 불러도 무방할 것이다.

김남천 비평의 해명과 '리얼리즘'이라는 기표

1. 비평적 사유의 원천과 칸트의 '경쾌한 비둘기'

김남천은 카프의 제2세대 비평가로서 임화와 더불어 제1세대인 김기진, 박영희의 공과를 계승하고 이를 온전히 체화하고자 각별히 노력했던 인물이다. 그는 임화, 이북만 등과 함께 동경에서 귀국한 1930년경 이후로 프로문학 및 비평사의 전개에 깊이 관여하며 뚜렷한 족적을 남겼다. 특히 임화와는 비슷한 문제의식을 공유하면서도 그와는 분명히 대별되는 비평세계를 펼쳐 보인 점은 보다 주목할 필요가 있다고 생각한다. 그렇다면 거기에는 나름의 이유와 어떤 내적 필연성의 계기들이 존재하는 것이 아닐까. 그리고 그것의 실체는 무엇으로(부터) 규정될 수 있는 것인가. 본고는 이러한 질문과 문제의식에 답하기 위해, 또 가능하다면 하나의 설득력 있는 해명을 마련해보기 위해 구상되었다. 그리고 그 과정에서 마르크스주의(비평)과의 고유한 접점 또한 식별해낼 수 있길 기대한다.

김윤식의 비평사 연구 이후 임화와 김남천은 비수평적 관계로 인식되는 것이 학계의 정설로 굳어져 있는 듯하다.[1] 이를테면 둘의 "불균등한 관계"는 "다소 만만한 후배"이거나 일종의 "스승-제자의 관계"로서 <미달된 우정의

형식>으로 규정되기도 한다.[2] 비평가로서 두 사람을 직간접적인 대상으로 하는 연구들에서 이와 같은 평가는 하나의 암묵적 전제처럼 통용되는 것이 상례이다. 이러한 견해는 일견 타당성을 지니며 따라서 이 자리에서 임화의 문학적 성과를 훼손하고자 하는 뜻은 전혀 없다. 다만 김남천의 비평적 성과

1   대표적인 것으로 다음의 논저들을 꼽을 수 있다. 김윤식, 『한국근대문예비평사연구』(일지사, 1976), 『한국근대문학사상사』(한길사, 1984), 『임화연구』(문학사상사, 1989); 김외곤, 「김남천 문학에 나타난 주체 개념의 변모 과정 연구」(서울대 박사논문, 1995); 채호석, 「김남천 문학연구」, 『한국 근대문학과 계몽의 서사』(소명출판, 1999). 김윤식은 김남천의 비평적 성과에 대해서는 기본적으로 수긍하는 편이다. 가령 "김남천의 고발론이 창작방법론으로서는 비교적 독창적이고, 공감이 가는 것이라 할 수 있다."(『한국근대문예비평사연구』, 270쪽)라거나 "고발에서 모랄·풍속·관찰로 넘어가는 필연성이 다소 명백하지 못한 점이 있음은 사실이나 모색기로의 의의는 깊은 것이라 할 수 있다."(같은 책, 276쪽)라며 그 의미를 인정하고 있는 것이다. 그렇지만 이러한 고평도 어디까지나 김남천은 임화보다 한 수 아래라는 인식을 전제로 한 것이다. 『임화연구』의 다음 구절들은 이러한 시선을 은연중에 또는 노골적으로 드러내고 있다.(이하, 강조는 인용자) "그 뒤에 전개되는 모랄론, 고발론, 로만개조론 등에 일관되어 있는데, 이 내면풍경을 **직시할 수 있는 안목을 지닌 당대의 비평가는 오직 임화뿐이었다.**"(342쪽)// "임화와 이기영에 대한 핸디캡이 얼마나 그를 계속 괴롭혔는가를 위의 인용이 잘 말해주고 있어 인상적이다. 성격에의 의욕이 이토록 치열했지만(351쪽) … 엄격한 자기고발을 추구하고 그 과제를 계속한 결과, 모랄이란 상대적이고 그 때문에 허무주의에 마주친 결과에 이르러, 임화의 눈빛에 몸 둘 곳을 잃은 형국이었다."(353쪽)// (해방기에서, 인용자) "임화 쪽이 역사적 고찰에서나 현실적인 고찰에서 한층 유연성 있고 또 체험적인 것이라면 김남천 쪽은 도리어 관념적이라 할 것이다.(356쪽) … 김남천의 이러한 변신을 두고 볼 때, **결국 임화의 노선이 정당했다는 것을 승인하지 않을 수 없으며,** 그것은 물론 해방공간이 보증한 것이기에 역사적 성격을 갖는다."(357쪽) 등의 단정적 진술들은 이러한 위계적 평가를 고착화시키는 데 일조했다. 김윤식은 경쟁적 동지관계였던 둘의 오랜 문학적 행적을 추적한 뒤, 최종적으로는 '주인공-성격-사상'이라는 임화 노선의 승리를 선언하고 있는 셈이라 하겠다.
      채호석은 이러한 관점을 고스란히 이어받고 있는 것으로 보인다. 즉 "비평 영역에서는 임화가 훨씬 뛰어나다고 할 수 있고, 소설로서는 이기영이라는 존재가 있기 때문이다. 그러나 바로 김남천이 이들 뛰어난 소설가나 비평가보다는 약간 아래에 있다는 점이 김남천의 독특한 입지를 말해준다."(위 책, 30쪽)라며 문단 내 위계구도 속에서 김남천의 입지를 설명하고 있다. 이러한 홀대의 정황들은 명실상부 온전한 의미의 김남천전집이 단 한 차례도 간행된 적이 없다는 사실로도 방증되는 것이라 하겠다.
2   권성우, 「임화와 김남천-동지, 우정, 고독」, 임화문학연구회 편, 『임화문학연구 3』, 소명출판, 2012, 123쪽.

역시 온당하게 자리매김하고 그 위상 또한 재고될 필요가 있다는 점이다. 김남천의 비평적 사유는 결코 임화의 그것에 뒤지지 않으며 어떤 면에서 임화의 사유 지점을 그 극한에까지 밀고나간 부분도 분명 존재하기 때문이다. 이와 유사한 관점에서 김남천의 비평적 성과를 임화에 버금가는 긍정적인 것으로 평가한 비교적 최근의 사례들이 있다.[3] 한편으로 이상의 문제제기는 마르크스주의 비평으로서 양자의 위상과도 관련된다. 즉 무엇이 참된 의미의 마르크스주의(비평)에 보다 가까운 것이었나, 또는 어떤 것이 좀 더 당대의 현실 속에서 논리적 타당성과 정합성을 갖춘 것으로 평가될 수 있느냐, 또한 현재의 문학을 갱신할 수 있는 전통으로서 여전한 유효성을 지닐 수 있는 것은 무엇인가라는 등의 결코 녹록치 않은 물음들과 연동되는 것이라 하겠다.

김남천의 비평 텍스트들은 그 양에 비해 상당히 많은 정보들과 내용, 이에

---

3   정명중, 『육체의 사상, 사상의 육체』, 문학들, 2008; 김지형, 『식민지 이성과 마르크스의 방법』, 소명출판, 2013; 김동식, 「텍스트로서의 주체와 '리얼리즘의 승리': 김남천 비평에 관한 몇 개의 주석」, 『한국현대문학연구』 34, 2011; 김민정, 「전략의 기표, 응전의 기의 – 김남천 창작방법론의 비평적 성격과 리얼리즘론의 의미 고찰」, 『비교어문연구』 45, 2017. 정명중은 김남천의 풍속론에 대해 "'헤겔적인 것'의 대표적 형태인 임화의 이상형 모델을 극복할 수 있는 '현실형'의 사유"였다고 규정한다.(위 책, 137쪽) 정명중은 김남천의 문학이 확고하고도 일관되게 '현실 지향성'을 드러낸다고 파악하여 본고의 관점과도 맞닿아 있다. 하지만 전체적인 구도에서 '추상 → 구체' 및 '구체 → 추상'의 변증법적 상호작용을 강조하고 있으며, 마르크스의 원전 해석에 있어서도 본고와는 얼마간의 차이를 내포한다. 또한 김지형은 다음과 같이 적고 있다. "카프 연구에서 김남천은, 말하자면 항상 2인자로 평가되었고 나 역시 이견이 없었다. 그러나 … 이에 반해 임화는 지나치게 해석되었다는 느낌을 지울 수 없다. 이 책이 이들을 '제자리'에 놓는 데 도움이 되었으면 하는 바람이 있다."(「책머리에」, 위 책) 한편 2000년대 이후 발표된 김남천 관련 논문 중에는 김동식의 것이 김남천의 비평을 가장 풍부하고 창의적으로 해석해내고 있어 단연 주목된다. 다만 비슷한 시기의 임화 관련 논문(「'리얼리즘의 승리'와 텍스트의 무의식 – 임화의 「의도와 작품의 낙차와 비평」에 관한 몇 개의 주석」, 『민족문학사연구』 38, 2008) 역시 '리얼리즘의 승리'라는 동일한 개념으로 풀어내고 있어 둘 사이의 차별성이 희석되고 있다는 이의가 제기될 수 있다.

따른 꽤나 복잡한 의미망을 거느리고 있어서 이상의 물음들에 적절히 응답하기 위해서는 약간의 에움길과 일부 메타적 접근도 효율적일 것으로 판단된다. 곧 '리얼리즘'이라는 핵심적 기표의 분석에 앞서, 김남천의 비평적 사유와 직결되는 것으로서 그 단초를 이루고 있는 몇 가지 기표들과 명제를 먼저 검토하기로 한다. 이를 위해 다소 길지만 김남천이 수차례 언급했으며 선행 연구들에서도 이미 주목한 바 있는, 칸트의 원텍스트를 살피기로 한다.[4]

> 경쾌한 비둘기는 공중(空中)을 자유롭게 헤치고 날아서 공기의 저항을 느끼는 사이에 진공(眞空) 중에서는 더 잘 날 줄로 생각하겠다. 이와 마찬가지로 플라톤은, 감성계가 오성에 대해서 그다지도 많은 방해를 하기 때문에, 이념의 날개에 의탁하여 감성계를 떠난 피안(彼岸)에, 즉 순수오성의 진공 중에감히 뛰어 들어갔다.(강조는 인용자) 그러나 자기의 이러한 노력이 아무런 전진도 이루지 않은 것을 깨닫지 못했다. 그는 오성을 움직이기 위해서 그 기초가 되는 지점, 즉 자기의 힘을 쓸 수 있도록 하는 지점인 저항을 가지지 않았기 때문이다. 사실 사변적 인식을 되도록 빨리 완성하여 나중에야 그 기초가 잘 마련되었느냐 하는 것을 연구하는 것이, 사변할 무렵의 인간이성의 흔한 운명이다. … 이런 분석은 우리에게 많은 인식을 주기는 하되, 그것은 우리의

---

4   칸트의 '경쾌한 비둘기'에 대한 해석과 관련하여 정명중, 김동식, 손유경 등의 논의가 있었다. 정명중은 이를 "김남천의 정신적 문맥에 지대한 영향을 미친 것으로" 보며 "카프의 해산이 낳은 일종의 사유의 극한 상황에서 자신의 사유를 지탱하기 위한 내적 슬로건의 일종"으로 간주한다.(정명중, 위 책, 143쪽) 김동식은 그 의미를 보다 구체적으로 언급하는데, "여기에는 카프가 보여줬던 관념론적 오류에 대한 자기비판과 현실적 조건을 초월하고자 했던 열정에 대한 자기긍정이 함께 자리하고 있다"라고 비교적 정확하게 지적하고 있다.(김동식, 위 글, 209쪽) 한편 손유경은 진공의 상태(궁극의 자유)를 강조하며 "주체에 대한 김남천의 사유는 자유라는 가치에 경도되어 있었다."라고 평가하고 있어, 세부적인 해석에 있어서는 본고의 관점과 적지 않은 차이를 보인다.(손유경, 「김남천 문학에 나타난 '칸트적'인 것들」, 『프로문학의 감성구조』, 소명출판, 2012, 243쪽)

개념들 중에(아직 불투명한 상태에서이거니와) 이미 생각되어 있는 것의 천명 혹은 해명 이외에 아무것도 아니요, 그럼에도 적어도 형식상으로는 새로운 통찰과 동등하게 여겨진다. 그러나 그런 인식들은 질료상 즉 내용상으로는 우리가 가지는 개념들을 확장하지 않고 분해할 뿐이다. 그런데 이런 [분석적] 방식이 확실·유용한 진행을 하는 〈선험적 인식〉을 실지로 주기 때문에, 부지 중에 이것에 현혹되어 이성은 전혀 딴 종류의 주장을 사취(詐取)한다.

분석적 판단과 종합적 판단의 구별

① 모든 판단에 있어서 주어와 객어의 관계가 생각되는 데 … 이 관계는 두 가지가 가능하다. 객어 B가 A라는 주어 중에(암암리에) 포함되어 있는 것으로서 A개념에 속하거나, 혹은 B는 A와 결합해있기는 하나 B는 A라는 개념의 전혀 바깥에 있거나 두 가지 중의 어느 것이다. 첫째 경우의 판단을 나는 분석적이라 하고 또 한 경우의 판단을 나는 종합적이라고 한다. 즉 분석적 판단(긍정판단)은 주어와 객어의 결합이 동일성에 의해서 생각되는 것이요, 양자의 결합이 동일성 없이 생각되는 판단은 종합적 판단이라고 칭해야 한다. 전자는 설명적 판단이라고도 말할 수 있고, 후자는 확장적 판단이라고도 말할 수 있다. 왜냐하면, 전자는 객어에 의해서 주어의 개념에 아무런 것도 [새롭게] 보태지 않고, 오직 주어의 개념을 분석하여 이것을 그것 자신 안에서 (비록 불투명한 상태에서이지마는) 이미 생각되어 있었던 부분적 개념으로 분해할 뿐이기에 말이다. 이와 반대로 후자는 주어의 개념에서 그것 안에서 전혀 생각되지 않았던 객어를, 따라서 그것을 분석해도 이끌어내질 수 없었던 객어를 보태는 것이다. 가령 〈모든 물체는 연장되어 있다〉라고 내가 말한다면 이것은 분석적 판단이다. 왜냐하면, 연장성을 물체와 결합해있는 것으로서 발전하기 위해서 나는 내가 물체라는 단어에 연결시킨 개념 바깥에 나설 필요가 없고 '물체' 개념을 분석하기만 하면 좋기 때문이다. 다시 말하면 이 객어를 '물체' 개념 중에서 발견하기 위해서 '물체'라는 개념에서 항상 생각되는 다양

한 것을 내가 의식하기만 하면 좋기 때문이다. 이에 이것은 분석적 판단이다. 이에 반해서 〈모든 물체는 무겁다〉라고 내가 말한다면 '무겁다'의 객어는 '물체 일반'이라는 한갓 개념 중에서 내가 생각하는 것과는 전혀 딴 것이다. 즉 이러한 객어를 [경험을 통해서] 보태야만 종합적 판단이 성립한다.

　② 이상의 진술로부터 명백한 것은 다음과 같다. 1. 분석적 판단에 의해서 우리의 인식은 확장되지 않고 내가 이미 갖고 있는 개념이 분해되어서, 내 자신이 이해하기 쉽게 된다는 것이다.[즉 개념에 관한 판단] 2. 종합적 판단에 있어서는 나는 주어 개념 이외에 딴 어떤 것(X)을 가져야 하고[즉 대상에 관한 판단이고], 주어 개념 안에 있지 않은 객어를 주어 개념에 속하는 것으로 인식하고자 오성은 이 X에 의거하고 있다.[5]

　윗글에서 칸트가 설명하고 있는 요지는 이성의 사유작용으로서 '분석적 판단'(선험적 판단)과 '종합적 판단'(경험적 판단)의 차이, 그 속성과 체계 및 각각에 설정된 고유한 제한성 등이다. 특히 분석적 판단이 갖는 문제점과 필연적인 한계가 깊이 숙고되고 있다. 그리고 그것은 '경쾌한 비둘기'라는 매력적인 비유로서 간명하게 제시되어 있다. 창공을 비상하는 비둘기가 경험하는 '공기의 저항'이란 곧 감성계로 구성된 구체적 현실, <경험적 현실>을 말하는 것 외에 다른 것이 아니다. 공중의 비둘기가 하늘을 자유롭게 날 수 있는 토대가 되는 것은 여기 언급된 '공기의 저항' 말고도 '지상의 중력'까지를 포함해야 할 것이다. 주지하듯 비행의 원리는 양력(揚力)과 항력(抗力), 중력(重力)의 상호작용으로 설명된다. 따라서 항력과 중력이 소거된 진공 상

5　I. 칸트, 「[초판의] 들어가는 말」, 『순수이성비판』, 최재희 역, 박영사, 1997, 49-50쪽. 물론 이 글의 전체적인 맥락은 <선험적 종합판단>의 원리를 해명하기 위한 예비적 고찰에 해당하는 것으로서 칸트의 궁극적 취지와는 별개라 하겠으나, 그 논리적 얼개를 빌려오는 데에는 큰 무리가 없다고 본다.

136　카프 비평을 다시 읽는다

태의 비둘기는 스스로의 유적 본질로서 양력을 더 이상 발휘하지 못하는 존재로 전락하고 마는 것이다. 시공을 초월해 있는 플라톤의 이데아(Idea) 역시 경험적 현실에 대한 감성의 인식작용을 배제한다는 점에서 진공 속의 비둘기와도 다를 바 없다 할 것이다. 대개 명제의 형태를 취하는 모든 판단의 형식은 '주어(A)'와 '서술어(B)'로 이루어진다. 그리고 주어는 보통 개념의 형태를 띠게 마련이다. 분석적 판단(개념에 관한 판단)은 개념의 분해 작용, 개념의 부분의 구성으로 완성되는 설명적 인식작용이다. 이에 반해 종합적 판단(대상에 관한 판단)은 개념의 분해 작용만으로는 완수될 수 없고 반드시 경험의 덧붙임으로써만 비로소 완성되는 확장적 인식작용이다. 여기에서 오성이 의거하고 있는 'X'란 결국 '경험'을 지시하는 것이 아닐 수 없다. 다시 말해 양자는 개념으로서 주어 'A'와, 서술어 'B'와의 <동일성> 여부로 판가름 나는 것이라 이해할 수 있는 것이다. 여기까지의 설명을 김남천의 간단한 서술을 통해 점검해보자.

> 그러므로 "사회주의자는 정당하다"는 가정의 공식적 개념에서가 아니라 직접 파고 들어가서 그의 진정한 타입을 창조하려고 한다. "노동은 신성하다"는 기정의 격언을 가지고서가 아니라 맨몸으로 노동의 생활과 생산과정에 임하여 그것을 꿰뚫고 흐르는 법칙을 고발하려는 것이다. 모든 것을 그러므로 객관적 현실에서 출발하여 작가의 주관을 이에 종속시키려고 하는 것이다. … 우리가 신창작이론을 가져다가 고발의 문학으로 구체화하려는 것도 실로 사회주의의 일반화된 추상에서 출발하는 것을 거부하고 우리가 살고 있는 이 땅, 이 시대의 현실 속에서 출발하려는 리얼리스트 고유의 성격에 의함에 불외(不外)한다. 우리는 위선 외지와 이 땅의 문학의 사회적 기능과 임무의 차이를 구체성에 있어서 파악하려고 한다.(242-243쪽)[6]

우선 예문에서 '사회주의자/노동'은 하나의 개념으로서 '주어(A)'에, '정당하다/신성하다'는 '서술어(B)'에 할당됨을 쉽게 알 수 있다. 그리고 문제는 거의 전적으로 '서술어(B)'에 놓여있다는 점도 명백할 것이다. 또한 어떤 면에서 카프문학의 성패가 바로 이 자리에서 결정된다는 것도 지나친 말은 아닐 것이다. 말을 바꾸어 '서술어(B)'가 의심의 여지가 없는 선험적 인식으로서, 즉 '주어(A)'의 관념적 분해 작용으로써 곧장 얻어진다면, 예문의 두 명제는 결코 정당하지도 더 이상 신성하지도 않을 것이다. 따라서 여기서 김남천이 주장하고 있는 바는 명확한 것이다. 그것은 마르크스주의의 값진 명제들이 분석적 판단이 아닌 종합적 판단으로서 기능해야 하며, 경험적 현실을 통해 귀납적이며 사후적으로 정립돼야 한다는 것으로 요약될 수 있을 것이다.

이와 같이 우리는 칸트의 진술로부터 카프문학의 역사적 실패에 대해 하나의 핵심적 실마리를 거머쥘 수 있다고 생각한다. 아울러 김남천 비평을 온전히 해명하는 귀한 열쇠 하나까지도 건네받을 수 있다고 나는 생각한다. 사실 김남천 비평이 지닌 풍부한 호소력과 다채로운 빛깔, 눈부신 문장들에서 감지되는 고유한 분위기, 지나치다 싶게 촘촘한 논리적 정합성 등은 직간접적으로 칸트의 명제들과 깊숙이 얽혀 있다고 말해야 할 것이다. 김남천의 텍스트를 반복해서 읽어보거나 면밀히 살펴본다면, 크게 틀린 말을 하는 경우가 거의 없다는 사실에 재차 놀라게 된다. 그리고 그것이 가지고 있는 힘은 과연 어디에서 오는 것인지 궁금하지 않을 수 없다. 윗글에서도 그 비결을 간파할 수 있듯이, 김남천은 기본적으로 <진공 속의 비둘기>이길 거부했으며 언제까지나 <공중의 비둘기>이고자 했다는 점이다. 부연하여 그는 지상의 중력과 대기의 항력, 곧 '현실'의 저항을 내면 깊은 곳까지 받아

---

6   김남천, 「창작방법의 신(新)국면－고발의 문학에 대한 재론」, 『조선일보』, 1937.7.10~7.15.

들이고자 시종일관 애썼다. 특히 카프문학이 프롤레타리아의 계급문학을 표방한 이데올로기로서의 성격을 매우 강하게 띠고 있는 점을 감안한다면, 김남천 개인이나 카프라는 집단 스스로가 하나의 '이데아'가 되지 않으려는 부단한 갱신과 엄중한 경계가 없다면 프로문학이 한낱 관념의 분식작용으로 변질되는 데에는 그리 많은 시간이 필요하지 않을 것이다. 단적으로 카프문학이 역사적 실패로서 기억돼 있는 것은, 무엇보다 그것이 선험적 인식으로서 '분석적 판단'이 지닌 위험성을 끝내 해결하고 돌파하지 못했었던 데 크게 기인하는 것으로 여겨진다. 가령 그 전형적 사례로서 정치와 예술의 간극을 좁히지 못한 채 결국 전향선언의 당사자가 됐던 박영희의 훼절은 이를 입증하고도 남음이 있다. 그러나 이러한 정황들은 김남천이 마르크스주의자로서의 정치적 신념이나, 프로문학의 이념성과 당파성을 포기했다는 말로 곧바로 옮겨져서는 안 될 것이다. 그는 역사의 합목적성에 기여하는 문학의 진보적 가치를 가장 열렬히 옹호했던 사람 중의 하나였기 때문이다. 그렇다면 겉보기에 이율배반으로 간주되는 이런 모순과 간극을 그는 어떻게 수용했으며 또한 어떤 방식으로 해결해나갔는지가 관건이 될 것이다. 이상의 논의의 보완을 위해 아래 예문을 검토한다.

> 여기에 한 가지 사람을 가상하자! 그는 스물이 되기 전, 학생시대에 "나는 한 개의 적은 정치적 병졸로서 싸워질 때, 모든 예술을 집어던져도 좋다!"하고 외쳤다고 하자. 사실 나는 이런 예술지원자를 수없이 많이 보았고 이 열정을 지극히 고귀한 것으로 생각하고 있었다.// 이 청년의 말에는 예술에 대한 경멸이 있는가? 아니었다. 예술을 지극히 사랑하고 자기의 예술을 가공에서 끌어다 현실적인 생활 속에 파묻고 그것과 끝까지 격투시키겠다는 가장 열렬한 불길이 이 속에는 있었다. 지식층으로서의 자기와 위대한 전 실천과를 연결시키고 그 새에 있는 구렁텅이(溝)를 급속히 메우려고 하는 열의, 작가이

기 전에 우선 사회적 공인으로서 사회적 공인으로서 사회적 현실과 흙투성이 가 되어 씨름하고 그 곳에서 예술을 기르고 문학을 생산하자는 성급한 숨결이 이 속에는 있었던 것이다. … 그리고 작가의 정치욕이 아직 쓰러지지 않고 그의 속에서 고민이 용솟음을 치고 상극과 모순과 갈등이 성급하게 반성되고 뒤범벅을 개는 속에서 "비평과 작품과 작가적 실천을 연결시켜라"는 독단은 모든 파탄을 각오하고 또 모든 논리를 상실하는 위험한 지대에 서서도 오히려 자기의 주장을 고집하였던 것이다. 아! 제한을 모르는 인간의 욕망이여! 그것 은 정히 **칸트의 정히 '경쾌한 비둘기'의 덧없는 몽상**(강조는 인용자)일런가!// 그리고 이 상극과 고민에서 헛되이 자기를 회피하였을 때, 작년 1년간의 박회 월의 문학적 업적의 형해(形骸)가 있다.[7]

예문에 등장하는 청년들을 당대의 마르크스보이, 카프의 맹원들이라 상상 해 봐도 좋을 것이다. 물론 김남천 역시 그들의 정치적 동지였음에 틀림이 없을 것이다. 하여 그 지극한 열정은 당시 지식청년들의 양심을 대변하는 것이었으리라. 하지만 그곳에도 불가피한 난제와 걸림돌이 있었으니, 정치와 예술 사이에서의 모순과 갈등, 예술적 가상과 작가적 실천의 유리, 이념의 성채와 낙후된 현실과의 괴리 등이 식민지조선의 청춘들과 예술혼을 짓누르 고 있을 터였다. 김남천은 정치와 예술의 관계에서 '정치의 우위성'을 일단 인정한다. 동시에 그것이 예술의 특수한 지위에 대한 부정을 의미하는 것은 아니라고 강조한다. 따라서 그것은 정치와 예술의 부단한 길항관계로 파악하 는 것이 정당한 것이다. 이어 예문에서 김남천이 특별히 방점을 두고 있는 단어들은 '현실', '생활', '실천' 등의 개념들로서, 그것들이 궁극적으로 지시

7 김남천 「창작과정에 관한 감상─작품 이전과 비평」, 『조선일보』, 1935.5.16~5.22; 정호웅· 손정수 편, 『김남천 전집 Ⅰ─비평』, 박이정, 2000, 78-79쪽. 이하 김남천 텍스트의 인용은 이 책의 것이며 인용문 말미에 해당 쪽수만 밝히기로 한다.

하고 있는 것은 <사회적 현실과의 싸움>으로 집약된다 하겠다. 그곳은 "상극과 모순과 갈등"이 항존하는 장소이자 원리로 환원되지 않는 완강한 사실들의 세계이다. 때문에 그곳은 "모든 파탄을 각오하고 또 모든 논리를 상실하는 위험한 지대"이지 않을 수 없다. 그리고 이곳에서 김남천이 떠올리는 것은 바로 칸트의 '경쾌한 비둘기'다. 이상의 맥락에서 전향선언 이후 박영희의 문학적 행보는 그러한 갈등상황에 대한 앙상한 자기회피의 기록으로 간주되어야 할 것이다.

　여기에서 칸트의 '경쾌한 비둘기'에 대한 김남천의 인식은 섬세한 독해를 요구한다. '경쾌한 비둘기'에는 "덧없는 몽상"이라는 어구가 잇대어져 있기 때문이다. 이는 그가 '진공 속의 비둘기'를 마냥 거부하거나 전적으로 부정하는 것은 아니라는 뜻이 된다. 즉 그는 정치와 예술의 지속적인 길항관계에서처럼, 이념과 현실의 교호작용과 삼투과정을 통한 현실의 지양태로서의 이념에의 지향을 고수한다. 그런 점에서 김남천의 사유체계는 "결론의 이식이 아니라 결론을 얻기까지의 과정을 중요시"(같은 글, 78쪽)하는 일종의 경험적 초월론 혹은 내재적 초월론의 양상을 띠게 된다. 이는 박영희나 임화가 경험적 현실보다는 인간의 주관적 의지나 낭만정신을 통해 궁극적 지향점으로서 마르크스주의의 이념에로의 경사를 보여주는 외재적 초월론으로서의 면모를 지니고 있는 것과는 사뭇 대별되는 지점이라고 하겠다. 김남천이 보다 강조하고 있는 것은 물론 '현실' 그 자체라 하겠지만 관념적 몽상으로서 '이데아'를 여전히 깊이 갈망하고 있다는 점이 또한 간과되어선 안 될 것이다. 하여 그는 손쉬운 양자택일이 아닌 양자 사이에서의 방황과 모색이라는 어렵고도 고단한 길을 걷고자 한다. 김남천의 비평이 기본적으로 모순적인 성격 속에서 이중적·중층적·복합적 의미를 내장하게 되는 것은 곧 이와 같은 사정에서 기인하는 것이다. 계속해서 칸트의 원문을 직접 인용하고 있는 김남천의 글 하나를 보기로 한다.

6. 비약하여 실패할 건가 땅에 머물러 성공할 건가

신고송 작 「임신」(『조선중앙』 7월 중순)

(중략)

칸트의 이 글구를 생각할 때마다 나는 그가 말한 바 모든 철학적인 내용을 사거(捨去)한 뒤에 남는 비유의 매력을 입 안으로 씹으면서 이 한정을 모르는 비둘기의 생각을 열정을 가지고 생각하여 본다.// 진공 중에는 나래를 꺾이어 땅 위에 떨어지고 드디어 질식할 것이 사실이지만, 그러나 진공을 날아 보기 건에는 만족하지 않겠다는 상상(上翔)하려는 욕망, 훌훌 나래를 대공(大空)에 뻗겠다는 위대한 야심, 이것이 우리들 조선문학의 젊은 세대들에게는 떼어버리 수 없는 미련과 매력을 가지고 우리는 전 몸을 붙들기 때문이다. … 이 반대의 면에는 물론 비둘기의 욕망을 상실하고 생활의 속된 일편에 머물러 성공하려는 작가의 일군이 있다. 한 개의 작은 생활의 일점(一點)을 포착하여 그것을 꾸며서 재간을 부리고 성공하려는 작가들이 그것이다.// 물론 어디에도 그의 좋은 일면이 있고 그릇된 일면이 있다. 소에 머물러 속된 생활의 편린이라든가 애화의 한 가닥지를 쥐고 심경의 술회를 쌓아놓는 것이 결점이라면, 일방에는 생활과 체험과 땅 위에 붙어 있는 현실을 떠나서 하늘만을 앙모(仰慕)하여 관념과 작위의 나라에 항해하는 그릇됨이 있을 것이다. 이런 생각을 가지면서 신고송 씨의 「임신」을 읽어본다.// … 그러나 일고 나서 곧 가질 수 있는 만족은 '그랬으니 대체 어쩌란 말인가'하는 무모(?)한 비둘기의 욕망에 의하여 불만으로 돌아갈는지도 모른다. … 이것이 드디어 독자에게 일률성으로부터 오는 권태를 낳게 하고 비둘기의 욕망은 이 작가에게 진공 중에의 비상까지를 요구하게 되는 것이다.// 그렇게 해서 이 작가에게는 소에서 만족하여 성공하겠다는 좀된 생각에서 벗어나 대공을 향하여 비상하다 부서져서 실패해도 좋다는 청년적 열정을 가지라고 권하고 싶은 것이다. 요는 어느 쪽에도 있는 것이 아니라 이 두 개의 모순을 훌륭히 극복하라는 데 있으

리라.(110-111쪽)[8]

예문에서 '중략'된 부분은 칸트가 '경쾌한 비둘기'를 언급하고 있는 대목으로, 맨 처음 인용했던 칸트의 원문에서 밑줄 친 두 개의 문장이다. 실제비평의 형태를 띠고 있는 이 글에서 김남천의 논지는 비교적 선명하다. 무엇보다 그것은 앞머리에 놓인 소제목에서 확연히 드러나고 있다. 대립된 두 문장의 연속에서 그의 관심이 첫 문장에 기울어져 있음은 간단히 파악된다. 물론 이는 대상 작품의 내용에 따라 그 평가가 달라질 가능성도 있겠으나, 1935년경 신고송의 작품평을 쓸 때의 김남천만큼은 "비약하여 실패"하는 '진공 중의 비둘기'에 좀 더 이끌리고 있는 것이다. 이는 사실 임화가 지속적으로 주장했던 낭만정신과도 일맥상통하는 것으로 봐도 무방할 것이다. 아울러 '진공 중의 비둘기'로 표상되는 문학적 경향들이 "현실을 떠나서 하늘만을 앙모(仰慕)하여 관념과 작위의 나라에 항해하는 그릇됨"을 지닐 수 있음도 분명히 지적한다. 이런 점에서 신고송의 「임신」은 "생활의 일점을 포착"하여 "땅에 머물러 성공"한 사례지만, 한편으로 "비둘기의 욕망을 상실"하고 "소에 머물러" 안주하려는 폐단을 갖고 있음을 덧붙인다. 결론적으로 김남천은 "두 개의 모순을 훌륭히 극복"할 것을 작가들에게 주문하는 것으로 글을 마무리하고 있다.

지금까지의 논의를 정리하면 다음과 같다. 칸트의 '경쾌한 비둘기'라는 기표는 김남천에게 있어 매우 의미심장한 상징물로 원용되고 있으며, 김남천의 비평 전반을 직간접적으로 해명할 수 있는 사유의 원천으로서의 위상을 갖는다. 덧붙여 이는 비단 김남천만이 아니라 카프문학의 역사적 전개와 관련해서도 설득력 있는 진술의 마련을 위한 핵심적 단초로서 기능할 수

---

[8] 김남천, 「최근의 창작」, 『조선중앙일보』, 1935.7.21~8.4.

있다. 일차적으로 칸트가 이를 경험적 현실을 포괄하지 못하는 선험적 판단의 맹점을 드러내기 위해 사용했다면, 김남천은 칸트의 문맥을 충실히 따르고 존중하는 한편으로 '진공 속의 비둘기'가 표상하는 이데아로서의 속성 또한 수용하여 자신의 문학적 입장을 개진하는 데 십분 활용하였다. 부연하여「창작과정에 관한 감상」이 현실에 대한 고려, 즉 '공중의 비둘기'를 보다 강조하는 입장이라면,「최근의 창작」에서는 상대적으로 현실을 초극하려는 비상에의 욕망, 곧 '진공 속의 비둘기'에 보다 주목하고 있음을 확인할 수 있다. 김남천의 사유체계가 기본적으로 경험적 초월론으로서의 성격을 갖는다는 말의 진의 또한 거기에 있는 것이다. 다음으로 본 기표가 함축하고 있는 현실과 이념의 괴리, 경험적 사실과 추상적 관념과의 거리는 가령, 차후 김남천이 창작방법의 기본항으로서 '아이디얼리즘'과 '리얼리즘'을 설정하고 이를 정의하는 데 사실상 모태가 되었다고 해도 과언이 아니다. 이는 엄밀히 말해 이데아(Idea)와 현실(Reality)의 구분을 문학적으로 번안하여 세부적으로 재정의 한 이본(異本)에 다름 아니다. 끝으로 해당 기표는 김남천의 문학적 사유 체계가 통시적으로 어떻게 변모해 가는지, 그 미시적 차이를 규명하는 데 있어 중요한 출발점이자 뚜렷한 기원으로서 자리매김할 수 있을 것이다.

　이상의 논의와 관련하여 한 가지 췌언을 더한다면, 김남천의 사유체계가 지닌 이러한 기본적 속성들은 현실과 대면하는 그의 일련의 태도와도 결부된다는 점이다. 앞서 말한 바, 모순된 양자 사이에서 끊임없이 갈등하고 번민하는 부동(浮動)의 정신은 어떤 상황에서도 (초월적) 대상에 몸을 의탁하지 않는 도저한 '비결정성'의 태도로 현상한다. 한마디로 그것은 <방황하는 마음>(164쪽)[9]으로 규정되며 정의될 수 있는 것이다. 주지하듯 라캉은 '속지 않는

9　김남천,「춘원 이광수 씨를 말함―주로 정치와 문학과의 관련에 기(基)하여」,『조선중앙일

자가 방황한다'[10]라는 명제를 제출한 바 있는데, 이는 대타자로서 '아버지의 이름(the Name-of-the Father)'에 귀속되지 않는 삶의 주체적 태도를 일컫는다. 라캉은 이를 가리켜 미지의 낯선 땅을 여행하는 '나그네(viator)'의 삶과도 같은 것이라 말한다.[11] 즉 그것은 대타자로서 '상징계(the Symbolic)'의 질서와의 '상상적(the Imaginary)' 동일시를 거부한 채 '실재(the Real)'를 순례하는 주체의 고행과 그 실존적 태도 외에 다른 것이 아니다. 이는 김남천의 문학적 행정에 대한 또 하나의 적절한 비유가 될 수 있다고 나는 생각한다. 당대 프로문학에서 카프와 마르크스주의의 이념은 문자 그대로 '대타자'로서, 주체에게 직접적으로 현현하는 것이기 때문이다. 하여 김남천은 "길 잃은 사나이"(157쪽)[12]로서 '방황하는 자', '속지 않는 자'일 것이다. 이제 본격적인 논의로서, 그가 이와 같이 '길 없는 길' 속에서 어떻게 스스로의 길을 발견해내는지,

---

보』, 1936.5.6~5.8.

10   라캉이 세미나 제21권의 제목(Seminar XXI, Les non-dupes errent[1973-1974])으로 삼은 명제이다. 해당 프랑스어는 발음의 유사성에 근거한 다음의 세 가지 의미 차원을 지시한다. "**les non-dupes errent**(the unduped wander/are mistaken)// **le nom du père**(the Name-of-the Father)-**le non du père**(the no of the father)"이다. 기원적으로 '아버지의 이름'은 라캉이 상징계에서의 아버지의 역할을 다루기 위해 자신의 세미나 제3권(Seminar III, The Psychoses[1955-1956])에서 고안한 개념이다. 제21권에서 '아버지의 이름' 및 '아버지의 부정/부재'라는 개념은 아버지의 입법적·금지적 기능을 강조하기 위해 사용된 반면에, '속지 않는 자가 방황한다'라는 명제는 상징계의 허구와 눈속임에 사로잡히지 않고 자신의 시야를 믿으며 고수하는 사람은 방황하기 마련이라는 뜻을 함축하고 있다. 현재 세미나 제21권은 프랑스어원본·영어본 모두 공식적으로는 미출간 상태로, 강연 음성파일을 채록한 프랑스어본과 이를 번역한 영어본을 라캉 관련 국제 인터넷사이트에서 PDF 형태로 제공하고 있다. 관련 웹주소는 다음과 같다. ① "http://www.lacanianworks.net" ② "http://www.lacaninireland.com"

11   J. Lacan, "Seminar 1: Wednesday 13 November 1973", *Seminar XXI: Les non-dupes errent (1973-1974)*, trans. by Cormac Gallagher, not published, p.14.("http://www.lacaninireland.com")

12   김남천, 「고리끼에 관한 단상―그의 탄생일에 제(際)하여」, 『조선중앙일보』, 1936.3.13~3.16.

그리하여 마침내 자신만의 지도를 완성해나가는지를 추적해보고자 한다.

2. '리얼리즘'에 이르는 도정 혹은 기표의 분화과정

미리 말해두어 김남천의 비평을 설명하는, 설명할 수 있는, 오직 단 하나의 유일의 기표를 찾는다면, 그것은 <리얼리즘>이라 말하지 않을 수 없다. 따라서 이하에서는 '리얼리즘'이라는 기표를 중심으로 그 역사적 전개의 양상 혹은 기표의 분화과정을 살피고자 한다. 그 구체적인 역사의 국면들의 고찰에 앞서 그가 인식하고 있었던 리얼리즘의 개념과 정의, 그 내포와 함의를 검토하기로 한다.

여기에서 나는 창작방법의 기본적 방향으로서 리얼리즘과 이이디얼리즘의 두 개만을 단정하고 싶다. 이 두 가지 외에 또 다른 기본적인 창작방법은 있을 수 없는 것이다. 로맨티시즘은 그러므로 이것과 병립될 수 있는 기본적인 창작방법이 아니라 특정한 역사적 시대에 하나의 실제상의 유파이거나 또는 기본적 창작방법의 계기로서밖에는 불리어질 수가 없는 것이다. 왜냐하면 리얼리즘과 아이디얼리즘의 분류는 객관적 현실과 주관적 관념이라는 두 개의 대립하는 관계로서 성립될 것이요, 그러므로 이 양자는 단순한 정도의 차이가 아니라 질적인 원리적인 차이이기 때문이다. 이것은 혼란을 방지하기 위하여 꼭 필요한 개념규정이 아닐 수 없다.// 그러면 리얼리즘이란 무엇이며, 아이디얼리즘이란 무엇이냐. 리얼리즘은 객관적 현실을 주로 해서 주관을 그에 종속시키는 것이요, 아이디얼리즘은 그 반대로 주관적 관념을 주로 해서 객관적 현실을 이에 종속시키는 것이라고 말할 수 있다. 그러므로 창작방법의 기본방향은 둘 중의 하나만일 수도 없으며 둘 이상이 될 수도 없을 것이다.

이때에 있어 주관이란, 혹은 객관이란 것은 상대적 의미로서 사용되는 것이요, 그렇기 때문에 아무리 객관적이라 생각되는 관념일지라도 그것이 만약 창조상 실제에 있어서 현실을 재단하는 선입견으로 사용된다면 그것은 역시 주관적 관념으로 불려질 수 있는 것이다. 그러므로 오해되고 혼란스러워지기 쉬운 주관, 객관의 용어를 피한다면 현실을 선입견을 가지지 않고 현실의 있는 그대로를 그리려고 하는 태도가 리얼리즘이요, 현실에 선입견을 가지고 임하여 그것으로써 현실을 재단하려는 창작태도가, 즉 아이디얼리즘이라고 말할 수 있을까 한다.(758-759쪽)[13]

리얼리즘과 관련해서는 김남천은 지면을 아끼지 않아서, 그에게 있어 가장 많이 제일 빈번하게 등장하는 개념임을 곧바로 알 수 있다. 예문과 비슷한 논지로 아이디얼리즘과의 연관 하에 리얼리즘의 개념을 설명하고 있는 대표적인 것으로서, 「창작방법의 신국면-고발의 문학에 대한 재론」(1937), 일련의 「발자크 연구 노트」1~4(1939~1940), 그리고 "주인공=성격=사상" 및 "세태=사실=생활"이라는 양 명제가 제출된 「토픽 중심으로 본 기묘년의 산문문학」(1939), 마지막으로 「대중투쟁과 창조적 실천의 문제」(1947)를 꼽을 수 있다. 여기에서 상기해야 할 것은 임화가 리얼리즘과의 대척점으로 '낭만주의' 혹은 '낭만정신'을 상정하는 것과는 달리, 김남천은 '로맨티시즘'을 '리얼리즘'과 "병립될 수 있는 기본적인 창작방법"이 아니라 문예사조의 한 유파로서 기본적 창작방법의 "계기로서"만 인식하고 있다는 점이다. 아울러 임화의 문학적 사유가 궁극적으로 '낭만주의'로 회귀함에 반해 김남천의 그것은 최종적으로 '리얼리즘'으로 귀결된다는 점이다. 이는 프로문학 비평사의 전개에 있어 하나의 마디점으로서 결정적 중요성을 갖는다.(이에 대해서는 후술하

---

13   김남천, 「새로운 창작방법에 관하여」, 『중앙신문』, 1946.2.13~2.16.

기로 한다.) 이어 김남천은 리얼리즘과 아이디얼리즘의 분류가 "객관적 현실과 주관적 관념"이라는 대립관계에서 발생하며, 이는 "정도의 차이가 아니라 질적인 원리적인 차이"임을 역설한다. 전술한 바, 그것은 이데아(Idea)와 현실(Reality)의 차이를 기반으로 한 것이다. 또한 이는 현실과 관념의 대립항과 함께 객관과 주관이라는 짝 개념을 내포한다. 결국 객관적 현실과 주관적 관념의 '주종(主從)' 여하에 따라 리얼리즘과 아이디얼리즘은 나뉜다고 김남천은 설명한다. 이때 물론 주관과 객관이란 "상대적 의미"로 사용되는 것이며, 창작주체의 "선입견" 유무에 따라서도 아이디얼리즘과 리얼리즘은 구별될 수 있다는 것이 그의 주장의 요체이다.

이상의 분류체계는 다소 도식적인 인상을 주기도 하지만 창작방법의 두 가지 경향으로서, 그리고 김남천을 비롯한 프로문학을 이해하는 유효한 준거로서 대체로 그 타당성을 인정할 수 있다. 한편 리얼리즘과 아이디얼디즘의 분류체계는 김남천에게 있어, 엥겔스의 명명을 따라 "셰익스피어적인 것"과 "쉴러적인 것" 혹은 레닌의 호명 속에서[14] "발자크적인 것"과 "톨스토이적인 것", 또는 자신의 표현대로 "벽초적인 것"과 "춘원적인 것"(603쪽) 내지 궁극적으로는 "관찰적인 것"과 "체험적인 것" 등으로 다양하게 변주되고 있음을 알 수 있다. 그리고 그 방점은 전자에 놓여있는 것 또한 쉽게 간파된다. 더불어 이는 앞장에서 언급한 바, 구체적 '현실'을 충실히 고려하려는 김남천의 기본적 태도와 문학적 입장에서 직접적으로 배태된 것임을 놓쳐서는 안 될 것이다. 한편으로 그것은 1935년 5월 20일 카프해산 이전 상대적으로 이데아로서 '진공 속의 비둘기'에 보다 경사되었던 김남천의 사유의 축이, 이후 시간의 경과에 따라 점진적으로 현실의 저항을 감지하는 '공중의 비둘기'

---

14   V. I. 레닌, 「러시아혁명의 거울로서 레오 톨스토이(1908)」. 국역본은 김탁 역, 『레닌저작집 4-3(1907.6~1909.12)』, 전진출판사, 1991, 236-240쪽을 참고할 수 있다.

쪽으로 이동해갔음을 간접적으로 예증하는 것이라 평가할 수도 있겠다. 이러한 경향과 방향성은 카프 해산 이후 김남천의 문학적 사유를 일관되게, 객관적 현실에 기반한 리얼리즘으로서(써) 굳건히 정초하는 데 크게 이바지했던 것으로 판단된다. 그와 같은 정황은 문학적 주체의 외부조건으로서 카프해산이라는 계기와 함께, 추후 주체 내부의 조건으로서 내면적 동기까지가 해명되어야 그 온전한 실상이 드러날 것이다. 그렇다면 리얼리즘의 창작방법을 통해 그가 구현하고자 했던 '리얼리티(reality)'의 모습은 얼마큼의 수용력, 어느 정도의 넓이와 깊이를 내장하고 있었던 걸까.

2. 허구

무영의 창작집 『취향』 속에 있는 「나는 보아 잘 안다」를 읽으며 나는 반년 전에 본 르네 크렐의 〈서쪽으로 가는 유령〉이라는 영화를 연상하였다.// 주지하는 바와 같이 「나는 보아 잘 안다」는 죽어서 공동묘지에 간 지 석달이나 되는 남편이 그의 아내의 행장을 기록하는 것으로 되어 있고 크렐의 영화는 성 속의 유령이 영국으로부터 미국으로 달려가는 것이 그려져 있다.// 소박한 유물론자는 흔히 이것을 가지고 그의 예술적 가치판단에 이르기 전에 엉터리 없는 헛소리라는 단정을 내리기 쉽다. 죽은 송장이 말을 하고 산사람이 뒤를 따른다면 그것은 영혼의 불멸을 시인함이요 유령이 매매되는 것 역시 이것의 존재를 전제치 않고는 있을 수 없는 일이다. 따라서 이것은 비유물론적이요 동시에 민중에게 해독을 주는 작품이므로 예술적인 작품이 못된다고 한다.// … 요는 예술적 진실이란 허구에 의하여 구현된다는 것을 이해하면 족하다. 그러므로 유령이 매매된다는 것이 문제가 아니라 이 허구 위에 폭로되는 영미 자본주의의 리얼리스틱한 양자(樣姿)만이 문제로 될 수 있는 것이다. 죽은 송장이 혼이 있어서 세상에 남아있는 처자의 뒤를 따를 수 있느냐가 문제가 아니라 이 허구 위에서 재다보는 '눈'이 객관적 진실을 파고 들어갔는가, 그리고 그의 '눈'이 독자 앞에 펼쳐 놓아주는 아내의 행장이 리얼한가 아닌가가 문제인 것이다.(198-199쪽)[15]

예문에서 보이는 김남천의 리얼리티 개념은 1930년대라는 시간의 격차를 염두에 둘 때 매우 신선하고 흥미로운 관점으로 여겨진다. 사실 이는 현재의 시각에서도 충분히 통할 수 있을 만큼 확장적이며 심층적인 개념으로 평가해도 무방할 듯하다. 가령, 그것은 2000년대 박민규 소설의 소위 '무중력의 상상력', 비현실적·환상적 요소를 거침없이 활용하는 양상까지도 포용할 수 있는 폭과 심도를 갖춘 것으로 보인다. 즉 그것은 '개연성(蓋然性, probability)'보다는 "예술적 진실"로서의 '핍진성(逼眞性, verisimilitude)'[16]에 가까운 것으로 간주돼야 마땅할 것이다. 이 지점에서 김남천은 인식론적 입장에서 표면의 사실성에만 묶여있는 "소박한 유물론"과도 결별한다. 하여 예문은 가상(假像)으로서의 예술의 성격을 그가 깊숙이 천착했음을 알려준다. 김남천이 생각했던 리얼리즘이 과연 그러하였고, 또한 리얼리티가 딴은 그러하였다.

이 자리에서 소위 '물' 논쟁을 상론할 생각은 없다. 다만 본고의 논의와 관련하여 따져볼 만한 대목만을 언급하고자 한다. 임화는 김남천의 「물」을 두고 "'침후한 경험주의', '심각한 생물학적 심리주의'의 부양물"이라 평가하며 "계급성-당파적 견지의 결여"[17]를 지적한다. 이에 대해 김남천은 "우익적

---

15   김남천, 「문장·허구·기타」, 『조선문학』, 1937.4.
16   "핍진성(逼眞性, VERISIMILITUDE): 라틴어구 베리 시밀리스(very similis, '진실 같은'이라는 의미)에서 나온 핍진성은 실물감(lifelikeness), 즉 텍스트가 행위, 인물, 언어 및 그밖의 요소를 신뢰할 만하고 개연성이 있다고 독자에게 납득시키는 정도이다. 이 용어는 때때로 리얼리즘과 동의어로 쓰인다. 하지만 보다 많은 경우 텍스트 외부의 현실에 대해서가 아니라 텍스트가 스스로 정립하거나 그 텍스트의 장르 안에 존재하는 현실에 대해서 얼마나 진실한가를 가리킨다. 바꿔 말해 초자연적 요소 내지 공상적 요소를 함유하고 있는 설화도 그 나름대로 정립한 현실에 합치되는 한 고도의 핍진성을 가질 수 있다."(조셉 칠더즈·게리 헨치 편, 『현대문학·문화 비평 용어사전』, 황종연 역, 문학동네, 1999, 432쪽 참고)

편향의 원인의 해명은 전혀 그 작가의 실천 속에서 찾아"(44쪽)[18]내야 한다고 응수한다. 이에 다시 임화는 "문학이 표현하는 것은 경험주의적 의미의 개인의 실천이 아니라 그 시대의 사회계급의 객관적 실천"[19]이라며 개인적 실천에 대한 계급적 실천의 우위성을 강조한다. 여기서 나는 논쟁의 시비보다는 두 사람의 관점의 차이에 보다 주목하려 한다. 즉 임화 사유의 관념적·추상적·낭만적 속성 및 김남천 사유의 경험적·실천적·현실적 속성이 '물' 논쟁을 통해 확연히 드러나고 있다는 점이다. 그리고 바로 그 김남천의 입장에는 이후 전개되는 '주체화'라는 문제틀의 단초들이 이미 마련되고 있다는 점이다. 그렇다면 '주체화'의 문제란 무엇이었던가.

> 작가는 항상 문제를 주체성에 있어서 제출한다는 사실은 확실히 주목할 만한 명제의 하나이다. 그가 어떠한 높고 넓은 인류의 문제를 제출할 때에도 작가는 그것을 주체성에 있어서 파악한다. 작가에게 있어서는 국가·사회·민족·계급·인류에 대한 사상과 신념의 문제가 여하한 것일런가? 하는 국면으로서 제출되는 것이 아니라 이러한 높은 문제가 얼마나 작가 자신의 문제로서 호흡되고 있고 그것이 어느 정도로 그 자신의 심장을 통과하여 작품으로서 제기되고 있는가 하는 문제이다. 작가에게 있어서는 그가 파악하고 있는 세계관이 그대로 개념으로 표명되는 것이 아니라 작가의 주체를 통과한 것으로써 표시된다.// … 이러한 마당에서 비로소 주체의 재건이나 혹은 완성의 문제가 제기되는 것이다. 그러므로 임화 씨가 주체의 재건이란 결코 문학자가 이러저러한 세계관을 이론적으로 해득하는 것으로 해결되는 것이 아니라고 말한

17 임화, 「6월 중의 창작」, 『조선일보』, 1933.7.12~7.19.
18 김남천, 「임화적 창작평과 자기비판」, 『조선일보』, 1933.7.29~8.4.
19 임화, 「비평에 있어 작가와 그 실천의 문제―N에게 주는 편지를 대신하여」, 『동아일보』, 1933.12.19~12.21.

것은 정당하다. 그러나 임화 씨가 그 뒤의 논의 속에서 수행(數行)의 이론적 해명으로 이 문제를 해결해버리려고 할 때에 곧바로 모피할 수 없는 공혈(空 穴)을 직감하게 되는 것은 무슨 까닭일까? 그것은 정히 임씨가 작가의 주체 재건을 획책하면서 반드시 한 번은 통과하여야 할 작가 자신의 문제, 그러므로 정히 주체되는 자신의 문제를 이미 해명되어버린 문제처럼 살강(그릇 따위를 얹어놓기 위하여 부엌의 벽 중턱에 드린 선반, 인용자) 위에 얹어버린 곳에 있지 않으면 안 될 것이다. 임화 씨는 주체의 재건을 기도하는 마당에서 작가의 문제를 작가 일반의 문제로 추상하여 그것을 그대로 들고 문학의 세계로 직행한다. 작가 일반이 추상화된 개념으로 파악되어 버릴 때 문제의 해결은 지극히 용이할지 모르나 주체의 재건과 완성은 해명의 뒤에서 전혀 방기되어 버릴 것이다.(306-307쪽)[20]

그것은 한마디로 창작과정에 있어 '주체화'의 문제이다.[21] 김남천에 따르면 '작가의 사회적 실천'이란 <문학적 예술적 실천> 외에 다른 것이 있을 수 없다고 단언한다.[22] 따라서 '물' 논쟁에서 제기한 작가의 실천이란 작품의 창작과정과 불가분의 관계를 맺는다. 다시 말해 아무리 자명한 이치나 숭고한 이념 또는 과학적 개념의 '합리적 핵심'이라도, 작가에게 있어서 그것은 주체화의 과정을 통과한 '일신상(一身上)의 진리'[23]로서(써)만 표명될 수 있으

---

20 김남천, 「유다적인 것과 문학―소시민 출신 작가의 최초 모랄」, 『조선일보』, 1937.12.14~ 12.18.
21 이에 관해서는 졸고, 「창작과정에 있어 '주체화'의 문제―김남천의 '일신상(一身上)의 진리' 개념을 중심으로」(『한국학연구』 36, 2011)의 논의를 참고할 수 있다. 하지만 이는 본 논제를 보편적·일반적 차원에서 다루고 있어, 리얼리즘 전개과정의 구체적인 역사적 국면들에 보다 주목하려는 본고의 관점과는 적지 않은 차이를 지닌다.
22 김남천, 「자기분열의 초극―문학에 있어서의 주체와 객체」, 『조선일보』, 1938.1.26~2.2.
23 김남천, 「일신상(一身上) 진리와 모랄―'자기'의 성찰과 개념의 주체화」, 『조선일보』, 1938. 4.17~4.24.

며 그래야만 문학적 진실로서 가치를 갖는다는 것이다. 이는 카프해산 후의 문학적 동향을 사회적 계기로 하며 또한 <주체의 재건과 완성>이라는 명제와 직접적으로 결부되는 것이다. 예문에서 임화를 언급하는 것은 바로 이러한 맥락 속에 놓여있다. 여기에서 한 가지 흥미로운 것은 본 논제들과 관련해 김남천과 임화는 '물' 논쟁에서 보여줬던 주체의 포지션을 그대로 유지하고 있어서, 이는 곧 '물' 논쟁의 연장선에서 파악될 수 있다는 점이다. 김남천은 작가적 실천이라는 경험적 구체성을 여전히 강조하고 있으며, 임화는 마찬가지로 이를 개별적 독자성의 국면에서 파악하는 것이 아니라 "작가 일반의 문제로 추상"하고 있는 것이다. 따라서 이는 '물' 논쟁 이후 두 사람의 견해가 좀처럼 좁혀지지 않고 팽팽한 평행선을 달리고 있음을 방증하는 것이라 할 것이다. 그럼에도 김남천은 "세계관이 작가 자신의 입을 그대로 통과해버리고 심장의 부근에서 콧김 하나 얼른하지 않은 곳에 어떠한 주체와 어떠한 사상의 건립이 가능할런가?"(312쪽)라고 재차 반문한다. 그렇다면 주체화의 '과정'을 완강히 고수하는 김남천의 태도에는 어떤 인식이 자리 잡고 있는 것일까.

그러므로 이상과 같은 원리의 위에 서서 우리는 위선 이 땅의 문학하는 사람들이 소시민 지식층이라는 것을 성찰한다. 이러한 성찰의 결과 우리는 그가 처하여 있는 역사적 지위를 과학적으로 인식함에 이른다. 이렇게 인식된 것이 현재의 순간에 있어서 구체적으로 설정된 문학의 주체다.// 그러기 때문에 우리들에게 있어서는 객관세계의 모순이나 분열인 것보다도 주체 자신의 타고난 운명에 의한 동요와 자기분열이 중심이 되어 우리의 앞에 대사(大寫)되었다. 아니 객관세계의 모순을 극복하느라고 자기 자신을 돌보지 않았던 주체가 한번 뼈아프게 차질을 맛보는 순간 비로소 자기의 속에서 분열과 모순을 발견하게 되었던 것이며 이것의 정립과 재건 없이는 객관세계와 호흡을 같이 할 수 없으리라는 자각이 그의 마음을 혼란케 하는 과정으로 정시(呈示)되었다는 것이 보다 정확한 관찰일 것이다.// 자기의 운명을 거대한 집단의 운명에 종속시키고 불이 이는 듯한 열의를 그 속에서 발견하면서 그곳에서 혼연히 융합되는 객관과 주체의 통일을 현현하던 고귀한 순간은 그러나 한번 물결이 지난 뒤에 가슴에 손을 얹고 자기를 주시해 볼 때에 그것은 실로 관념적인 작위의 여행계절이 아니었던가 하는 적막한 자기성찰을 가짐에 이른다. … 우리는 지난날의 일체의 문학적 실천의 과오와 일탈을 소시민적 동요에 기인한 것이라고 개괄해본다. 주관주의적 내지는 관조주의적인 창작상의 제 결함을 주체의 소시민성에 귀납시켜 본다. 이러한 때에 어찌하여 「주체의 재건과 문학세계」의 논자(임화, 인용자)는 주체 그 자신의 속에서 분열과 모순을 발견하려 하지 않는가! 주체 자신의 소시민성을 어찌하여 뚜껑을 덮은 채 홀홀히 지나치려 하는가! … 그러므로 우리는 이 순간에 있어서의 문학의 주체를 구체적으로 성찰함에 결코 인색하여서는 아니 된다. 이것의 성찰을 회피하는 마당에서 논의되는 주관과 객관의 통일의 문제란 한낱 추상적인 문학적 유희일 따름이다.(324-325쪽)[24]

예문은 카프시대 작가들의 내면풍경을 여실히 보여주는 바가 있다. 그들은 "객관세계의 모순을 극복하느라 자신을 돌보지 않았던 주체"로서 "소시민 지식층"이다. 그들에게 카프시대란 "자기의 운명을 거대한 집단에 종속"시키던 시절로서 "객관과 주체의 통일을 현현하던 고귀한 순간"으로 기억되지만, 다른 한편으로 그것은 "관념적인 작위의 여행계절"이라 하지 않을 수 없다. 환언하여 이때 "한정을 모르는 비둘기와 같이 비상하였다가 가책 없는 현실에 부딪혀서 뼈아픈 패배를 경험"했다는 사실이다. 여기 다시 '칸트의

---

24 김남천, 「자기분열의 초극—문학에 있어서의 주체와 객체」.

비둘기'가 등장하고 있거니와, 전술한 바와 같이 이와 관련한 그의 입장이 선회하고 있음을 분명히 확인할 수 있다. 그것은 이제 진정한 리얼리즘의 길밖에는 아닐 수 없는데, 객관적 현실로 나아가려는 순간 최초로 맞닥뜨리는 것이 '주체화'의 과정이라는 것은 일견 아이러니컬한 부분이 있다. '주체화'란 어떤 면에서 '객관적 현실'이 아닌 '주관적 관념'의 세계와 맞닿아 있는 것이기 때문이다. 따라서 그것은 주체의 입장에서도 새삼 곤혹스러운 난경(難境)이 아닐 수 없다는 점에서 더욱 섬세한 독해와 신중한 판단이 전제되어야 할 것이다.

김남천은 현재(1938년)의 순간에 구체적으로 설정된 문학의 주체로서 "소시민 지식층"을 지목한다. 그리고 과거의 창작상의 제 결함을 바로 "주체의 소시민성"에서 귀납하고자 한다. 이는 그냥 지나쳐버릴 수도 있는 문제지만 나는 이 부분이 매우 중요한 의미를 담고 있다고 생각한다. 왜냐하면 카프시대 작가들이 계급적으로 소시민에 속하면서도 프롤레타리아의 계급문학을 표방했기 때문이다. 이는 사실 <사회적 존재가 의식을 규정한다>[25]라는 마르크스의 명제와 명백히 배치되는 것이다. 과거 노동운동에 헌신하기를 주저하는 대학생들에게 건네는 경구로서 '의식으로서의 노동자'라는 말도 실은 유물론의 명제와 전혀 배치되는 것이 아닐 수 없었다. 김남천은 철저히 유물론적으로 사유하려고 한다. 그래서 자신의 계급적 한계를 정직하게 인정하고 있는 것이다. 이와 같은 유물론적 입장은 얼핏 주관적 관념에 속해보이는

---

25 K. Marx, *Zur Kritik der Politischen Ökonomie(1859)*; 칼 마르크스, 「서문」, 『정치경제학비판을 위하여』, 김호균 역, 중원문화, 1988, 7쪽. 원문은 다음과 같다. "Es ist nicht das Bewußtsein der Menschen, das ihr Sein, sondern umgekehrt ihr gesellschaftliches Sein, das ihr Bewußtsein bestimmt."(독일어원문) "It is not the consciousness of men that determines their existence, but their social existence that determines their consciousness."(영어) "인간의 의식이 그들의 존재를 규정하는 것이 아니라, 반대로 그들의 사회적 존재가 그들의 의식을 규정하는 것이다."(우리말)

작가의 '주체화' 문제와 어떻게 결속되는 것일까. 김남천이 이를 통해 말하려던 진의는, 창작주체로서 작가의 주관적·경험적 '현실'로서 현상하는 <심리적 사실>과 이를 통해 구현되는 <문학적 진실>을 가리키는 것에 다름 아니다. 이는 김남천의 리얼리티 개념이 매우 심층적인 차원에서 구사되고 있으며, 따라서 그가 지향했던 리얼리즘의 개념과도 배치되는 것이 아니었다는 것이다. 그런 의미에서 그것은 결국 리얼리즘에 이르는 주체의 도정, 자기갱신의 문학적 행정으로 기록돼야 마땅한 것이다. 즉 심내(心內)의 '유다적인 것'을 결코 "유다가 돈을 받고 그의 선생을 매각해버렸다는 표면적 사실"에서가 아니라 "자기 자신의 매각이라는 고도의 성찰과 더불어" 제출되어야 한다고 했던 김남천의 진의는 바로 거기에 있는 것이다. 그러므로 김남천에게 있어 문학적으로 파악된 도덕, 자기윤리로서 '모랄'이란 "과학적 진리가 작가의 주체를 통과하는 과정-이곳에 설정된 것"(347쪽)[26]으로 규정된다. 하여 작가가 체현(體現)한 일신상의 진리란, "과학이 갖는 보편성이나 사회성을 일신상 각도로써 높이 획득했다는 것을 말하는 것"(360쪽)[27]이다. 이는 곧 '보편적 개별성(universal singularity)'의 차원을 지시하는 것으로서, 추상적 개념이 창작주체를 관통하여 예술적 가상이라는 구체적 형상으로 구현됨을 일컫는 것이라 하겠다. 따라서 이는 보편적·추상적·일반적 개념을 포기하는 것과는 전혀 무연한 것이다. 이상의 험난한 길목들을 '주체화'의 과정은 내포하고 있는 것이다.

주체화의 과정을 관통한 김남천이 이제 다다를 곳, 마침내 도달하게 된 최후의 행선지는 리얼리즘이라는 너른 들판과, 또 그것을 조감하는 넓은 시야였다. 그것은 이제까지의 모든 것을 지양한 통일체로서 그에게 도래한

---

26   김남천, 「도덕의 문학적 파악=과학·문학과 모랄 개념」, 『조선일보』, 1938.3.8~3.12.
27   김남천, 「일신상(一身上) 진리와 모랄」.

다. 다음은 1940년경, 이제까지의 리얼리즘에의 도정을 총결산하는 문학적 자기고백이다.

이렇게 생각하여 보면 필자 왕년의 자기고발 문학은 일종의 체험적인 문학이었다. 그것은 주체재건(자기개조)을 꾀하는 내부 성찰의 문학이었으니까. 이러한 과정은 여하히 하여 나와 같은 작가에게는 필연적인 과정이었던가. 추상적으로 배운 이데, 현실 속에서 배우지 않은 사상의 눈이 현실을 도식화하는 데 대하여, 자기 자신의 눈을 통하여 현실 속에서 사상을 배우고, 이것에 의하여 자기를 현실적인 것으로서 인식하자는 필요에 응하여서였다. 자아와 자의식의 상실이 리얼리즘을 오히려 그 반대의 경향에 몰아넣어 돌아보지 않는 문학정신의 추락을 구출하기 위하여서였다. 그러나 나는 아무러한 경계나 용의가 없이 이것에 시종(始終)한 것은 아니었다. 자의식 자체가 문학의 목적이 되는 것, 자의식의 관념적 발전이 문학적 자아를 건질 수 없는 자기혼미 속에 몰아넣는 것=이것은 내가 극도로 경계한 바이다. 자기검토의 뒤에 합리적인 인간정신을 두어야만 비로소 자기성찰이 이루어지리라는 것, 모랄탐구의 뒤에는 과학적인 합리적 핵심을 두어야 한다는 것—**이런 것들은 문학상으로는 리얼리즘을 언제나 나의 뒤에다 지니고 있었다는 것 이외의 아무것도 아닐 것이다. … 그러므로 자기고발-모랄론-도덕론-풍속론-장편소설 개조론-관찰문학론에 이르는 나의 문학적 행정(行程)**은(강조는 인용자), 나에게 있어서는 적어도 필연적인 과정이었다. 그렇기 때문에 체험적인 것은 어느 때에나 관찰적인 것 가운데 혈액의 한 덩어리가 되어 있을 것을 믿는다. 이렇게 보아올 때에는 체험과 관찰을 대립되는 개념으로 보기보다는, 체험의 양기(揚棄)된 것으로 관찰을 상정하는 것이 오히려 정당할는지도 알 수 없다.(609-610쪽)[28]

이 글에서 김남천은 '체험적인 것'과 '관찰적인 것'을 직접적으로 조응시킨다. 전반부의 문장들에서 우리는 직전 논의의 대강과 요지를 간추릴 수 있을 것이다. 그 과정을 그는 "필연적인 과정"으로 간주한다. 그것은 "추상적인 이데, 현실 속에서 배우지 않은 사상의 눈"을 경험적이고 구체적인 '현실' 속에서 단련시키는 과정이라고도 부를 수 있을 것이다. 그것의 직접적 계기는 카프 조직의 해산이라는 외적인 것으로서 주어졌지만, 소시민 출신 작가로서의 내적 계기로부터도 촉발되는 것이기 때문이다. 여기서 주목할 것은 모랄 탐구의 과정 속에서도 과학의 합리적 인간정신을 간직해두고자 했다는 것, 즉 '리얼리즘'을 존재의 핵심이자 문학적 배수진의 최후의 보루로서 지니고 있었다는 점일 것이다. 최종적으로 '관찰적인 것'은 '체험적인 것'이 양기(揚棄)된 것으로, 즉 변증법적으로 지양된 것으로서의 통일체이자 완미한 종합으로 김남천에게 인식된다. 주지하듯 변증법적 지양(止揚, Aufheben)의 개념에는 상승을 통한 '부정'과 '보존'이라는 양가적 의미가 포함돼 있다. 즉 "체험적인 것"이 언제나 "관찰적인 것" 속에서 "혈액의 한 덩어리"로 녹아들어 있을 것이라는 표현은 바로 이를 환기하는 것이다. 이제 김남천의 문학적 사유는 아이디얼리즘과 리얼리즘이라는 피상적 이분법과 표면적 대립구도에서도 벗어나 한층 원숙한 시선을 확보하게 된다. 그것은 해방기 혁명적 로맨티시즘을 계기로 하는 진보적 리얼리즘으로 구체화되기에 이른다.

한편 이는 임화의 비평적 사유가 「낭만적 정신의 현실적 구조」(1934), 「위대한 낭만적 정신」(1936), 「주체의 재건과 문학의 세계」(1937), 「사실주의의 재인식」(1937), 「현대문학의 정신적 기축−주체의 재건과 현실의 의의」(1938), 「사실의 재인식」(1938) 등에서 보인 낭만주의와 사실주의 사이에서의

---

28 김남천, 「체험적인 것과 관찰적인 것(발자크 연구 노트 4)−속·관찰문학소론」, 『인문평론』, 1940.5.

길항이 결국 <고차의 리얼리즘>으로 귀착된 것과도 비교가 필요할 것이다. 그것을 임화는 "객관적 인식에서 비롯하여 실천에 있어 자기를 증명하고 다시 객관적 현실 그것을 개변해가는 주체화의 대규모적 방법"[29]으로 정의하는데, 여기에서 가장 중요한 방점은 '주체화'라는 단어에 놓여있음을 알 수 있다. 그리고 그것은 창작주체의 주관적 구상력(構想力), 궁극적으로는 인간의 주관적 의지를 가리킴에 다른 것이 아니라는 점에서, 임화의 비평적 사유는 아이디얼리즘을 기반으로 한 리얼리즘과의 종합이었다는 점을 확인케 한다. 이와 같은 임화 사유의 추상적·관념적 성격은 김남천의 그것과는 근본적으로 다른 전혀 이질적인 것이었음을 다시금 상기할 필요가 있다고 본다.

1940년경을 전후로 일제말기에 접어들면서 김남천의 문학적 사유는 더 이상 진전을 보이지 못하고 기존의 인식을 되풀이하는 선에서 연장된다. 특히 1940년 11월, 「소설의 운명」을 기점으로 1942년 10월, 해방 전 마지막 글로서 「두 의사의 소설」을 쓰기까지는 낯 뜨거운 부일협력의 징후들을 암암리에 드러내게 된다. 이후 해방 전까지 그의 비평 텍스트들이 그 이전에 비해 그다지 깊은 감명을 주지 못하는 이유도 바로 거기에서 찾아져야 할 것이다. 이는 김남천이 이즈음 이른 바 '사실수리론'에 입각하여 객관적 사실로서 '신체제'를 얼마간 용인하지 않을 수 없었다는 점을 증명하는 것이다. 한편으로 그는 이와 같은 상황의 변화를 어느 선까지는 수용하는 모양새를 취하고는 있지만, 그렇다고 해서 완전한 자발적 친일에까지 타락하거나 최소한의 양심까지는 팔아넘기지 않는다. 그래서 이 시기의 텍스트들의 저변에는 미묘한 긴장감, 내면의 기예를 펼치는 곡예사의 아슬아슬함이 묻어난다. 그리고 이는 무엇보다 김남천 자신의 난처한 입장, 곤혹스런 표정을 대변하고

---

[29] 임화, 「사실주의의 재인식 - 새로운 문학적 탐구에 기(寄)하여」, 『동아일보』, 1937.10.8~10.14.

있다.

이 시기를 대표하는 「소설의 운명」은 시종일관 매우 장중한 톤과 어조를 유지하고 있어서 일견 종교적 색채까지를 풍기고 있다. 실제로 마지막에서는 예수의 승천과 재림의 장소인 "감람산"을 언급하고 있기도 하다. 문제는 그것이 곧이곧대로만 들리지 않는다는 점일 것이다. 많이는 헤겔 적게는 루카치의 논의에 기대면서 김남천은 장편소설을 부르주아 자본주의 시대, 시민사회의 서사시로 규정한다. 물론 이는 원환적 총체성이 지배했던 그리스 시대의 서사시를 염두에 둔 것이다. 이어 장르로서 소설의 운명을 결정할 방향으로서, 조이스로 대표되는 소설형식 붕괴의 방향과, 시민사회의 타락상으로서 "인식된 개인주의"(662쪽)의 모순을 그대로 묘사하는 고리끼의 방향을 통한 고대 서사시와의 형식적 접근과 복귀를 꼽는다. 아래 예문은 그 다음 대목이다.

전환기란 낡은 사회적 경제적 문화적 질서의 몰락을 의미하는 동시에, 그것과 대신할만한 새로운 질서의 계단으로 세계사가 비약하려는 것도 의미하는 시기였다 아메리카의 뉴딜, 이태리와 독일의 파시즘, 소련의 시험, 이러한 모든 것은 자본주의의 황혼에 처하여 각 민족이 새로운 역사의 계단으로 넘어서려는 간과치 못할 몸 자세(姿勢)라고 보지 않을 수 없다.(667쪽)// … 그러면 구체적으로 우리 소설이 위기를 극복하여 써 새로운 세계문화에 공헌할 길은 어디 있는 것일까. … 우리에게 가당하고 그리고 가능한 일은 개인주의가 남겨놓은 모든 부패한 잔재를 소탕하는 일이 아닐 수 없다. 왜곡된 인간성과 인간의식의 청소, - 이것을 통하여서만 종차로 우리는 완미한 인간성을 창조할 새로운 양식의 문학을 가질 수 있을 것이다. 그러나 피안(彼岸)에 대한 뚜렷한 구상을 가지고 있지 못한 우리가 무엇으로써 이것을 행할 수 있을 것인가. 작자의 사상이나 주관 여하에 불구하고 나타날 수 있는 단 하나의 길, 리얼리즘을 배우는 데 의하여서만 그것은 가능하리라고 나는 대답한다.(668쪽)// … 왕왕 리얼리즘엔 이상이 결여되었다고 말한다. 좋은 경고이다. 그러나 정당한 이론은 아니다. 문학이 이상을 가지는 길은 이상을 표방하는 데 열려있는 것이 아니라, 진실을 그리고 진리를 표상화하는 데 열려 있었다. 현실에 발을 붙이지 않은 어떠한 문학이 진실의 문을 두드릴 수 있을 것인가. 전환기를 감시하지 못하고, 시민사회가 남겨놓은 가지각색의 왜곡된 인간성과 인간의식과 인간생활에 눈을 가리면서 어떠한 천국의 문을 그는 두드리려 하는 것일까. 자기고발에 침잠했던 전환기의 일 작가가 안티테제로서 관찰문학을 가지려하였다고 하여도, 그가 상망(想望)코자 한 것은 의연히 소설의 운명을 지니고 감람산(橄欖山)으로 향하려는 것임에 다름은 없었던 것이다. 소설은 리얼리즘을 거쳐서만 자기의 위기를 극복할 수 있고, 나아가 전환기의 초극에도 공헌할 수 있을 것이다.(669-670쪽)[30]

예문의 요지는 '전환기'를 맞이하여 조선의 소설이 세계사에 기여할 수 있는 길을 찾아보자는 것이다. 그리고 그것은 "개인주의가 남겨놓은 모든 부패한 잔재를 소탕하는 일", 한마디로 "왜곡된 인간성과 인간의식의 청소"를 통해 가능할 것이라는 예견이다. 그것의 구체적인 방법은 오직 "리얼리즘"의 길로써만 가능하다고 김남천은 답한다. 다시 말해 전환기의 문학적 극복을 위한 도구로서 '리얼리즘'이 다시 호출되고 있는 것이다. 그리고 얼마간 그것은 리얼리즘의 변형과 왜곡을 수반하고 있다. 전집 '669쪽'부터 글의 마지막까지는 제법 감동적인 문구들로 채워져 있으나, 그것이 전환기의 문맥과 연결되면서 그 진정성은 현저히 감소하는 형편이다. 이때 리얼리즘이란 "전환기의 초극"을 위한 문학적 실천전략으로 모색되는 것이기 때문이다. 아직 여기까지에는 노골적인 친일의 민낯이 드리워져 있지는 않다. 그것은

---

30 김남천, 「소설의 운명」, 『인문평론』 제13호, 1940.11.

'전환기'의 구체적 개념이 명시되지 않은 채로이기 때문이다. 하지만 다음 예문에서는 김남천의 변명이 더 이상 통하지 않을 듯하다.

하여 신질서와 구질서 간에서 전환기를 이해하고 있다. 일찍이는 소화(昭和) 14년(1939) 2월, 조선일보 지상에서 서인식씨가 지나사변의 역사적 의의와 현대 일본의 세계사적 사명에 대해서 언급하면서, 「현대의 과제」라는 논문 중에서 그것을 동양의 서양에서의 해방과 캐피탈리즘의 지양으로써 이해하려고 하던 것을 본 것 같은 기억이 남아 있다.(680-681쪽)// … 이러한 서양의 지성들에 대항하여 동양의 지성들이 반성을 거쳐서 건설과 조직에 자(資)하려는 기도 밑에 비범한 노력을 보인 것은 이미 오래 전부터의 일이라고 생각되어진다. 최근 암파(岩波) 서점 『사상(思想)』지의 '동양과 서양' 특집호나 '구주문명의 장래' 특집호를 일독하여도 그러한 것을 규지할 수가 있었다. 그의 전형적인 것을 우리는 고산암남(高山岩男)씨의 『세계사의 이념』에서도 볼 수 있을까 한다. 씨는 우선 세계사의 기초 이념의 확립에 있어, 구라파의 사학이 건설한 일원사관의 거부를 선언한다. 다시 말하면 역사의 물줄기를 하나의 흐름으로 보는 서양사학의 문화적 신앙을 깨뜨려버리고, 세계의 역사를 다원사관에 있어서 보려고 한다. 그러므로 씨에 있어서는 동양은 서양의 뒷물을 따라오고 있는 것이 아니라, 동양은 동양 자체로 하나의 완결된 세계사를 가지고 있다고 이해한다. 이러한 다원사관의 입장에 서서 현대의 세계사의 문화이념을 세워보자는 것이다.(687-688쪽)// … 나는 「소설의 운명」의 졸고 중에서, 장편소설을 시민사회의 서사시라고 보면서, 시민사회의 발생과 발전과 쇠퇴(衰退)와 상응시켜서 장편소설의 발전의 제 계단을 더듬어 본 뒤에, 시민사회가 하나의 전환기를 맞이한 현대에 있어서는, 소설이 전환기의 극복과 피안의 구성에 참여할 수 있는 길은 오직 리얼리즘에 의해서만 열려질 수 있을 것이라고 결론하여 보았다. 생각건대 소설이 전환기의 극복에 참여하여 새로운 피안의 발견에 협력하여야 할 것임은 자명한 일이나, 문학이 이 길을 닦아나가는 걸음걸이는 다른 문화와 스스로 다를 것으로, 그것은 언제나 전환기가 내포하고 있는 가지각색의 생활감정의 관찰 속에서만 발전과 비약의 계기를 포착할 수 있을 것이기 때문이다. … 진지한 리얼리즘에 의하여서만 소설의 새로운 양식은 획득되어질 수 있을 것이며, 자유주의와 개인주의가 남겨놓은 부채한 개인의식과 왜곡된 인간성의 소탕을 거쳐서 완미(完美)한 인간성을 다시금 찾는 날도 맞이해 올 수가 있을 것이다.(688-689쪽)[31]

예문이 말하고 있는 바는 더 이상 은폐되어 있지 않아서 굳이 이를 풀어쓸 필요도 없겠지만, 가령 "소화(昭和) 14년"이라는 일본천황의 연호가 직접 등장하는 것을 정치적 압력의 강화의 표지로 읽을 수는 있을 것이다. 이어 "지나사변의 역사적 의의와 현대 일본의 세계사적 사명"을 "동양의 서양에서의 해방과 캐피탈리즘의 지양"으로 본 서인식의 논의를 끌어들인 의도도 명백해 보인다. 하물며 고산암남(高山岩男)의 『세계사의 이념』을 인용하며 "다원사관"을 바탕으로 동양 및 서양 세계사의 재구성을 언급할 때, 김남천의 내면이 어떠했을지는 족히 짐작되고도 남음이 있을 것이다. 나머지 뒷부분은 「소설의 운명」을 요약하는 내용으로, 여기까지 오게 되면 「소설의 운명」과 '전환기'의 부끄러운 유착관계가 낱낱이 드러나고 만다. 요컨대 그것은 '신체제' 하에 문학의 도구화, 곧 리얼리즘의 변질로서 친일매문의 길이었다.[32]

---

31 김남천, 「전환기와 작가―문단과 신체제」, 『조광』, 1941.1.
32 다음은 일제말기 김남천의 마지막 텍스트로서, 『매일신보』라는 발표지면이 그 내용을 규정하고 있음은 쉽게 파악된다. "그것은 이 소설을 짜내고 엮어내는 데 움직일 수 없는 기저가 된 것이 **나치스적인 정책적 관점**, 특히 영국에 대한 독일의 학문상 우월감과 인류적 정의관의 선양과 고취에 있다는 것을 알 수 있다. … 예컨대 영국인은 모두 이윤의 추구에만 급급하는 자본가 기업가이요, 독일인은 모두가 인류 구제와 학문의 연구에만 몰두하는 과학자 인도주의자다.(720-721쪽)// … 이리하여 필자는 지리한 해설 끝에 하나의 간단한 문학적

이후 1945년 8월 15일까지, 김남천의 비평은 사유의 정지기[33] 속에서 오랜

결론을 갖고자 한다. **애국사상, 애국심, 애국혼(기타 어떠한 관념이든 간)의 문학적 표현**(이
상, 강조는 인용자)의 성공률은 문학적 형식과 표현 양식의 순수도의 높이에 정비례한다는
초보적인 상식의 상기가 즉 이것이다. 다시 말하면 한가지로 센칭카와 카로사가 민족에
대한 극진한 사랑을 가졌는지 모르되 이국의 독자들이 느끼는 바는 「아니린」은 도저히
「의사 기온」의 류가 될 수는 없다. 그러므로 여기서도 다시금 문학의 문제에서는 무엇보다
도 형식이 사상을 결정한다는 상식이 되풀이되어야 하는 것이다."(725쪽)(김남천, 「두 의사
(醫師)의 소설 - 「아니린」과 「의사 기온」 독후감」, 『매일신보』, 1942.10.16~10.20.)

그러나 다행스러운 것은 김남천이 자신의 친일행적을 숨기거나 변명하려 들지는 않았다는
점이다. 그는 해방 후 이에 대한 엄중한 책임을 친일문인과 스스로에게 물어가며 성실한
자기비판과 자기반성을 촉구한다. 이는 어떤 면에서 채만식의 「민족의 죄인」(1948)에 견줄
만한 친일문제의 언급이자 자기반성의 기록이라 하겠다. 1946년 새해 첫날 발표된 다음
문장들을 본다. "말하자면 소극적인 최저저항선을 찾아서 우리는 일본 제국주의를 반대하
는 과감한 제일선에서 후퇴하고 만 것이다. 이리하여 8월 15일을 전(全)히 타력(他力)에
의하여 창황(蒼黃)히 맞이하게 된 것이다. 이러는 동안 문학자는 시민으로서 또 문학하는
사람으로서 시국에 협력하는 태도까지도 취하게 되는 과오를 범하였다.// 8월 15일 이후의
국내의 사태는 이러하였던 문학자의 앞에 광대(廣大)하고도 무거운 활동 무대와 투쟁 임무
를 부과하기에 이르렀다. ⋯ 그러므로 문학자는 그가 요청되는 여하한 임무 앞에서도 이를
기피하고 거부할 권리를 가지지 못하였다 할 것이다. 이리하여 자기비판을 거치지 못한
채 그것을 성실성 있게 성실되게 시행할 겨를도 없이 붓을 가다듬고 일선으로 나섰다. 이것
은 불가피한 일이었고 또 사태의 중대성에 조(照)하여 당연한 일이기도 하였다.// 그러나
여기에 의연(依然)히(전과 다름이 없이: 인용자) 간과치 못할 것은 과거의 신상(身上) 문제
에 대한 합리화를 거쳐서 발생하는 문학자의 비성실성의 문제다. 자기반성의 결여의 문제
다. 만약 이대로 방치해 둔다면 문학과 문학운동의 위에 다시 돌이킬 수 없는 커다란 비진
실성을 남긴 채 혁명적 양양의 물결 위에 안이하게 몸을 실음에 이를 것이다."(748-749쪽)
(김남천, 「문학자의 성실성 문제」, 『서울신문』, 1946.1.1.)

33 물론 김남천은 이를 '공백'으로 처리할 수는 없었다. 해방 이후 다음의 글에서 그 생각의
일단을 엿볼 수 있는데, 이를 통해서도 김남천이 현실과 대면하는 태도가 여실히 드러난다.
즉 그것은 일종의 '메마름을 견디는 힘'으로서 그것이 실존적인 것이든 역사적인 것이든,
주어진 어떠한 '현실'에서라도 눈감지 않으려는 자세이다. 그것은 암흑까지도 견뎌내는 충
실성의 힘, 어둠을 응시하는 힘으로서 자신의 시야를 끝까지 포기하지 않으려는 자의 것이
다. 해방 이후 창작의 부진의 원인을 짚어가며 김남천은 말한다. "작가들은 8·15이전의
암흑기를 문학자적 성실성에 의하여 살아왔다는 아무러한 증거도 제시하지 못하고 있다.
⋯ 암흑기에 있어서의 침묵이 이런 의미에서 일종의 사색의 정지로 결과했다는 것은 당연
스러운 일일지 알 수 없다. 그러나 문제는 한 사람의 조선의 지식인으로서 이 시기를
얼마나 심화된 체험의 정신을 가지고 살아왔는가 하는 데 있는 것 같다.(790쪽) ⋯ 우리는

침묵을 거듭한다.

해방 이후 자주 눈에 띄는 단어는 무엇보다 '인민(people)'이라는 기표다.[34] 김남천은 역사인식의 중요성을 역설하며 "국수주의적인 조선역사가 아니고 실로 인민적인 인민의 역사를 짜는 사업"(736쪽)[35]을 역사학계에 당부하기도 한다. 아울러 조선 장편소설의 진로와 방향으로서 "인민의 역사"를 언급한다. 인민의 '착취'와 '해방'과 '수난'의 역사를 장편소설로 완성해야 한다는 것이다. 예를 들어 「건국과 문화건설-해방과 문화건설」(1945)에서도 '인민'이라는 단어는 수차례 반복되며 누차 강조된다. 계속되는 요지는 조선문화 건설사업의 기본성격으로서, 민족적 '형식'에 국제주의적·인민적 '내용'의 민족문화를 창조할 것을 주문하고 있다. 여기 '인민'의 쓰임새는 뒷부분에서 보완하기로 하고, 이상의 맥락과 함께 해방기 김남천이 다시 들고 나온 테제는 '진보적 리얼리즘'이었다는 것을 기억해두자. 해방이전의 리얼리즘에 '진보적'이라는 수식어가 덧붙여진 것이다. 그것이 의미하는 바를 지금부터 고찰하기로 한다.

이러한 리얼리즘이 현실적으로 진보적 리얼리즘이어야 하는 까닭은 어디에 있으며 또 그것이 혁명적 로맨티시즘을 계기로서 내포하지 않으면 안 되는 까닭은 어디에 있는 것일까. 그것은 첫째로 우리가 거족적으로 총역량을 집결해서 싸우고 승리적으로 해결해야 할 민족적 역사적 과제가 진보적 민주주의의 건설이라는 데 있지 않으면 안 되겠다. 다시 말하면 현재의 조선혁명의

<hr>

붓을 가지고 현실을 재구성하는 어려운 사업의 담당자로서 암흑기가 우리 정신생활 위에 아무러한 플러스도 남겨주지 못하는 공백기간이라고는 믿고 싶지가 않은 것이다."(792쪽) (김남천, 「창조적 사업의 전진을 위하여-해방후의 창작계」, 『문학』 창간호, 1946.7.)

34   이에 관한 최근 유럽의 사유로서 다음 책을 참고할 수 있다. 알랭 바디우 외, 『인민이란 무엇인가』, 서용순 외 역, 현실문화, 2014.

35   김남천, 「문학의 교육적 임무」, 『문화전선』 1호, 1945.11.

성질이 진보적 민주주의 혁명의 단계라는 데서 오는 것이 아니면 안되겠다. … 둘째로 그것은 과학적 유물론, 더 명확하게는 유물변증법과 맞붙는 리얼리즘이 아니면 안되겠다. … 우리는 현실을 유동성과 발전성에 있어서 파악하는 과학적 유물론의 무장 없이 진정한 진보적 리얼리즘을 이해할 수 없다고 생각한다.// 셋째로 그것이 혁명적 로맨티시즘을 커다란 계기로 하여야 하는 이유는 무엇일까. 도대체 로맨티시즘의 토대가 되는 것은 현실에 만족하지 않고 명일과 미래에로의 부단한 전진, 다시 말하면 현실적인 몽상, 미래를 위한 의지, 가능을 위한 치열한 꿈 등인 것인데 … 현재의 민족적 과제야말로 이것을 위하여 싸우는 민족의 거대한 꿈과 영웅적인 정신과 함께 정히 민족의 위대한 로맨티시즘이 아닐 수 없기 때문이다.// 그러므로 한마디로 말하여 혁명적 로맨티시즘을 계기로 내포한 진보적 리얼리즘이란 하나의 종합적인 스타일을 갖추는 민족문학 수립의 커다란 기본적 창작태도라 말할 수 있을 것이다.(760~761쪽)[36]

김남천의 설명을 따라 해방기의 리얼리즘이 진보적 리얼리즘이어야 하는 이유는 다음과 같다. 먼저 그것은 조선혁명의 현 단계가 진보적 민주주의 혁명의 단계라는 인식에서 나온다. 보다 정확하게는 "부르주아 민주주의 혁명"(799쪽)[37]의 단계라는 것이다. 다음으로 그것은 변증법적 유물론과 결합된 것으로서 사적 유물론의 입장을 지향하기 때문이라는 것이다. 끝으로 그것이 '혁명적 로맨티시즘'을 계기로 하는 이유는, "현재의 민족적 과제"가 미래에의 "꿈"과 그 실현을 위한 "영웅적 정신"을 정신적 동력으로 삼고 있기 때문이라는 것이다. 결론적으로 진보적 리얼리즘이란 "혁명적 로맨티시즘을 계

---

36   김남천, 「새로운 창작방법에 관하여」, 『중앙신문』, 1946.2.13~2.16.
37   김남천, 「민족문화 건설의 태도 정비」, 『신천지』, 1946.8.

기로 내포한 종합적 스타일"로서 민족문학 수립의 기본적 창작태도라는 것이 김남천의 논리이다. 이에 대해서는 별반 이견이 없을 만한 타당하고 설득력 있는 논리로 보인다. 그리고 해방이전 고수했던 리얼리즘의 관점과도 큰 차이를 발견하기는 어렵다. 다만 해방기라는 역사적 상황에서 구체적으로 명명된 것이 '진보적 리얼리즘'이란 사실만 유념해두기로 하자. 그것은 다른 무엇보다 '역사적' 테제로서 제출된 것이며 해방기의 정치적·문학적 열망을 고스란히 반영한 것이었다. 하지만 이러한 희망과 기대는 그리 오래 지속되지 못했다. 미군정이 일본제국주의를 완벽하게 대체했기 때문이었다. 그것은 김남천의 텍스트에서 일제 강점기의 '재생'과 '재현' 등으로 묘사됐는데, 당시 미군정하 남조선의 문화적 위기와 반동적·식민지적 상황은 「문화 정책의 동향」(1947)[38]과, 특히 「남조선의 현정세와 문화예술의 위기」(1947)[39]에 그대로 담겨졌다. 특히 후자는 당시 김남천을 위시한 지식인들의 위기감을 호소력 짙은 경어체의 문장으로 매우 절박하며 상세하게 기록하고 있다. 이제 본론의 마지막 순서로서 해방기의 실질적인 마지막 텍스트를 살피고자 한다. 에둘러 말해 그것은 김남천의 비평적 사유의 최종결산이며 집대성이자 총화(總和)로서의 지위를 갖는다. 그것은 직접적으로는 1946년 9월 24일부터 3개월여 지속된 역사적 사건으로서, <10월 인민항쟁>을 모티프로 하고 있다.[40]

---

38 김남천, 「문화 정책의 동향―흥행 문제에 관한 고시(告示)를 보고」, 『문학평론』 3호, 1947. 4.

39 김남천, 「남조선의 현정세와 문화예술의 위기」, 『문학』 3호, 1947.4.

40 실제로 김남천은 이를 형상화한 소설 『시월(十月)』을 『광명일보』에 1947년 7월 1일부터 8월 14일까지 연재하였으나 해당 신문의 휴간으로 중단되었다. 연재를 앞둔 6월 27일 『광명일보』 기사에는 이에 대한 「작가의 말」이 게재되기도 했다. 이후 『광명일보』는 『제일신문』으로 제목을 바꾸고 복간되었지만 이후 『시월(十月)』은 끝내 연재되지 않았다. 이에 관해서는 김남천의 『1945년 8·15』(작가들, 2007)에 <해설>로 수록된 글, 이희환, 「8·15해방과 좌·우·중간파의 장편소설―김남천 장편 『1945년 8·15』의 역사적 의미」에 그 과정이 설명되어 있다.

그러므로 1946년 9월 24일에서 시작된 이른 바 10월 인민항쟁을 창조적 대상으로 할 때엔 ⋯ 대체로 10월 인민항쟁에 대한 견해는 두 개로 개괄해버려도 좋지 않을까 하는 생각을 나는 가지고 있다. 아니 본질적으로 확실히 두 개의, 그리고 두 개만의 대립된 견해가 존재해 있고 또 존재할 수 있다고 확언해도 좋지 않을까 생각한다. 실로 이러한 모든 견해는 인민이 역사 위에서 노는 역할과 인민의 행동과 그 역량과 역사적 임무에 대해서 전혀 그릇된 평가를 가지고 있던가 또는 온전한 무시와 부정 위에 그들의 견해를 세우고 있다는 점에서 본질적으로는 아무런 차이가 없는 때문이다. 일부 소수 악질분자의 선동설도 인민과 인민의 힘과 인민의 역사적 사명에 대해서 아무런 관심도 가지고 있지 못하다는 것을 여실히 폭로하였고 ⋯ 다른 또 하나는 말할 것도 없이 이것을 인민자신의 항쟁이라고 규정하는 전혀 대척적인 견해이다.(841-842쪽)// ⋯ 요컨대 사회적 발전의 원동력을 광범한 대중 속에서 보지 못하고 계급투쟁의 역사적 성격을 바르게 평가하지 못하는 반면, 윤리적이요 주관적이요 양심적인 것 가운데 그 출구를 구하려는 모든 사상이 결과에 있어서는 부르주아지의 견지에 서게 된다는 것은 언제나 교훈적이 되는 것이다. 인민항쟁에 있어 인민의 힘을 그리고 그의 역사적 사명을 정당히 인식치 못하는 일체의 인민 과소평가의 도배(徒輩)들이 궁극에 있어 인민의 편에서가 아니라 그의 적의 이익을 위하여 지껄이고 있는 사실은, 마르크스와 엥겔스의 남겨놓은 교훈에 있어 일층 그 본질을 명료하게 하는 바 없지 않다 할 것이다.(847쪽)// ⋯ 계급투쟁의 객관적 진향을 최대한도로 왜곡하는 주관주의적 이상화의 방법으로가 아니라 머릿속에서 제멋대로 날조된 사건에서가 아니라 현실의 원동력과 역사적, 계급적 충돌과를 해명할 수 있는 광범한 민중의 역사적 투쟁을 표현할 수 있는 그러한 방법을 요구하고 있는 것이다. 이것을 마르크스와 엥겔스는 '실러적 방법'에 대립되는 것으로 특히 '셰익스피어적 방법'이라고 호칭하고 있거니와 우리가 일찍이 창작방법 논의에서 본 바 '리얼리즘'의 방법이란 곧 이것을 말하는 것이었다. 그리고 이것은 인민에 대한, 계급투쟁에 대한, 마르크스와 엥겔스의 정치적·역사적 평가와 상응해 있는 것이다. 인민항쟁은 인민이 그 자신의 자유와 생존을 위하여 전개하는, 반동 지주와 친일재벌과 국제반동의 연합세력에 대한 항쟁인 것이오, 이의 창조적 인 묘사는 추상적인, 주관적인 일체의 기만적 교설을 박탈하는 강력한 리얼리 즘에 의하여서만 가능할 것이다.(848-849쪽)

이 글은 여러모로 매우 흥미로운 텍스트이다. 우선적으로 그것은 작가로서 김남천 자신의 '창작노트'로서의 성격을 갖는다. 이 글은 소위 '이도류(二刀 流)', 즉 <작가-비평가>로서의 그의 문학적 자의식이 짙게 배어있다.[41] 즉

---

[41] 이에 대해서는 다음 글들을 참고할 수 있으며 이에 대한 주석은 추후로 미뤄두고자 한다. "누군가는 나를 가리켜 '검술로 이를테면 이도류(二刀流)'라고 말한 적이 있었다. 이만만 해두고 말았으면 괜찮았겠는데 박태원군이 설명을 붙여서 '남천은 남의 작품을 디리 갈길 때면 비평가의 입장, 제 작품 욕한 놈 반격할 때엔 작가의 입장' 이래서 이중 악덕가요 이도류라는 말의 내용이 명백해졌다.(463쪽) … 지론이란 별것이 아니다. 창작논쟁엔 작가 가 참여함이 필요하다는 오래전부터의 전통이 나에게 남아있는 때문이고, 또 문화인의 자 격으로서 문화사상 전반에 대하여 충분한 관심과 적극적인 정신적(挺身的: 앞장서 나가는, 인용자) 태도를 취함이 떳떳하다는 생각과, 작가란 본래 비평가만 못지 않게 분석의 정신과 비판의 정신을 날카롭게 갖고 있어야 한다는 생각이 있는 때문이다."(464-465쪽)(김남천, 「작가의 정조(貞操)-비평가의 생리를 살펴보자」, 『조선문학』, 1939.1.); "비평가 쳐놓고 내 작품처럼 비평하기 쉬운 것은 없을 것이다. 내가 쓰는 평론이라는 것을 읽는 이는 그 평론 이라는 것이 대부분 문학적 주장이나 창작상 고백인 때문에 작품을 보는 데 여러 가지로 참고가 될 것이라고 나는 생각하고 있다. 주장하는 것과 떠나서 내가 작품을 제작한 적은 거의 한 번도 없었고 또 나의 주장이나 고백을 가지고 설명하지 못할 작품을 써 본 적도 퍽 드물다. 그러므로 나의 주장하는 바가 어느 정도로 작품으로서 구상화되었는가 하는 부면(部面)을 검토하는 것도 비평가로서는 하나의 일거리가 될 수 있을 것이요, 대체 그 주장하는 것 자체가 어는 정도롤 현대문학의 중심문제일 수 있는가 하는 것을 나의 실험된 작품의 성과를 보면서 분석해보는 것도 비평가들이 할 수 있는 일일 것이다.// 나의 우인(友 人) 비평가들이나 평론가들이 이상과 같은 관점에서 나의 작품을 검토하는 것을 나는 흔히 보아왔고 또 그렇게 해주는 것이 나 자신의 본의에도 적합하다는 것이 미상불 사실이었 다.// 이러한 사정은 작가인 나에게는 반갑기도 한 일이나 섭섭키도 할 일이고 또 이롭기도 하나 해롭기도 한 결과를 낳는다는 것을 나는 잘 알고 있다. … 평론이나 비평을 하는 한편,

현실을 어떻게 볼 것인가라는 '인식'의 문제로부터 출발하는 <역사적 사건의 예술적 형상화>의 문제이다. 그것은 보다 일반적인 개념적 표현으로는 세계관과 창작방법의 문제라 할 것이다. 결론을 앞서 말한다면 그것은 '민중적 관점'과 '리얼리즘의 방법'의 결합으로 얘기할 수 있겠고, 이를 더 축약한다면 그것은 <진보적 리얼리즘>이라는 보다 간명한 표현을 얻게 될 것이다. 또 이를 다른 말로 푼다면 그것은 내용과 형식이라는 한층 진부한 어휘를 동원하게 될 것이다. 그것이 무엇이 됐든 이 글이 지닌 독자성은 세계관과 창작방법을 더 이상 이론이 아닌, 라쌀레의 작품 『지킹엔』에 관한 대립적 견해들을 통해, 그리고 다시 그것을 1946년 10월 인민항쟁이라는 해방기 조선의 구체적인 역사적 실례를 통해서 설명하고 논증하고 있다는 데 기인하는 것이다. 이 글의 배경에는 라쌀레의 작품 『지킹엔』을 둘러싼 논쟁으로서 라쌀레 자신과 마르크스-엥겔스의 유명한 1859년의 편지 글들이 자리하고 있다. 김남천은 묻는다. "역사적 관점과 정치적 견해는 창조적 실천에 있어서 필연적으로 어떠한 미학상 관념을 결과하게 되는 것일까?"(843쪽) 그리고 엥겔스의 견해를 따라, 라쌀레가 "객관적, 계급적 제 조건으로부터 출발"하고 있는 것이 아니라, 주인공의 대화를 통한 "주관적·추상적 사상"으로부터 출발하고 있다고 평가한다. 그것은 리얼리즘과는 대척점에 있는 아이디얼리즘에 귀속되는 관점이다. 또한 그가 혁명의 모든 문제를 "프롤레타리아의 견해로서가 아니라 부르주아지의 견지에서 설정"하고 있다고 간주한다. 따라서 라쌀레는 그 본질에 있어서는 "인민항쟁을 팔아넘"긴 것과 진배없다고 몰아세운다. 한마디로 그는 역사를 민중의 관점에서 파악하지 못한 것이다. 이에 반해 마르크스-엥겔스는 철저히 민중적 관점에서, 그리고 리얼리즘의

작품도 쓰는, 이른 바 '양도류(兩刀流)'의 곤란한 이해타산이 여기에 있다."(511-512쪽)(김남천, 「양도류(兩刀流)의 도량(道場)」, 『조광』, 1939.7.)

방법으로써 이를 관철시킬 것을 주장했던 것이다. 그러므로 그것은 민중적 관점과 리얼리즘의 결합으로서 규정되며 해명되는 것이다. 아울러 리얼리즘 이라는 창작방법은 "인민에 대한, 계급투쟁에 대한, 마르크스와 엥겔스의 정치적·역사적 평가와 상응해" 있다는 점이다. 결론적으로 그것은 "인민과 인민의 힘과 인민의 역사적 사명"에 대한 정당한 인식과 함께 "추상적인, 주관적인 일체의 기만적 교설을 박탈하는 강력한 리얼리즘"에 의해서만 비로소 가능해질 것이다. 덧붙여 해방기 김남천이 주장한 '진보적 리얼리즘'의 의의 또한 실로 거기에 있다 할 것이다. 하여 이곳에 이르러 "역사적 전환기－ 낡은 것과 새로운 것의 격렬한 싸움의 시기"(842쪽)의 치욕스런 이름은 드디어 온전하며 명실상부한 제 명명을 되찾는다.

한편 해방기 진보적 리얼리즘의 의의는 '진보적'이라는 수식어의 구체적 의미가 해명돼야 비로소 그 실체가 드러날 것으로 생각한다. 그리고 이는 과거 카프문학에 대한 김남천 자신의 평가와도 깊이 연관된다. 사실 '진보적' 이라는 어사는 매우 포괄적이고 추상적인 말이어서 이를 통해 김남천이 지시 하고자 했던 내용이 구체적으로 드러나 있지는 않다. 다만 '인민'이라는 기표, 그리고 이에 따른 민중적 관점이라는 것의 세부적 함의를 밝혀야 그 실상이 모습을 드러낼 것이다. 먼저 그것은 프롤레타리아 계급의 지위 혹은 카프문학의 역사적 의미에 대한 상대적 평가 및 제한적 부정과 연동된 것이 라 할 것이다. 김남천은 조선문학의 재건(再建)』(1946)[42]에서 카프문학에 대한 역사적 평가를 시도하는데 이는 비교적 간단치 않은 맥락을 포함하고 있다. 그것은 일종의 어떤 중립적 입장으로서 사실상 긍정도 부정도 아닌 <제한적 부정>으로서의 성격과 효과를 지니고 있는 것으로 판단된다. 이는 상당히

---

[42] 김남천, 「조선문학의 재건(再建)－민족문학의 표어(標語)에 관한 성찰」, 『민성(民聲)』 6호, 1946.4.

중요한 뜻을 내포하는 것인데, 프로문학이 표방했던 계급이념이라는, 어떤 면에서는 거의 치명적인 판단과 해석과 직결되는 것이기 때문이다. 해방기 계급문학을 기치로 한 문학적 동향과 집단적 움직임들에 대해 김남천은 의외로 꽤 부정적인 평가로 일관하고 있다. 일차적으로 그것은 해방기 조선의 사회구성체에 대한 규정에서 근본적으로 김남천은 그들과 입장을 달리 했기 때문으로 보인다. 김남천은 그것을 '부르주아 민주주의 혁명'의 단계로 규정한다. 따라서 이때 혁명의 전위로서 프롤레타리아 계급의 영도성은 제한적 의미만을 갖게 된다.[43] 동시에 일제 강점기 변혁의 구상에서 배제됐던 계급으로서 민족 부르주아지는 그 진보적 역할의 가능성을 부여받게 된다. 물론 이후 미군정 하에서 부르주아지 계급은 그 반동적 성격을 즉각 드러내고 말았지만 해방직후 사회구성체의 규정과 이에 따른 변혁의 구상에 있어 담당 주체의 범주와 스펙트럼은 상당히 광범위하게 확장되고 있었던 것이다. 아울러 진보적 세계관을 담지할 '인민'의 범위 역시 정의되어야 할 것이다. 기본적으로 그것은 노동자·농민 등 직접적 피지배계급뿐 아니라 학생을 포함한 양심적 소시민 계층을 두루 아우르는 것이다. 그들은 "민중의 기본적 생활의 욕구"(772쪽)를 반영한 존재로서 규정된다.

이와 같은 맥락에서 김남천은 카프 시기의 "프롤레타리아문학의 표어는 반(反)일본제국주의와 반(反)봉건성을 기본 임무"로 했던 당대 "민족문학의 구체적인 표어"였다고 규정한다. 이는 어떤 면에서 상당히 이외라 봐야 할

---

43 다음과 같은 대목은 이러한 김남천의 입장을 분명히 드러낸다. "물론 금일에 있어도 민족문학 수립의 영도권은 프롤레타리아트에 있다. 그것이 곧 프롤레타리아 혁명이 아니듯이 민족문학의 수립의 영도자가 프롤레타리아트로되 그것이 곧 프롤레타리아문학은 아닌 것이다. 그것은 또한 민족문학의 수립에 있으되 민족주의적인 혹은 민족주의자의 문학은 아닌 것이요, 더구나 일부 민족 재벌의 문학은 더욱 아닌 것이다. 그것은 어디까지나 민족의 해방과 국가의 완전독립과 토지문제의 평민적 해결의 기초 위에서 통일된 민주주의적 민족문학이어야 하는 것이다."(773-774쪽)

것이다. 다시 말해 카프문학이 내걸었던 '계급' 문학으로서의 위상과 그 이념의 역사적 정당성을 전적으로 인정하는 것이 아니기 때문이다. 그는 당시의 프로문학의 의의를 계급 이념의 정당성에서가 아닌 <민족문학>으로서의 그 역사적 위상과 성격에서 도출하고 있는 것이다. 이는 얼핏 그가 마르크스주의의 이념과 계급투쟁의 당위성을 <부정(否定)>하는 것으로도 비칠 수 있다. 따라서 이는 매우 신중한 판단과 엄격한 해석이 따라야 하는 것이다. 그럼 이 위험할 수 있는 추론의 나머지를 마저 진행해보기로 하자. 김남천은 "1925년 결성 이래의 조선프롤레타리아예술동맹(약칭 카프)의 일제하의 투쟁을 어떻게 평가하느냐, 하나의 과오와 편향만의 역사냐 아니냐에 대한 역사적 과학적 평가"(766쪽)가 필요하다면서, "카프의 결성과 그 운동"을 "일률(一律)로 극좌적 과오의 역사라고 단안(斷案)하는 자를 가리켜 역사적 평가에 있어 구체성을 망각한 기계주의자라고 반대하는 바"라고 분명히 밝힌다. 이후부터는 논리가 다소 꼬여있어서 그 의미가 명료하게 이해되지는 않는다. 즉 이와 같은 부당한 평가에는 "8월 15일이라고 하는 중대한 혁명적 계기가 정당히 평가되어 있지 않은 까닭"이라고 말하고 있기 때문이다. 이 말의 핵심적 의미는 "반일(反日)문학이라는 면이 그 비중에 있어 확실히 달라진 것"이라는 부분 속에 있어 보인다. 그렇다면 카프문학의 역사적 정당성은 반일문학에, 즉 항일 민족문학으로서의 성격에 있다는 말이 되는 것이다. 따라서 이 말의 함의는, 계급문학으로서의 카프문학의 역사적 정당성은 부분적으로 부정된다는 것이 아닐 수 없다. 카프문학의 슬로건은 '민족모순'이 아닌 '계급모순'을 토대로 제출된 것이기 때문이다. 카프문학을 "민족문학의 구체적인 표어"로서 규정하고 있는 김남천의 논리의 배면에는 바로 이러한 점이 가리어져 있는 것이다. 그리고 이를 직접적인 언표로서(써) 구체화하는 데는 김남천 자신도 얼마간 망설이고 주저하는 형편이어서 그 미묘한 긴장감이 약간의 논리적 균열로서 나타나고 있는 것이 아닐까 한다. 결론적으로 해방기 '진보적' 리얼리즘이라는 명제 속에는, '계급문학'에 대한 <제한적 부정>과 함께 일종의 그것의 지양으로서 전면화되고 있는 <민족문학>으로의, 보다 정확히는 변혁의 주체의 범주의 확산을 통한 개념의 확대와 확장이라는 숨은 뜻이 담겨져 있다는 점을 명확히 할 필요가 있는 것이다.

3. 마르크스주의 비평으로서 김남천 비평의 위상

먼저 지금까지의 논의를 간략히 정리하기로 한다. 김남천에게 있어 칸트의 '경쾌한 비둘기'는 하나의 중핵적 기표로서 그의 비평적 사유의 원천이자 논리적 준거점으로 이해할 수 있다. 김남천은 카프해산을 기점으로 이에 대한 해석의 방점을 옮겨간 것으로 보이며 이는 그의 내적 동기와도 깊이 결부된 것이었다. 아울러 이는 카프비평사의 성패를 가늠하는 거시적 지표로서도 기능할 수 있다고 판단된다. 김남천의 비평을 해명하는 열쇠이자 가장 적합한 단어는 '리얼리즘'이라 해야 온당할 것이다. 그의 비평세계는 궁극적으로 '리얼리즘'에 이르는 도정이라 명명할 수 있으며, '리얼리즘'이라는 기표는 그 역사적 전개를 따라 의미의 분화과정을 겪는다. 최종적으로 그것이 도달한 지점은 해방기 진보적 리얼리즘으로서 그 범주 및 개념이 한층 확산되고 또한 심화된 것이었다.

20세기 전반기 비평사에서 마르크스주의 비평의 진경(眞景/進境)을 보여준 공로는 마땅히 김남천에게로 돌아가야 한다고 나는 생각한다. 그 이유를 아래에서 밝히고자 한다. 이는 김남천 비평이 여러모로 잘못 이해되거나 왜곡돼온 그간의 사정과도 무관하지 않을 것이다. 마르크스의 과학적 방법론은 <추상에서 구체로 진입>하는 것이다.[44] 달리 말해 구체에서 추상으로 향하거나(전자), 추상에서 구체로 '상승'하는(후자: 헤겔의 『정신현상학』의 방법론) 것이 아니다. 마르크스의 원전 해석에 있어 전자나 후자로 곡해되는 경우가 적지 않은데, 그 사유의 집대성이자 대표작『자본』의 체계를 살핀다면 이는 선명하게 드러나는 점이다.『자본』1권이 잉여가치의 '생산' 과정을 다룬다면 2권은 자본의 순환과 '유통' 과정을 다룬다. 3권은 잉여가치의 현상 형태인 이윤, 이자, 지대를 중심으로 다룬다.『자본』의 핵심논리가 잉여가치의 생산에 있으므로 1권은 그 추상적 <원리론>에 해당한다 할 수 있다. 또한 '유통'의 과정은 '생산'이라는 본질적 계기가 실현되는 구체적 양상들로 간주할 수 있다. 덧붙여 '생산'과 '유통'이라는 자본의 총순환과정이 전도된 외양이자 일종의 이데올로기로서 현상하는 것이 각각 이윤, 이자, 지대라 할 것이다. 따라서 1, 2, 3권의 논리 전개의 방향은 명백히 추상에서 구체로 향해 있는 것이다. 아울러 마르크스는 구체적인 것의 추상으로서, 어떤 '원리' 같은 것이 별도로 존재하는 것으로 생각하지도 않았다. 현상을 떠난 본질은 있을 수 없으며 현상은 결코 주관적인 것이 아니라는 그의 지적은 이를 잘 뒷받침해준다.

이와 같은 점들을 참고할 때 김남천 비평의 사유 전개과정이 마르크스의 그것과 상당히 닮아있음을 확인할 수 있다. 그가 '진공 중의 비둘기'에서 '공중의 비둘기'로 사유의 방점을 이동해간 것은, 그의 비평세계가 추상에서 구체로 옮아갔음을 말해주는 단적인 증거일 것이다. 그것은 추상적 관념체계로서 카프의 역사적 실패와 공속관계를 이룬다. 또한 일련의 주체화 논제들 역시 보편적·추상적 원리로부터 경험의 물질성, 삶의 구체성을 복원하려는 시도로 읽을 수 있을 것이다. 한편으로 풍속론에서 언급되는 '인물로 된 이

44　Karl Marx, *Outlines of the Critique of Political Economy; Marx-Engels Collected Works(MECW)* Vol. 28, Trans. by Ernst Wangermann, London: Lawrence & Wishart, 1986, pp.37-39; 칼 마르크스, 「정치경제학의 방법」,『정치경제학 비판 요강』, 김호균 역, 백의, 2000, 70-72쪽.

데'라는 개념은 추상에서 구체로 향하는 김남천의 일관된 입장과 함께, 현상 분석을 통해 본질에 육박하려는 그의 태도가 그대로 반영된 것으로 평가할 수 있다. 해방기 '진보적 리얼리즘'의 구상과 관련하여 카프의 문학사적 평가에 있어, 일종의 <제한적 부정>의 태도를 표명한 것도 이와 관련된다 할 것이다. 카프가 지향했던 이념 형태는 식민지조선에 뿌리박은 '현실형'이 아닌 가상의 '관념형'에 가까운 것이었기 때문이다.[45] 끝으로 리얼리즘에 관한 김남천의 문학적 사유가 집대성된 글,「대중투쟁과 창조적 실천의 문제」에서 더 이상 외국이론의 사변적 검토가 아닌 당대의 구체적인 역사적 사건으로서 '10월 인민항쟁'을 모티프로 삼고 있다는 점 역시 특기할 만하다.

이상의 논점들을 모두 관통하는 최후의 명제로서 사유형태로서의 유물론을 검토한다. 유물론자로서 마르크스가 궁극적으로 도달하고자 했던 지점은 역사적 유물론의 구성이었다. 그리고 그것은 인간적 의지의 개입이나 주관의 인식작용과는 무관하게 객관 법칙과 내적 필연성에 따라 움직이는 인류의 보편사의 전개였다. 『1844년의 경제학─철학 수고』에서 "역사는 인간의 진정한 자연사이다(History is the true natural history of man)"라고 갈파했던 마르크스의 진의는 바로 여기에 있다. 그런 점에서 현실의 '객관적 존재'보다는 인간의 '주관적 의지'에 더 많이 의거했던 박영희(목적의식)나 임화(낭만정신)는 본래적 의미의 유물론자라 부르기에는 어려운 측면들이 있다. 가령 임화

---

45 한국 공산주의 운동사상 가장 중요한 문건의 하나로, 1928년 12월 10일 코민테른이 채택한 <12월 테제: 조선문제에 대한 코민테른 집행위원회의 결의(조선농민 및 노동자의 임무에 관한 결의)>를 꼽을 수 있는데, 여기에서도 "조선에서의 혁명은 토지혁명이 되어야만 한다. 이처럼 제국주의의 타도와 토지문제의 해결은, 그 발전의 첫 번째 단계로서 조선혁명이 지니는 주요한 객관적·역사적 실질이다. 이 의미에서 조선혁명은 부르주아 민주주의 혁명이 될 것이다."라고 밝히고 있는 것을 감안하면 역사의 아이러니가 아닐 수 없다.(<12월 테제>는 임영태 편,『식민지시대 한국사회와 운동』(사계절, 1985)에 수록돼 있으며, 서대숙의 영역본도 함께 참고할 수 있다.)

가 「신문학사의 방법」(1940)에서 목표로 삼고 있는 것은 '보편적 정신사'의 기술이며 이는 헤겔의 객관적 관념론과도 상통하는 것이라 하겠다. 그런 맥락에서 박영희와 임화는 <형이상학적 유물론>(마르크스가 『독일 이데올로기』에서 비판한 바 있는)의 사유형태를 지닌 것으로 판단할 수 있다. 반면 김남천이 리얼리즘의 최종형로 제시한 '관찰문학', 지속적으로 강조했던 발자크의 '리얼리즘의 승리' 개념 등은 작가의 주관을 가능한 최소화하여 객관세계에 종속시키려는 시도라는 점에서, 유물론자로서 마르크스의 입장에 보다 근사한 태도라 여길 수 있을 법하다. 마르크스의 유물론적 입장 역시 하나의 관념형태임을 부인할 수 없으며, 창작주체로서 작가의 구성의지를 배제하는 것 또한 마찬가지로 원천적으로 불가능한 것이겠지만, 김남천이 진정한 리얼리스트 작가가 견지할 유일한 자세로서 '몰아성(沒我性)'을 지목한 것은, 다름 아닌 <신체의 강렬도=0> 상태로서 텅 빈 주체, 마치 남을 위해 기꺼이 제 몸을 내어주는 무당과도 진배없는, 참된 시인의 길을 넌지시 암시하고 있는 것은 아닐까 한다. 하여 김남천의 비평 텍스트는 여전한 호소력을 지닌 문학적 전통으로서 풍부한 해석가능성을 열어놓은 채 역사적 현재의 부름을 기다리고 있다.

안막의 리얼리즘론과 비평적 위상

1. 들어가는 말

안막(安漠, 1910~1958?)은 김남천, 임화 등과 함께 1930년 카프의 제2차 방향전환을 주도했던 인물의 하나로, 카프 1세대 비평가인 박영희, 김기진의 논의를 비판적으로 극복하고자 노력하였다. 주지하듯 이론비평과 실제비평의 종합으로서 기술비평의 일종인 창작방법론은 카프비평사에서 하나의 중핵적인 자리를 점유한다. 또한 그 논의의 초점이 리얼리즘론으로 수렴되고 있다는 점은 널리 알려진 바와 같다. 한편 카프의 리얼리즘론의 전개과정과 그 전후 맥락을 고려할 때, 안막의 논의가 차지하는 위상이나 중요성은 재고될 여지가 있는 것으로 보인다. 선행 연구들의 정리에 따르면, 카프의 리얼리즘 관련 논의는 김기진의 '변증적 사실주의'를 기점으로 안막의 '프롤레타리아 리얼리즘'으로 발전되었으며, 신석초의 '유물변증법적 창작방법론'으로 이어졌다. 그리고 카프 해산기를 전후로 한 '사회주의 리얼리즘' 논의로 귀결되는 양상을 보였다는 것이 대체적인 평가라 하겠다. 가령 김기진의 변증적 사실주의는 "우리 비평사에서 사실주의에 관한 최초의 심도 있는 논의이면서, 30년대의 창작방법 논쟁의 한 근원이 되는 논의로서의 가치"[1]를 지닌 것으로 평가된다. 필자는 잠정적으로 이와 같은 김기진의 논의를 계승하여 심화시키고, 이를 풍부한 논리로 정교화 한 공로가 안막에게 있다고 생각한다. 또한 후속 논의들의 요강을 굳건히 정초함으로써 카프의 리얼리즘론을 한층 성숙한 단계로 올려놓는 데 견인차 역할을 했다고 판단한다.

본고에서 안막의 비평에 대한 관심은 이상 사적 양식으로서 리얼리즘 논의에만 국한되지 않는다. 그것은 미적 범주로서 문학이 이데올로기적 범주로서 정치와 맺는 관련상, 즉 문학과 정치의 지속적 길항관계라는, 보다 보편적이며 궁극적인 문제의 차원을 지시한다. 이는 카프문학이 내포하는 기본적으로 정론적인 성격으로부터 필연적으로 기인하는 것이기도 하다. 한편으로 카프문학의 역사적 실패가 예시하고 있는 바, 그 첨예한 긴장의 동력을 유지하지 못하거나 상실하는 순간, 교조적 이데올로기의 온실에 안주하거나 혹은 순문학주의의 허상에 매몰되는 결과를 초래했다는 점을 여실히 확인할 수 있다. 하여 카프비평사의 전통 속에서 다시금 그 긴장의 동력과 내재적 가능성을 타진하는 것은 지금-여기 문학의 긴요한 과제이기도 할 것이다. 환언하여 그것은 미적 체계로서 문학의 독자성과 상대적 자율성을 승인한 채로 역사의 합목적성에 관여하는 문학의 가치를 발견하는 일로 요약된다. 그것은 물론 매우 지난한 과제로서 그 근본적인 구성 불가능성을 미리 염두에 두어야 할지도 모른다. 그럼에도 카프비평사가 내장한 그 (불)가능성의 첨점들은, 하나의 오래된 미래로서 현재의 재독과 재구성의 필요성을 끈질기게 환기하고 있다. 이런 맥락에서 문학과 정치의 길항관계가 비평사라는 문학 장(場) 내부의 문제로 기입되는 방식의 하나가, 바로 '내용·형식'론 혹은 창작방법 논쟁에서의 세계관과 창작방법 문제라 할 것이다.

안막의 텍스트에 접근하는 본고의 또 하나의 관점은 마르크스주의(비평)

---

1   김영민, 『한국근대문학비평사』, 소명출판, 1999, 189쪽.

자체 내의 근본적 문제틀과 연관된 것이다. 그것은 현실인식의 태도와 방법으로서 객관주의와 주관주의의 문제, 보다 구체적인 언어로는 마르크스주의(비평)에 있어 '객관적 존재'와 '주관적 의지'의 상호관계를 말함이다.[2] 한편으로 그것은 예술사에 있어 사실주의적 경향과 낭만주의적 경향이라는 대립물로 현상하기도 하는 것이다. 한국의 마르크스주의(비평)의 전형적 사례로서 카프비평사 역시 크게는 양자 간의 진자운동으로 파악할 수 있을 법하다. 그 사유의 원천으로서 마르크스의 저작들 또한 인식론적 범주로서 둘 사이의 첨예한 긴장적 사유의 결과물로 간주할 수 있다. 마르크스의 인식론적 기초가 토대-상부구조론 및 사적 유물론이라는 점에서, 마르크스는 근본적으로는 인간의 주관적 의지보다 현실의 객관적 존재를 좀 더 중요한 것으로 생각했다. 그가 인류의 역사를 객관법칙으로서 '자연사(Natural History)'의 과정으로 파악하려 했던 진의도 바로 여기에 있다.[3] 그러나 유물론적 입장 역시 인간의 관념형태의 하나라는 것에서는 동일하다는 점, 혁명에의 전망은 이데올로기의 투사(投射)라는 인간의 주관적 의지의 발현을 결코 배제할 수 없다는 점 등에서, 마르크스주의의 인식론에 있어 객관적 존재와 주관적 의지의 관계는

---

2 가령 이는 마르크스의 프랑스혁명사 3부작에서 여실히 드러나는 것으로, 다음과 같은 견해를 참고할 수 있다. "「프랑스에서의 계급투쟁」에서는 비교적 전자의 접근방법이 강하게 배어들어 있으며(특히 I·II·III장), 따라서 객관적·물적 여건을 다소 경시하면서 혁명의 장래를 낙관하는 주관주의적 오류의 요소가 비치기도 한다. 한편 「브뤼메르 18일」의 경우에는 양자의 접근방법이 다시 건강한 긴장관계를 유지하면서 이 책을 마르크스 역사서의 금자탑의 위치로 끌어올리기도 하고, <프랑스 내전>에 이르러서는 객관성에 대한 강조의 톤이 다소 높아지는 느낌이다. 독자들이 이러한 점에 유의해서 3부작을 세심히 읽는다면 분석 감각을 익히는 데 적지 않은 도움이 되리라 믿는다"(임지현, 「초판 서문」; 칼 마르크스, 『프랑스혁명사 3부작』(개정판), 임지현·이종훈 역, 소나무, 1991). 또한 그것은 박영희의 이론비평에서도 분명히 지적된 바 있다. 그 대표적 사례로서 「객관적 존재와 주관적 의지의 상호 관계」(『대조』, 1930.6.), 「관념 형태의 현실적 토대」(『조선지광』, 1930.1.) 등의 글에서 이 문제는 검토되고 있다.

3 이와 관련해서는 이 책의 1장, 각주 23 참고.

배타적이고 이율배반적인 관계보다는 상보적인 교호작용 속에 놓여있는 것으로 파악하는 것이 온당할 것으로 본다. 이런 점들에서 카프비평사의 창작방법론이 지닌 함의, 특히 사회주의 리얼리즘 논쟁에서 <세계관과 창작방법의 복잡한 의존관계>에 담긴 본질적 의미는 바로 이상의 논제들과 깊이 연루돼 있는 것으로 판단된다.

안막 및 그 비평에 대한 본격적인 논의는 2007년 이주미의 것을 시작으로, 직·간접적 성과로 현재 대략 10여 편의 논문이 학계에 보고되어 있다.[4] 대체로 안막의 프롤레타리아 리얼리즘론을 중심으로, 볼셰비키화와 예술대중화의 문제, 그리고 부인 최승희의 무용기획자이자 월북 후 문예정책가로서의 안막의 생애에 초점을 맞춘 것들이 그 주류를 이루고 있다. 그 주요한 견해로는 이주미와 조미숙의 각 2편의 성과, 그리고 최근의 이혜진의 연구 등을 꼽을 수 있다. 이주미의 논문은 최승희와의 관계 속에 안막의 심리적 변이과정에 초점을 맞췄다. 세부적으로 「창작방법 문제의 재토의를 위하여」에 나타난 자기비판을 토대로 사실상 그것은 안막의 전향선언에 가까운 것으로 평가

---

4 전영경, 「KAPF 研究-安 漠의 『朝鮮プロレタリア 藝術運動略史』를 中心으로」, 『同大論叢』 22, 1992.

이주미, 「'추백'의 프로문학 비판과 안막의 예술 전략」, 『국제어문』 41, 2007; 「최승희의 '조선적인 것'과 '동양적인 것'」, 『한민족문화연구』 23, 2007.

조미숙, 「1930년대 안막의 비평 연구-마르크시즘의 확인과 볼셰비키화의 작업」, 『순천향 인문과학논총』 27, 2010; 「불우한 '신동', 강점기 젊은 예술혼의 방황-비평가, 시인, 매니 저로서의 안막의 생애」, 『한국문예비평연구』 32, 2010.

박태상, 「두 개의 암초에 맞선 실험적 항해-탄생 100주년 월북문인의 문학사적 의의」, 『한국문예비평연구』 32, 2010.

라기주, 「해방과 분단의 공간에 나타난 예술가들의 이념적 행보-안막의 문학과 삶을 중심 으로」, 『한국문예비평연구』 34, 2011.

장인수, 「이헌구와 와세다대학교 문학부 교양주의-교양, 대중, 엘리트주의」, 『한민족문화 연구』 40, 2012.

박민규, 「응향 사건의 배경과 여파」, 『한민족문화연구』 44, 2013.

이혜진, 「추백 안막의 프롤레트쿨트론」, 『어문연구』 44(2), 2016.

하였다. 하지만 안막의 주 평론인 「프로예술의 형식문제」를 적극적으로 검토하지 않았다는 점, 그리고 「창작방법 문제의 재토의를 위하여」를 안막의 의식의 한 단절점으로 본 것은 재론의 여지가 있다. 조미숙은 안막의 비평 텍스트 전반을 다루면서 이를 마르크스주의에 입각한 볼셰비즘의 논리로 명쾌하게 정리하였다. 논지에 큰 무리는 없으나 한 가지 짚고 넘어가야 할 것은 사실관계의 확인문제이다.

해당 논문들에서 조미숙은 『안막 선집』(또는 『안막 평론선집』)에 실린 「조직과 문학」을 안막의 글로 오인하고 있는 것 같다. 아울러 두 책의 편자인 전승주와 문경연 역시 이 글에 대해 별다른 주석을 달지 않고 있어 부분적으로 책임이 있으며, 후속연구에서도 이를 지적하거나 바로잡은 예가 없다. 분명히 「조직과 문학」은 1905년 레닌이 발표한 「당 조직과 당 문헌(문학)」을 안막이 번역한 것이다. 안막의 글이 전혀 아니다. 레닌의 해당 글은 당대 김남천 등에 의해서도 일부 번역이 돼 발표된 적이 있다. 전체 논지에 큰 지장을 주는 것은 아니지만, 조미숙은 글의 곳곳에서 이를 마치 안막 자신의 글로 인용하여 설명하고 있다. 명백한 잘못이다. 이혜진은 문화사적 시각에서 관련 자료들을 풍부하게 운용하여 안막 비평을 전체적으로 조망하였는데, 안막의 논의가 기존의 볼셰비키화보다는 시종일관 예술대중화의 방법으로서 프롤레타리아 리얼리즘에 방점이 놓여있던 것으로 파악하였다. 본고의 논의와도 대개의 시각을 공유하지만, 해당 논제들이 유기적인 관련 하에 있는 것이어서, 이러한 구분법이 가능하고 필요한 것인지에 대해서는 다소 의문이 남는다. 기타 장인수의 논의의 일부는 1920년대 말까지 안막이 재학했던 와세다대학교 문학부의 교양주의를 마르크시즘 등과 관련하여 고찰한 것으로, 안막이 카프 경성지부에 대해 가졌던 '이론적 우위'의 근거들을 당시 일본 측 자료를 통해 실증적으로 확인케 하는 것이어서 요긴하게 참고할 수 있다.

이상의 관점들을 토대로 본고는 안막의 비평 중 1930년부터 1933년까지의 텍스트들을 대상으로 보다 상세하고 집중적인 논의를 전개하고자 한다. 1933년 이후 1940년경까지 그는 비평 활동을 거의 중단하였고, 1940년대 일부 단평 및 이른바 김일성주의에 기초한 해방 이후 비평 등은 본고의 문제의식과는 얼마간 거리가 있다는 판단에서이다. 이 자리에서 그것들은 다만 부차적으로만 다루기로 한다.[5] 그런 점들에서 안막의 논의 중 가장 주요하게 언급되어야 할 것은, 「프로예술의 형식문제」와 「창작방법 문제의 재토의를 위하여」의 2편으로 집약된다 하겠다. 덧붙여 「조선 프롤레타리아 예술운동 약사」와 「조선에 있어서 프롤레타리아 예술운동의 현세」는 상보적인 성격의 글로서, 카프문학의 역사적 전개 속에서 안막 자신의 입장 또한 확인할 수 있어 유용한 자료로 취급될 수 있을 것이다. 한편 상당한 분량으로 서술되어 있는 「맑스주의 예술비평의 기준」은 기실 「프로예술의 형식문제」를 바탕으로 이를 요약하고 반복하여 재차 강조하는 성격을 띠고 있기 때문에 논의를 보충하는 차원에서만 활용하기로 한다.

---

5   따라서 본고에서 직접적이며 본격적인 논의의 대상이 되는 것은 다음의 글들이다. 「프로예술의 형식 문제 - '프롤레타리아 리얼리즘'의 길로」, 『조선지광』 제90·91호, 1930.3·6. 「맑스주의 예술비평의 기준」, 『중외일보』, 1930.4.19~5.30. 「조직과 문학」, 『중외일보』, 1930.8.1~2. 「조선 프로예술가의 당면의 긴급한 임무」, 『중외일보』, 1930.8.16~22. 「조선에 있어서 프롤레타리아 예술운동의 현세」(日語譯), 『ナプ』, 1931.3. 「1932년 문학 활동의 제 과제」, 『조선중앙일보』, 1932.1.11. 「조선 프롤레타리아 예술운동 약사」(日語譯), 『사상월보』, 1932.10. 「창작방법 문제의 재토의를 위하여」, 『동아일보』, 1933.11.29~12.7. 인용 시 안막의 텍스트는 임규찬·한기형 편, 『카프비평자료총서 I~VIII』(태학사, 1990)를 저본으로 하고, 여기에 수록되지 않은 글은 전승주 편, 『안막 선집』(현대문학, 2010)에 기초하였다. 이외 비교적 원문 형태에 충실한 문경연 편, 『안막 평론선집』(지만지, 2015)을 참고하여 대조·확인하였다.

2. 카프 리얼리즘론의 전개와 내용·형식의 양립 (불)가능성

1929년 변증적 사실주의를 제창한 팔봉의 글[6]에서 논란이 됐던, 검열제도 하의 "'연장으로서의 문학'은 그 정도를 수그려야 한다."라는 주장은, 임화와 안막 등에 의해 합법성의 추수 혹은 무장해제에 가까운 원칙의 포기라는 비판을 동시에 받았지만, 카프 내에 리얼리즘 논의의 단초를 마련했다는 점은 부정할 수 없는 사실이었다.[7] 김기진의 논의는 원론적이고 기초적인

6　김기진, 「변증적 사실주의－양식 문제에 대한 초고」, 『동아일보』, 1929.2.25~3.7; 『김팔봉 문학전집』, 문학과지성사, 1988, 62-72쪽. 이 글의 말미에서 팔봉은 "프롤레타리아 철학에 입각한 변증적 사실주의"를 규정하는데 그 요지는 다음과 같다. (1) 프로작가는 사물을 있는 그대로 객관적·현실적으로 보는 태도를 가져야 한다. (2) 프로작가는 사건의 발단 또는 귀결을 추상적 원인과 존재에 결부시켜서는 안 된다. 그것은 개인적 이유가 아닌 사회적 인간관계에 기인하기 때문이다. (3) 프로작가는 사물을 정지 상태가 아닌 운동 상태에서, 부분의 고립상태가 아닌 전체와의 불가분의 관계 속에서 보아야 한다. (4) 프로작가는 추상적 인간성의 묘사가 아닌, 물질적 사회생활의 분석·대조·비판에 중심을 두어야 한다. (5) 프로작가는 제재에 구애됨이 없되, 작품효과를 위해 반드시 노동자·농민의 생활과의 대조로서 취급해야 한다. (6) 프로작가의 묘사수법은 필연적으로 객관적·현실적·실재적·구체적이어야 하며, 주관적·공상적·관념적·추상적인 태도를 거부한다. 효과를 위해서 과장적·선정적일 수는 있다. (7) 프로작가의 객관적 태도란, 초계급적 태도가 아니라 프롤레타리아 전위의 태도를 말한다. 프롤레타리아 전위만이 현실을 객관적으로 정확하게, 그 발전상에서, 전체와의 관계 속에서 파악하는 유일한 계급인 까닭이다. (8) 이상은 시험 규정으로 작가의 실험 및 결과에 따라 수정되어야 한다.

7　카프비평 자료를 펼쳐놓자마자 우리는 시야를 가로막는 답답함에 먼저 절망하게 된다. 그것은 읽기에 앞서 확인하게 되는 검열의 사체(死體)들, 곳곳에 박혀있는 무수한 복자(伏字)들 때문이다. 복자 대부분이 중요한 내용을 담고 있거나 전체 맥락에 관여하는 결정적인 것들이기 때문에, 사실상 글 전체의 해독이 거의 불가능할 때가 적지 않다. 상상된 복자들로 맥락을 복원한다 하더라도, 그것은 불확실하거나 잘못된 것일 가능성을 전혀 배제하기가 어렵다. 한번 엎드려 숨은 글자들은 영원히 복구되지 않기 때문이다. 따라서 복자로 처리된 부분들은 전후맥락으로 보아 합리적 추정이 명백하게 타당한 경우에만 한해서 그 해석의 실마리를 열어두고자 한다. 그러나 이 역시 오류의 가능성을 객관적으로 완전히 차단하는 것은 결코 못됨을 미리 말해둘 필요가 있을 것이다. 이후의 서술들은 이상의 한계를 전제로 한 검토의 결과이다. 여기 그 대표적 사례를 하나 기록해두고자 한다. "그러므로 '프롤레타리아의 승리'라는 관점도 XXXX[정치혁명]을 통과하고 난 소비에트

수준의 것이지만, 변증법적 유물론의 입장에서 프로문학의 계급적 성격을 분명히 하고 있다. 아울러 객관적 현실 인식의 태도로서 리얼리즘의 문학적 형식을 강조하고 있는 것으로 보인다. 여기에는 헤겔의 추상적 변증법의 흔적이 아직 남아 있음에도, 마르크스주의 미학의 핵심 원리들이 거의 망라되어 있음을 확인할 수 있다. 안막은 이러한 팔봉의 논의를 이어받아 이듬해 꽤나 길고 인상적인 평문을 발표한다. 곧 "'프롤레타리아 리얼리즘'의 길로"라는 부제가 붙어있는 「프로예술의 형식문제」(이하 「형식문제」로 약칭)[8]가 바로 그것이다. 이 글은 1930년 3월과 6월, 『조선지광』 제90호 및 제91호에 각각 분재되었는데, 그것은 1920년대 말 일본에서 귀국하여 비평가로서의 본격적인 출발을 알렸던 안막과 함께 1930년대 카프의 비평을 대표하는 문장이기도 하다. 앞서 살핀 대로 안막은 김기진의 논의를 여과 없이 비판했지만, 1932년 「조선 프롤레타리아 예술운동 약사」에서는 김기진의 논의를 계승하고 있는 사람이 바로 자신임을 명시적으로 밝히기도 하였다.[9]

러시아에 있어서와 XX[조선]과 같이 XX[혁명]을 XXXXXXXX[통과하지않은사회]에 있어서와는 당연히 차이가 있을 것이다.// 그러므로 필연적으로 XX[조선]과 같은 XXXXXX[부르조아지배]에 선 사회에 있어서는 모든 힘이 XXXX[정치투쟁]에 집중되지 않아서는 안 될 것이다. XX[계급 또는 투쟁]없고는 현대문학은 있을 수 없다."(안막, 「맑스주의 예술비평의 기준」, 제3절의 일부). 인용문에서 복자 뒤의 '[ ]' 표시는 원문에는 없는 것으로, 전후의 문맥을 고려해 이들 복자를 자의적으로 상상하여 추출해본 것임을 밝혀둔다.

8　이 글의 세부목차는 다음과 같다. (1) 서(序) (2) XXXX[맑스주의]자는 형식문제를 왜 문제삼느냐? (3) 왜 형식주의자는 형식론을 문제삼느냐? (4) 통일적 이면(二面)으로서의 내용과 형식 (5) 예술의 내용이란 무엇이고 형식이란 무엇인가? (6) 프롤레타리아 예술의 내용 (7) 프롤레타리아 예술의 형식 (8) 프롤레타리아 리얼리즘의 확립 (9) 결론. 또한 글의 말미 부기에는 "박영희, 임화, 제군의 형식 문제와 김기진 군의 「변증법적 사실주의」를 수중에 갖지 못하였으므로 언급지 못한다."는 설명이 붙어있다.

9　"안막의 논문내용은 "임화 등의 논리에 반대하여 예술운동 볼셰비키화는 마르크스주의 예술의 확립에 있다. 마르크스주의 예술의 확립은 1927년의 방향 전환기에서와 같이 정치와 예술을 기계적으로 혼합하는 것이 아니라, 현실을 있는 그대로 묘사하는 것, 즉 **김기진이 제창한 변증법적 사실주의의 길**이다."라고 말한 것이었다."(안막, 「조선 프롤레타리아 예술운동 약사」, 『사상월보』, 1932.10; 전승주 편, 『안막 선집』, 현대문학, 2010, 200쪽. 강조는

안막 비평의 특징의 하나는 대체로 논의의 실마리를, 객관적 요소로서 사회적 조건의 분석 속에서 마련한다는 점이다. 이는 정론적 성격이 강한 카프비평의 속성일 수도 있겠으나, 대개 현재의 정세분석에서 비롯되는 안막 특유의 사유 전개방식은 하나의 뚜렷한 유형으로서 반복되고 있음을 쉽게 확인할 수 있다.[10] 이 글에서도 역시 특정한 "논쟁이 결정적으로 해결되려면 무엇보다도 먼저 이 논쟁을 필연적으로 발생시킨 그 사회적 근거의 결정적 해결이 필요하다"는 말로 허두를 삼고 있다. 목차의 제2항에서 안막은 레닌의 「당 조직과 당 문헌」[11]을 인용하면서 형식문제에 대한 마르크스주의자의 관심이 프롤레타리아의 조직화를 위한 근로대중의 선전·선동, 즉 예술대중화에 그 목적이 있음을 공언하고 있다. 다음 대목은 그 직접적 언급이다.

아무리 우리들의 작품이 프롤레타리아적이며 XX적인 훌륭한 작품이라

인용자) 이 글은 1931년 제1차 카프사건으로 구속된 안막의 일본어 진술서를 번역한 것인데, 안막의 기억 또는 기술과는 달리, 해당 안막의 논문(「조선 프로예술가의 당면한 긴급한 임무」)에 실제로는 '김기진'이나 '변증법적 사실주의'에 대한 직접적 언급이 없다. 최근의 연구들에까지 이와 같은 지적이나 확인작업은 없었다.

10 그 전형적 예시로서, 「조선에 있어서 프롤레타리아 예술운동의 현세」(日語譯, 『ナプ』, 1931.3.)의 첫 목차는 <조선의 현 정세>로 되어 있다. 이 항목에서의 진술을 일부 옮겨본다. "조선 프롤레타리아 예술운동이 전개되고 있는 이들 객관적 제 정세를 정당하게 이해함으로써 비로소 조선에 있어서의 예술전선의 현세를 정확하게 알 수 있을 것이다."(위 글, 전승주 편, 『안막 선집』, 현대문학, 2010, 163쪽)

11 안막의 텍스트에서 반복적으로 인용되는 부분은 다음의 내용이다. "이러한 당 문헌의 원칙은 무엇인가? 그것은 단순히 사회주의적 프롤레타리아트에게 있어서 문헌이 개인이나 집단을 풍부하게 하는 수단일 수 없다는 것은 아니다: 그것은 사실상 프롤레타리아의 공동 대의에서 독립된 개별적인 사업일 수 없다. 비당파적 필자들을 타도하라! 문필의 초인들을 타도하라! 문헌은 프롤레타리아 공동 대의의 부분이 되어야 하며, 전체 노동계급의 모든 정치의식적 전위에 의해 작동되는 단일하고 거대한 사회민주주의적 기계의 "톱니바퀴와 나사"가 되어야 한다. 문헌은 조직되고 계획되며 통합된 사회민주당 사업의 구성요소가 되어야 한다."(V. I. 레닌, 「당 조직과 당 문헌」(1905), 『1905년 혁명: 레닌저작집(3-3), 1905.8~1905.12』, 김탁 역, 전진출판사, 1990, 311쪽)

하여도 그것이 노동자 농민이 보아 이해치 못하며 흥미를 갖지 못한다면 우리
들의 예술로써 아직 프로적 역할은 없을 것이오 따라서 아무런 가치도 찾지를
못할 것이다.// 그러면 우리들의 예술이 그들 수만 대중에게 이해되기 위하여
는 어떻게 만들어내야 할 것인가? 어떻게 만들어야만이 그들 수만 대중이
흥미를 느낄 수가 있으며 사랑할 수가 있을 것인가?// 여기서 기술문제 즉
형식문제가 필연적으로 문제되는 것이다.// 물론 예술의 대중화문제의 해결
을 형식문제 위에서만 생각하여서는 큰 오류임은 사실이다.(IV, 70쪽)[12]

인용에서 보듯이 프로예술의 형식문제는 "당의 슬로건을 대중의 슬로건으
로 하기 위한 광범한 아지·프로"(IV, 68쪽)라는 사회적 조건과 객관적 목적성
으로부터 비롯되는 것이다. 따라서 이는 양주동 등 부르조아 문학가의 형식
론과는 그 차원을 달리하는 것이다. 다시 말해 부르조아의 몰락과 신흥계급
으로서 프롤레타리아의 성장이라는 사회적 내용의 변화는 필연적으로 이에
부합하는 새로운 형식을 요구하게 된다. 그런 점들에서 김기진이 제기하는
형식문제를, 안막은 비본질적인 접근이자 개량주의적 일화견주의(日和見主義:
기회주의)로 비판했다. 팔봉의 현실론을 마냥 비난할 수는 없겠으나, 안막의
당위론도 원칙적으로는 틀린 말이 아니다. 이어지는 제3항에서 안막은 형식
주의자들의 형식 논의가 배태된 역사적 조건들을 해명한다. 부르조아 계급이
역사적 단계로서 진보적 역할을 종료하고 퇴폐적 경향을 띠게 됨에 따라,
내용의 원천으로서 사회적·창조적 활동은 중단되고 생활은 공허가 된다. 즉
부르조아 예술은 사회적 내용의 상실로 인해 "무내용으로 되고 다만 공허한
환상적인 감정만이 남게" 되며, 결국 내용으로부터 추방당한 그것은 "예술적

---

12 안막, 「프로예술의 형식 문제―'프롤레타리아 리얼리즘'의 길로」, 『조선지광』 제90·91호,
    1930.3·6; 임규찬·한기형 편, 『카프비평자료총서 IV』(이하 『총서』로 약칭), 태학사, 1990,
    66-99쪽. 앞으로 이 책의 인용은 본문에서 권수와 쪽수만 표기하기로 한다.

처소를 다만 형식에만 구(求)치 않을 수 없게 된다."(IV, 74쪽) 요컨대 부르조아 예술가들의 형식에 대한 집착은 역사 담당 주체의 교체에 따른 필연적인 문화사적 귀결로 간주해야 마땅하다는 것이다. 그리고 이는 여타 예술사들의 연구에서 충분히 입증되는 것으로 상당한 설득력을 지닌 주장이라 하겠다. 따라서 내용과 형식의 조화를 강조하는 형식주의자들의 주장은, 자발적인 미학적 고려라기보다는 불가피한 역사적 선택으로서, 스스로의 옹색해진 처지를 극명하게 대변하는 것으로 볼 수 있다. 한편으로 이와 같은 안막의 주장은 궁극적으로 작품의 형식보다는 내용을 강조하는 내용 우위의 예술론으로 귀결될 수밖에 없다. 안막 역시 이런 논리적 필연성을 굳이 숨기려들지 않는다. 가령 내용과 형식의 변증법적 상호관계 내지 내용이 형식을 규정하고 형식이 내용을 규정한다는 공허한 순환논법 대신, 정작 관건이 되는 것은 예술작품의 내용과 형식을 규정하는 논리의 타당성과 함께, 이를 뒷받침하는 세부 정의의 구체적 충실성이 아닐까 한다. 제4항의 내용은 바로 이들 명제를 다루고 있는데, 간략한 설명에 이어 바로 제5항의 논의로 연결된다. 여기서부터 예술의 '형식'에 대한 안막의 생각이 비로소 윤곽을 드러내기 시작한다.

우선 내용에 대한 정의는 별반 새로울 게 없으며 상식적이며 상투적인 편이다. 그대로 옮겨본다면, "예술의 내용이란 별것이 아니다. 그 …… 성질을 띠운 이데올로기인 것이다."(IV, 77쪽)라는 설명이다. 복자와 유사하게 처리된 말줄임표 속 단어는, 아마도, '계급적'으로 추정된다. 그 근거로서 바로 위 단락에, "사회의 산물인 이데올로기도 필연적으로 계급적 성질을 띠우게 됨은 물론이다."(IV, 77쪽)라는 표현이 나오기 때문이다. 한마디로 예술의 내용이란 계급적 이데올로기이다. 프로비평가로서 안막의 면모가 또렷이 확인된다. 잇닿는 예술형식에 대한 논의가 보다 다채로우며 흥미롭다. 아래 인용해둔다.

예술과 그러한 문화현상과 구별되는 것은 대상의 영역에 있는 것이 아니라 그 방법의 영역에 있는 것이다. 예술의 내용이 되는 것은 먼저 쓴 바와 같이 다른 문화현상의 내용과 동일물이고 그것이 방법론적으로 파악되는 때부터 예술의 내용이 되는 것이다.// 정치가 정치학의 대상으로 줍는 사실을 예술가는 예술의 내용으로 거기다 산 형상을 부여한다.// 말이 거듭되는 듯하나 예술의 독자성에 그 특징이 있는 것이다. 형상에 의하여 사색하고 논리적이 아닌 산 형상을 빌리어 표현하는 독특한 방법 속에 예술의 본질이 있는 것이다.// 예술의 내용이란 무엇인가를 알았다.// 그러면 형식이란 무엇인가?// 나는 먼저 "과학자는 그 내용을 이론적 추리를 가지고 표현하려 하는 대신에 예술가는 형상을 가지고 그를 표현한다"라고 말했다.// 예술가가 형상을 빌리어 표현하려는 수단─이것이 예술의 형식인 것이다.// 구체적으로 그것은 운률, 하모니, 균질, 콤포지션 등과 언어, 음향, 색채, 동작 등의 표현의 제요소의 종합인 것이다.(IV, 78쪽)

먼저 눈에 띄는 것은 상부구조로서 모든 문화현상이 그 대상의 영역은 동일하며 그 방법의 층위에서 구별된다는 점이다. 즉 이데올로기의 반영물로서 정치·경제·종교·과학·철학·도덕 등의 내용은 본질적으로 같으며, 다만 그 존재양태로서 구성 및 기술의 방법론에서 형식적 차이를 내포한다는 것이다. 안막은 여타 범주형태와는 다른 예술의 본질과 고유성이 '형상화'에 있다고 보았다. 그리고 거기에 <예술의 독자성>이 있음을 분명히 밝힌다. 일견 당연하고 평범한 진술이지만, 안막이 예술에 있어 형식적 요소를 최대한 존중하였으며 최소한 간과하지 않았다는 유력한 증거로 읽힐 수 있을 것이다. 또한 말쑥하게 정돈된 모양새는 아니지만 예술의 형상화를 위해 동원되는 여러 수단을 일컬어 예술의 형식이라고 명확히 정의하고 있다. 아울러 형식을 이루는 제반요소로서 "운율, 하모니, 균질, 콤포지션, 언어, 음향, 색

채, 동작" 등의 다양한 표현 기제들을 하나하나 열거하고 있다. 결과적으로 그것은 실체로서 내용을 구현하는 예술작품의 감각적 '표현-형식'을 일컫는 것이라 하겠다. 말을 바꿔 카프의 실제비평에서 이런 제 표현기법들이 진지하게 검토된 사례는 다소 희박한 편이지만, 안막의 비평 텍스트에서 이론적 관심의 대상으로나마 그 실체를 확인하게 되는 것은 적지 않은 수확이라 생각된다. 카프문학의 역사적 실패의 원인의 하나는, 문학의 상대적 자율성과 미적 독자성을 충분히 고려하지 않았다는 사실에도 있기 때문이다. 이러한 논의들이 카프의 실제비평과 창작의 실제에서 명실상부하게 구현됐다면, 프로문학 당대의 양상 및 그것에 토대한 현재의 문학적 전통의 내용 역시, 지금과는 상당히 다르게 구성될 수 있었을 것으로 짐작된다.

3. 프롤레타리아 리얼리즘의 정립과 안막 비평의 위상

서론 격에 해당하는 제1~5항에 이어, 사실상 본론에 속하는 제6항에서 프로예술의 내용과 형식에 관한 구체적인 논의가 전개된다. 프로예술의 내용은 당의 예술로서 마땅히 갖게 되는 "프롤레타리아의 전위의 혁명적 이데올로기"(IV, 80쪽)이다. 이 부분에서도 상기 레닌의 문건은 재차 인용되고 있다. 이어 제7항부터 결론까지가 글의 중추를 이루는 논리적 핵심을 담고 있다. 여기에서 반복되는 가장 중요한 키워드는 <형식적 방법론적 가능>이라는 말이다. 이와 관련한 서술은 그 내용과 함께 안막의 비평적 사유의 전형적 패턴을 여실히 보여주기도 한다. 먼저 위 용어는 사회적 생산력 및 생산관계에서 규정되는 사회적·이데올로기적 내용이 지시하는 형식적 가능성의 범위를 말한다. 따라서 그것은 예술의 '표현-형식'과 대비되는 '내용-형식'으로 간주할 수 있을 듯하다.[13] 즉 그것은 내용의 실체를 특정하는 최소 규준들이다. 이는 곧 내용으로부터 본질적으로 규정되는 것으로서 내용 우위의 형식론에 보다 근사한 것이다. 그러므로 프로예술의 형식적 방법론적 가능은 프롤레타리아의 계급 이데올로기라는 내용으로부터 추상될 수 있다. 그 내용의 특징으로는 필연적으로 계급적·집단주의적이며, 인식론적/방법론적 의미에서는 객관적·현실주의적이다. 무엇보다 프롤레타리아 계급은 '개인적 무자격자'이며, (조직을 통해서만) '집단적 유자격자'이기 때문이다. 계속해서 안막은 그 형식적 방법론적 가능을 보다 세부적으로 규정한다. 간추리면 그것은 분석적·개인주의적·무정부주의적 '형식'에 대항하여, 종합적·집단주의적·조직적·합리적 '형식'을 요구한다. 나아가 프로예술의 객관적·현실주의적 태도는 필경 주관적·관념적 묘사인 아이디얼리즘에 대항하여, 객관적·현실주의적·구체적·유물론적인 리얼리즘의 형식적 가능과 결부된다. 그

---

13 덴마크의 언어학자 루이 옐름슬레우는 <내용과 형식>이라는 관습적 이원론에서 벗어나, <내용과 표현> 그리고 <형식과 실체>의 개념을 기초로 '내용-형식'과 '표현-형식'을 구분함으로써 일반언어학의 공준을 혁신하였다. 그는 다음과 같이 설명한다. "기호 기능을 담당하는 두 가지 규격, 즉 표현과 내용은 기호 기능과 관련하여 동질의 방법으로 작용한다는 것을 보여준다. 내용-형식(expression-form)과 표현-형식(content-form)으로 구체적으로 지칭할 수 있는 두 가지 기능소가 존재하는 것은 오로지 기호 기능에 근거한다. 마찬가지로 의도 위로 형식을 투사할 때, 마치 성긴 그물이 연속된 표면 위에 그 그림자를 투사하듯이 나타나는 내용의 실체(content-substance)와 표현의 실체(expression-substance)가 존재하는 것은, 바로 오로지 내용-형식과 표현-형식에 근거한다. …… 역설적으로 보이지만, 기호는 내용의 실체와 표현의 실체를 동시에 지닌 기호이다. 이러한 의미에서 우리는 기호는 어떤 것의 기호라고 말할 수 있다. 그와 반대로 기호가 내용의 실체의 기호인지, 단지 표현의 실체의 기호인지(물론 아직까지 아무도 상상하지 않았던 것)를 결정할 수 있는 어떠한 근거도 없다. 기호는 두 면을 지닌 하나의 규격이며, 두 측면의 시야, 두 방향의 결과를 갖는 야누스의 얼굴처럼, '외부에서' 표현의 실체로 향하고, '내부에서' 내용의 실체를 향한다." (루이 옐름슬에우, 「13. 표현과 내용」, 『랑가쥬 이론 서설』, 김용숙·김혜련 역, 동문선, 2000, 75-77쪽. 영역본에 의거하여 일부 표현을 수정했음을 밝혀둔다; Louis Hjelmslev, *Prolegomena to a Theory of Language*, trans. by Francis J. Whitfield, Madison: The University of Wisconsin Press, 1961, pp.57-58.) 아울러 이와 관련하여 질 들뢰즈·펠릭스 가타리, 『천 개의 고원』, 김재인 역, 새물결, 2001, 92-95쪽의 논의를 참고할 수 있다.

리고 마침내 그 형식적 방법론적 가능의 귀결로서 '프롤레타리아 리얼리즘'
이란 예술적 태도가 안출된다는 것이다. 여기서 드러나듯 안막의 형식론은
단순한 도식주의에 의거한 결코 기계적인 것이 아니었으며, 상당히 복잡한
사유의 과정과 제법 섬세한 추론의 절차를 통해 비로소 논리화되며 공식화되
고 있음을 간파할 수 있다. 이는 물론 안막 고유의 정신의 산물이 아닌 식민지
문학인으로서 마르크스주의(미학)의 제한적 실천 작업이겠으나, 1930년대를
전후하여 한국에 수용된 마르크스주의(미학)의 높이와 깊이를 재는 가늠자
역할을 하기에는 부족함이 없을 줄 안다.

　가장 길게 서술된 제8항은 역사의 객관적 가능성을 강조하며 프롤레타리
아 리얼리즘을 총 5가지의 세부내용으로 정교화 한다. 이에 앞서 안막은
계급적 민족주의자 정노풍의 발언, "이것은 대담히도 변증법적 사실주의뿐
만 아니라 변증법적 표현주의도 변증법적 낭만주의도 있어야 한다."라는 주
장에 대해 인식부족과 무지의 자기폭로 외에 아무것도 아니라며 신랄하게
비판한다. 단언컨대 리얼리즘은 아이디얼리즘과 대립된다는 것이다. 다시
말해 "선험적 관념으로 대하여 자기의 주관으로 현실을 개조 왜곡 분석하여
해결하려는 예술적 태도"(IV, 87쪽)는 아이디얼리즘이며, 결단코 리얼리즘은
아니라는 것이다. 이어지는 논의에서 안막은 아이디얼리즘의 일종으로서 로
맨티시즘을 분석·해명하며, 비판·경계한다. 이 부분은 상당히 인상적인데
마르크스주의에 있어 객관주의(객관적 존재)와 주관주의(주관적 의지)의 문제,
그리고 이후 창작방법과 세계관의 문제라는 사회주의 리얼리즘 논의의 핵심
을 이미 선취하고 있기 때문이다.[14] 특히 '혁명적 로맨티시즘'에까지 냉정한

14　이것을 가능케 했던 것은 무엇이었는지, 그 요인에 대해서도 실증적으로 구명될 필요가
　　있을 것이다. 이와 관련하여 일차적으로는, 안막이 일본유학 시절 1928년 와세다(早稲田)
　　제일고등학원 '러시아문학과'에 입학하여 수학했다는 사실이 고려돼야 할 것이다. 또한 안
　　막은 당시 일본 프로문학계와 교류하면서 소련의 정세나 혁명전후의 문학적 흐름에 대해서

비판을 감수하는 것은 다소 의외의 논법이지 않을 수 없다. 가령 박영희에 있어서 그것은 볼셰비키적 비타협주의와 선재적 이념의 과잉 현상으로 드러나며, 또한 임화에게 있어서 그것은 이른바 '낭만적 정신'으로 체현되는 것으로서, 궁극적으로는 프롤레타리아 전위의 혁명적 이데올로기라는 마르크스주의의 핵심원리 및 주관적 의지의 문제 등을 두루 포괄하는 것이기 때문이다. 그런 측면에서 바로 이 지점은 안막 비평의 성격을 해명하는 결정적 국면이자 최후의 임계점이라 불러도 지나친 말은 아닐 것이다. 미리 말해 안막의 비평은 마르크스주의의 객관주의와 주관주의의 종합으로서의 성격을 기본적으로 갖는다. 그리고 그 조화와 균형의 감각은 긴장적 언어의 구축 속에서 극히 미시적으로 작동하는 역동적 평형상태를 이루고 있는 것으로 보인다.

하여 로맨티시즘은 "언제나 필연적으로 관념적이요 공상적이요 추상적이요 주관적이다."(IV, 88쪽). 두 경향의 하나로서 퇴폐적 로맨티시즘은 부르조아의 계급적 몰락에 따른 퇴영적 이데올로기를 반영한 것으로서 앞서 언급한 대로다. 나머지 하나는 "신흥계급의 예술로써 진보적이요 전투적이면서도 현실적 기초를 갖지 못함으로 인하여 현실을 주관적 관념적으로만 밖에 못

도 상당한 정보와 지식을 갖고 있었을 것으로 추정된다. 이에 대해 장인수의 논의를 참고하면 다음과 같다. "「프로예술의 형식문제」에서 안막이 참고하고 있는 것은 엥겔스, 레닌, 플레하노프, E. 마차, 렐레비치, 하우젠슈타인, 보그다노프, 루나차르스키, 나카노 시게하루(中野重治), 구라하라 고레히토(藏原惟人) 등이다. 「맑스주의 예술비평의 기준」에서는 여기에 부하린이나 롯셜루, 보론스키 등이 더 추가된다. 그 중에서도 특히 E. 마차, 루나차르스키, 구라하라 고레히토의 비중이 크다. 그런데 E. 마차의 『현대 구주의 예술』(叢文閣, 1929)은 구라하라 고레히토가 번역한 책이고, 루나차르스키의 「마르크스주의 문예비평의 임무에 관한 테제」(1928)도 구라하라가 『戰旗』 9월호에 번역한 것이다. 이 무렵 안막 비평은 구라하라 고레히토와 『戰旗』에 크게 빚지고 있었음이 여기에서 드러난다. …… 안막은 당대 일본에서 벌어진 '예술적 가치 논쟁' '예술 대중화 논쟁'의 현장이라고 할 수 있는 『戰旗』, 『新潮』, 『改造』, 『思想』 등 잡지계에 촉각을 곤두세우면서 마르크스주의 이론을 획득해갔다."(장인수, 위 글, 364-365쪽)

보는 XX[혁명]적 로맨티시즘"(IV, 88쪽)이다. 이 두 경향의 로맨티시즘 중 혁명적 로맨티시즘은 "가장 엄밀히 비판치 않으면 안 될 것이다."라고 안막은 단언한다. 이는 각국 프로예술의 초기에는 일시적일망정 거의 밟아온 과정이며, 소비에트 러시아나 독일, 일본 등지에서도 모두 나타났던 현상이다. 그러나 그것은 "진정한 프롤레타리아 예술이 아니"(IV, 89쪽)었으며, 시기적으로 1927년 카프의 제1차 방향전환 후 목적의식기 후쿠모토주의(福本主義)의 산물이었다는 설명을 덧붙인다. 결국 이는 마르크스주의의 주관주의적 경향을 비판하는 것으로서, 안막 자신뿐만 아니라 카프 문학 및 비평사를 관통하는 문제이기에 신중한 고찰이 필요하다 하겠다. 아울러 안막 비평이 이러한 경향을 완전히 극복하였는지에 대해서는 이론의 여지가 남는다 해야 할 것이다. 안막은 마르크스-레닌주의에 입각한 프롤레타리아 전위의 혁명적 이데올로기를 시종일관 완강하게 고수하고 있기 때문이다. 또한 그것은 마르크스의 사유체계의 내재적인 것으로서 변혁적 실천 동력의 중요한 원천을 이루는 것이기도 하다.

다음으로 세부묘사의 충실성에 입각한 졸라, 모파상 등의 자연주의, 즉 (소)부르조아 리얼리즘 및 분석적 리얼리즘을 어떻게 평가할지의 문제를 살핀다. 객관적·현실주의적 태도에 있어 그것은 프롤레타리아 리얼리즘과 동일한 것이지만, 개인주의라는 결정적 한계를 갖는다는 것이 안막의 생각이다. 즉 그들이 묘사한 인물들은 "사회의 일부로서의 개인이 아니라 사회에서 유리한 추상적 관념적인 개인"(IV, 89쪽)이었다는 점이 상기되어야 한다는 점이다. 프롤레타리아 리얼리즘은 이와 같은 명백한 한계들을 넘어 사회현상을 전체적으로 파악하고 그것을 계급적으로 결부시키는, 사회적·계급적 관점의 "종합적 리얼리즘"(IV, 93쪽)이라는 것이 안막이 도달한 최종결론이다. 다른 한편으로 리얼리즘에서의 '전형(典型)' 문제에 대한 고찰이 불충분하여 얼마간 막연하다는 인상을 지울 수는 없지만, 안막의 전체적인 생각과 그

진의를 파악하는 데 큰 어려움은 없다. 끝으로 그는 프롤레타리아 리얼리즘이 최후로 도달해야 할 경지를 설명해놓는데, 그것은 이데올로기적 방면과 공존해야 하는 심리적·정서적 측면의 '감각'의 문제이다. 즉 프롤레타리아 리얼리즘은 노동대중의 '생활감정'에 파고들어, "개인의 심리까지 침투됨으로써 비로소 완전할 것이다."(IV, 97쪽)라는 전망과 제언이 그것이다. 이는 '추상적 인간'의 공식주의 및 기계적 도식주의의 폐해를 극복하고 생명력 있는 '산 인간'의 유형을 묘출하기 위해서 필수적인 것이다. 이러한 안막의 주장들은 이후 신석초의 '유물변증법적 창작방법론'을 암시하기에도 이미 충분한 내용이다.[15] 실제로 창작방법론으로서 유물변증법과 변증법적 유물론은 단어조합의 순서가 바뀌고 강조점만 달랐을 뿐, 그 실체적 내용에 있어서는 거의 동일한 것이었다.[16] 이처럼 카프의 리얼리즘론에서 안막의 논의가 담당한 역할은 실로 막중하고도 지속적인 것이었다.

---

15 신석초는 「문학창작의 고정화에 항하여」(『조선중앙일보』, 1931.12.1~12.8.)에서 '유물변증법적 창작방법론'을 주장했는데 그 논의의 핵심은 다음과 같다. "첫째, 프로 예술가는 로맨티시즘의 길을 가지 않는다. 즉 현실의 신비화, 영웅적 인격의 고찰, 허위의 길을 가지 않는다. 둘째, 조잡한 리얼리즘의 길을 가지 않고 선입견으로부터 벗어나며, '사물의 가장 표면적인 외부적 가시성'으로부터 가장 청결한 생활의 제 광경을 관찰한다. 그리하여 산 대중의 생활 형상 가운데서 나타나는 일체의 복잡 다양한 현상들을 유물변증법적으로 파악함으로써 유물변증법적 예술문학 건설의 단계를 측정한다."(김영민, 같은 책, 376쪽) 분명하게 드러나듯이 여기서 신석초가 비판의 대상으로 삼은 것은, 안막의 프롤레타리아 리얼리즘을 위시한 볼셰비키적 창작방법론이 지닌 도식성이다. 하지만 또한 분명하게 확인되듯이, 그것이 실제로 내용상의 질적 차이를 얼마나 포함하는 것인지는 상당히 회의적인 편이다. 사실상 이러한 관점과 내용들은 이미 안막의 논의에서 제공되었거나 상당 부분 해명된 것들이었다.

16 엥겔스는 『루드비히 포이에르바하와 독일 고전철학의 종말』(1886)에서, 마르크스가 헤겔의 관념론적 변증법과 포이에르바하의 형이상학적 유물론을 지양하고, 변증법적 유물론과 사적 유물론의 초석을 놓았다고 평가한다. 이 지점에서 유물론적 변증법보다 변증법적 유물론이 좀 더 역사철학적으로 정립된 용어이자 상위개념의 단위임을 알 수 있다. 또한 변증법이 하나의 방법론임에 비해 유물론은 하나의 인식론이라는 점에서도, 더 큰 개념이라는 점을 이해할 수 있다 할 것이다.

이제껏 검토한 내용에서 일종의 정치와 문학의 결연태로서 제시된 '프롤레타리아 리얼리즘'은, 프롤레타리아 전위의 혁명적 이데올로기라는 '내용' 및 문학적 양식이자 형상화 방법으로서의 리얼리즘이라는 '형식'으로 갈무리될 수 있을 듯하다. 그것은 내용·형식 논쟁이라는 비평사의 유구한 전통의 연장선상에 놓여있는 것이며, 동시에 세계관(내용)과 창작방법(형식)이라는 창작방법논쟁의 핵심과 단초들을 미리 준비해두고 있는 것이기도 하다. 덧붙여 그것은 마르크스주의에 있어 객관적 존재와 주관적 의지의 상호관계라는 보다 본질적인 문제와도 깊이 결부돼 있는 것이라 하겠다. 이제 나머지 안막의 텍스트들을 점검하기로 한다.

「형식문제」와의 상관성 속에서 주요하게 검토될 수 있는 글은 「창작방법 문제의 재토의를 위하여」(이하 「재토의」로 약칭)[17]이다. 추백(萩白)이란 필명으로 발표된 이 글에서 역시나 안막은 국내외 정세분석을 말머리로 삼고 있다. 글의 계기로서 논의의 시발점은 1932년 4월 소비에트 "XXX중앙위원회 「문학·예술단체의 재조직에 관한 결의」"라는 문건이다. 이를 통해 소위 '사회주의 리얼리즘'[18]이 제창된 것이다. 이에 대한 안막의 입장과 관련하여 논의의

---

17 추백, 「창작방법 문제의 재토의를 위하여」, 『동아일보』, 1933.11.29~12.7; 『총서 VI』, 108-127쪽.

18 '사회주의 리얼리즘(Socialist Realism)'은 사회주의 이념의 실현을 창작 정신의 근간으로 하는 사실주의적 방법을 일컫는 용어이다. 사회주의 리얼리즘은 러시아혁명 이후 특히 러시아미술가협회 설립 이후(1922) 러시아에서 발전되고 계승된 문예·미술 전반의 기본적 창작방법이다. 1932년 소련작가동맹결성준비위원회에서 키르포친(V.Y.Kirpotin)이 「신단계에 서 있는 소련 문학」이라는 제목으로 행한 조직위원회 총회 보고에서 처음으로 이 용어가 사용되었고, 1934년 제1회 소비에트 작가회의에서 공식용어로 채택되어 기본 창작 방법으로 받아들여졌다. 사회주의 리얼리즘은 단순한 현실의 재현을 지향하는 것이 아니라, 사회적 운동 전체에 대한 통찰을 바탕으로 사회주의적 충동을 불러일으키는 현실의 실천적인 반영을 목표로 한다. 소련 아카데미가 편찬한 『마르크스-레닌주의의 미학의 기초 이론』은 사회주의적 사실주의 방법의 두 가지 기본 특징으로 사실주의와 사회주의적 당파성을 들고 있다. 이 둘의 결합에 의해 공산주의적 사상성, 인민성, 계급성, 당파성, 전형성이라는 다섯 가지 범주가 사회주의적 사실주의의 구성요소를 이루게 된다. 사회주의 리얼리

방향성을 설정하고 있는 핵심 문장은, "현재에 이르기까지의 일 년간의 성과에 대하여서뿐만 아니라, 이 문제가 조선의 우리들의 문학운동의 현 발전단계에 있어서 구체적으로 여하히 결부되어야만 하느냐는 데 대하여서도 충분한 그리고 정당한 이해와, 그것을 위한 부절한 노력이 필요한 것이다."(Ⅵ, 110쪽)라는 어쩌면 지극히 평범한 진술이다. 즉 신석초에 의해서도 제기되던 것으로, 유물변증법의 도식화, 작품의 고정화 및 유형화, 비평의 관료화, 정치이념의 기계적 적용 등, 한마디로 <창작방법의 단순화>의 문제가 극복돼야 함과 동시에, 한편으로 새것 콤플렉스 혹은 청산주의적 경향 또한 철저히 배격하여 그 공과를 명확히 구분해야 한다는 것이다. 때문에 변증법적 유물론의 즉각적인 폐기와 완전한 부정은 용납되어서는 안 될 또 하나의 오류일 뿐이라는 것이 안막의 입장이다. 사회주의 리얼리즘으로 제기된 문제의 요체는 "세계관과 창작방법의 복잡한 의존관계"(Ⅵ, 111쪽)이다. 부연하자면 변증법적 유물론의 입장은 세계관의 제요소에 관한 한에서는 기본적으로 정당했지만, 창작방법으로서는 "문학적 프로세스의 특수성과 복잡성을 단순화하고 통속화한 데 지나지 못"(Ⅵ, 116쪽)했다는 것이다. 여기에서 안막의 비판의 요지가 변증법적 유물론 자체에 있는 것이 아니라, 변증법적 유물론의 '도식화'에 있었다는 점에 유념할 필요가 있다. 달리 표현하여 그것은 마르크스주의의 세계관을 "'다리 위에' 굳게 세우지 못하고 '머리 위에' 세운 것"(Ⅵ, 119쪽)이라 할 것이다. 이런 점에서 안막은 우스펜스키, 고골리, 발자

즘의 가장 중요한 과제는 '계급 없는 사회의 건설'이다. 그러므로 작가는 사회를 묘사함에 있어 불완전함을 인정하기는 해도, 보다 폭넓은 역사와의 연관을 염두에 두고 긍정적이고 낙관적인 시각을 취해야 한다. 사회주의 리얼리즘의 필수적 요건은 온갖 장애와 난관에 맞서 분투하는 적극적·긍정적인 주인공이다. 사회주의 리얼리즘 창작방법의 효시로 막심 고리키(Maksim Gorkii)의 소설 『어머니』를 꼽을 수 있다. 이 작품에서는 당에 헌신하는 정치적으로 의식화된 프롤레타리아가 제시되고 긍정적인 인물이 등장한다. 보다 자세한 내용은 『문학비평용어사전』(국학자료원, 2006)의 '사회주의 리얼리즘' 항목 참고.

크, 톨스토이 등이 보여준, 작가의 주관적 세계관과 작품의 객관적 의의 사이의 현저한 불일치 현상, 곧 엥겔스 자신이 발자크론(1888)에서 명명했던 <리얼리즘의 위대한 승리(the greatest triumphs of Realism)>라는 논제를 진지하게 고찰한다. 그렇지만 사회주의 리얼리스트로서 고리끼의 예를 들어, 결국 그의 문학적 위력은 보다 구체적으로는 프롤레타리아의 세계관에 서있었던 때문이라고 강조하기를 잊지 않는다. 사회주의 리얼리즘과 관련한 안막의 생각이 명료하게 드러나는 대목이다. 결정적으로 그것은 당파성이라는 선명한 계급의식을 여일하게 견지하는 것이다. 그리고 이러한 안막의 태도는 「형식문제」를 통해 제출했던, '프롤레타리아 리얼리즘'의 명제를 확고하게 고수하는 것과도 다르지 않다. 즉 「재토의」에서 제기하는 세계관과 창작방법의 문제는 기존 「형식문제」에서 제출됐던 내용·형식의 문제가 부분적으로 변형된 것에 지나지 않다는 점이다. 「형식문제」에서도 안막은 이념적으로는 철저한 원칙주의주의였지만, 미적 양식으로서 문학의 독자성과 제반 형식들을 늘 함께 고려하는 신축적이고 유연한 개방주의자에 보다 가까웠다. 이러한 안막의 면모가 「재토의」에서도 남김없이 발휘되며 지속되고 있는 것이다. 안막 비평에는 이처럼 비평적 일관성과 자기동일성이 뚜렷이 감지된다. 그런 점에서 안막은 적지 않은 사유의 편차에도 불구하고, 참된 의미에서의 김기진의 진정한 계승자라 말할 수 있을 것 같다.

「재토의」가 시사하는 다른 관점의 하나는, 이른바 마르크스주의(비평)에 있어 주관주의와 객관주의의 문제라 하겠다. 먼저 소비에트 '사회주의 리얼리즘'의 핵심 명제는 <진실을 그려라>라는 슬로건과 <혁명적 낭만주의>라는 테제로 집약되거니와, 이는 창작방법상의 '객관주의'와 세계관으로서의 '주관주의'라는 상호모순적인 성격을 근원적으로 내포하고 있는 것이라 할 수 있다. 이와 흡사한 맥락에서 함께 주목되는 것은 식민지 조선을 바라보는 안막의 현실인식의 태도이다. 그리고 이와 같은 관점은 다른 글들에서도 마찬가지로 확인되는 점이다. 이는 위 첫 인용 문장에서도 드러나는데, 현 정세에서 소비에트의 사회주의 리얼리즘이 지닌 이론적 당위성과 논리적 타당성이 인정된다 하더라도, 그것은 눈앞의 현실로서 식민지 조선의 객관적 현재를 고려하지 않으면 안 된다는 것이다. 즉 혁명 후 소비에트의 상황이 공산주의 이념의 실현태로서 현상하고 있고, 또한 그것은 식민지 조선이 지향하는 미래의 잠재태로서 기능하고 있지만, 경험적 현실의 복잡성을 생략한 채 이데올로기를 투사하는 '미리-당김(protention)'[19]의 비약적 모험은 주관주의의 위험에 빠질 수 있다는 경고이다. 앞서 비판한 변증법적 유물론의 도식화라는 오류의 본질은 바로 여기에 있는 것이다. 계급 없는 사회라는 지난한 과제는 객관적 존재와 주관적 의지의 교호작용을 통해서만이 마침내 도래하는 것이다. 이처럼 안막은 세계관으로 표상되는 주관적 의지의 추상작용을 경계하면서도, 여전히 프롤레타리아 전위의 눈을 견지할 것을 작가에게 정당하게 요청하기도 한다. 이런 맥락에서 「재토의」가 안막의 사유에서 하나의 격절점을 형성하며 단절을 의미한다는 주장은 단편적이고 일면적인 견해일 따름이다. 그것은 선행 연구들에서 이상의 맥락들이 충분히 종합적으로 고려되지 않았기 때문이며, 결과적으로 안막 비평의 일관성 및 자기 동일성의 측면을 간과하게 되었다 할 것이다.[20]

---

19 '과거지향(retention, 다시-당김)'과 '미래지향(protention, 미리-당김)'은 후설의 개념으로, 전자는 과거와 현재를 연결하여 그 지향작용 속에서 현재를 구성하는 것이고, 후자는 미래와 현재를 연결하여 그렇게 하는 것을 의미한다. 양자는 후설에게 있어 주관들의 개체성을 넘어 초험적 주관을 가능케 하는 시간적 지향성을 말한다. 보다 상세한 내용은 에드문트 후설, 『시간의식』, 이종훈 역, 한길사, 1996, 94-103, 125-127쪽 참고.

20 최근 이혜진의 연구는 이러한 점들을 반성하고 안막 비평의 내재적 일관성을 도출했다는 점에서 주목된다. 비평사적으로 안막의 프롤레타리아 리얼리즘이 김기진의 변증적 사실주의와 동궤에 있는 것이라는 평가 역시 본고의 논의를 뒷받침한다.

4. 나머지 문제들과 마무리

위 논의에서 본고는 안막이 마르크스주의(비평)의 객관주의와 주관주의를
종합하려는 일관된 지향성을 지닌 것으로 파악하였다.[21] 또한 그것은 앞서
살핀 바 궁극적으로는 하나의 인식론적 관점으로서 현실인식의 태도와 깊이
연관된다는 점을 이해할 수 있다. 이에 대한 유력한 증거로서 안막의 해방직
후 글 하나를 마지막으로 검토하기로 한다. 이는 1933년 이후 오랜 침묵을
깬 해방공간에서의 안막의 첫 공식발언으로서, 이후 안막 비평의 대강의
방향을 어림잡아 볼 수 있거니와, 비평가로서 안막의 일관되고 지속적인
입장을 엿볼 수 있다는 점에서도 적지 않은 의의를 찾을 수 있다. 관련 대목을
옮겨 적는다.

> 현 단계 조선혁명의 성질은 의연히 자산계급 민주주의적 성질을 가진 것이
> 며 사회주의 건설을 목적으로 하고 있는 무산계급 사회주의적 성질을 가진
> 것이 아니다. 그러나 현 단계 조선혁명을 이미 자본주의 사회와 자산계급
> 독재의 국가를 목적으로 했던 낡은 구적 자산계급 민주주의적 성질은 될 수
> 없을 것이며 이러한 시기는 10월 혁명의 위대한 승리에 있어서 결말을 지은

---

21 다음의 진술들은 이와 같은 점을 확증케 하는 것이다. "모든 예술비평의 기준은 비역사적
비객관적인 주관만으로의 것이어서는 안 될 것이다. 그것은 어디까지나 역사적인 것, 객관
적인 것이 아니어서는 안 될 것이다. 역사적 객관과 일치되는 예술비평의 기준만이 어떠한
역사적 단계에 있어서도 가장 정당한 기준인 것이다.// 먼저 말한 바 예술비평가의 초계급
적 초시대적인 상임적(常任的) 절대적 기준은 있을 수 없고, 그것은 모든 예술평가의 기준
이 모두 다 주관적인 것을 의미하는 것이냐?// 아니다. 역사적 단계에 있어서 계급적인 XX
적인 계급의 계급필요는 역사의 객관적 필요와 전연 일치되기 때문이다. …… "그때 **주관
(전위적 계급의 이데올로기의) 의욕은 객관(사회관계)의 발달의 선(線)과 전연 일치되기**
때문이다."—렐레비치 「아등(我等)의 문학적 불화」(「맑스주의 예술비평의 기준」, 『총서
IV』, 116쪽).

것이다. …… 현 단계의 임무는 일반적으로 사유재산을 폐지하는 것이 아니고 자본주의의 도로를 숙청하고 자본주의로 하여금 발전케 하기 때문이다. 그러나 그것은 자본주의가 아무런 해독이 없다는 것을 말함이 아니고 우리는 그 해독된 면을 배제하고 그 진보적 귀결을 촉진시킨다는 것이다. …… 이러한 새로운 민주주의 문화는 무산계급과 그 문화사상이 영도하는 인민대중의 반제, 반봉건, 반파쇼적 문화며 일체의 자본주의 문화를 반대하는 문화는 아니다. …… 이러한 편향(극좌적·기회주의적 경향, 인용자)은 민족문화 건설에 있어서의 무산계급 문화사상의 정확한 영도적 작용을 저해하고 동반자적 경향을 가진 문학자, 예술가들까지 배격하고 또한 그들 문화 예술성의 교조주의적 관념론자들은 문화예술 창조에 있어서의 '민족 형식'을 극단히 과소평가하고 '민족문화' 구호까지도 부정당하다는 주장을 세웠던 것이다. …… 그러므로 이 양개의 비마르크스, 레닌적 편향의 극복을 위하여 무자비한 투쟁이 있어야만 조선 민족예술문화 건설의 정확한 노선은 공고히 될 수 있으며 진실로 위대한 진보적 민주주의 문학예술 창조의 조건을 가져올 수 있을 것이다.(236-242쪽)[22]

바로 확인되듯이 해방공간의 역사적 단계로서 조선혁명이 추구해야 할 사회구성체[23]는 정치적으로 부르조아 민주주의와 경제적으로 자본주의 경제체제로 규정되어야 한다는 것이 안막의 요지이다. 한편으로 그것은 사회주의 10월 혁명 이전의 낡은 부르조아 국가를 모델로 하는 것이 아니라, 어디까지

---

22 「조선 문학과 예술의 기본 임무」, 『문화전선』 1946.7; 『안막 선집』, 234-250쪽에 걸쳐 전문이 실려 있다. 이 글의 내용과 거의 대동소이한 것으로 「민족문화 건설의 기본 임무」(『조선중앙일보』, 1946.2.9.)는 『안막 평론선집』에만 유일하게 수록돼 있는데, 그 시기와 내용으로 보아 위 글의 초고의 성격을 지닌 듯하다.

23 마르크스의 개념으로서 사회구성체(Gesellschaftsformation)는, 객관적으로 존재하는 하나의 역사적 사실이자 토대와 상부구조의 결합된 전체성으로 정의된다.

나 무산계급의 영도를 바탕으로 한 프롤레타리아의 헤게모니 속에서만 구축되어야 한다. 간명하게 언표된 명제들에서 다시금 확인하게 되는 것은 마르크스주의의 객관주의와 주관주의의 동시적 반영으로서 공존의 양상들이다. 먼저 객관적 존재로서 해방조선의 경험적 현실에서 발견되는 것은 제국주의와 봉건주의, 파시즘의 착종된 잔여물들이다. 따라서 이것들을 우선적으로 지양하지 않고서는 조선의 진보적 민주주의는 건설될 수 없다. 사적 소유에 기반한 자본주의 체제에 대한 원칙적 승인이 갖는 참된 의미는 여기에 있다 할 것이다. 즉 역사의 객관적 가능성은 원리로 환원되지 않는 완강한 사실들의 힘에 온전히 근거할 때야 비로소 마련될 수 있는 것이다. 이러한 설명은 결국 마르크스주의에 있어 객관주의의 현실인식의 태도를 일컬음에 다름 아니다. 아울러 도래할 역사적 필연으로서 조선혁명이 지향해야 할 미래의 사회상은 직접적으로는 무산계급의 공산주의적 단계이다. 그것은 10월 혁명의 역사로부터 견인되고 있으며 인류가 언젠가 도달해야 할 종국적 사회구성체의 모습이다. 때문에 그것은 마르크스주의의 구성성분의 하나로서 인간의 주관적 의지와 이념의 현실화 능력을 역설하는 것에 다름 아니다. 이제 양자를 종합한 결론으로서 해방공간 조선혁명의 사회·역사적 성격은, '더 이상 아닌(No longer)' 것과 동시에 '아직은 아닌(Not yet)'[24] 것의 이중적 과제로서 인식되어야만 정치적으로 올바른 것이다. 마르크스주의 객관주의와 주관주의를 동시에 종합적으로 고려하려는 안막의 인식론적 태도가 선연하게 빛을 발하는 지점이 아닐 수 없다. 그것은 사이비 마르크스주의자의 극좌적 경향으로서 '민족 형식'을 배제하는 것의 부당성까지 정확히 지적하는 안막의

24　이 두 용어는 루카치가 솔제니친의 「이반 데니소비치의 하루」를 분석하며 썼던 말이다. G. Lukacs, *Solzhenitsyn*, trans. by William David Graf, The MIT Press, 1971, pp.7-10. 이 글은 김경식에 의해 「솔제니찐―<이반제니소비치의 하루>」라는 제목으로 『민족문학사연구』 17호, 2000, 320-350쪽에 우리말로 옮겨진 바 있다.

폭넓고 유연한 사고에 의해 그 타당성이 더욱 배가되고 있다. 이어지는 문장들에서 안막은 "변증법적 유물론적 입장에 선 문학자 예술가만이 능히 현실에 대한 신비적, 관념적, 추상적, 주관적인 파악 대신에 과학적, 구체적, 현실적, 객관적 파악을 가져올 수 있고 현실을 그 전체성에 있어서 그려낼 수 있으며 '무슨 주제를 어떠한 방법으로' 그린다는 예술적 주제와 예술적 방법을 결부시켜 정당히 해결할 수 있을 것이다."(같은 책, 245쪽)라고 재차 강조함으로써, 마르크스주의 창작방법론으로서 프롤레타리아 리얼리즘이라는 자신의 문학적 태도와 비평의식이 연속적이고도 일관된 것이었음을 스스로 입증해놓고 있다.

지금까지의 논의를 정리하면 다음과 같다. 본고는 카프비평사에 있어 문학과 정치의 양립 (불)가능성, 마르크스주의의 객관주의와 주관주의의 상호관계 등의 문제틀을 중심으로 안막 비평의 성과와 그 위상을 재검토하였다. 안막은 「형식문제」에서 김기진의 변증적 사실주의를 재구하여 '프롤레타리아 리얼리즘'을 정립함으로써 카프비평사에 마르크스주의 미학의 원칙을 굳건히 정초하였다. 아울러 그는 볼셰비키적 당파성을 확고히 견지하면서도 예술작품의 '내용-형식'과 '표현-형식'을 상세하고 구체적으로 점검했다는 점에서, 문학과 정치의 양립 가능성을 타진하며 숙고하게 만드는 카프비평사의 희소한 존재로서 자리매김 되어야 할 것이다. 안막의 주요 용어로서 <형식적 방법론적 가능>이라는 어사는 내용·형식의 일원론을 지향하는 그의 비평적 태도를 잘 드러내고 있는 것이다. 안막의 프롤레타리아 리얼리즘은 신석초의 '유물변증법적 창작방법론'과 이후의 사회주의 리얼리즘 논쟁의 단초가 되는 내용들을 이미 선취하고 있다는 점에서, 카프의 리얼리즘 논의를 질적으로 성숙케 하는 데 큰 역할을 했다. 「재토의」의 외형은 「형식문제」에서 제출된 입장을 번복하고 있는 듯한 인상을 주지만, 전체적인 내용과 얼개는 기존의 입장을 변함없이 유지하고 있는 것으로 판단된다. 한편 안막 비평의 주요 인식소로서 마르크스주의의 객관주의와 주관주의의 문제는 시종일관 안막의 텍스트의 기저를 관류하면서 그것을 매우 첨예한 긴장적 언어로 구축하고 있다. 이상의 논거들을 바탕으로 안막의 비평사적 의의는 새롭게 재구성되어야 할 것이다. 안막 비평의 텍스트들은 문학과 정치의 불가피한 길항관계를 끊임없이 환기하면서 마땅히 오늘의 문제의식으로 갱신할 것을 우리에게 요청하고 있다.

안함광 비평의 전개 양상과 맥락들

1. 들어가는 말

안함광[1]은 임화·김남천 등과 함께 한국근대문학비평사의 형성에 특별한

---

[1]　1910.5.18. 황해도 신천 출신으로 본명은 종언(鍾彦)이다. 해주고등보통학교를 거쳐 1929년 조선 프롤레타리아 예술가동맹(KAPF) 해주지부에서 활동했다. 1930년 농민문학문제를 제기하면서 활발한 비평 활동을 시작했고 일본으로 건너가 공부하면서 1942년경 국민문학에 관한 논문을 발표했다. 해방 후 해주에서 황해도 예술연맹 위원장을 지냈고, 조선 프롤레타리아 문학동맹과 평양예술문화협회에 가담했으며, 1946년 3월 북조선문학예술총동맹 중앙상임위원과 제1서기장으로 활동했다. 처음에는 종언이란 본명으로 시평(時評)을 쓰다가 함광으로 이름을 바꾸고 농민문학론을 발표하면서 주목받기 시작했다. 특히 「농민문학문제에 대한 일고찰」(『조선일보』, 1931.8.)에서 그가 빈농계급에게 노동계급사상을 적극적으로 주입시켜야 한다고 주장한 데 대해 백철은 노동계급사상을 기계적으로 주입시키는 것보다 노동자가 자발적으로 참여하도록 해야 한다고 주장했다. 뒤에 그는 자신의 논리가 무리임을 시인하고 KAPF도 일본의 나프(NAPF)처럼 <농민문학연구회>를 두어 계급사상을 깨우치도록 해야 한다고 입장을 바꾸었다. 또한 「창작방법문제 재검토를 위하여」(『조선중앙일보』, 1935.6.30~7.4.)·「창작방법론 문제 논의의 발전과정과 그 전개」(『조선일보』, 1936.5. 30~6.6.) 등에서 사회주의 리얼리즘을 받아들여 창작방법론에 대해 논의했다. 이 글에서 그는 한국과 소련의 현실이 다르므로 소련의 사회주의 리얼리즘을 그대로 받아들일 수 없다고 하여 김남천의 이론에 동조하고 박승극·한효의 이론에 반대하는 유물변증법적 창작방법을 옹호했다. 그밖에 주요 평론으로 「예술의 순수성 문제」(『동아일보』, 1937.6.26.)·「문학에 있어서의 개성과 보편성」(『조선일보』, 1939.6.28~7.1.)·「국민문학의 문제」(『매일

기여를 한 비평가의 한 명이다. 그는 1930년대 <농민문학론>을 주창하여 문단의 주목을 받기 시작했고, 카프해산기를 전후로 하여 김남천과 마찬가지로 '사회주의 리얼리즘'의 기계적 도입에 반대하였다. 해방 이후 그는 월북하여 왕성한 평론활동을 벌이며 북한의 문예운동을 주도하였으나, 1967년 주체사상에 반대하여 숙청된 뒤 남북의 문학사 모두에서 소외되는 불운을 겪은 바 있다. 지금까지 그는 김기진, 임화, 김남천 등 카프 비평가들에 비해 상대적으로 많은 조명을 받지 못하였다. 거기에는 그가 소위 주류 비평가가 아니었다는 점 외에도 월북이라는 문학 외적 요인도 적지 않게 작용한 듯하다. 비평사를 포함한 문학사의 구성은 어떤 면에서 영향관계의 대조표에 기초한 계보를 작성하는 일과 무관하지 않은데, 그것은 발신자와 수신자 사이에서 생성되는 '차위(差違)'들, 굴절 현상에 의한 '변형(變形)'들, 그리고 그 사이의 거리 측정 등을 통해 이루어질 수 있다. 또한 그것은 몇몇 주류 작가들의 텍스트만을 통해서 이루어지기는 어렵다. 음악의 음계(音階)가 장조(長調: major)와 단조(短調: minor)로 이루어져 있듯이, 문학사의 구성은 메이저뿐만이 아니라 마이너를 함께 고려할 때 보다 풍요로워지고 다채로운 빛깔을 띨 수 있다. 이상의 관점에서 본고는 안함광의 비평문학을 전체적으로 조망하기 위한 첫 번째 시도로서, 해방 이전의 그의 비평 세계를 조명하고자 한다. 그의 비평 활동은 해방 이전 카프문학 운동기에 집중되어 있으며, 해방기와 월북 이후의 문학 활동에 대해서는 또 다른 시각에서의 접근이 필요하

신보』, 1943.8.24~31.) 등이 있다. 해방 후 북한에서 민족문학론을 펼치면서 『민족과 문학』(1947)·『문예론』(1947)을 발간했으며 조기천의 「백두산」을 비판했다가 당의 비판을 받기도 했다. 1950년 『문학과 현실』을 간행했고 1954년부터 김일성대학 조선어문학부에서 문학사를 강의했다. 1956년 북한 최초의 『조선문학사』를 간행했고, 1964년부터 문학사 총 16권 중 제9, 10, 11권(19세기 말~1945)을 쓰기도 했다. 1966년 평론집 『문학의 탐구』를 간행하는 등 활발하게 활동했으나 1967년 5월 주체사상의 유일사상 체계화에 반대하다가 숙청되었다(이상, 한국브리태니커 편, 『브리태니커백과사전』, 2007, '안함광' 항목 참조).

다고 판단되기 때문이다. 본고는 그의 비평 활동을 연대기적으로 개관하기보다는 안함광 비평의 핵심적 구성 인자로 판단되는 현실 인식과 문학의 자율성 문제라는 '문제틀(the problematic)'[2]을 통하여 그의 비평 세계에 접근하고자 한다. 지금까지 안함광의 문학 활동에 대한 연구는 농민문학론[3]이나 창작방법론[4] 등의 단편적인 논의를 제외하면, 1990년대 이후 비로소 본격화되었다고 할 수 있다. 그리고 그것은 분단 이후 북한에서의 문학 활동까지를 망라한, 『안함광평론선집』[5]이 1998년에야 출간된 것과도 무관하지 않다. 이후 안함광에 대한 연구는 주로 1930년대 리얼리즘론[6]에 대한 논의에 집중되

---

2   여기에서 '문제틀(the problematic)'이란 알튀세르의 개념으로 사용되었다. 그는 마르크스에게 나타난 사유의 전환을 하나의 '문제틀'을 버리고, 새로운 '문제틀'을 만드는 것으로 본다. 알튀세르의 '문제틀'이라는 개념은 인간이 세계를 바라보고 해석할 때 그 전제가 되는 사유의 틀을 의미하는 것으로, 어떤 면에서 '에피스테메'나 '패러다임'과 비슷한 뉘앙스를 지니고 있다. 하지만 푸코의 '에피스테메'와 같이 '시대적'인 것만은 아니며, 쿤의 '패러다임' 같이 상호조정에 의해 재정비되는 것만도 아니다. 알튀세르의 '문제틀'은 인간의 존재조건(계급, 지역, 성 등과 같은 조건)이 만들어내는 사고유형(=이데올로기)의 전제가 되는 '틀'이다

3   김윤식, 『한국근대문예비평사연구』, 일지사, 1976; 김윤식, 「농민문학론」, 『한국근대문학사상사』, 한길사, 1984; 최원식, 「농민문학론을 위하여」, 백낙청·염무웅 편, 『한국 문학의 현단계』 III, 창작과비평사, 1984; 김명인, 「민족문학과 농민문학」, 백낙청·염무웅 편, 『한국 문학의 현단계』 IV, 창작과비평사, 1985; 권영민, 「식민지시대의 농민운동과 농민문학」, 『한국 민족문학론 연구』, 민음사, 1988; 류양선, 「1930년 전후의 한국 농민문학론 연구」, 서울대 박사학위논문, 1990; 김재용, 『한국근대민족문학사』, 한길사, 1993.

4   이공순, 「1930년대 창작방법론 소고」, 연세대 석사학위논문, 1986; 유문선, 「1930년대 창작방법논쟁 연구」, 서울대 석사학위논문, 1987; 최유찬, 「1930년대 한국 리얼리즘론 연구」, 연세대 박사학위논문, 1987.

5   김재용·이현식 편, 『안함광평론선집』 1~5, 박이정, 1998.

6   김재용, 「카프 해소-비해소파의 대립과 해방 후의 문학운동」, 『역사비평』 2, 1988; 조정환, 「1930년대 현실주의논쟁과 프롤레타리아문학의 독자성 문제」, 『민주주의 민족문학론과 자기비판』, 연구사, 1989; 김재용, 「안함광론-카프 해소·비해소파의 이론적 근거」, 『1930년대 민족문학의 재인식』, 한길사, 1990; 이현식, 「1930년대 사실주의 문학론 연구-임화와 안함광을 중심으로」, 연세대 석사학위논문, 1990; 하정일, 「1930년대 후반 사회주의 리얼리즘론의 발전과 반파시즘 인민전선」, 『창작과비평』 1991년 봄호; 김영조, 「안함광의 프로

었다. 본고는 이상의 논의를 참고하여 안함광의 비평 활동을 규정할 수 있는 인식소와 문제틀을 중심으로 논의를 전개하고자 한다.

2. 농민문학에 대한 인식과 사회주의 리얼리즘의 수용문제

한국 근대문학은 서구에의 경사와 전통과의 교섭을 통해 형성되었고 그 대체적인 방향은 근대주의였다. 한국인이 진정한 의미의 근대세계를 경험하기 시작한 것은 불과 수십 년간의 짧은 기간이라고 할 수 있기에 한국문학 연구자들은 여전히 근대성과 관련된 논의로부터 자유롭지 못하다. 20세기 전반기에, 전통의 의미를 심각하게 고려하지 않았거나 서구의 근대주의에 대한 깊이 있는 통찰이 부재했던 작가와 작품들은 대부분 체화(體化)된 근대주의에 이르지 못했다. 이 시기 작가들에게 보다 중요한 것은 한국의 경험적 현실과 얼마나 정직하게 싸웠느냐는 문제일 것이다. 즉 근대주의를 표방한 문학적 대응방식이 무엇이든지 간에, 그것이 한국의 경험적 현실의 구체성

문학론 고찰-1930년대를 중심으로」, 수원대 석사학위논문, 1991; 구자황, 「안함광 문학론 연구」, 성균관대 석사학위논문, 1992; 구재진, 「1930년대 안함광 문학론 연구」, 서울대 석사학위논문, 1992; 박태상, 「두 개의 암초에 맞선 실험적 항해-탄생 100주년 월북문인의 문학사적 의의」, 『한국문예비평연구』 32, 2010; 이상갑, 「탈식민론과 민족문학: 전향과 친일, 그리고 저항-안함광의 경우」, 『민족문학사연구』 23, 2003; 김두환, 「안함광 문학론 연구: 해방전의 활동을 중심으로」, 단국대학교 교육대학원, 2003; 박진미, 「해방시기 안함광의 민족문학론 연구」, 영남대학교 석사학위논문, 2003; 장사선, 「안함광의 해방 이후 평론 활동 연구」, 『한국현대문학연구』 9, 2001; 우대식, 「해방기를 중심으로 한 안함광의 리얼리즘과 시 비평 고찰」, 『한국문예비평연구』, 32, 2010; 채호석, 「탈-식민과 (포스트-)카프문학」, 『민족문학사연구』 23, 2003; 김재용, 「비서구 주변부의 자기인식과 번역 비평의 극복」, 『한국학연구』 17, 2002; 이주노, 「중국의 향토소설과 한국의 농민소설 비교연구」, 『중국인문과학』 26, 2003; 이상 안함광에 대한 연구사 개관은, 권유리아, 「안함광 리얼리즘 미학의 전개 양상 연구」, 부산대 석사학위논문, 2000, 1-7쪽의 논의에서 도움을 받았음을 밝혀둔다.

속에서 내면적 고투를 통해 육화되지 못한다면 진정성을 확보하기 어렵다는 점이다. 현실에 대한 총체적 묘사와 혁명적 전망을 통해 이성의 해방적 기획을 믿었던 카프 계열의 작가들은 나날의 삶의 구체성 속에서 사유의 내면적 고투를 통과했다고 보기 어려운 부분이 있다. 그것은 미래로 투사된 이데올로기에 가깝다. 또한 과학주의라는 그릇된 보편성의 미망 아래 한국의 경험적 현실을 진지하게 고려하지 않았던 김기림을 비롯한 1930년대 모더니스트들의 문학 역시 구체적 삶을 통과한 문학적 신념이었다기보다는 포즈나 유행적 패션에 가까웠다. 이와 같은 의견들은 앞으로 한국문학사의 구체적인 맥락 속에서 보다 엄밀한 논증을 통해 밝혀질 필요가 있다.

이와 같은 맥락에서 안함광은 식민지 조선의 '경험적 구체성(emprical concreteness)'을 소중히 여겼다. 그는 1930년대 경험적 현실에 입각하여 자신의 문학 이론을 전개하였다. 따라서 그가 1930년대 농민문학론을 제기하게 된 것은 어떤 면에서 당연한 논리적 귀결이었다. 1930년대 조선의 경제구조는 농업에 종사하는 이가 70~80%를 상회하였기 때문이다.[7] 주지하듯 카프문학 내에서 농민문학론에 대한 논의는 안함광에 의해 주도되었다고 해도 과언이 아니었다. 그리고 백철과의 논쟁을 통해 그 구체적 면모를 띠게 되었다. 그리고 그 최초의 논의의 단초는 김기진[8]과 권환[9]의 글을 통해 마련되었다.

---

[7]　역사학연구소 편,『함께 보는 한국근현대사』, 서해문집, 2004, 204-205쪽. "조선 인구 가운데 70~80%를 차지한 농민들도 빠르게 몰락해 갔다. 농민들은 50%가 넘는 높은 소작료와 갖가지 조세, 엄청나게 오르는 비료값·농기구 가격을 참아내야만 했다. 대륙을 침략하려면 조선을 반드시 안정시켜야 한다고 생각한 일제는 농촌의 넘쳐나는 인구를 만주로 이주시키거나 중화학공장이 많이 들어서 있는 북부지방으로 보내 노동력 문제를 해결하려 했다. 그러나 대륙침략에 필요한 식량 확보와 황국신민화를 목적으로 한 정책은 큰 효과를 거두지는 어려웠다. 자작농과 자소작농은 소작농으로, 소작농은 농업노동자로 몰락하는 일이 흔했다. 거꾸로 몇몇 지주들은 농민의 몰락을 이용해 토지를 늘려갔다." 이와 관련하여 <식민지 기간 중의 소작농의 증가>(농가 호수에 따른 비율. 출처: 브루스 커밍스,『한국전쟁의 기원』, 김자동 역, 일월서각, 1986, 79쪽)를 도표화 하면 다음과 같다. [표 1]

그 중 논의의 핵심에 있었던 백철은 안함광의 농민문학론에 대하여 다음과 같이 비판한다.

자본주의시대의 사회적 존재로서 농민계급 존재의 특징은 그것이 근본적으로는 프롤레타라리아계급과 동일한 조건하에서 생활하고 있으며 따라서 구극에는 농민은 프롤레타리아계급과의 XX적 동맹 밑에서 동일한 궤도를 밟을 역사적 필연성을 가지고 있음에도 불구하고 거기에 역사적으로 사회적으로 여러 가지 특수조건이 유재(留在)되어 있다는 것이다 …… 프롤레타리아 이니셔티브(발의–실천적 의의가 포함됨)와 지도가 없이는 농민은 영(零)인 까닭에 오직 프롤레타리아만이 프롤레타리아를 통일하는 볼셰비키 X만이 빈농이 지망하는 그리고 어디서 무엇을 찾을 것인가를 모르는 그이들에게 그것을 찾아주게 되며 또 찾아줄 것이다(레닌: 필자) …… 그러므로 우리들의 농민문학을 생각할 때에는 그것은 언제나 프롤레타리아문학의 헤게모니하에 성립되며 발전되는 그것을 의미한다. 그러한 농민문학만이 모든 반동 농민문

연도	지주(%)	자작농(%)	자작 겸 소작농(%)	소작농(%)
1913	3.1	22.8	32.4	41.7
1918	3.1	19.7	39.4	37.8
1924	3.8	19.4	34.6	42.2
1930	3.6	17.6	31.0	46.5
1932		16.3	25.3	52.8
1936		17.9	24.1	51.8
1939		19.0	25.3	55.7
1943		17.6	15.0	65.0
1945		14.2	16.8	69.1

8 김기진, 「농민문예에 대한 초안」, 『조선농민』, 1929.3.
9 권환, 「하리코프대회 성과에서 조선프로예술가가 얻은 교훈」, 『동아일보』, 1931.5.14~5.17. 여기에서 그는 '노농통신운동 문제'와 '농민문학운동 문제'에 대해 언급하고 있다. 이를 위해 그는 "대중적 정기 간행물의 전취"와 농민문학에 있어 "프롤레타리아의 헤게모니"를 강조한다.

학이 부농계급을 위한 그것인 대신에 오직 빈농대중을 위한 참된 농민문학인 것이다. …… 이 의미에서 안군의 논문 중 다음의 것은 확연히 오류였다. "빈농 계급에게 대한 프롤레타리아 이데올로기의 **적극적 주입**"을 운운(강조 백철) 이 가운데는 확연히 경계해야 할 기계적, 좌익주의적 편향(따라서 우익적)이 잠재하고 있다. 그리고 이 기계주의적 편견은 단지 문학적 의미에서만 편향적 의의를 가질 뿐 아니라 다시 정치적 의의에서도 배척해야 될 그것이었다. …… 일정한 구체적 실천 내용에 관철한 프롤레타리아의 감화력에 의하여 빈농에게 일정한 방향을 가르치며 일정한 '행동의 지남석'이 되는 데서 빈농 계급이 자발적으로 그 영향하에 들어오는 것을 의미하는 것이다. …… 농민문 학은 안군의 말과 같이 결코 빈농계급에게 기계적으로 – 이 말이 부적합하다 면 적극적으로 – 프롤레타리아 이데올로기를 주입시켜가는 문학이 아니다. …… 그리고 다시 주의하여야 될 것은 농민은 다만 이런 중심적 사회 요구에서 만 프롤레타리아와 구별되는 것이 아니라 농민의 대부분은 소(小)소유자라는 점에서 다시 구별된다. 따라서 농민의 생활에는 다분히 소소유자적, 소부르조 아적 요소와 역사적 전통성 등이 잔류되어 있다. …… 우리 농민문학에 대하여 서도 그것은 동반자문학과 같이 취급될 것이 아니라 프롤레타리아문학의 동 맹문학으로 이해하는 것이 가장 정당할 것이다. …… 우리는 결코 이론의 지시에서 그것을 추상할 것이 아니라 실천의 구체적 행동을 통하여 대중의 생활 그 가운데서 그것(농민문학의 제재: 필자)을 수습해야 된다는 것이다.[10]

　　백철이 농민문학에 대한 논의에서 강조했던 것은, 첫째, 농민문학은 프롤 레타리아 문학의 헤게모니 하에 영도되어야한다는 것. 둘째, 농민문학의 대 상은 전체 농민이 아니라 빈농계급에만 해당한다는 것. 셋째, 농민의 소(小)소

10　백철, 「농민문학문제」, 『조선일보』, 1931.10.1~10.20.

유자적 특성 때문에 농민문학은 이중적 성격을 지니며 프롤레타리아문학과 동일선상에서 논의될 수 없다는 것. 넷째, 안함광이 말한 빈농계급에 대한 프롤레타리아 이데올로기의 적극적 주입은 '기계적'인 것이 되어서는 안 되고 프롤레타리아 계급이 '행동의 지남석'이 됨으로써 자발적으로 그 영향하에 들어오는 것을 의미한다는 것이다. 그러나 안함광 역시 프롤레타리아문학의 헤게모니를 역설한 바 있으며, 프롤레타리아 이데올로기의 '적극적 주입'이 기계적 주입을 의미하는 것이 아니라 프로문학의 헤게모니 하에 자발적으로 인도된다고 보았기 때문에 백철의 비판은 부분적으로만 타당하다고 하겠다. 안함광은 이에 대해 "농민대중은 자본주의와의 결정적 투쟁선상에 있어서 동요될 다분의 가능성을 가지고 있는 것이니 이에서 우리는 그들에게 정당한 계급의식의 적극적 주입을 염두에 두고 그 실천적 투쟁을 통하여 농민에게 대한 프롤레타리아 이데올로기의 영향을 심각화시키는 동시에 그들을 프롤레타리아의 헤게모니 밑으로 영도하지 아니하면 아니 되는 것이다"[11]라고 해명한 바 있다. 안함광은 식민지 조선의 현 단계에서 농민문학의 시급한 과제로 다음의 것들을 지적한다.

농민문학의 규정문제는 이미 〈일본농민문학연구회〉에 있어서의 토론제(討論濟)인 문제인 것이다. 즉 6월 27일(백군이 농민문학의 규정문제에 대한 의견을 발표하기 2, 3개월 전)에 그들은 이미 노동자계급과 농민의 경제적 이해의 차위(差違) 및 농민 이데올로기와 프롤레타리아 이데올로기의 구별과 그 기초 등의 천착으로부터 농민문학은 프롤레타리아문학의 일종이라는 개념적 규정을 떠나 농민문학도 그 사회적 요구와 생활의 특수성 등(허나 이는

---

11   안함광, 「농민문학의 규정문제 ─ 백철군의 데마를 일축한다」, 『비판』, 1931.12. 『선집』 1권, 105쪽.

대전묘(大田卯) 등과 같이 농민과 프롤레타리아의 분리를 의미하는 것은 절대로 아니다)으로 인하여 프롤레타리아문학과 구별되지 아니하면 아니 되는 이유에 대한 이론적 귀결을 보게 된 것이다.[12] // 이에서 우리는 농민출신 작가의 진출적 무대에 대한 형식 및 범위 문제가 고려되게 되는 것이니, 즉 문학적 소양의 기회를 가지지 못할뿐더러 시간의 여유가 없는 농민출신 작가들에게 있어서는 그 최초 단계로, 준비와 집필에 많은 시간을 요할뿐더러 상응한 예술적 교육이 절대로 필요한 대형식(大形式)이 아니라, 농민과의 최선한 그리고 가장 생산적 연결의 방법인 동시에 자본주의적 핵심의 세포를 볼 수 있는 농민통신원운동, 당면문제에 대한 아지·프로의 수단으로 세포신문 등의 소형식인 무대로부터 등장하지 아니하면 아니 될 것이라고 믿는다. 그는 다시 말하면 세포신문에 집필했던 농민통신원이 그 정치활동에 있어서 비로소 작가와 접촉하여 과거에 있어서의 농촌의 경험, 농민조합의 경험, 그리고 농촌의 실상 등을 가르치고 작가에게서는 반대로 가장 효과적인 정당한 묘사와 서술적 수법 및 표현 등에 관한 최상의 방법을 배우기 때문이다. 이리하여서만 우리는 "삶에 시달리는 노동자나 농민은 인텔리겐차의 조력없이 자기의 예술 및 문학을 창조하기는 도저히 어려운 것이다"는 레닌의 의견을 바르게 이해하는 자가 될 것이다.[13]

인용에서 드러나고 있듯이, 안함광은 프롤레타리아 계급과 빈농계급 간의 경제적 이해의 차위(差位)에서 오는 농민문학의 규정문제를 토대로 하여, 현 단계에서 긴박한 것은 농민출신 작가의 출현문제, 그리고 권환의 글에서 이미 언급된 바 있었던 '노농통신원'의 문제, 프롤레타리아 헤게모니의 문제

---

12 안함광, 위 글, 위 책, 101-102쪽.
13 안함광, 「농민문학 문제 재론」, 『조선일보』, 1931.10.21~11.5. 『선집』 1권, 94-95쪽.

등을 중요한 요소로 언급하고 있다. 다시 말해 안함광은 식민지 조선의 경험적 현실에 천착하면서도, 1930년 11월 개최되었던 제2회 프롤레타리아작가대회(하리코프대회)에서 제기되었던 문제의식과 성과를 공유하고 있었던 것이다. 그리고 이에 대한 문학적 실천과 관련하여, 박아지의 「우리는 땅 파는 사람」, 김대준의 「아침 날의 찬미자」 등을 그 실례로 든다. 그러나 이 작품들에서는 "하등의 계급적 의의를 엿볼 수가 없으며, 농민을 한낱 '순박'과 '건실'의 존재로서, 농촌을 한낱 평화의 에덴의 동산으로 사유하던 메타피직스한 경향의 반영 이외의 아무것도 아니다"[14]라고 비판하였다. 또한 과거 농민문학 작품의 예로 이기영의 「민촌(民村)」과 조명희의 「농촌사람들」 등 지식인 출신계급의 농민문학에 대해 분석한다. 「농촌사람들」의 '원보'는 "페시미즘의 색채가 농후한 숙명론자의 인생관"의 소유자로서 "정의의 집요한 투쟁을 전개하는 집단의 현실이 아니라 그 모순체에 대한 투쟁력을 상실하고 단지 무정부적 질서 없는 사고에 있어서 희망 없는 생활영역을 헤매이는 무기력한 무리의 현실"(88쪽)이라고 평가한다. 그리고 형식면에 있어서, "리얼리즘의 경향과 로맨티시즘의 경향이 혼류된 통일을 잊어버린 부조화의 혐의 없지 않다"라고 평한다. 이기영의 「민촌」에 대해서는 "이에서 이 작품에 가지는 사회적 의의는 백 퍼센트로 소부르조아의 윤리관으로부터 오는 왜곡된 결론에 의하여 결정되고 만 것이다. 즉 이 작품의 생명을 좌우할 점순이의 사고 및 행동이 끝끝내 수동적 인내와 고뇌와 기근 및 비극적 희생으로 종결된 이곳에 건질래야 건질 수 없는 치명적 결함, 부르의 승리와 프로의 굴복이 있는 것이다"(91쪽)라고 비판한다. 형식면에 있어서는 "컴포지션의 무연락, 번쇄(煩瑣)한 사자(寫字)이 과다, 또는 묘사의 신비성 등을 지적하지 아니할 수 없게 된다"(91쪽)고 토로한다. 그리고 종종 볼 수 있는 로맨티시즘적 요소

---

14   안함광, 위 글, 위 책, 83-86쪽 참조.

는 조명희의 작품에서와 같이 "예술적 구상화에 있어서 그의 이데올로기적 테제와는 대척적인 것인, 끝없는 이상화의 정서적 발로를 억제치 못하는 탓"(91쪽)이라고 분석한다. 이상의 맥락과 관련하여 안함광은 농민문학과 반(反)종교운동과의 관계에 대해서도 언급한다. 여기에서 그는 맑스(『신성가족』: "종교는 아편이다")와 레닌의 글(『종교에 취하여』: 이상 필자)을 인용하여 "종교란 타인을 위한 영구적 노동에 의하여 곤고와 고독에 의하여 억압된 인민대중을 도처에서 중압하는 정신적 압박의 일종이다. 착취자에 대한 투쟁에 있어서의 피착취계급의 무력(無力)이 미래에 있어서의 보다 나은 생활의 신앙을 가지게 되는 것은 마치 자연과의 투쟁에 있어서의 야만인의 무력이 신, 악마, 기적, 그 외 여러 가지에 대한 신앙을 가지게 되는 거나 마찬가지다. 종교는 일(一) 생애 고통 중에 노동하는 인간에게 대하여는 지상에 있어서 굴종과 인내를 가르치고 천국에서 받을 행복된 희망으로서 위자(慰藉: 위로하고 도와줌(필자))한다"라고 비판한다. 안함광의 이와 같은 종교에 대한 비판은 사뭇 진지한 것이어서, 그는 여기서 그치지 않고 여타 종교의 경전에서 지배계급에 대한 '굴종'과 '인내'의 도덕을 읽어내고 있다. 가령 "一, 노예된 자여 너희는 두려워하고 떨며 신실한 마음으로 육체가 속한 상전에게 복종하기를 그리스도께 복종하듯 하여……(「에베소」 6장).// 一, 다만 의무적 노동에만 만족할 것이 아니라 기회 있는 대로 그것을 잘 이용하여서 주인의 이익을 구하여 줄 것이며(구세군(救世軍)의 군령(軍令) 및 군율(軍律) 중에서).// 一, 공사(公事)에 잘 복종하고 수호지두(守護地頭)에게 납세를 충실히 하고 또 존경하라(『불경』 중에서).// 一, 천(天)에 유신(唯神)이요 신은 유일이니 천도소원(天道所願)이니라(『천고교전』 중에서)"[15] 등이 이와 관련하여 그가 들고 있는 예들이다. 안함광의 논지는 분명히 포이어바흐[16]의 "신이 인간을 창조한 것이 아니라 인간이

---

15 안함광, 위 글, 위 책, 99쪽.

신을 창조하였다[17]"는 유명한 테제를 떠올리게 하는데, 그는 직접 포이어바흐

---

16 많은 비판을 받은 바 있는 그의 저작, 『기독교의 본질』(*Das Wesen des Christentums*, 1841)
의 목표는 신학에 인간성을 부여하는 것이었다. 그는 인간은 그가 이성적인 한에서는 자기
스스로를 자신의 사고의 대상으로 할 수 있다고 주장했다. 즉 "종교는 무한에 대한 의식(意
識)"이다. 그러므로 종교는 "의식의 무한에 대한 의식에 지나지 않는다. 또한 무한에 대한
의식에 대해서는, 의식하는 주체는 자신의 객관에 따라 자기 본성의 무한성을 지니고 있다"
는 포이어바흐의 주제는 신의 창조물은 신의 일부로 남아 있고, 동시에 신은 그 창조물보다
위대하다는 헤겔의 명상적인 신학에서 온 것이다. 학생이었을 때 포이어바흐는 자신의 이
론을 헤겔에게 보여주었으나, 헤겔은 그것에 대해 긍정적 답변을 주지 않았다고 한다. 이
책의 1부에서 포이어바흐는 "종교의 진실 혹은 인류학적 본질"을 주제로 내용을 전개한다.
그는 "오성(悟性)을 지닌 존재로서" 또는 "법적이고 도덕적인 존재로서", "사랑으로서" 등
등의 여러 측면에서 신을 다룬다. 포이어바흐는 인간이 지성의 능력을 신의 것으로 보았기
때문에 어떻게 인간이 신보다도 의식적인 존재가 될 수 있는지 논의한다. 인간은 많은 것을
생각하면서 자기 스스로에 대해 알게 된다. 포이어바흐는 모든 측면에서 신은 인간 본성의
욕구나 특징에 대응한다고 했다. 그는 만약 인간이 신 안에서 만족을 찾으려 한다면, 신
안에서 자기 자신을 찾아야 한다고 주장했다. 그러므로 신은 인간에 지나지 않는다. 말하자
면 신은, 인간의 내적 본성을 외부로 투사(projection)한 것이다. 신과 초월적인 존재는 인간
의 자비심의 측면에 의존하며, 이 투사를 포이어바흐는 만들어진 환상이라고 표현하였다.
포이어바흐는 "자비롭지도, 공정지도, 현명하지도 않은 신은 신이 아니다"라고 설명하며,
이 특징들은 그들의 신심 깊은 관계 때문에 갑자기 신적인 것으로 나타나지는 않는다고
한다. 인간이 지성을 갖추고 있고 신성함의 의미를 종교에 적용시키지만 종교가 인간 자체
를 신성하게 만들어주지 않는다는 것을 보여주는 이 특징들은 그 자체가 신성하기 때문에
신을 신성하게 만들어준다. 종교로 이끄는 힘은 비록 신적인 형태에 신성함을 부여하나,
포이어바흐가 설명하기로는 신은 모든 형태의 인간으로 완전히 행동하는 존재이다. 신은
"[인간의] 구원의 원리이며, [인간의] 좋은 성질과 행위를 가지며, 그 결과로 [인간의] 선한
원리와 본성을 지닌다." 이것은 인간으로 하여금 그들 종교의 우상에게 특성을 부여하게
하는데, 이런 특성이 없을 때에 신이라는 상징은 단지 하나의 대상에 불과하게 되고 신의
중요성은 쓸모없어지며 더 이상 신의 존재에 대한 감각은 존재하지 않을 것이기 때문이다.
그러므로 포이어바흐가 말하기를, 인간이 신에서 모든 특성들을 제거한다면 "신은 인간에
게 이제 부정적인 존재가 될 따름이다." 덧붙여 인간은 상상력이 풍부하기 때문에, 신은
특성을 부여받고 매력적인 존재가 된다. 신의 존재를 창안함으로써 신은 인간의 일부가
되었다. 그럼에도 불구하고, "신은 스스로 혼자 행동하는 존재이기" 때문에 인간은 신에게
격퇴당한다. 포이어바흐는 "신으로 의인화된" 선함이 신을 대상으로 만들었다고 단언하는
데, 만일 신이 대상이 아니라면 신을 의인화하기 위해 아무것도 필요하지 않기 때문이다.
대상들로서의 관점은 이전부터 논의되어 왔다. 그런 점에서 인간은 대상들을 생각하며 그
대상들 자체가 인간을 외면화하는 개념을 던져준다. 그러므로 만약 신이 선하다면 인간이
어야 하는데 신은 대상이므로 신은 단지 인간을 외면화한 것이기 때문이다. 그러나 종교는

를 언급(98쪽)하고 있기도 하다. 안함광은 이들의 논의를 따라, "종교란 프롤레타리아 운동에 있어서 최대의 해독물인 유신론을 무기로 '복종제일주의'의 노예도덕을 선전하고 있음을 인식할 수가 있는 것"(99쪽)이며, 그가 역설하는 반종교투쟁이란 "절대로 단순한 종교 그 자체에 대한 투쟁에만 국한시킴을 말하는 것이 아니다. 유물론적 변증법에 의하여 계급적으로 강조하지 아니하면 아니 될 본질적 사명에 대한 정당한 인식의 전취에 있어서 필요불가결의 기본적 조건이 되기 때문이다"(99쪽)라고 농민문학과 반종교운동의 관계에 대한 그의 입장을 정리하고 있다.

식민지 조선의 경험적 구체성을 소중히 여기는 안함광의 일관된 태도는, 카프해산기 창작방법논쟁에서 벌어졌던 '사회주의 리얼리즘'의 수용문제를 통해서도 엿볼 수 있다. 그는 조선적 현실에서 사회주의 리얼리즘의 기계적 도입에 동의하지 않았다. 이와 관련한 그의 입장이 피력되어 있는 글을 뽑아본다.

(1) '사회주의적 리얼리즘'의 정당성에 대하여 떠들던 경조(輕燥)한 '계절조'(김남천)적 태도와 및 '다리없는 댄서의 무용'(김기진: 필자)과 무연될 수 없었던 것이며, 안함광의 논은 전기 백철씨의 소론에 대하여 몇가지 조목의 질의를 말하였을 뿐으로 재래의 창작적 슬로건에 대한 내성적 탐구를 전적으

인간이 본래부터 부도덕하다고 한다. 포이어바흐는 만약 "만약 나의 정신이 미적으로 타락한 절대적인 존재라면 내가 훌륭한 그림의 아름다움을 인식할 수 있을 것인가?"라는 가능성을 물음으로써 자신의 모순을 줄이려고 했다. 포이어바흐의 추론에 따르면 이것은 불가능할 것이나 가능하고, 후에 인간은 아름다움을 발견할 능력이 있다는 것을 기술한다. 1844년 막스 슈티르너는 포이어바흐에 대해 신랄한 비판을 하였다. 그의 저작, 『유일자와 그의 소유』(Der Einzige und sein Eigentum)에서 그는 포이어바흐의 무신론에 내재하는 모순성에 대혜 비판하였다(이상, 루트비히 포이어바흐, 『기독교의 본질』, 강대석 옮김, 한길사, 2008 참고).

17 안함광, 위 글, 위 책, 98-99쪽.

로 결여하였던 것이며, 추백의 논은 『사회주의적 리얼리즘의 문제』라는 책자의 단순한 내용 소개로 보아 무방할 종류의 것이며, 『형상』지 3월호를 통하여 발표된 김남천씨의 「창작방법의 전환문제」는 지극히 정당한 견해를 말한 것이었으나 …… 현재 이 문제에 관하여 이야기하게 되는 경우에 가장 많이 범하는 과오로서는 러시아의 현실과 조선의 현실의 현단성(現段性)과의 본질적 차이에 대한 충분한 인식의 결여다.[18]// (2) …… 그가 그렇게 된 원인으로서는 소비에트 러시아의 현실과 조선의 현실과의 본질적 차이에 대한 충분한 인식을 갖지 못하고 다만 외래이론을 이식하기에만 급하였던 관념적 통폐를 상금까지 양기하지 못하였다는 데에 있다는 것을 이야기하였다. 이리하여 소련에 있어서의 '소셜리스틱 리얼리즘', 그것은 "제2차 5개년 계획의 개시에 있어서 소비에트 문학의 앞에 세우는 제 임무의 유기적 표현"(라진)으로서는 정당히 이해할 수 있으나 조선 문단에 기계적으로 수입된 '소셜리스틱 리얼리즘'이라는 것은 그것이 무엇을 의미하는 것인가를 나는 불행하게도 알지 못한다.[19]// (3) 신창작론의 정당한 이해와 실천적 해결은 결코 러시아 비평가들의 정의적 명제를 발기(拔起)함에서 만사 끝나는 것이 아니라, 조선 문학의 역사적 검토와 현재의 제 실정 및 절박된 제 과제의 고구에서만 그의 해결도 그 심도를 가(加)해 가게 될 것이다. 한 말로 말하자면, 조선 현실에 대한 진지한 탐구력을 대동함이 없이 새로운 창작 슬로건의 정당한 이해는 기대할 수 없다는 것이다. 이러한 의미에서 창작방법 문제의 논의를 중심으로 하여 그를 제창한 소련의 현실과 조선의 그것과를 구체적으로 대비, 논증하려는 탐구적

---

18 안함광, 「창작방법 문제의 토의에 기(奇)하여」, 『문학창조』, 1934.6; 김재용·이현식 편, 『안함광 평론선집』(이하 『선집』으로 약칭) 1권, 박이정, 1998, 14쪽. 이하 안함광 글의 인용은 이 책의 것이며, 필요한 경우 본문에서 권수와 쪽수만 밝히기로 한다.

19 안함광, 「창작방법 문제 재검토를 위하여―한효 군의 박문을 읽고」, 『조선중앙일보』, 1935.6.30~7.4. 『선집』 1권, 38쪽.

노력이 일어나며 있었다는 사실은 어느 점으로 보든지 경하에 치(値)할 노릇이다. 이 '어느 점으로 보든지'라는 표현문구 가운데는 구체적으로 두 가지의 의미가 포용되어 있는 것이니, 그 하나는 사회주의적 리얼리즘에 관한 원칙적 진리가 현실 면에서 구체화되는 필수적 과정으로서이고, 또 다른 일면에는 선험적 결론을 가지고 현실에 투신하려는 것이 아니라 현실 그 자체에 대한 면밀한 고구에서 일정한 결론을 탐구하려는 과학적 태도의 타당성을 의미한다. 물론 후자에 있어서의 현실탐구의 결과가 반드시 '사회주의적 리얼리즘'에로의 도달이 아니어도 할 수 없다. 그는 각기 논자의 시각과 사념(思念)의 방향 문제이고 이것이 그 이전의 현실탐구의 의의를 말살하는 것은 아니다. 아니 정당한 의미에 있어서는 그것이 처한 바 특수한 현실의 고구를 거쳐서만 전자, 즉 원칙적 진리(창작적 슬로건)의 현실적 구체화도 가능케 될 것이다.[20] // (4) 이리하여 창작방법의 진실한 현실적 구상화를 위하여 조선의 특수한 사회적 조건, 문학적 현실 등이 진지한 탐구의 대상이 되지 않아서는 아니될 것을 거듭 역설한다. 조선 현실 탐구의 결과가 혹자에게 있어서는 창작방법에 대한 신조(信條)의 결론을 사회주의라는 명칭 이외의 것에다 구하는 경우가 있을런지도 모른다. 허나 우리는 그 경우에 있어서 단순한 그 '명칭'에 대한 논란을 가지기 전에 그러한 결론을 가지기까지의 현실탐구가 과학적이었느냐 비과학적이었느냐 하는 것을 구명하지 않아서는 아니될 것이다. 조선에 '사회주의적 리얼리즘'이라는 것이 있고 조선의 현실, 조선의 예술이 있는 것이 아니라 사태는 그와 정반대라는 것을 실천적으로 이해하지 않아서는 아니될 것이다. 이러한 태도를 갖는 데서만 창작방법 문제 논의도 그 직역(直譯)적 취미에서 단연 일반의 전진을 갖는 동시에 쇠퇴, 혼란 등으로 표상된 조선의

---

20 안함광, 「창작방법 문제 논의의 발전과정과 그 전망」, 『조선일보』, 1936.5.30~6.10. 『선집』
    1권, 68쪽.

프로문학도 고도한 통일된 방향에서 그 자신의 지도정신을 획득할 수 있을 것이다.[21]

인용에서 볼 수 있듯이 안함광은 식민지 조선의 경험적 구체성을 소중히 여겼다. 아무리 뛰어난 이론체계라 하더라도 경험적 현실로부터 귀납된 것이 아니면, 즉 식민지 조선의 특수성을 간과한 것이라면 무용지물이라는 것이다. 주지하듯 카프해산기 '사회주의 리얼리즘'의 수용 문제는 카프 내부에서 첨예한 논쟁을 불러일으켰던 사안이다. 프로문학계에서 비평의 지도성은 창작의 질식화와 작품의 도식화를 노정했던 것이고, 이에 대한 반성과 비판으로서 제기되었던 것이 유물변증법적 창작방법의 오류였으며 이에 대한 대안으로 사회주의 리얼리즘의 수용 문제가 대두됐던 것이다. 그 과정에서 임화는 혁명적 로맨티시즘을 주창하면서 이의 적극적인 수용을 주장했으며, 김남천은 이러한 카프진영 내의 동요를 철새에 비유하며 반대 의사를 분명히 했던 것이다. 안함광 역시 김남천의 노선과 별반 다르지 않았던 듯하다. 그는 김남천과 김기진의 논리를 따라 사회주의 리얼리즘의 수용에 있어 신중함을 강조했다. 그리고 카프문학의 위기는 유물변증법적 창작방법의 오류에서 기인하는 것이 아니라, 예술적 형상화의 문제와 형식의 문제를 해결하면 자연스럽게 극복되리라고 믿었던 것이다. 즉 그는 마르크스주의 세계관에는 죄가 없으며, 프로문학의 실패는 창작방법론상의 오류에서 기인한 것으로 파악했던 것이다.

---

21   안함광, 위 글, 위 책, 71-72쪽.

3. 창작과정에 있어 주체화와 문학의 자율성 문제
   ―김남천의 논의와 관련하여

예술의 특수성 혹은 상대적 자율성의 문제는 프로문학 운동기 동안 카프의 이론가들이 봉착했던 주요한 문제 중의 하나였다. 유명한 회월과 팔봉의 내용·형식 논쟁이나 카프해산기를 전후한 창작방법논쟁의 핵심에는 예술의 형식문제 즉 프롤레타리아 이데올로기의 예술적 '형상화'의 문제가 줄곧 관건이 되었다. 박영희가 프로문학의 자연발생적 태동기에는 형상화의 문제보다는 작품의 내용과 이데올로기가 우선되어야 한다고 주장하였고, 이에 대해 김기진은 서까래도 지붕도 없이 붉은 벽돌만 올리면 집이 되느냐 하고 반박한 바 있다. 외형상으로는 이 논쟁은 회월의 승리로 끝난 듯했지만 팔봉은 줄곧 예술의 특수성과 형식의 문제에 대해 유연하고도 일관된 입장을 견지하였다. 그래서 박영희가 "얻은 것은 이데올로기고, 상실한 것은 예술 자신이었다"고 언명하며 카프탈퇴를 선언하였을 때도 이를 가장 먼저 적극적으로 비판하고 나선 사람은 아이러니컬하게도 비교적 온건한 축에 속했던 팔봉 자신이었다. 팔봉은 창작방법논쟁의 와중에도 변증법적 사실주의를 포기하지 않았고 마르크스주의 세계관에는 죄가 없다고 단언한 바 있다. 또한 사회주의 리얼리즘의 수용 문제에 관한 논쟁에서도 임화가 '주인공=성격=사상'의 노선에 입각해 유물변증법적 창작방법을 비판하고 혁명적 로맨티시즘을 주장했던 것에 반해, 김남천은 '세태=사실=생활'의 노선을 견지하면서 사회주의 리얼리즘의 기계적 도입에 대해서 반대했던 것은 주지의 사실이다. 안함광은 김남천에 대해서는 애정 어린 비판자였던 것으로 판단된다.[22] 한편

---

22 안함광의 김남천에 대한 애정 어린 시선은 안함광, 「문학의 주장과 실험의 세계―『대하(大河)』의 작자의 걸어온 길」(『비판』, 1939.7)에 잘 나타나고 있다. 이 글의 첫머리에서 안함광은 "문학의 세계에 있어 주지하는 바의 단 하나의 잘못은, 과도한 상찬(賞讚)이라고 하는

으로 사회주의 리얼리즘의 도입에 반대하면서도 그는 임화의 '주인공=성격=사상'의 노선을 지지하였다. 안함광은 기본적으로 예술의 공리성과 사회성을 줄곧 강조하는 입장에 서 있던 것이다. 즉 "여하한 사변(辭辨)을 가지고라도 문학이 개인적 세계의 산물이 아니라 사회적 현실의 산물이라는 것, 그리고 그것이 특수한 언어에 표현된 일정한 사회적 그룹의 생활인식이라는 것을 부인할 수 없다"[23]라고 보았던 것이다. 그러나 그는 한편으로 일관되게 유연하고 온건한 입장에서, 예술작품의 형식문제를 도외시하지도 않았다. 그리고 그는 창작과정에 있어서 '주체화'의 문제에 대해서도 진지하게 고려하였는데, 이는 경험적 구체성을 중시하는 그의 일관된 태도에서 비롯된 것이라고 평가할 수 있다. 그리고 이는 김남천이 '일신상(一身上)의 진리'라는 개념을 통해 창작과정에 있어 주체화의 문제에 대해 모색했던 것에 비견될 수 있다.

카프 해산 이후 전개된 모랄론에서 김남천이 강조했던 것은 창작 과정에 있어서 '주체화'의 문제, 즉 '일신상(一身上)의 진리'로서 갖게 되는 모랄의 성격이었다. 여기에서 작가의 구체적인 육체의 물질성을 강조하는, 리얼리스트로서 김남천의 면모가 드러난다. 일신상의 진리란 체화되고 육화된 진리로서, 개별자인 작가의 신체 위에 무의지적으로 기입되는 것이다. 그것은 일반화된 특수성과 보편성을 넘어서는 '보편적 개별자(universal singularity)'로서의 위상을 점유한다. 그것은 예술 창작의 특수한 국면을 구체적으로 포함하는 것으로서, 동시에 그 특수성은 예술의 '절대적 현존'으로까지 비약되는 것이 아니라, 어디까지나 보편적 '진리'의 담지자로서 기능하는 것이다.[24]

것이다. 그리고 이를 잘 생각해 본다면 그는 작자를 안심케 하는 조건이라고도 말할 수 없다"라고 적고 있는데 이 문장이 암시하고 있는 바, 그 진의(眞意)는 명백해 보인다.

23 안함광, 「문학에 있어서의 자유주의적 경향─그의 현실적 면모를 척결(剔抉)함」, 『동아일보』, 1937.10.27~10.30. 『선집』 1권, 160쪽.

24 카프 해산 후 위기에 처한 마르크스주의와 주체의 내면성이라는 특정한 시대의 문제의식을 그 역사적 국면에만 한정하지 않고, 창작 과정에서의 '주체화'의 문제라는 보편적인 문제틀

이와 관련한 안함광의 발언을 살펴보기로 하자.

그렇기 때문에 문학의 최후 목표는 주체적(내재적) 진실 그 자체가 객관적(외재적) 진리와 합일되어지는 데서 양출(釀出)되어지는 바 높은 의미로서의 문학적 진리의 체현에 있다. 진리란 그것이 진실이 아니고 진리인 한에 있어서 보편자와의 연관에서만 포촉되어진다. 따라서 주체적 진실이 보편자와 교섭함에 의하여 그 객관적 진리를 문학적으로 진실화할 것이 요청되어진다. 문학의 특이성을 보편자의 창조란 곳에 둔 아리스토텔레스의 견해도 이러한 해석을 거쳐서만 정당히 이해할 수 있는 물건이다.[25] // 그러나 주체적인 사색의 정신이 구체적인 사물에 즉한 시련 가운데서 스스로 유락(流落)되어지고 연소되어진 사상이 아닐 때 그것은 하나의 형해성을 면치 못할 게고 따라서 비평을 질적으로 이끌어 올리지도 못한다.(복사적(複寫的) 행위에 이르러서는 더불어 이야기할 것조차 없는 일이라고 생각한다). 그러나 그 사색의 정신이란 것이 세계와의 거리를 자꾸 심화함에 의하여 협애한 동굴에로 자기를 몰아넣는 경우가 되어서도 아니될 것이다. 그러면 그 사색의 정신이 협애성에서 자신을 구원하는 한편, 형해 아닌 사상을 주체화할 세계란 어디냐? 그는 '생활'이다. 여기에 비평가의 시야 즉 영역의 문제가 나타난다.[26]

예문에서 강조하고 있는 것은, 예술작품의 형상화 과정에서 제기되는 경험과 사유의 '주체화'의 문제라고 요약할 수 있을 것이다. 작가가 아무리 높은

의 차원으로까지 끌어올리고 있는 것은 김남천 문학의 사유의 깊이를 여실히 보여주는 것이라 하겠다. 그것은 마르크스주의라는 보편적이고 객관적인 이념을 개별자로서 창작의 주체인 작가의 주관성 속에서 용해시킴으로써, 프로문학의 위기를 타개하려 했던 그의 정직한 '내면적 고투'를 통해 얻어진 것이라 하겠다.

25 안함광, 「문학의 진실성과 허구성의 논리」, 『인문평론』, 1939.12. 『선집』 2권, 98쪽.
26 안함광, 「문예비평의 전통과 전망」, 『동아일보』, 1940.5.5~5.26. 『선집』 2권, 205쪽.

사상적 견해를 지니고 있다 하더라도 그것이 자신의 육체적 현실로서 체현되지 않으면, 다시 말해 창작 주체의 언어로 육화(肉化)되고 체화(體化)되지 않는다면 그것은 사상누각에 불과한 아이디얼리즘으로 떨어질 위험이 상존하고 있는 것이다. 그는 이를 가리켜 "창작방법에 대한 혈육적(血肉的) 이해"[27]라고 명명하였다. 이와 관련하여 과거 카프 작품들이 노정하였던 도식주의란 "내용은 과연 예술의 당파성을 규환(叫喚)적인 주관주의적 경향성과 환치하는 편향이라든가 현실 사회의 역사적 동태의 리얼리스틱한 묘사를 자의(恣意)적인 철학적 구성과 환치하는 공식주의 등에서 무연될 수 있는가? 아니다. 과거 작품의 도식주의적 편향이라는 것은 다름 아닌 이러한 모든 관념주의적 편향의 이어동질적(異語同質的) 표현인 것이며 그는 어느 편인가 하면 로맨티시즘에 편중되어 있었다는 것을 필자는 굳게 믿어 의심치 않는다"[28]고 그는 주장한다. 이와 같은 관점에서 안함광은 사회주의 리얼리즘의 수용 문제에 있어 유물변증법적 창작방법을 끝까지 고수할 수 있었던 것으로 보인다. 이러한 논의의 연장선상에서 예술의 특수성과 보편성에 대한 그의 생각을 살펴보기로 한다.

한데 우리는 이와 동시에 문학은 일방의 극한에서 음악을 가지며 일방의 극한에서 수학을 가진다고 말한 발레리의 명제를 생각해볼 칠요가 있다. 음악과 수학은 그 성격이 엄청나게 다르다는 것은 주지하는 바와 같다. 그러면 이렇게 이판(異判)한 두 개의 물건이 어떻게 되어서 문학이라는 동일한 세계

---

27 안함광, 「소셜리스틱 리얼리즘 제창 후의 조선문단의 추향(趨向)」, 『조선일보』, 1936.1.3~1.10. 『선집』1권, 49쪽.

28 안함광, 「창작방법 문제 논의의 발전과정과 그 전망」, 『조선일보』, 1936.5.30~6.10. 『선집』1권, 60쪽. 이 글은 안함광의 리얼리즘론을 집약하고 있는 것으로, 그의 사유의 폭과 깊이를 단적으로 보여주는 중요한 글이라고 필자는 판단한다.

의 속성일 수 있다는 건가! 생각건대 그는 특수성과 동시에 보통성을 가지는 또는 가지지 않아서는 아니 될 문학 고유의 법칙에서 요청되어지는 것이며 따라서 그에서 설명되어질 수 있는 문제이리라고 생각한다. 실로 수학의 세계, 가령 2에 2를 가하면 4가 된다든가 5에 2를 승(乘)하면 10이 된다든가 하는 것은 어느 때 어디에 있어서나를 막론하고 하나의 보편적인 진리가 아닐 수 없다. 물론 이는 하나의 비유일 뿐이니까 문학에 있어서의 보편성이란 것이 이러한 성질의 물건일 수는 없는 일이지마는 좌우간 문학본래의 사명이 수동적 감성의 저회(低徊) 취미에 있는 것이 아니라 감성과 지성의 고차의 통일을 종용하는 바 사회적 외향성에 있다는 것은 두말할 것도 없다. 원래로 예술의 순수성이란 협애한 동굴에로의 칩거적 태도에 의하여 유지되어지는 것이 아니라 그와는 반대로 개성적 방식에 의한 사회적 외향에로의 확전(擴展)에 의해서만 소기(所期)되어질 수 있는 물건이다. 예술이란 언제나 감동이라든지 정서라든가를 일방적으로 체현하는 것이 아니라 음표에 의한 음악성과 이미지에 의한 정서와 그리고 의욕에 의한 사상성을 가지는 법이며 이 3자의 혼연(渾然)한 유기적 통일체로서 새로운 보편자를 실현 창조함에 의해서만 이른바 순수예술의 현실적 권위란 것이 가장 충전한 의미에서 성립되어지는 것이라고 나는 생각한다. 멀리는 보편성 없는 곳에 예술은 없다고 말한 아리스토텔레스의 견해라든가 가까이는 역사적 의식에로의 개성의 소멸을 말한 엘리엇트의 견해 등도 상기한 바와 같은 의미에 있어서만 그 심의를 정당히 이해할 수 있는 것이라 생각한다.[29]// 그러나 역사의 과정을 이루는 인간의 활동은 언제나 내면적인 필연적 결합에 의거된다. 이러한 내면적인 필연적 결합에 의거되는 인간의 관계란 추상적 보편성에 의하여 성립 촉진되어진 것이 아니다. 개별적 본질성을 그 바탕으로 하고 있는 것이다. 그렇기 때문에 개성은

---

29 안함광, 「순수문학론」, 『순문예』, 1939.8. 『선집』 1권, 196-197쪽.

그것이 보편성을 체현한다는 점에서만 가치있는 것이 아니라, 그는 그의 독일성(獨一性)에 의한 가치의 실현을 갖는 것이 아니어서 는 아니 될 것이다. 따라서 개성의 근저적 의미로서의 자유라든가 자율은 일방에서 개념이나 법칙에 지배되어지는 한편, 그 자신 독자의 방법에 의한 자기규정을 갖는 것이어야만 할 것이다. 다시 말하면 개성은 보편성 가운데에, 유일한 독자의 방법으로 참여하는 것이어야만 할 게다.[30]

예문에서 우리는 카프 이론가들의 기계적 도식주의가 아니라 예술 작품에 대한 그의 유연하고 폭넓은 시야를 분명히 확인할 수 있다. 이는 김남천이 창작과정에 있어 '주체화'의 문제를 거론할 때, 문학에는 표상적 인식체계인 예술적 형상과 함께, 과학의 보편적인 '합리적 핵심'을 구비해야 한다고 본 것과도 일맥상통한다. 이와 관련한 김남천의 논의를 약술하면 다음과 같다. <먼저 과학은 개념에 의한 인식이고 문학은 표상에 의한 인식이다. 과학적 개념이 갖는 '합리적 핵심'은 "그것이 실재와 일치하는가 안하는가의 여하에 의하여 결정된다. 과학의 보편화의 결과와 형식은 논리적 범주이다. 다시 말해 과학적 개념의 결합은 정식 혹은 공식을 산출한다는 의미이다. 공식이란 소여된 일정 조건이 존재하는 곳에선 어떠한 곳에서도 적용될 수 있는 정식, 보편성을 뜻한다. 그리고 그것은 구체적인 분석을 위한 보편자이다. 문학적 표상에 있어 성격적 묘사는 이러한 과학의 공식적 분석을 통과하여만 정당한 것에 이르게 된다. 다시 말해 문학적 표상이 진리의 반영이 되기 위해서는 과학적 개념이 갖는 합리성을 갖지 않으면 안 되는 것이다. 그러나 과학적 개념이 구체적인 분석을 통해서 얻은 현실 세계에 대한 인식을, 공식

---

30 안함광, 「문학에 있어서의 개성과 보편성」, 『조선일보』, 1939.6.28~7.1. 『선집』 2권, 92-93쪽.

에 의한 법칙 이상에까지 인식 목적을 연장할 때 그것은 과학의 성능이 아니
다. 따라서 과학이 이 한계를 넘어서는 곳에서 문학의 권리는 시작되는 것이
고, 그 과정이 바로 '주체화'의 과정이다. 그리고 과학적 진리가 작가라는
주체를 통과하는 과정에서 설정된 것이 모랄이다. 다시 말해 작가의 세계관
이 창작방법을 통해 문학적 표상이라는 감각적 구상화에까지 이르는 과정의
중간 개념으로서 모랄이 설정되는 것이다. 진리의 탐구를 대상으로 한 과학
의 성과를 지나서 과제를 일신상의 진리로 새롭게 한 것이 문학이며, 이리하
여 과학적 개념이 갖는 합리적 핵심을 지니지 않는 모랄은 진정한 모랄이
아니다. 이를 정리하면, 과학의 대상은 진리이고, 문학의 대상은 일신상의
진리이다. '일신상의 진리'란 과학적 개념이 주체화된 것을 말함이다. 그러므
로 어떤 예술가가 독자적이라든가 개성적이라든가 유니크하다든가 하는 것
은 이러한 과학이 갖는 보편성이나 사회성을 일신상 각도로써 높이 획득했다
는 것을 말하는 것이다.>[31]

앞선 인용문에서 드러나듯이, 안함광 역시 김남천과 유사한 맥락에서 예술
의 특수성과 보편성에 대해 논하고 있다. 그에 따르면, 예술작품은 '단독자
(sigularity)'서의 위상을 점유한다. 그것은 상대적 자율성의 영역을 구유(具有)하
면서도, 언제나 '발화행위의 집합적 배치(collective assemblage of enunciation)'로
서만 존재한다. 예술작품이 텍스트를 통해 말을 건넬 때, 그것은 언제나 개별
자로서 개인이 아니라 집단적 주체로서 <우리 Wir>[32]가 말을 하는 것이다.
이처럼 그는 예술의 상대적 자율성을 존중하면서도, 근본적 의미에서는 공리
주의자에 가까웠다. 그는 문학의 사회·정치적 효용에 대해서 누구보다 진지
하게 고민했던 비평가였다. 그런 맥락에서 그는 김환태의 인상주의 비평에

31   김남천, 「일신상一身上 진리와 모랄―자기의 성찰과 개념의 주체화」, 『조선일보』, 1938.4.
      17~4.24.

32   T.W. 아도르노, 『미학이론』, 홍승용 역, 문학과지성사, 1987, 264쪽.

대해서도 비판적 시각을 유지할 수 있었고,[33] 최재서가 주장했던 풍자문학론에도 동의하지 않았다.[34] 그는 주관적 인상비평이나 풍자문학이 지닐 수밖에 없는 소극적 성격을 예민하게 지각하면서 문학의 사회적 효용성을 적극적으로 개진하였던 것이다.

4. 안함광 비평의 문학사적 의의

안함광은 카프문학 운동기에 있어 김기진, 임화, 김남천 등과 함께 왕성한 비평 활동을 통해 프로문학 이론의 수립과 심화에 적지 않은 기여를 한 비평가였다. 특히 식민지 조선의 경험적 구체성을 소중히 여겨 계급문학이론을

---

33 안함광, 「병자년도 작단·비평단의 회고와 그의 전망」, 『조선문학』, 1937.1. 『선집』 2권, 155-158쪽 참조.
　　"문예비평이 '과학'으로서의 가치와 권위를 갖고 문예학의 주요한 전위적 일부로서의 자신의 임무를 다하려고 할진대, 작품의 사회적 기원, 문학적 사실의 예술적 특수성의 분석, 그의 사회적 기능에 대하여 면밀한 구명을 갖지 않아서는 아니 될 것이다. 그럼에도 불구하고 소재로써의 현실이 작자의 상상력과 감정에 용해되어진 정도만을 보고 그의 사회적 기능을 명시하는 노정(路程)에서는 그 자신을 봉쇄해버리는 씨의 비평태도가 한낱 형식주의적 비평의 범주에서 자유로울 수 없다는 것에 대하여는 앞에서 누누이 논증해 온 바이어니와 이러한 비평태도가 어찌 예술가치의 검토를 사회적 조건과의 조명에서 수행할 수가 있겠으며 이와 같이 예술가치의 정당한 검토를 가지지 못하는 예술(문예)비평이 어찌 '과학'으로서의 가치와 권위를 가지게 될 것인가?"(157-158쪽).

34 안함광, 「풍자문학론 비판」, 『조선중앙일보』, 1935.8.7~8.11. "대범 풍자문학은 소극적일 것을 면치 못한다. 더욱이 현금에 있어서와도 같이 당면된 바 객관적 정세의 궁색을 초월하는 일 방법으로서 제기되는 데 있어서 그러하다. …… 최재서 씨의 소론과 같은 자기 풍자문학(현실에 대한 주지적 감각의 소시민적 인식의 한계를 초월하지 못한 인텔리겐차적 이로니), '주관적 자조'를 완강히 거부하는 동시에, 이러한 태도는 그의 제시적 조건이 비논리적, 비과학적 근거와 무연(無聯)될 수 없는 것이며, 따라서 씨의 풍자문학론은 프로문학의 현단계적 위기의 간극을 타서 발호하는 소시민적 협잡물의 하나로써, 결코 진정한 의미에 있어서의 문단의 위기를 타개하지는 못할 것이라는 것을 굳게 단안한다"(『선집』 1권, 130-131쪽).

일관되게 견지하면서도 조선적 특수성이라는 명암(明暗)을 신중하게 고려하였다. 그의 이와 같은 입장은 카프 해산기를 즈음해 제출되었던, 사회주의 리얼리즘의 수용문제에 대하여 신중하고도 조심스러운 태도로 표명되었다. 그는 1930년대 대다수 인구를 차지하고 있었던 농민에 대해서 깊이 고민하면서 농민문학론을 선구적으로 주창하였다. 이는 경험적 현실의 구체성을 고려하려는 그의 지속적인 태도에서 비롯된 것이었다. 그는 농민문학의 중요성을 인식하면서도 프롤레타리아의 헤게모니를 강조함으로써 균형 잡힌 시각을 보여주었다. 그의 창작방법론에 대한 입장은 궁극적으로 유물변증법적 창작방법으로 귀결되었다. 예술의 특수성과 보편성, 프로작품의 예술적 형상화의 문제에 있어서도 그는 폭넓은 사유와 유연한 입장을 견지함으로써 프로문학의 도식화, 공식화에 대한 반성적 성찰을 잊지 않았다. 한편 안함광은 작가들에게 문예이론의 '혈육적(血肉的) 이해'를 주문하였는데, 이는 경험적 현실의 구체성을 소중히 여기는 그의 일관된 태도에서 비롯된 것으로 평가할 수 있다. 해방 이후 그는 고향에 재북(在北)하면서, 1967년 주체사상에 반대하여 숙청되기까지 북한의 문예이론을 주도하였다. 특히 1956년 기술된 『조선문학사』는 북한에서 간행된 첫 번째 문학사로 기록되었다. 해방기와 월북 이후 그의 문학적 행정(行程)에 대해서는 다른 지면을 통해 논의할 수 있기를 희망한다.

한설야와 원론적 마르크스주의 비평의 가능성

1. 들어가는 말

본고는 한설야(1900~1976)의 카프시기 비평의 주요 텍스트들을 살펴보고, 이를 통해 원론적 마르크스주의 비평으로서 그것이 지닌 가능성을 중심으로 그 한계 또한 짚어보고자 한다.[1] 지금까지 한설야는 주로 그의 소설작품과 관련하여 그 논의가 집중된 탓에, 한설야의 비평만을 대상으로 한 개별 논문이나 글은 거의 찾아보기 어렵다고 할 것이다.[2] 물론 한설야의 문학 활동은 소설 창작이 주를 이루었던 것이 사실이겠으나, 그가 카프의 주요 이론가 중 한 명으로서 활약했으며 주요 논쟁들에도 적극적으로 가담했다는 점,

---

1 본고에서 한설야 비평 텍스트의 인용은, 첫 발표된 원문을 수록하고 있는, 이경재 편, 『한설야 평론선집』(지만지, 2015)의 것을 기준으로 삼되, 필요한 경우를 제외하고 모두 한글로 바꿔 표기하였다. 아울러 임규찬·한기형 편, 『카프비평자료총서 I~VIII』(태학사, 1989)의 것을 함께 참고하였다. 이하 인용문 말미에서 『한설야 평론선집』의 쪽수만 표기하기로 한다.

2 그런 점에서 부득이하게 본고는 몇몇 비평사 연구를 제외한다면, 사실상 연구사의 부재 속에서 출발한다. 본고의 작성과정에서 확인할 수 있었던 한설야 비평에 대한 독립된 글은, 이경재의 「조선적 마르크스주의 비평의 한 전범」(위 선집에 대한 해설)이 거의 유일했음을 밝혀둔다. 이 글에서 이경재는 한설야가 월북 이후까지도 조선 사실주의 문학의 전통을 일제시기 카프문학에서 찾는, 소위 '카프 정통론'의 입장에 일관되게 서있었다고 파악한다.

그리고 결코 적지 않은 분량의 비평 텍스트를 남겨놓았다는 사실 등에서 한설야의 비평은 별도의 논의가 가능하며 또 필요하다고 판단된다. 정작 문제와 관건이 되는 것은 그 내용과 수준, 비평적 논의의 밀도와 깊이가 아닐까 생각된다. 한편 한설야는 월북 이후 1962년 숙청되기까지 북한에서도 활발한 비평 활동을 이어갔는데, 본고에서는 마르크스주의 비평으로서의 그 것을 검토하는 데 주력하고자 하며 북한에서의 그것은 여러모로 상당히 변질된 양상을 띤다는 점에서 제외하기로 한다. 따라서 본고의 논의의 대상은 주로 카프시기를 중심으로 월북 이전까지의 비평만을 문제 삼기로 하겠다. 그 구체적인 논의의 과정에서는 한설야 비평이 갖는 마르크스주의 비평으로서의 성격과 의미를 고찰하기 위해, 마르크스와 엥겔스, 레닌 등 마르크스주의 원전과의 비교, 검토를 주된 방법론으로 활용하고자 한다. 이를 통해 마르크스주의 원론과 한설야 비평 간의 낙차와 거리, 그 진폭이나 세부적 차이들을 가늠해보고자 한다. 더불어 동시대 카프의 주요 비평가들, 특히 박영희와 김기진, 임화와 김남천 등과의 공시적 비교를 통해 한설야 비평의 실체에 보다 근접해가고자 한다.

먼저 카프비평사 연구의 기틀을 다진 김윤식은 『한국근대문예비평사연구』[3]에서 한설야를 여타 비평가들에 비해 상대적으로 큰 비중으로 다루지는 않는다. 다만 김화산 등 아나키스트들과의 논쟁에서 카프강경파들이 아나키즘이론을 논리적으로 극복하지 않고 감정적으로 단죄하고 있음에 반해, 그 중 "한설야의 견해가 오직 약간의 진지성을 보여줄 뿐이다."(70쪽)라고 평가하고 있는데, 즉 "명백한 이념 및 방법론이 없다면 그것은 한갓 공론이며, 적어도 이 점에서 마르크스주의적 계급운동만이 방법과 이념을 가진다는 것"(71쪽)으로 그의 논리적 정당성을 부연한다. 이후 방향전환론이나 소설론

3　김윤식, 『한국근대문예비평사연구』, 일지사, 1976.

등의 서술에서도 그를 언급하곤 있지만, 한설야의 정체성을 규정하는 김윤식의 기본적인 인식은 "작가로서 비평을 한 사람"(285쪽, 이상 위 책의 쪽수)이란 문구로 요약될 수 있을 법하다. 한편으로 이와 같은 개별 연구사의 부재 속에서도 김영민은 『한국근대문학비평사』[4]에서 한설야의 비평에 대해 적지 않은 지면을 할애하고 있다. 다음은 한설야에 대한 평가 부분만을 그러모은 것이다.

김화산의 글에 대한 반론 형식으로 쓰여진 이 글(「무산문예가의 입장에서 김화산군의 허구문예론－관념적 당위론을 박(駁)함」, 『동아일보』, 1927.4. 15~4.27: 인용자)은 단순히 그 반론에만 그치지 않는다. 오히려 이 글은 마르크스주의 사상과 그에 바탕한 문학론의 본질이 무엇인가 하는 점에 대해 깊이 탐구하고 있다는 점에서 더욱 중요한 의의를 지닌다. 한설야의 이 글은 그가 이해하고 있는 마르크시즘의 사관과 문학관이, 박영희나 혹은 박영희를 무조건적으로 옹호하고 있는 윤기정에 비해 훨씬 심도 있고 논리적이라는 것을 보여준다.(99쪽)// 이러한 프로문학이 갖출 새로운 요건들에 관한 한설야의 주장은, 그동안 박영희와 윤기정이 보여주던 선전성 위주의 경색된 예술관을 간접적으로 비판한다는 점과 함께, 프로문학 작품의 진로를 구체적으로 제안한다는 점에서 의미가 있다. 그는 프로문학은 우선 문학적 작품이 갖추어야 할 내용이나 형식적 요소들을 모두 갖추어야 하지만, 그것이 궁극적으로는 프로계급의 이익에 기초해서 프로계급을 위해 기여하는 문학이 되어야 함을 주장하는 것이다.(101쪽)// 한국 문학 비평사에서 '방향전환'이라는 용어가 구체적으로 등장하는 것은 박영희를 통해서가 아니라 한설야를 통해서임을 주목할 필요가 있다. 물론 이 글(「작품과 평」, 『조선일보』, 1927.2.17: 인용

---

4   김영민, 『한국근대문학비평사』, 소명출판, 1999.

자)에서 한설야는 직접적으로 '문예운동의 방향전환'이라는 표현을 쓴 것은 아니었다. 그가 쓴 방향전환이라는 용어는 당시 사회운동노선이 택하고 있는 전반적인 운동의 방향전환이라는 용어에서 빌어온 것이라고 봄이 타당하다. (131-132쪽, 이상 위 책의 쪽수)

김영민은 이 책에서 한설야의 비평적 성과에 대해서 나름대로 긍정적인 평가를 내리고 있다. 먼저 김화산의 아나키즘에 대한 비판은 단지 논박에만 그치는 것이 아니라 마르크스주의 문예관의 본질을 깊이 있게 탐구하고 있다는 점에서 상대적으로 고평한다. 아울러 프로문학의 형식적 요건을 통해 작품창작의 지침을 제시했다는 점에서, 그리고 궁극적으로 그것이 계급투쟁을 위해 봉사하는 도구가 되어야 한다는 마르크스주의의 원칙을 확인하고 있다는 점에서 높이 평가한다. 다음에 이어지는 서술은 '방향전환'이라는 용어의 첫 사용이 기존에 알려진 것처럼 회월에 의한 것이 아니라, 문예운동을 비롯한 당대 사회운동의 진로를 타진하는 전반적인 과정과 일반적인 분위기 속에서 한설야가 민감하게 포착하여 차용한 것으로 재평가한다. 물론 용어의 저작권이 누구에게 있는지를 정확히 밝히는 일이 결정적인 중요성을 지닌 것은 아닐 것이다. 하지만 이상의 문학사적 평가와 관련한 진술들을 종합하고 전체적으로 고려할 때, 한설야의 텍스트가 갖는 비평적 가치와 무게, 그 역사적 의미 등은 결코 가볍지 않으며 충분히 독립된 논의의 대상으로서 자격을 갖춘 것으로 판단된다.

2. 원론의 확인과정으로서의 아나키즘 비판

1920년대 후반 계급문학론의 전개과정에서 마르크시즘과 아나키즘 사이의 대결은 김화산의 글[5]로부터 촉발되었다. 박영희의 입장[6]을 비판하고 있는 김화산의 글에 대해, 카프 진영에서는 윤기정,[7] 한설야,[8] 임화,[9] 조중곤[10] 등이 재차 반격에 나섰다. 카프의 일원으로서 한설야는 반론을 통해 김화산이 주장하는 '계급예술론'을 아나키즘 및 아나키즘예술론으로 규정하여 평가절하 한다. 즉 한설야는 김화산이 "변증법적 유물론에 입각한 프롤레타리아예술을 시인해놓고는", 무산계급운동이 여러 입각지를 가질 수 있는 것처럼 문예운동 역시 다양한 분류가 가능하다고 하는 주장을 반박한다. 한설야가 보기에 "맑스주의적 무산계급운동의 사상적 입각점은 하나"(이상, 5쪽)라고 단언한다. 그리고 김화산의 사상적 입각지가 무엇인지 밝히라고 요구하고 있다. 주지하듯 김화산 등 아나키스트들의 이론적 배경은 당대 유행했던 아나키즘으로서, 직접적으로는 일본의 프로비평가 '나이 이타루(新居格)'의 글, 「공산주의 당파문학을 평함」(『新潮』, 1927.1.)에 있다고 한설야는 지적한다. 아울러 당시 일본을 통해 광범위하게 소개됐던 청년헤겔학파의 일원이자 아나키스트 막스 슈티르너(Max Stirner)의 주저, 『유일자(唯一者)와 그의 소유』 (1845)[11]로부터 직간접적으로 영향을 받은 것이다.[12]

---

5   김화산, 「계급예술론의 신전개」, 『조선문단』 20호, 1927.3.

6   박영희, 「투쟁기에 있는 문예비평가의 태도」, 『조선지광』 63호, 1927.1.

7   윤기정, 「계급예술론의 신전개를 읽고」, 『조선일보』, 1927.3.25.

8   한설야, 「무산문예가의 입장에서 김화산군의 허구문예론-관념적 당위론을 박(駁)함」, 『동아일보』, 1927.4.15~4.27.

9   임화, 「분화와 전개-목적의식 문예론에 서론적 도입」, 『조선일보』, 1927.5.16~5.21.

10   조중곤, 「비마르크스주의 문예론의 배격」, 『중외일보』, 1927.6.18~6.23.

11   이 저작의 국역본은 아직까지 출간된 바 없다. 독일어 원전에 대한 영역본은 다음과 같다. Max Stirner, *The Ego and His Own*, translated by Steven T. Byington, New York: Benj. R. Tucker, Publisher. 1907. 이에 대해서는 마르크스와 엥겔스가 『독일 이데올로기』(1846)에서 '성(聖) 막스'라 칭하며 혹독하게 비판한 바 있다.

12   이는 당시 임화, 김남천의 글 등에서 확인할 수 있다.

우선 김화산이 프로문예 중에는 '아나키즘 문예'와 '볼셰비즘 문예'가 양립할 수 있다고 주장하는 데 대해, 한설야는 아나키즘 문예는 결코 '무산계급 문예', 즉 프로문예가 될 수 없다고 논박한다. 이는 "개인주의적―즉 개인의 자유의지에 기조를 두고 임의적 활동으로 절대로 방임하는 것"(6쪽)에 불과하다는 것이 한설야의 입장이다. 그렇다면 이와 대비되는 마르크스주의 문예의 원칙은 무엇인가. 그것은 "경제 관계를 토대로 하야 가지고 관념 형태가 성립되는 것과 관념 형태, 즉 상부 조직의 변화는 토대, 즉 경제 관계에 의한 것"(9-10쪽)으로 요약되는, 소위 '토대-상부구조'론의 유물사관이라는 점이 한설야 주장의 요체이다. 이는 별반 새로울 것은 없는 상식적 진술에 속한다 하겠다. 이상의 마르크스주의 일반론과 함께 '이론투쟁', 즉 "객관적 정세의 분석·구명에 대한 과정적 임무"를 병행해야 한다고 그는 역설한다. 덧붙여 개인적 독립성의 일정한 희생, 즉 "제약이라는 것은 우리 문예진의 조직 통일의 슬로건"이라며 그 불가피성을 강조한다. 그리고 이러한 이론투쟁의 결과, 비(非)마르크스주의적 "분자의 괴리는 우리 문예전선의 분열은 아니"며 오히려 조직의 "확청(廓淸)이요 결정(結晶)"(이상, 12쪽)을 의미하는 것으로 한설야는 간주한다. 또한 '예술 자체의 요소'나 '예술의 독립성'을 주장하는 김화산의 논리에 대해, 한설야는 앞선 맥락에서 무산계급 예술은 "맑스주의 구조의 일부분으로만 그 가치와 임무를 다할 수 있는 자"(18쪽)로 규정하며 반대한다. 즉 예술의 상대적 독립성과 그 미적 자율성을 그 자체로서는 인정하지 않는 것이다. 그 반대의 논리는 "인체와 인체의 일부(가령 팔과 같은 것)의 관계와 같이 예술도 토대 조직과 내부적으로 필연적 연결을 가져서만 '팔'과 같은 임무와 작용을 할 수 있는 것"(19쪽)이라는 점이다. 마르크스주의에 입각한 한설야의 논리가 부분의 자립성보다는 전체의 통일성에 보다 치우쳐 있음을 확인할 수 있다. 나아가 여기에 피력된 예술양식 등과 관련한 이른 바, 토대 결정론을 재음미해볼 필요가 있다고 본다.

물론 마르크스의 궁극적인 사상적 기획이 '토대–상부구조'론에 기반한 사적 유물론의 구성에 있다는 점은 널리 알려진 바와 같다.[13] 반면에 마르크스 역시 일찍이 예술의 특수한 성격 및 위상, 그 상대적 자율성에 대해 유의했다는 사실은 종종 쉽게 망각되곤 한다. 마르크스는 『자본론』의 초고격인 『정치경제학 비판 요강(Gruntrisse)』(1857)에서 '예술 생산과 물질적 생산의 발전 사이의 불균등한 관계'라는 명제 하에 이에 대해 분명히 언급한다.

예술의 경우에 있어서는 일정한 융성기가 사회, 그리하여 말하자면 그 조직의 골격인 물질적 기초의 일반적인 발전과 결코 비례하지 않는다는 것이 잘 알려져 있다. 예컨대 근대인들과 비교된 그리스인들 또는 셰익스피어. 일정한 예술 형식들이, 예컨대 서사시의 경우에는 예술의 생산 자체가 시작되자마자 그것들이 세계적으로 획기적이고 고전적인 형체로는 더 이상 생산될 수 없다는 것이 인식되고 있다. 요컨대 예술 자체의 영역 내에서 어떤 중요한 예술 형상들은 예술이 미발전된 단계에서만 가능하다는 것조차 인정된다. 이것이 예술 영역 내의 다양한 예술 종류들 사이의 관계에서 그러할진대, 일반적인 사회 발전에 대한 전체 예술 영역의 관계에서 그러하다는 것은 그다지 눈에 두드러진 것이 아니다. 어려움은 단지 이 모순들의 일반적인 파악(Fassung)에 있다. … 그러나 어려운 것은 그리스 예술과 서사시가 일정한 사회적 발전 형태들과 결부되어 있다는 것을 이해하는 것이 아니다. 어려운 것은 그것이 아직도 우리에게 예술의 즐거움을 제공해 주며, 어떤 점에서는 예술의 규범과

---

13 물론 이에 대한 비판적 변형들(가령 '중층결정'이나 '최종심급에서의 결정'의 문제)은 알튀세르나 발리바르 등에 의해 이뤄졌지만 이 자리에서는 논외로 한다. 관련 논의들은 다음의 것들을 참고할 수 있다. 루이 알튀세르, 「모순과 중층결정」, 『마르크스를 위하여』, 고길환·이화숙 역, 백의, 1990; 에티엔 발리바르, 「사적 유물론의 기본개념」, 『자본론을 읽는다』, 김진엽 역, 두레, 1991; 에티엔 발리바르, 『역사유물론연구』, 배세진 역, 현실문화, 2019.

도달할 수 없는 모범으로 여겨진다는 것이다. … 인류가 가장 아름답게 전개되었던 역사적 유년기가 왜 다시는 돌아오지 않는 단계로서 영원한 매력을 발휘해서는 안 되는가? … 우리가 그들의 예술에 대해 느끼는 매력은 그 예술이 성장하던 미발전된 사회 단계와 모순되는 것이 아니다. 그 예술은 오히려 이 단계의 결과이며, 그것이 등장하고 오직 등장할 수밖에 없었던 그 시대의 미숙한 사회적 조건들이 다시는 돌아올 수 없다는 사실과 불가분하게 연결되어 있다.[14]

이 문장들은 마치 '불균등한 관계'처럼 모순적 진술들로 이루어져 있어, 유물론자로서 마르크스의 고뇌를 조금은 엿볼 수 있을 법하다. 여기에서 그는 '토대-상부구조'론에 대한 반대 논거들에 직면해 있다. 특히 그것은 그리스예술이나 셰익스피어같이 이미 고전적 지위를 확고하게 수립한 반증 사례들이어서, 자칫하면 사유의 근간을 위협할 수도 있는 위력적 존재들인 것이다. 마르크스는 일단 그 불균등성과 비(非)비례적 성격을 인정한다. 즉 "일정한 예술 형식들"이나 "중요한 예술 형상들"이 그 고전적 형태로는 더 이상 생산될 수 없으며, 더구나 그것들이 물질적 토대의 취약성이나 미발전 단계를 전제로 하기도 한다는 점이다. 바꿔 말해 "다시는 돌아오지 않는 단계로서 영원한 매력을 발휘"하는 고전은 시간을 초월한 보편성과 함께, "예술의 규범" 또는 "도달할 수 없는 모범"으로서 그 항구적 성격을 획득하는 것이다. 곧 역사의 발전단계와 그대로는 일치하지 않으며, 개별 사회구성체[15]의 물적 토대들로만 환원되지 않는 예술의 상대적 자율성과 특수한 지위

---

14 칼 마르크스, 「서설」, 『정치경제학 비판 요강』 I, 김호균 역, 백의, 2000, 80-83쪽.

15 정치경제학에서 사회구성체(Gesellschaftsformation)란 '토대와 상부구조의 결합된 전체성'으로서 일반적으로 정의될 수 있다. 이에 대한 보다 상세한 논의는 박현채, 「현대 한국사회의 성격과 발전단계에 관한 연구」, 『창작과비평』('부정기간행물') 제1호, 창작과비평사,

는 바로 여기에 있는 것이다. 그리하여 이러한 "모순들의 일반적 파악"이야 말로, 정치경제학 방법론이 해결해야 하며 회피해서는 안 될 난제라는 것이 마르크스가 고심했던 지점이라 하겠다. 이와 같이 마르크스는 예술의 독립적 성격과 그 미적 자율성의 영역을 사실 그대로 존중하고 승인하며 충분히 배려하고자 했음을 이해할 수 있다. 인용문의 마지막 구절들은 그럼에도, 역사상의 예술형식들이 그것이 산출된 사회의 발전단계 및 조건들과 불가분의 관계에 놓여있다는 것을 재차 확인하고 있다는 점에서, 자기모순을 떠안으면서까지 논리적 일관성을 유지하고자 했던 마르크스의 곤혹스러움이 깊이 각인되어 있다 할 것이다. 이에 유의하며, 이어지는 한설야의 텍스트를 마저 살피기로 한다.

> 윤기정군의 박문(김군에 대한) 같은 것도 이 오류를 범하였다. '선전'만 하면 그만이다. 하지만, 어떻게 잘 선전할까를 망각한 말이다. 우리에게 문제 되는 것은 결론이어서는 안 된다. 그 결론에 이르기까지의 철저한 이론과 내포가 있어야 하는 것이다. 혁명전기의 예술은 선전, 폭발, 선동만이면 그만 이다라고 하지만 위선 어떻게 해야 그것이 가능할지를 구명하여야 한다. 그것 은 오로지 창작가의 충실한 노력에 있다.(20쪽)

마르크스가 마주했던 난처함과도 흡사하게 한설야는, 무산계급의 문예가 계급의식의 고취라는 뚜렷한 목적의식에 의해 인도돼야 할 것이지만, 이와 동시에 예술의 특수한 국면들을 섬세하게 고려해야 한다는 점을 부기하기를 잊지 않고 있다. 단적으로 그것은 예술의 형상화 과정에 대한 세밀한 고찰의 필요성을 역설하는 것이다.[16] 이는 한설야의 작가로서의 정체성이 투영된

1985; 박현채·조희연 편, 『한국사회구성체논쟁 (1)』, 한울, 1989, 197-229쪽 참고.

것으로도 볼 수 있을 것이다. 또한 선명한 이데올로기의 획득이라는 목적을 달성하고 이에 걸맞은 확고한 결론을 도출하기 위해서는, 그 결과에 이르기까지의 지난한 과정의 충실성이 요구됨을 정당하게 지적하고 있는 것이다. 그것은 '어떻게'라는 어사의 반복을 중심으로, '철저한', '내포', '노력' 등의 적절한 단어사용을 통해 효과적으로 뒷받침되고 있다. 여기에서 우리는 한설야가 원칙을 중시한 원론적 마르크스주의자임에는 분명하지만 결코 교조적 이념의 폐쇄성에 자신의 사유를 가둬두지 않으려 했다는 점을 여실히 확인하게 된다. 끝으로 "레닌은 공산파의 정략가이다. 그 문예론은 정치적 책략의 일 표현이다. 함으로 그 문학론은 … 예술적 견지에서의 제의가 아니라 공산당의 헌법과 같은 의미의 정치적 문예 관견(管見)이다."(24쪽)라며 레닌의 문예관을 거부하는 김화산의 태도에 대해, 무산계급운동의 전체 목적을 달성하기 위한 일부로서 무산예술은 그 전술적 통일에서 벗어나지 않도록 제약하는 것이 마땅한 것으로서, 이는 "정저와(井底蛙)의 소견"에 불과한 것으로 일축한다. 주지하듯 레닌은 당파성을 논의한 「당 조직과 당 문헌」(1905)에서 당 문헌의 원칙에 대해 "단일하고 거대한 사회민주주의적 기계의 "톱니바퀴와 나사"가 되어야 한다."라고 규정한 바 있다.[17] 이울러 "이 분야에서 개인적인

---

16 다음과 같은 구절들 역시 한설야의 문학예술의 특수성에 대한 인식을 잘 보여준다. "역사는 시대의 타입을 보여줄 뿐으로 개인 개인의 생활과 심리를 보여주는 바 없으나, 문학예술은 이것을 구체적으로 재현하여-형상화하여 우리에게 보여준다. 즉 문학만이 개개인의 비고 (悲苦)와 오뇌와 욕망과 동태를 보여줄 수 있다. 역사나 과학은 개별적인 것을 일반적인 형식 가운데서만 보여줄 수 있으나 문학예술은 일반적인 것을 개별적, 구체적인 형상 속에서 잘 보여주는 것이다."(한설야, 「기교주의의 검토-문단의 동향과 관련시키어」, 『조선일보』, 1937.2.4~2.9; 『한설야 평론선집』, 151쪽)

17 V. I. 레닌, 「당 조직과 당 문헌」, 『레닌저작집 3-3: 1905년 혁명』, 김탁 역, 전진출판사, 1990, 310-315쪽. 국역본이 번역의 텍스트로 삼은 것은 다음 영역본이다. V. I. Lenin, "party organization and party literature", *Lenin Collected Works* Vol. 10, Edited by Andrew Rothstein, Moscow: Progress Publishers, 1962, pp.44-49. 해당 문단은 다음과 같다. "이러한 당 문헌의 원칙은 무엇인가? 그것은 단순히 사회주의적 프롤레타리아트에게 있어서 문

창의, 개인적인 성향, 사고와 상상, 형식과 내용을 위해 더욱 광범한 기회가 반드시 허용되어야 한다는 것도 의심의 여지가 없다.”라고 덧붙인다. 그럼에 도 이러한 레닌의 당파성에 관한 규정 및 정의는 부분과 전체의 유기적 결속 을 강조한다는 점에서, 언제든 부분을 질식시키는 군주적 통일성으로 변질될 가능성이 항존하는 것이라 보지 않을 수 없다. 하여 한설야는 이제까지의 원론의 확인과정을 통한 그 논리적 귀결로서, 김화산을 “기초 없는 문예운동 진열자, 허구 망상적 희망의 억매자(抑賣者), 관념적 당위론자”(26쪽)라고 낙인 찍는다. 이로부터 기원하여, 이후 신간회 결성을 계기로 촉발된 전일적 당(黨) 조직의 필요성 및 당파성의 문제는 「문예운동의 실천적 근거」[18] 등에서 방향 전환론과 더불어 재론된다.

3. 비평적 원칙으로서의 프롤레타리아 리얼리즘

앞서 한설야는 아나키즘과의 논쟁을 통해 마르크스주의의 원칙들 속에서 자신의 입론을 정초함으로써 그 비평적 사유의 준거들을 마련했다고 평가할

헌이 개인이나 집단을 풍부하게 하는 수단일 수 없다는 것은 아니다: 그것은 사실상 프롤레 타리아트의 공동 대의에서 독립된 개별적인 사업일 수 없다. 비당파적 필자들을 타도하라! 문필의 초인들을 타도하라! 문헌은 프롤레타리아트의 공동 대의의 **부분**이 되어야 하며, 전체 노동계급의 모든 정치 의식적 전위에 의해 작동되는 단일하고 거대한 사회 민주주의 적 기계의 “톱니바퀴와 나사”가 되어야 한다. 문헌은 조직되고 계획되며 통합된 사회민주 당 사업의 구성요소가 되어야 한다.”(위 책, 311쪽)

18 한설야, 「문예운동의 실천적 근거」, 『조선지광』, 1928.2~3월호. 제76호(2월호)의 부제 ‘1. 방향전환론의 재음미’에 이어, ‘2. 문예운동의 한계와 임무’라는 부제가 달린, 제77호(3월 호)의 내용은 『한설야 평론선집』에서는 누락됐으며, 『카프비평자료총서 III: 제1차 방향전 환과 대중화 논쟁』, 398-408쪽에 수록돼 있다. 한편 2월호에 비해 3월호는 특별히 주목할 만한 내용이나 서술은 없는 것으로 보인다.

수 있다. 이제 그 비평적 사유가 확대·심화의 과정을 거쳐 드러난 실체는 구체적으로 무엇이었는지 살피기로 한다. 그것은 주로 사실주의에 관한 논의들로 나타났는데, 즉 「사실주의 비판」[19]과 「변증법적 사실주의의 길로」[20]의 두 편이다. 후자는 「사실주의 비판」에서 제기됐던 문제들을 중심으로 한 재논의의 성격을 갖는데, 분량도 적을 뿐더러 별반 새로운 내용은 없는 편이라 따로 다루지는 않기로 한다. 따라서 여기서는 전자만을 논의의 대상으로 삼는다. 다음은 글의 서론 격이다.

> '무엇을 쓸까'하는 내용 문제가 어느만한 범주를 잡을 때에 '어떻게 쓸까'하는 형식 문제가 당면의 명제로 … 다시 '무엇을 어떻게 쓸까'하는 통일적 문제로 우리의 조상(俎上)에 오르지 않으면 안 되게 되었던 것이다.(51쪽)

래디컬(radical)은 "사물을 그 근본에 있어서 이해한다는 말"이란 마르크스·엥겔스의 문장으로 시작하는 이 글은, 먼저 창작과정의 근본문제로서 내용과 형식 문제를 제기하는 것으로 그 단초를 삼고 있다. 주지하듯 이는 1920년대 후반 팔봉과 회월 간의 소위 '내용-형식 논쟁'으로 표면화된 바 있다. 이를 두고 한설야는 "약간의 진전이 없었던 것이 아니지만 역시 문제의 핵심을 적출하지 못한 점에서 미해결이라 볼 수밖에 없는 것이다."(51-52쪽)라고 적고 있다. 그러므로 이후 서술에서 그가 파악하는 '문제의 핵심'이 무엇인지가 본 논제의 관건이 될 것이다. 우선 해당 논제가 다시금 현안으로 떠오른 배경에는 예술의 대중화 문제가 자리하고 있다고 한설야는 지적한다.

---

19 한설야, 「사실주의 비판—작품 제작에 관한 논강」, 『동아일보』, 1931.5.17, 5.20, 5.28, 6.3, 6.12, 6.23, 7.1, 7.4, 7.15, 7.18, 7.21, 7.23, 7.25, 7.29, 총 14회에 걸쳐 단속적으로 발표되었다.

20 한설야, 「변증법적 사실주의의 길로」, 『조선중앙일보』, 1932.1.18~1.19; 『카프비평자료총서 IV: 볼셰비키화와 조직운동』, 509-515쪽.

두 번째 항목, "사실주의에 대한 사적 고찰"은 말 그대로 부르주아 리얼리즘에 대한 비판적 서술을 통해 프롤레타리아 리얼리즘의 당위성을 강조하는 대목이다. 주로 자연주의적 묘사에 충실한 사실주의(寫實主義)를 역사적으로 개관하는 이 자리에서, 한설야는 플로베르의 일물일어설(一物一語說)과 함께 테느, 고골리 등의 입장들을 소개하고 있다. 이들은 "각각 몰주관, 몰개성, 배이상(排理想), 순객관"을 주장한 것이라고 그는 파악하는데, 결국 이는 작가의 주관성을 외부 세계의 객관성에 종속시키는 것을 요체로 하는 창작상의 태도를 일컬음이다. 가령 그것은 "자연의 재현을 극치로 하고 작자의 개인성을 일체 그림자 밑에 감추어 버려야 한다."(58쪽)와 같은 태도나 키츠(J. Keats)가 말한 바, '소극적 수용력(negative capability)'의 개념으로 표현되는 것이다.[21] 그러나 전대의 리얼리즘이 부르주아 문화의 개인주의적 성격을 적나라하게 드러낸다는 것이 한설야의 비판의 요지다. 한편으로 자본주의 체제의 적대적 계급관계에 기인한 사회의식이 구체화됨에 따라, 앞선 리얼리즘의 한계를 극복하여 새로운 창작방법으로 제창된 것이 바로 '프롤레타리아 리얼리즘'이라는 것이다. 일찍이 김기진은 이를 가리켜 변증적 사실주의로 명명했고, 임화는 사회적 사실주의로 부르기도 했으며, 아울러 카프비평의 전개 과정에서 '프롤레타리아 리얼리즘'의 구체적 의미를 상세히 밝혀 개념적으로 정립한 사람은 안막이었던 사실[22]은 잘 알려진 바와 같다.

---

21 이에 관해서는 1930년대 후반 김남천에 이르러 일련의 「발자크 연구 노트」(1939~1940)를 통해 보다 깊이 있게 탐구된 바 있는데, 한편으로 이는 창작주체의 주관적 구상력의 문제만이 아니라, 마르크스주의 내의 본질적 문제의 하나로서 객관적 존재와 주관적 의지의 길항 관계까지를 포괄하는 근본적인 지평들을 함축하는 것이다. 예를 들어 그것은 임화에게 있어서 「낭만적 정신의 현실적 구조」(1934)를 필두로 하여 「사실주의의 재인식」(1937)에 이르는 내면적 고투와 지난한 자기성찰의 여정을 두루 지시하는 것으로 이해될 수 있다. 부연하여 마르크스는 인간의 주관적 의지에 종속되지 않고 작동하는 역사의 객관법칙의 인식을 통한 사적 유물론의 구성을 자신의 궁극적 목표로 삼았다는 점을 기억해두기로 한다.(이에 대해서는 칼 마르크스, 「제2판 후기」, 『자본 I-1』, 강신준 역, 길, 2008, 58쪽 참고.)

계속해서 한설야는 "프롤레타리아 리얼리즘은 그 작품의 대상을 여하히 인식, 파악할까"(67-68쪽)에 대한 답변으로 "취재와 작품 제작에 관한 테제"를 4가지로 정리한다. 그 요지는 대상(현실)을, '매개성', '생성' 또는 '운동', '전체성' 및 '구체적 특수성'에 있어서, 그리고 '모순의 지양으로서' 관찰해야 한다는 것이다. 한마디로 "창작이론인 프롤레타리아 리얼리즘과 창작실행인 작품행동의 변증법적 통일로써 현실, 즉 작품의 대상을 파악"(68쪽)할 것을 주문하는 것이다. 이는 실상 유물변증법의 기본원리이자 기초적 인식에 해당하는 것들이어서 각별한 주목을 끌지는 못한다.[23] 다만 대중화 문제와 관련하여 한설야가 '작품행동'을 정신적 행위로서 창작과정 자체로만 한정하지 않고, 무산계급의 삶의 현장으로 직접 들어가 같이 호흡하고 함께 생활하기를 강조하고 있다는 점은 주목할 만하다. 대표적으로 "우리의 작가는 서재에서가 아니라 공장에서 일터에서 농촌에서 나야 하고 또 그리로 들어가야 하는 것이다."(68쪽)라거나, 또는 "필자가 원산과 평양의 역사적 사건을 취재한 일이 있는데 그 제작상 가장 곤란을 감(感)한 것은 어느 만치 그 전체성을 인식해 가지고도 그 각환(各環)의 계속적 과도상을 여실히 파악하지 못하였던 것이다. 만일 내가 그 중의 한 사람이요 그것을 목도하였다면…"(71쪽)과 같은 작가로서 창작체험담의 고백을 그 예로 들 수 있겠다.[24] 궁극적으로

---

22 안막, 「프로예술의 형식문제」, 『조선지광』 제91호, 1930.6.

23 김영민 역시 이 글의 빈약한 내용규정성을 비판적으로 평가한다. "한설야의 「사실주의 비판」은 그 제목과는 달리 기존의 사실주의에 대해 깊이 비판하지 못한 글이다. 그의 논의 수준은 김기진의 「변증적 사실주의」에서 제안된 사실을 넘어서지 못했고, 그가 논의에 앞서 제시한 변증적 사실주의와 프롤레타리아 리얼리즘의 차이도 단지 외형적 용어의 차이일 뿐 아무런 내용적 차이를 지니지 못했다. 한설야의 다른 글 「변증법적 사실주의의 길로」도 마찬가지이다."(김영민, 위 책, 375쪽)

24 이와 같은 관점에서 한설야는 노동자 출신 작가, 이북명의 작품을 고평하면서 그 특징들을 다음과 같이 열거한다. "이군의 작품이 트랙터와 같은 음향을 준다는 것은 작중에 일개의 프롤레타리아가 개별적으로 강하게 제출되어 있기 때문이 아니다. 거기 표현된 인간은 생

이러한 태도는 문학적 모토이자 정치적 슬로건으로서 표방된 '프롤레타리아 리얼리즘'이 공허한 관념적 수사만으로 그치지 않고, 대중의 구체적 삶과도 긴밀히 연락되어 현실변혁의 무기로 쓰이길 바라는 한설야의 일관된 실천적 관심이 반영된 것으로 볼 수 있다.[25] 궁극적으로 이는 마르크스의 「포이에르바흐에 관한 테제」(1845)[26] 중 널리 알려진 11번째 테제("철학자들은 세계를 단지 여러 가지로 해석해왔을 뿐이다. 그러나 중요한 것은 세계를 변화시키는 것이다.")와 더불어, 보다 근본적으로는, 1번째 테제인 "이제까지의 모든 유물론의 결함은 대상, 현실, 감성이 단지 **객체 또는 관조의** 형식 하에서만 파악되고, **감성적인 인간 활동, 즉 실천**으로서 주체적으로 파악되지 못한 점이다." (강조는 원저자)라는 명제와 그 맥을 같이하는 것으로 평가할 수 있을 것이다. 이제 '표현 양식에 관한 문제'라는 부제가 달린 글의 결론부를 보기로 한다.

작품 제작과 행동이 없이 형식을 형성하려는 것은 일종의 당위론이요 수중 (水中)에 들어가기 전에 수영을 습득하자는 것이나 일반이다.// 필자도 일찍 "내용이 형식을 결정한다. 그러나 이것은 내용에 대한 형식의 반사작용을 방해하는 것은 아니다"라는 의견을 발표한 일이 있다. 이것은 물론 필자가 작가로서 체험한 바 소박론(素朴論)이었다.// 내용과 형식의 변증법적 통일-

---

산현장을 움직이는 또는 역사의 역선(力線)을 달리는 프롤레타리아와 유기적 맥락적 연관 밑에서 표현되어 있기 때문이다. 아직 전체와 개체의 변증적 관계가 목적의식적 노선에 거화(炬火)와 같이 드러나 있지 못한다 하더라도 그의 작중의 인물은 결코 계급에서 분리된 세별적(細別的)인 추상인이 아니다. 생생한 실제의 노동자다."(한설야, 「이북명군을 논함-그 외 작품에 대하여」, 『조선일보』, 1933.6.22~6.24; 『한설야 평론선집』, 99-100쪽)

25　대중화 문제에 대한 한설야의 일관된 지속적 관심은 다음 글에서도 잘 나타난다. 한설야, 「1928년의 대중간의 문예관계는 어떻게 진전될까」, 『조선지광』 제75호, 1928.1.

26　칼 마르크스, 「포이에르바흐에 관한 테제」; K. Marx, "Theses on Feurbach"(1845), *Marx-Engels Collected Works(MECW)* Vol. 5, trans. by Ernst Wangermann, London: Lawrence & Wishart, 1975, pp.6-8.

이것은 오직 작품행동에 있어서만 가능한 것이다. 내용이 형식을 형성하고 형식이 또한 내용에 반사작용을 하는 것이니, 이것이 곧 내용과 형식의 교호관계이며 변증법적 통일과정이다.(76쪽)

프롤레타리아 리얼리즘과 관련하여, 앞서 논의한 4가지 테제가 주로 내용과 관련된 것이라면, 위 인용문 이하의 서술에서는 주로 작품의 형식과 관련된 것들을 다루고 있다. 서두에서 제기한 문제들이 하나씩 차례대로 풀려가는 모양새라 하겠다. 내용-형식 문제에 있어, 한설야는 일차적으로 형식에 대한 내용의 우위성, 내용 중심주의의 입장을 취하고 있다. 그러나 그것은 일방적인 편내용주의를 뜻하는 것이 아니라, 창작과정이라는 원론적 수준에서의 내용의 선재적 측면을 고려한 내용 우선주의라 보는 것이 타당해 보인다. 결국 한설야는 이 문제에 관한 한, 내용과 형식의 변증법적 통일을 지향하는 일원론자로 평가하는 것이 비교적 온당할 것이다. 이어지는 세부 각론에서 그는, 리얼리즘의 충실한 묘사를 넘어서, 대중화의 요구에 부응하여 갖춰야 할 형식적 요건으로서, '과학적'·'이론적'·'논리적'일 것과 더불어 '평이함'과 '통속성'을 제시한다. 다음으로 "체계와 맥락을 분명히 세우는 용의와 세련이 있어야한다"(79쪽)라고 당부하는데, 이는 아마도 소설 창작에 있어 주도면밀한 '구성'의 필요성을 강조하는 것으로 여겨진다. 끝으로 문체나 스타일과 관련하여, "묘사는 심리적임을 피하고 행동적이라야 할 것"을 주문하고 있다. 이는 공상적 부르주아 문예로부터 탈피한 프로 문예가 갖는 행동적·실천적 성격으로부터 자연스레 배태된 것이라 할 것이다. 이로써 소설의 내용 및 주제, 형식 및 구성과 문체에 대한 한설야의 입장이 대체로 드러난 셈이라 하겠다. 이상에서 열거한 세목들은 필경 프롤레타리아 전위의 눈으로 파악한 미래의 전망과 충실히 결합되어야 할 것임은 물론이라며, 이 글의 대의와 취지를 밝히는 것으로 한설야는 끝을 맺는다.

이상의 분석을 종합적으로 고려할 때, 프롤레타리아 리얼리즘을 중심으로 한 내용과 형식 문제에 관한 한설야의 논의는, 일차적으로는 김기진의 변증적 사실주의를 계승하고 안막의 개념 및 정의에 충실한 것이었다고 평가할 수 있다. 특히 내용과 형식 문제를 창작과정과 결부하여 대중화의 문제 속에서 함께 녹여내는 방식과 태도는 앞선 김기진의 대중화론으로부터 직간접적으로 영향을 받은 것이며, 여기에 더해 작가로서의 자의식과 정체성이 깊이 반영된 것이라는 점에서 그 의의를 찾을 수 있다.[27]

4. 기교주의 비판의 맥락과 함의

카프해산 후인 1930년대 후반은 주지하듯 진보적인 문학 활동이 급격히 위축되고 쇠퇴의 길을 밟아나감에 따라 문단의 주류는 점차 보수화의 경향을 띠게 되었다. 통상 전형기(轉形期)라 지칭되는 이 시기를 맞아 카프출신 작가·비평가들의 고민은 깊어질 수밖에 없었고, 더욱이 신변잡기의 세태소설이나 심리묘사에 치중한 내성소설류가 득세하는 상황 속에서 문단을 주도했던 임화, 김남천 등도 각기 자신들의 해법과 타개책을 모색하지 않을 수 없었다. 가령 '세태소설론-본격소설론-통속소설론'으로 지속되는 임화의 각별한 노력들이나, '자기고발-모랄론-도덕론-풍속론-장편소설 개조론-관찰문학론'으로 이어지는 김남천의 일련의 행보들은, 모두 이와 깊이 연관된 작업들이었다 할 것이다. 한설야의 사정 역시 이와 크게 다르지 않았는데, 그 해결책으로 제시된 것이 바로 「기교주의의 검토」[28]라 하겠다.

---

27 이러한 점은 이 글의 마지막 징으로 배치된 '작품의 검토'에서 유시생의 「납싸리」와 자작 (自作) 「한길」을 비교·검토하는 것에서도 잘 드러난다 하겠다.

28 한설야, 「기교주의의 검토 – 문단의 동향과 관련시키어」, 『조선일보』, 1937.2.4~2.9.

먼저 한설야는 "기교주의적 편향"이 일부에 국한된 특수한 문제가 아니라 "금일의 일반적 정세에 따른 문단 현상으로서"(140쪽) 간주하지 않으면 안될 것이라고 일갈한다. 그리고 이러한 현상분석의 사례로서 나쓰메 소세키(夏目漱石)의 영국 문예사조에 관한 글을 검토한다. 소세키는 17세기 영국의 고전주의가 형식과 기교에 치우쳐 지엽말단에 빠진 것을 정당히 비판하였으나, 그 근본원인은 밝히지 못했다고 한설야는 평가한다. 즉 "문예사조의 소장과 부침의 근본적 기저가 되는 사회적 경제적 배경에 대한 인식이 부족하였다"(141쪽)는 것이 그의 진단이다. 다시 말해 경제적 생산기구의 상승기 및 안정기에는 생활의 안정과 함께 인간의 의식 또한 안온한 상태에 놓여지는 결과 문학예술에도 그 영향이 반영된다는 점이다. 또한 인간생활이 비교적 동질적이며 균등한 상태를 영위함에 따라 작가들의 예술창작도 균질화되는 경향을 띠게 된다. 따라서 예술가 개개인이 내용의 평균적 유사성을 넘어 개성이나 독창성을 드러내기 위해서는 경험적 현실로부터 거리를 둔 '공상'이나 '기교'에 의존하게 된다는 것이 한설야의 주장의 골자다. 이와 같은 설명과 해석은 현재에도 유효한 상당히 설득력이 있는 진술이라 생각된다. 그리고 물론 이는 전술한 토대 결정론에 기댄 논리라는 점에는 다름이 없다. 그렇지만 형식이나 기교에의 편향이 내용의 균질성이나 빈약함을 보완하기 위한 시도라는 지적은 꽤 참고할 만한 가치가 있다고 생각된다. 즉 이러한 시기에는 '무엇을 쓸까'보다는 '어떻게 쓸까'라는 물음이 보다 근본적인 동기로 작용한다는 것이다.

한편으로 경제적·사회적 모순이 첨예화되고 계급갈등이 표면화되는, 곧 기득권 세력의 몰락과 신흥계급의 발흥으로 특징되는 과도기 내지 전환기에 이르러서는, 생활의 격변과 이질성의 심화에 따라 각 예술가가 포착하는 삶의 본질이나 예술적 진실도 다양한 모습과 빛깔을 띠게 된다는 점 역시 자명한 것이다. 그리고 이때는 반대로 '어떻게 쓸까'라는 형식보다는, '무엇을 쓸까'라는 내용 문제가 보다 근원적인 창작의 동기로 작동한다는 사실 역시 이상의 논리에서 명백하다. 한설야는 이와 같은 관점에서 카프시기 창작의 고정화, 유형화, 기교의 미숙련과 형식의 불충분성의 역사적 한계를 인정함과 동시에 그것이 지닌 적극적 의미를 발견한다. 이상의 논리에서 당대의 기교주의를 바라보는 한설야의 입장은 다음과 같은 것이다.

> 그러나 금일의 기교주의는 석일의 경제적 안정기의 그것과는 그 규(規)를 달리할 것이나 과거의 그것은 동질적 생활을 특이하게 윤색하기 위하여 고전의 형식미를 추구한 것이었으나 그러나 금일의 기교주의는 현실의 혼란 중에서 현실로부터 도피하려는 고식적 미봉책으로서 보는 것이 정당한 해석일 것이다.(149쪽)

결코 녹록치 않은 복잡한 사유의 과정을 거쳐 내린 한설야의 평가는 위와 같은 것이다. 즉 당대의 '낭만주의'나 '휴머니즘' 등이 보이는 기교주의에의 편중은 결국, 좋은 의미에서의 고전의, 외형만을 모방한 데 불과하다는 점이다. 그것은 내용의 빈약과 균질성에 대한 보충적 차원을 넘어 문학이 발 딛고 있는 터전이자 문학적 진실의 토대인, 사실들의 세계로서 경험적 현실을 부정하는 현실 도피적 성격을 내포하는 것이다. 따라서 그것은 전연 바람직하지도, 결코 정당하지도 않은 것이다. 한설야의 기교주의 비판의 핵심은 이곳에 있다. 그렇다면 기교주의에 대한 비판을 넘어 한설야가 추구하고 당대의 문학이 지향해야 할 문학의 양태와 속성들은 무엇으로 정의될 수 있는가.

> 작가가 현실적인 실천생활로부터 떠나서 한 개의 자아를 중심으로 한 체념과 관조의 세계를 전개해놓고 현실적 역사적 세계를 그 자아의 관조적 세계

속에다가 정의적, 심리적으로 번역하기 위하여서는 역사와 현실과 인간생활을 일층 더 본질적·내용적·비판적으로 파악해야 하는 것이다. 그래서야 비로소 심리소설은 주관적·정열적이면서도 동시에 객관적·냉시적(冷視的)일 수 있는 것이다. 또 그래서 이루어지는 개인의 심리만이 일반성·보편성을 방불케 할 수 있는 것이다. 두말할 것 없이 이렇게 '객체적 현실성'을 작가의 자아 내에 내포하여서만 비로소 '주체적 진실성'이 가능한 것이며 또 이렇게 객체적 현실성'과 '주체적 진실성'이 통일되는 곳에서만 문학적 진실이 생겨날 수 있는 것이다.(152쪽)

이 지점에 이르면 당시 임화나 김남천이 도달하고자 했던 지향점이나 문학적 목표와 거의 유사한 한설야의 진술들을 확인하게 된다.[29] 다시 말해 위 인용문은, 위대한 낭만정신을 통해 주체의 재건을 이룩하고, 이후 다시금 자기비판을 통해 사실주의의 재인식에 이르는, 하여 주체와 객체의 변증법적 통일과 지양을 거쳐 '고차의 리얼리즘'에 당도하게 되는 1930년대 후반 임화의 문학적 여정을 넉넉히 상기하게 한다. 또는 일련의 「발자크 연구 노트」를 관통하여 궁극적으로는 혁명적 로맨티시즘을 계기로 하는 진보적 리얼리즘으로 구체화된, 김남천의 리얼리즘에 이르는 험난한 도정 등을 떠올리기에도 충분한 것이다. 그들과도 크게 다르지 않게, 한설야가 희망했던 '문학적 진실'은 위와 같았다. 빗대어 그것은 안으로는 "혈액과 맥박과 호흡"이, 밖으로는 "공기와 광선과 온도를 갖춘 '진실'"(153쪽)이여만 하는 것이다. 또한 그것은 김남천이 주목한 바와도 같이, "현실을 한 번 뛰어넘어 현실을 재구성하는 발자크적 통로와 방법"(152쪽) 외에 다른 것이 아니다. 요컨대 문학적 진실이

---

29 이에 대하여, 그리고 한설야 비평과 변별되는 이들의 차별성에 대해서는 졸고, 「카프비평사의 탈구축과 재구성: '박영희-임화' 노선과 '김기진-김남천' 노선의 비교 연구」, 『비교한국학』 제28권 1호, 국제비교한국학회, 2020.4, 213-273쪽 참고.

란 객체와 주체의 변증법적 통합이며 동시에 그것의 지양으로서(써)만 현현하게 되는 것이다.

이상의 기교주의 관련 논의에서 보듯이 한설야는 당대 문학의 장(場)에서 벌어지는 문학적 현실들에 민감하게 반응했으며, 단순히 현상분석에만 그치는 것이 아니라 그것의 사회적·현실적 원인을 추적하여 그 문학사적 의미를 규명하려 했다는 점에서, 마르크스주의의 원칙에 입각한 원론적 마르크스주의 비평의 한 전형으로서 그 가능성을 충분히 보여줬다고 평가할 수 있다. 한편으로는 그 입론의 과정에서 과도하거나 혹은 지나치게, 마르크스주의의 일반적 원칙에만 의존하거나 그것을 고수함으로써, 논리의 단순화와 일의적 (一義的) 의미화를 피하기는 어려웠던 점은 그 불가피성을 인정하더라도 깊은 아쉬움으로 남지 않을 수 없다.

5. 맺음말

이제까지의 논의를 간략히 정리하기로 한다. 한설야는 카프시기 주요 비평가 중의 한 사람으로서 무시할 수 없는 분량과 수준의 비평 텍스트를 남겼다. 본고에서 살핀 바와 같이 그 구체적인 입론의 양상은 대개는 긍정판단에 토대한 확장적 진술로서 진리-내용의 점진적 풍부화의 전략보다는, 논쟁적 비판의 형식을 취함으로써 부정판단을 기조로 한 자기 제한적 진술로서의 성격을 현저히 드러냈다고 할 것이다. 이와 같은 형태는 그 비판의 준거로서 이념적 지향성이 비교적 뚜렷할 때 가능한 양식이라 할 수 있다. 가령 소설에서 풍자양식이 취하는 논리적 구성과 서사 전략이 이와 같다 할 것이다. 반면 풍자양식이 부정적 대상의 비판에 주력함으로써 진술의 범위가 그 대상의 논리적 구조에 의해 미리 제한되거나 결정되는 측면도 있다. 아울러 비판의 준거로서 자기논리 역시 얼마간 예측 가능한 수준에서 논리의 심화과정을 거치지 않은 채 역동성을 상실하는 경우가 빈번하다는 점도 이해할 수 있다. 이러한 맥락에서 한설야의 비평이 원론적 마르크스주의 비평으로서 그 원칙들에 입각한 사유의 충실성과 함께 견고한 논리적 구조를 보여주는 것은 눈에 띄는 강점이자 큰 매력이지만, 동시에 그 사고의 도식성과 논리적 단순성, 의미의 일원화 등은 간과할 수 없는 약점의 원인이 되기도 한다. 이는 마르크스주의가 갖는 일반적 한계이자 식민지 시기 카프비평이 노정한 대로 그 역사적 한계로서 성찰되어야 할 것이다.[30]

그럼에도 불구하고 지금까지 논의한 바, 한설야의 비평세계는 보다 많은 장점과 풍부한 세부 내용들을 거느리고 있는 것이 사실이다. 아나키즘과의 논쟁에서 마르크스주의를 고수하면서도 예술의 특수성과 형상화 과정을 결코 도외시하지 않는 균형 잡힌 안목과 태도, 그리고 프롤레타리아 리얼리즘론의 전개에 있어 관조적 형식에만 머물지 않고 창작자의 자리에서 줄곧 대중적 실천과 접목시키려 했던 변함없는 일관성, 또한 기교주의 비판에서 보았듯이 당대의 문학적 사실들에 대한 현상분석에서 그치는 것만이 아닌, 거시적인 문화사적 관점에서 해명하고 그 인과관계 및 의의를 밝히는 집요한 탐구정신과 섬세한 추론능력 등은 한설야의 비평 텍스트를 단지 마르크스주

---

30 한설야 비평의 개인적 한계로서 교조적 태도와 함께 이론 수준의 일천함, 초보 수준의 비평 언어 등이 지적되곤 하며, 따라서 이에 대한 적절한 양면적 평가가 필요하다는 의견도 존재한다. 또는 이로 인해 한설야 비평이 독립적이고 개별적인 논의의 대상으로서는 불충분하다는 판단이 제기되기도 한다. 이는 본고가 사실상 한설야 비평에 대한 첫 개별논문으로서 감당해야 할 불가피한 지점들이라 여겨진다. 본고의 애초의 제목은 <원론적 마르크스주의 비평의 가능성과 한계-한설야 비평에 대한 비판적 검토>였다. 그러나 실제 텍스트의 분석 과정에서, 결코 적지 않은 한계보다는 보다 많은 가능성들이 눈에 들어왔다. 이는 연구자 개인의 자의적 판단이기보다는, 텍스트가 지닌 자체적인 힘이라 필자는 생각한다. 따라서 비판적 평가는 줄이고 긍정적 평가를 중심으로 하는 것이 온당하며 타당하다는 결론을 내렸고, 이에 제목 또한 내용에 맞게 수정하게 됐음을 밝혀둔다. 향후 후속연구들에서 본고의 학술적 의의가 결정될 것임은 물론이다.

의 비평의 한정된 영역 안에만 가두어두지 않는다. 1930년대 후반 한설야는 작가로서 자신의 지향점을 가리켜 "감각과 사상의 통일"[31]이라 일컬었거니와, 이는 통상 선명한 이념성으로 특징되던 그 자신의 한계를 극복하는 자기 갱신의 길을 두루 암시하는 것이었다. 예컨대 그가 월북 이후 사회주의 리얼리즘의 도식주의 비판에 힘쓰고, 이후 항일혁명문학만을 북한문학의 유일한 전통으로 앞세우려던 조선노동당의 방침과의 갈등 끝에 1962년 숙청을 맞이한 것도, 결국에는 내부의 부정성까지 끌어안으려 했던 한 문인이 감수해야 했던 운명과도 같은 것은 아니었을지 미루어 짐작해본다.

---

31   한설야, 「감각과 사상의 통일」, 『조선일보』, 1938.3.8.

보유(補遺):
비평사의 방법

비평사 연구의 방법과 과제
김윤식의 비평사 연구를 중심으로

1. 들어가는 말

　김윤식의 『한국근대문예비평사연구』[1]는 1970년대 이후 한국근현대문학 비평사 연구의 출발을 알리는 전범으로 기록되었다. 이후 근 40여 년에 이르는 동안 다양한 방법과 차원에서 비평사 서술이 시도된 바 있으나, 본 저술은 여전히 비평사 연구의 첫 자리에 놓이는 기념비적 저작으로 인식되고 있다. 따라서 비평사 서술을 염두에 둔 문학사가로서는 논의의 진부성을 감수하더라도 이 저술의 고전적 위상을 도외시하고는, 자신의 사적(史的) 관심으로부터 한 걸음도 나아가기 어려운 것이다. 본고는 김윤식의 비평사 연구의 근간을 이루고 있는 『한국근대문예비평사연구』(이하 『비평사』로 약칭)와 『근대한국문학연구』를 텍스트로 삼아, 비평사 연구의 방법과 과제, 그 현황 및 전망에 대해 논구하고자 한다.[2] 특히 『비평사』의 핵심을 이루는 카프비평사에

---

[1]　김윤식, 『한국근대문예비평사연구』, 일지사, 1976. 본고의 텍스트는 1999년, 제1판의 16쇄본이다. 앞선 1973년 동명의 책이 한얼문고에서 먼저 간행된 바 있다. 이와 관련하여 최근 장문석의 연구는 상세한 서지사항과 함께 본 저술의 역사적 형성과정을 밝힌 바 있다.

[2]　1973년 함께 간행된 두 저술에 대한 학계의 최초의 반응과 평가는 이선영에 의해서 이루어

대한 서술 부분과, 비평사 방법론이 정리되어 있는 글로서 『근대한국문학연구』의 「한국 문예비평사 연구의 방법론」(이하 「방법론」으로 약칭)[3]을 구체적인 분석의 대상으로 삼고자 한다. 두 가지 논의가 저자의 비평사 연구의 논리적 토대가 될뿐더러 양자가 긴밀히 관련되어 있는 논제이기 때문이다. 먼저 본격적인 논의에 앞서 소박한 물음으로서, 저자가 『비평사』의 제목을 <문학비평사>가 아니라 <문예비평사>로 택한 것은 나름의 특별한 이유가 있는 것인가. 우선 '문예'라는 말이 각별한 의미를 내포한 것이기보다는, 재래로부터 일반적으로 통용되어 온 것으로 간주할 수 있을 것이다.[4] 이와 관련하여 최근의 한 연구는, "1920년을 전후로, '문예'라는 말이 예술적 성격을 지닌

진 바 있다. 이후 『비평사』를 직, 간접적인 논의의 대상으로 삼은 글의 목록은 다음과 같다.

이선영, 「비평사 연구의 제문제」, 『창작과비평』, 1973.6.

신승엽, 「비평사 연구의 새로운 방향 모색을 위하여」, 『민족문학사연구』 1권, 1991.

김성수, 「고비에 이른 근대문학비평사 연구의 성과와 과제」, 『현대문학의 연구』 4호, 1993.

하정일, 「90년대 근대문학비평사 연구의 몇 가지 문제점」, 『현대문학이론연구』 8호, 1997.

서준섭, 「한국근대문학비평 연구의 새로운 지평」, 『한국학보』 26호, 2000.

신재기, 「한국근대문학비평의 근대성 및 주체 문제」, 『어문학』 69호, 2000.

이현식, 「한국 근대비평사를 바라보는 하나의 관점」, 『민족문학사연구』 21호, 2002.

장문석, 「『한국근대문예비평사연구』의 학술사적 의의를 묻다」, 『한국현대문학연구』 41호, 2013.

기존의 연구성과들이 『비평사』의 내용을 요령 있게 요약하고 일반적 의의와 성과를 기술한 바 있지만, 대부분 추상적인 수준에서 논의하였을 뿐, 그 구체적인 서술의 양상과 면모를 세부적으로 고찰하고 실증적으로 논구한 사례는 거의 없다. 또한 『비평사』가 제기하는 원론적인 문제들을 그 본질적인 차원에서 규명했다고도 보기 어렵다. 그리고 이러한 『비평사』의 제 문제점들이 궁극적으로는 무엇으로부터 기원하는지, 그리고 이를 통해 도출되는 비평사의 현 과제들이 무엇인지를 한층 선명하게 제시하는 데까지는 이르지 못한 감이 없지 않다. 종국적으로 『비평사』의 제 문제들은 새로운 비평사를 기술하는 것으로만 극복될 수 있을 것이다.

3   이 글은 실제로 『비평사』의 서론 격에 해당하는 것으로, 『비평사』의 전체 서술의 방향과 내용을 요약하고 있다. 또한 그 내용이 책에 일부 그대로 전재되고 있기도 하다.

4   가령 그것의 유래는 1918년 9월 창간된 최초의 주간 문예지, 『泰西文藝新報』로부터 현재 일간지 등의 신춘문예 제도에까지 이르는 유구한 역사적 개념이라 할 것이다.

'문학'을 지시하는 개념으로 정착되면서 '문예'와 '비평'이 결합된 용어인 '문예비평'도 출현"[5]한 것으로 판단하고 있다. 한편으로 '문예(文藝)'는 문학예술(文學藝術)의 준말이라는 점에서, 문학을 예술의 차원에서, 즉 광범위한 예술의 한 장르로서 다루겠다는 의식적 명명의 소산으로도 이해할 수 있을 듯하다. 이러한 정황은 '프로문학운동을 중심으로 한 문예비평'이라는 제목이 달려 있는 제1부의 서술 도처에서 드물지 않게 발견된다. 특히 1부 2장의 제1절, '마르크스주의문학론'에서 이와 관련한 저자의 생각의 일단을 짐작해 볼 수 있다.

> 이와 같은 이원적 분류법(순문학(Poesie)과 통속문학(Literatur), 인용자)의 저류에는 전자를 후자보다 상위에 두려는 의도가 잠겨 있음을 엿볼 수 있으며, 이로 인해 문학사 기술의 두 방법이 갈라진다. 광의의 문학사를 文藝史와 文化史로 나누는 방법이 고안된 바 있다. 문예사는 참된 위대한 시인, 작가를 취급하며 미적 방법을 적용할 수 있으나 문화사는, 범용한 작가는 모방, 보수에 그치기 때문에 단지 역사적 방법에 의해 고찰하 된다는 것이다. 이러한 태도의 난점은 위대와 범용의 구별 척도의 곤란에 부딪치지만 요컨대 이원론으로 전자를 우위에 두려는 의도를 읽을 수 있다.(42쪽)// …… 마르크스주의 문학사는 필연적으로 Poesie의 역사가 아니라 Literatur의 역사가 되는 것이다. 그러므로 마르크스주의 문예론의 입장은 필연적으로 문예사가 아닌 문화사 혹은 고유명사 없는 문학사가 되는 셈이다.(43쪽)// …… 요컨대 「계급의 문학적 발전을 연구하여 그 성장을 특색짓는 것을 문학사의 주요한 과제」로 본다면 문학사상의 거장들도 현실의 계급적 인식으로는 미적 가치가 낮은 범용의 작가와 같은 자료에 불과한 것이다. 명백히 이 입장은 몰개성적인

---

5   강용훈, 『비평적 글쓰기의 계보』(소명출판, 2013), 62-63쪽.

문학사가 된다.(44쪽)// …… 『문예비평사는 문학사와 구별하여 철학, 사회과학 영역에 있어서의 연구를 부단히 행하지 않고는 전연 쓸 수 없는 것이다.』(46쪽)[6]

    여기에서 저자는 문학을 크게 순문학과 통속문학으로 나눌 수 있다고 판단한다. 우선 본 저술의 역사적 한계를 고려하더라도, 이러한 이원적 분류법에는 크게 동의하기 어려운 부분이 있다. 이는 사실 문학의 정치성(책의 표현으로는 '政論性') 유무를 따른 분류라 할 것인데, 문학에서 정치성, 그리고 보다 확장하여 사회성과 역사성을 철저히 배제한 문학이 과연 존재하거나 가능한가, 라는 의문이 제기될 수 있다. 통상 문학에서 정치성을 배제한다는 순수문학이라는 것도 한편으로는 하나의 뚜렷한 정치적 입장이라고 말하지 않을 수 없다. 정치와 완전히 무관한 인간의 유·무형의 활동이란 존재하지 않는다. 이는 해방 이후 한국의 문학사 전개에서 분명히 입증된 바가 있다. 따라서 이는 표면적이며 일면적인 견해라 하지 않을 수 없을 것이다. 환언하여 문학사에서 일반적 가치와 항구적 보편성을 획득하는 고전 역시 일차적으로는, 특정한 시기의 전형으로서 시대정신과 개별 이념을 표현하고 있는 것이다. 저자는 이러한 이분법이 문학사 기술상에도 그대로 적용될 수 있다고 본다. 즉 문학사는 '문예사'와 '문화사'라는 두 가지 차원과 방법으로 기술될 수 있다는 것이다. 이 지점에서 우리는 저자의 문예사적 관점을 일부 감지하며 예견할 수 있거니와, 그럼에도 문화사적 관점을 원용하고 참조하지 않을 수 없는, 절충주의의 곤혹스런 입장과 난처한 자리를 어렵지 않게 발견하게 되는 것이다. 이어지는 서술에서 '위대'와 '범용'을 구별하는 척도의 모호성

---

6 이하 『비평사』 원문의 인용은 본문에서 쪽수만 밝히기로 하며, 필요한 경우를 제외하고 한자표기를 노출하지 않기로 한다.

문제가 대두될 것이지만, 여기에서는 직접적인 언급을 피하고 있어, 이에 대한 상세한 논의는 다음 장으로 미뤄두기로 한다. 이상의 분류에 따라서, "마르크스주의 문학사는 필연적으로 Poesie의 역사가 아니라 Literatur의 역사", 그리고 그것은 불가피하게, "고유명사 없는 문학사"이자 "몰개성적인 문학사"가 된다고 저자는 결론짓는다. 이 부분에서 『비평사』의 중핵을 차지하는 카프 비평에 접근하는 저자의 문학사적 태도가 어느 정도 미리 결정되고 있는데, 이는 소위 '문화사적 관점'으로서 실증주의의 방법론으로 귀결되는 것이다. 마지막 인용 문장은 앞선 논의와는 일부 혼선을 빚기도 하는데('문예사'의 개념을 사실상 '문화사'의 개념으로 환원하고 있다는 점에서), 이러한 문맥상의 혼란과 논리적 충돌은 외재적 형태가 우세했던 카프 비평을 염두에 두지 않을 수 없었던 자의식의 소산이라 할 것이다. 『비평사』의 학술적 의의는 방대한 자료의 충실한 복원으로서 실증정신을 우선적으로 꼽거니와, 이는 다음 장에서 논구하게 될 문학사 방법론과도 직결되는 문제라 하겠다. 결국 '문예비평사'라는 어휘의 선택은 과거의 문학적 전통에 대한 합당한 존중과 함께, 자료의 단순한 나열과 일차적 복원을 넘어서려는 문학사가로서의 해석적 욕망을 정당하게 드러낸 것으로 볼 수 있을 것이다. 그러나 이상의 검토에서 분명히 드러나는 것처럼, 그것의 실제적인 내포와 함의는 일종의 절충주의로서 문화사의 개념으로 수렴되는 것임을 확인할 수 있다.

2. 문학사 방법론과 인식론의 문제

한국근대문예비평을 대상으로 한 저자의 문학사 방법론은 『비평사』 제1부에 요약·편재되어 있으나, 비교적 그 온전하고 본격적인 형태는 「방법론」에서 찾을 수 있다. 따라서 이 장에서는 「방법론」을 중심으로 논의하고자 한다. 필자는 먼저 서두에서, 임화, 백철, 조연현 등의 문학사를 언급한 뒤, "장르별 문학사가 깊이 추구, 정리되지도 못한 자리에서 일반문학사가 먼저 씌어졌다는 사실이 어떤 의미에서는 기이감을 자아내게 하는 바 없지 않다"[7] 고 술회하는 것으로 글의 갈피를 잡고 있다. 그리고 보다 완벽한 문학사를 위해서는 장르별 문학사가 바탕이 되어야 하며, "특히 장르별 정리중에도 모든 장르에 걸치는 비평의 역사적 정리"가 가장 필요하다고 연구의 목적을 밝히고 있다. 필자가 언급하듯이 메타언어로서 비평은 문학의 모든 장르에 관여하는 총괄적, 집합적, 최후적 진술로서의 성격을 지닌다. 그리고 이것의 사적 체계화인 비평사 서술이 내포하는 총체적 성격 및 학술적 중요성 또한 자명한 것이다. '방법론'이라는 제목이 직접 붙어 있는 제2항에서, 필자는 문학사 방법론을 구체적으로 언급한다. "문학이론, 비평, 문학사, 비평사 등 일체의 문학에 대한 연구가 과연 하나의 학문(Wissenschaft)으로 가능한가"(8 쪽)라는 질문을 필두로, 필자는 문학의 이중구조를 제시한다(필자는 각주에서 이를, A. 하우저의 『문학과 예술의 사회사』에서 암시받은 것이라 설명한다). 즉 "본 질이란 언제나 기능면에서 파악되어져야 한다면, 문학의 본질은 언어적 기능 에서뿐만 아니라 사회적, 쾌락적, 교훈적 제 기능 등에서도 파악되어져야 할 것"(8쪽)이라는 점이다. 사실 이러한 이분법은 서론에서의, 문예사와 문화 사라는 이원적 문학사의 구분과 크게 다르지 않은 것이다. 김윤식의 비평사 서술에서 이상의 이분법적 접근은 특히 두드러지는데, 이는 문학사적 사건을 도식적으로 단순화하는 장점과 함께, 다양한 현상의 입체적·복합적 구조의 파악을 저해하는 결정적인 약점으로도 기능하게 된다. 이러한 접근은 문학이 지닌 (비)합리성의 문제에까지 확장되는데, "문학의 본질은 그러므로, 제일의

---

7   김윤식, 「한국 문예비평사 연구의 방법론」, 『근대한국문학연구』(일지사, 1973), 7쪽. 이하 이 글의 인용은 본문에서 책의 쪽수만 밝히기로 한다.

적으로는 영원적·원초적·무의식적인 것의 표현이며, 제이적으로는 사실추구로서의 합리적 현실의 표현"(9쪽)으로 규정된다는 것이다. 그리고 문학연구는 "제이적인 것만을 비교적 확실히 그 대상으로 삼을 수 있을 따름"이라는 이유에서, "비평의 거점", "즉, 비평의 한계 혹은 그 일면적 객관성을 알아낼 수 있"(이상, 9쪽)다는 것이다. 요점은 문학연구는 체험대상으로서 제일의적인 것을 학적 인식의 대상으로 삼을 수 없으므로(향수적 체험은 주관적 가치판단의 영역이라는 점에서), 여타 분과학문과는 달리 "객관성의 제약"(14쪽)을 그 특성으로 한다는 것이다. 이러한 문학의 이중구조 때문에, 문학사는 "실증주의적인 랑송 류의 문학사와, 낙관적으로 뵈는 도이치 문예학파와의 대립"(11쪽)으로 나타나게 된다. 환언하여 "사실을 추구하는 실증적 과학이냐, 가치판단을 주체로 하는 형이상학적 미학이냐 하는 문제는 문학사가 봉착하는 이율배반적 명제에 가깝다"(11쪽)는 것이다. 이러한 이분법적 논제는 상기 필자의 논리체계 내에서 자연스러운 것이어서 별반 새로울 것은 없다.

이로써 우리는 문학사 방법론의 핵심 문제에 비로소 접근했음을 발견한다. 그것은 매우 원론적인 수준의 것이지만, 여전히 방법론의 중핵에 해당하는 것임을 부인하기 어렵다. 즉 양립 불가능한 배타적 명제들을 어떻게 결속시킬 것이냐는 문제이다. 이는 두 가지 경향의 기계적 종합이자 산술적인 결합인 단순한 절충주의로는 결코 해결될 수 없는 것이다. 김윤식이 이를 해결하는 방법은 다음과 같다. 즉 "먼저 그 가능성은 문학의 속성으로 되어 있는 보편성과 전형성에서 출발되어야 될 것으로 보인다. 그것은 가치 추구를 보편성 위에서 보장하여, 이 바탕 위에서 문학사의 객관성을 입증해야 될 것이다"(13쪽)라는 것이다. 이에 대한 주석에서 필자는 최재서의 『문학원론』을 언급하고 있는데, 문학의 가치는 희소성과 개성이지만 그것을 산출한 환경은 객관적이고 보편적이라는 점에서 그 논리적 근거를 찾고 있다. 이는 보편성의 근거를 문학작품이 아닌 사회적 환경에서 다시 찾는다는 점에서, 결국 사회사로 환원될 수밖에 없는 것이며, 다시 말해 문화사의 실증주의로 재차 귀속되는 것이라 하겠다. 따라서 이는 불필요한 반복이거나 최소한 진정한 문제의 해결이라고 말할 수는 없는 것이다. 환언하여 핵심이 놓여 있는 곳은, 주관과 객관의 통합 문제라는 점이다. 즉 객관적 실증과 대비되는 주관적 가치판단과 해석의 차원을 어떻게 정위(定位)할 것이냐는 것이 문제의 본질이라는 점이다. 따라서 이는 당연하게도 인식론의 문제를 포괄하게 된다. 사실 이 지점에서 필자는 다시 한번, 실증주의의 과학적 객관성으로 기우는 듯한데, 문학사 방법론은 단순히 기술상의 문제로 제한될 수 없으며, 서술의 차원과 태도 등으로도 환원될 수 없는 것이다. 그것은 인식론적 문제를 필연적으로 포함하며, 이에 마땅한 과제를 문학사가에게 부여하는 것이다. 가령 대략 1990년대를 전후로 비평사 연구에서 현실적 실천의 문제, 그리고 주체의 문제와 함께 (탈)근대성의 문제가 집중적으로 거론된 정황은,[8] 문학사 방법론이 인식론적 차원과 긴밀히 결부되어 있다는 점을 반증한 것이라 할 것이다. 다른 한편으로 실증주의의 고전으로 알려진 랑송의 문학사조차, 예술작품의 향유라는 주관적 체험의 영역을 결코 무시하거나 배제하지 않았다는 사실 또한 다시금 강조될 필요가 있을 것으로 보인다. 즉 "독자의 취미가 느끼는 인상은 역사가의 비평보다 앞서며, 고증학적인 연구는 작품에 접촉했을 때의 감수성의 반응을 설명하고, 검토하고, 보충하지만, 그것을 대신하지는 않는다"[9]는 것이다. 끝으로 필자는 문학사, 비평사 등 문학에 대한 사적

---

8 이와 관련한 기존의 성과로서 앞서 정리한 글들 중에는, 서준섭과 신재기의 논의가 대표적이다.

9 G. Lanson, 『불문학사』, 1923년판, p.112; 여기에서는 정기수, 「랑송의 문학사의 방법에 관하여」, 『랑송 불문학사(상)』(을유문화사, 1997), 7쪽에서 재인용. 주지하듯 랑송의 『불문학사*Histoire de la Littérature Française*』 원전은 분량의 문제로 우리말 번역본이 나와 있지 않다. 현재 서점에서 구할 수 있는 국역본 『랑송 불문학사(상)·(하)』는 P. 튀프로와

연구는 '포괄적' 입장을 취할 수밖에 없으며, 그 우열과 가치는 "그 의도와
목적이 얼마나 성실성, 심오성, 정밀성을 지녔는가에서 판정"(15쪽)된다는
지극히 추상적인 입장만을 피력하고 있다. 그렇다면 이제 남는 것은 명백하
게도, 해석과 가치판단의 주관적 영역을 보편성의 차원으로 끌어올리고 객관
적 지평과의 접점 속에서 근거 지을 수 있는 방법은 없는가의 문제일 것이다.
이에 대한 답변이자 잠정적 가설로서, 우리는 칸트가 『판단력비판』의 논리적
준거로 삼았던 '공통감(共通感: sensus communis)' 이론을 제시할 수 있을 것이
다.[10] 물론 칸트가 이 '공통감'의 존재를 귀납적으로 논증하지 않고 선험적으
로 요청되는 것으로 상정(想定)함으로써, 칸트의 선험철학이 갖는 연역적 성
격과 그 한계를 드러내고 말았지만, 그것은 미적 취미판단이 갖는 '주관적
보편성'을 논리적으로 정초하는 핵심으로서의 역할을 담당한 바 있다. 문학
사에서 차지하는 고전의 위상은 '주관적 보편성'의 차원을 가능케 하는 '공통
감'의 존재를 방증하는 것이라고도 할 것이다. 그러나 본고의 목적은 문학사
방법론의 개인적 안출에 있지 않으므로, 이에 대한 상론은 여기에서 그치기
로 한다. 결론적으로 김윤식의 문학사 방법론은 객관적 실증주의와 주관적

공저한 축약본으로서, 『불문학사 개론Manuel illustré d'Histoire de la Littérature Française』
이 원제이다.

10 이에 대해서는 I. Kant, 『판단력비판』(박영사, 1998), 이석윤 역, 168-172쪽(제40절, '공통
감(sensus communis)의 일종으로서의 취미에 관하여')을 참고할 수 있다. 여기에서 칸트는
다음과 같이 언급하고 있다. "우리는 취미를 美感的 共通感 sensus communis aestheticus
이라고 부르고, 보통의 인간오성[상식]을 論理的 共通感 sensus communis logicus이라고
불러도 좋을 것이다"(같은 책, 171쪽). 도식적으로 말한다면 김윤식의 문학사 방법론은 바
로 이 '논리적 공통감'만을 사적 구성요소로 삼고 있으며, '미감적 공통감'의 구성 문제는
문학사 기술의 영역을 벗어나거나 현실적으로 불가능한 것으로 간주하고 있다고 볼 수
있을 것이다. 그러나 사료의 취사(取捨) 행위 자체가 주관적 판단과 해석의 결과임은 주지
의 사실이다. 또한 수학적 데이터에 기반한 과학적 실험의 결과나 해석의 과정도 조작적
조건에 기인하는 필연적 우발성을 배제할 수 없음을, 근대 과학주의의 비판적 성과들은
명확하게 보여준 바 있다.

해석주의의 절충적 종합이자 상대적 결합으로서, 과학과 미학의 영역을 포괄하는 것으로 규정될 수 있을 것이다. 따라서 논증의 직접적인 대상과 목표는 이 실증주의의 과학적 객관성이 얼마나 철저하게 관철되었는가의 문제가 하나이며, 문학사적 가치판단과 해석의 문제가 어느 정도 수행되었는지, 그리고 실제로 수행되었다면 그 해석과 평가는 과연 얼마나 타당하고 설득력 있는 것인지의 문제로 압축된다고 할 수 있다. 40여 년이 경과한 시점에서 어떤 면에서 원론으로 귀속되는 문제를 재론하는 것은, 『비평사』의 학술적 위상에 비해 이제까지의 논의가 결코 충분치 않다는 판단과 함께, 평가의 내용 및 그 실제적 양상이 그다지 만족스럽지 못하다는 판단의 질적 차원이 동시적으로 개재된 결과이다.

3. 서술과 구성의 층위

이 절의 논의에 앞서 먼저 강조되어야 할 점은, 『비평사』의 여러 문제점을 논구함에 있어 그것은 늦게 태어난 자로서 현재적 관점에서의 폭력적 재단으로 행사되거나 귀결되어서는 결코 안 된다는 것이다. 『비평사』는 당연하게도 연구자 개인의 오류를 넘어서는 역사적 한계와 시대적 제약을 포함하고 있으며, 이는 어떤 논저도 면할 수 없는 불가피한 성격의 것이다. 따라서 현재적 관점의 비판을 위한 논증의 과정과 절차는 당대의 관점을 충분히 고려하고 배려한다는 전제 위에서 진행되어야 하는 것이다. 연구자는 한 개인으로서 속해 있는 현재의 시간성을 역사적 시간의 평면 위에 적실히 분할하고 배치함으로써 자신의 학문적 동기와 그 정당성을 비로소 부여받는다. 먼저 『비평사』의 주요 관점의 하나는 문학연구의 대상이 '상대적 등가물'로서 기능한다는 것인데, 이는 카프 비평을 비평사의 장으로 복원하여 다시금 전면화하는 데 일조한 바가 적지 않다. 즉 마르크스주의 문학비평을 취급하는 것이 연구자 개인의 특별한 가치판단을 의미하는 것이 아니라, 당대의 문화사적 사실의 하나로서 여타 문학적 입장들과 대등하게 다뤄질 수 있다는 것이다. 사실이는 카프 비평의 문학사적 중요성을 인지한 연구자 개인의 판단 없이는 불가능한 것이겠지만, 1970년대 한국의 정치 상황에서 자신의 학문적 결과물을 무리 없이 정당화하는 적절한 논리로서 뒷받침되고 채택된 것임을 알 수 있다. 이는 앞선 서술들에서도 일부 언급된 바 있다. 이제 구체적인 논의로서, 과연 사실의 실증적 복원이 어떤 수준에서 이루어졌는지 살피기로 한다. 제1장 1절의 1항, '팔봉·회월의 정신적 상황'의 첫 문장에 달린 각주 1)의 ②항목의 내용을 먼저 옮겨놓는다.

八峯이란 雅號를 使用하게 된 것을 다음처럼 쓰고 있다. 『「開闢」雜誌에 「支配階級化와 被支配階級化」를 쓴 일이 있는데 金起田씨가 먼저 그 內容이 좀 過激하다 해서 變名을 勸告하므로 故鄕 忠北 淸州의 八峯山으로……』("雅號의 由來"「三千里」 4卷 1號, p.35; 강조는 인용자)[11]

7, 8年 前 開闢 雜誌에 **支配階級敎化 被支配階級敎化**라는 論文을 쓴 일이 잇는데 原稿를 그 때 金起田氏가 몬저 보고 內容이 좀 過激한즉 본 일홈으로는 通過하기 어렵다하야 變名하라고 하는 勸告를 드럿다, 그래서 나는 그 當席에 안저서 내가 난 忠北 淸州의 八峯山을 聯想하고 「八峯」이라고 號하엿는데 그 뒤 繼續하여 그를 쓰고 잇다. 그런 까닭에 나의 雅號의 뜻은 純全히 八峯山아래에서 난 사람이란 것이다.(金基鎭 外, 「雅號의 由來」, 『三千里』第4號, 1930.1, 35쪽)

---

11   김윤식, 『비평사』, 16쪽.

일차적으로 확인할 수 있는 것은 원문의 인용이 비교적 정확하지 않다는 것이다. 팔봉의 원 글에서 '敎'자가 누락되어 있는 것은 차치하더라도, 『삼천리』 제4권 제1호는 1932년 1월에 간행된 것으로 그 서지사항이 전연 잘못된 것이다. 물론 이는 지엽적인 문제일 수 있으며, 여기 드러난 사실관계의 오류를 인정한다 하더라도 그 뜻과 내용은 크게 달라지지 않는다. 그러나 최소한 직접인용 표시(『비평사』의 겹낫표 표시 부분)가 되어 있는 부분에서는, 인용문의 주관적 변형 없이 그대로 인용하는 것이 학술연구의 변하지 않는 기본 원칙이자 연구자의 성실한 자세이다.[12] 그럼에도 학술적 아카이브가 지금과

---

12 이와 같은 정황은 아래 예문에서도 확인되는데, 사료의 요약적 인용이라 하기에는 단어, 문장, 단락 등의 주관적 변형이 적지 않다. 경우에 따라서는 일부 문맥의 오독이나 전체적인 내용 판단에서의 오류를 초래할 가능성도 있어 보인다. 이는 부정확한 인용의 대표적 사례의 하나로 제시되었을 뿐이며, 이와 같은 인용문의 잦은 누락과 변형, 자료 및 서지사항의 불충분성과 부정확성에 대한 예들은 빈번하게 발견된다. 문제는 이러한 사실관계의 오류가 부정확한 자료의 인용에 그치지 않고 있다는 점에 있을 것이다.

① 본 동맹내에서는 양군의 탈퇴가 하등 조직인의 의미의 분규를 상반치 않고 또 현재 동맹내에는 조그만 내분이나마도 없다는 것을 본중앙위원회는 확인하고 또 이것을 천명할 필요를 느낀다. 박영희와 신유인의 탈퇴원은 개인사정이라고는 하나 그 후의 박영희의 언동 또는 동군의 동아일보 신년호 지상에 발표한 주문 「최근 문예이론의 신경향과 전개」 등을 중심으로 보건데 그가 카프의 현지도부와 또 그 일반적 방침에 대한 불만과 그것에 대한 일정한 비판적 견지에서 나옴이라는 것은 이미 명백한 일이다. 신유인은 하등 구체적 의견을 볼 수 없으나 박영희와 동일하다. 박영희는 그 행동이 창당인의 일원으로서 적당치 않다. 운동을 위한 의견과 운동에 적대하는 의견을 구별치 못하고, 또 승려적 참회와 진정한 자기 비판을 혼동하고 있다. 박영희는 그 기본적 견해가 오해된 점도 있으나 우리 운동에 대한 비판은 인정하고 또 필요를 느낀다. 이것은 우리 동맹전체의 문제이므로 이 문제를 광범위하게 토론하기 위해 박영희와 신유인을 보류한다(『비평사』, 36쪽).

② 본 동맹 내에서는 양군의 탈퇴가 하등 조직인 의미의 분규를 상반치 않고 또 현재 동맹 내에는 조그만 '내분'이나마도 없다는 것을 본 중앙위원회는 확인하고 또 이것을 천명하는 것을 필요하다고 생각한다.// 신유인이나 박영희나 그들의 탈퇴원에 표시된 이유는 개인적 사정이라고 하나, 그후의 박영희의 언동, 또 동군이 『동아일보』 신년호 지상에 발표한 논문 「최근 문예이론의 신전개와 그 경향」 등을 중심으로 보건데 그가 '카프'의 현 지도부와 또 그 일반방침에 대한 불만과 그것에 대한 일정한 비판적 견지에서 나옴이라는 것은 이미 명확한 일이다. 신유인은 하등 구체적 의견의 표시를 볼 수가 없으나

는 비교가 되지 않았을 1960~1970년대의 연구 환경과 물적 기반을 고려한다면, 그것은 일일이 옮겨 적는 필사과정에서의 단순한 실수나 오류일 가능성도 적지 않아 보인다. 그러한 정황은 저자의 회고에서도 확인할 수 있다.[13] 지난했던 『비평사』 집필의 과정을 소개하고 있는 회고문에서 당대의 열악한 연구 환경은 분명 짐작되고도 남음이 있다. 자료의 수집과 기록, 판독과 해석이라는 연구의 일차적 단계를 온전히 수작업만으로 감당해야만 했던 젊은

여러가지 관계로 보아 본 중앙위원회는 동군의 문제를 박영희와 동일하게 취급하는 것을 정당하다고 인정하므로 이곳에서 동일하게 취급한다. 물론 신유인으로부터 보다 구체적인 의견의 표명이 있을 때는 그것에 준할 것이다. 이 문제에 대하여 본 중앙위원회는 무엇보다 박영희에 있어서와 같이 중앙위원회에 제출한 탈퇴원에는 하등 구체적 의견을 표시치 않고 우선 '카프'로부터 탈퇴하여 '저널리즘' 출판 위에 그 견해를 비로소 발견하고 특히 조직과 그 정책방침에 대하여 비난하는 것은 우리 운동 또 '카프'자신이 여하한 결함 과오를 가지고 있다고 하더라도 프롤레타리아예술가로서, 더욱이 이 운동 조직의 지도적 창설자의 일인으로서 심히 적당하다고 생각할 수 없는 행동이라고 생각한다.// 특히 그가 조직을 떠나서 운동에 관한 어떤 비판을 개시하고 또 자신의 탈거(脫去) 이유를 이곳에 결부하는 것은 '운동을 위한 의견'과 '운동에 적대하는 의견'과를 구별치 못하고 또 '승려적 참회'와 '진정한 자기비판'을 혼동하는 것이다. 이것은 박영희로 하여금 운동의 약점 결함에 대하여 패배주의적인 인식에로 이끌고 우리들의 사업의 전 성과에 대한 파렴치한 청산주의적 부정에 도달하게 한 최대의 원인이라고 생각한다.// 그러나 박영희의 견해가 상기한 것과 같이 그 기본적 방면에 있어 불소(不少)한 과오를 가졌음에도 불구하고 그가 의연히 프롤레타리아 예술운동에 관하여 이야기하려고 하고 또 그 지도하는 대부분의 문제가 '카프' 및 우리 운동이 가지고 있는 현재의 제 결함, 더우기 시급한 해결이 요망되고 있는 제 문제―창조적 활동의 전개, 종파주의(조직 및 비판)의 청산, 예술적 방법에 대한 새로운 토의 등도―와 불가분의 관련을 가지고 있는 것으로 본 중앙위원회는 그와의 진실한 논쟁의 필요를 인정한다. …… 고로 박영희 신유인 양인의 탈퇴원 처리를 본 중앙위원회는 일시 보류하기로 결정한다.[하략](카프서기국, 「<카프중앙집행위원회 결의문> 전문」, 『우리들』, 1934.3.)

13 "『한국근대문예비평사』(1973)에 뜻을 세워 자료 모으기에 들어간 것은 1963년이었습니다. 조선호텔이 엿보이는 국립도서관, 서대문 옆 한국연구원 등을 비롯하여 고려대학교 도서관 그리고 뜻밖에도 배순제 씨의 도움까지 입으며 자료 모으기에 두 해 동안 헤매어 마지않았습니다. 자료를 판독하기, 이를 일일이 카드 및 노트에 옮기기엔 긴 시간과 인내심이 요망되었지요"(김윤식, 「머리말」, 『일제말기 한국 작가의 일본어 글쓰기론』(서울대출판부, 2003), iii~ix쪽).

학자의 땀내와 수고로운 노동의 열기가 선연히 목전에 떠오른다. 지금 후학들의 비교적 수월한 연구는 선배 연구자들의 헌신과 노고에 빚진 바 크다 할 것이다. 이와 같은 이해를 전제로 하면서 다음 대목으로 넘어가기로 한다. 예문은 프로문학의 성격을 규정하고 있는 회월의 글이다.

① 『우리는 「예맹」을 말하기 전에 무산계급문학의 성질을 간단히 말할 필요가 있다.』는 전제 밑에 조직 책임자 회월은 다음처럼 말한다. 『무산계급 문학이라면 흔히 생각하기를 낭만파 문학이나 자연파 문학이나 이상파 문학과 같이 문학상의 한 유파로만 볼는지 모르나 무산계급의 문학이란 전계급을 포함하였다는 사이비적으로 광범한 문학은 아니다.』 즉 기성 사회에 입각한 평범한 유파가 아니라는 것, 따라서 프로문학은 무산계급적 생활에서 발생하는 무산계급의 투쟁의식과 문학운동을 일원적으로 봐야 하고, 이 한에서만 의미를 지닌다는 것이다. 무산계급 인식과 그 인식에 대한 이론은 필연적으로 계급의 문학을 출생시키는 것이며, 프로문학이 계급의 영향을 받아 그것을 문학적 가치로서 독립시키려는 것은 아니다.(『비평사』, 38-39쪽)

② 우리는 예술동맹을 말하기 전에 무산계급문학의 성질을 간단히 말할 필요가 있다고 본다. 무산계급문학이라면 흔히 생각하기를 낭만파문학이나 자연파문학이나 이상파문학과 같이 문학상 한유파로만 볼른지 모르나 무산계급의 문학이란 전계급을 포함하였다는 사이비적으로 광범한 문학은 아니다. 따라서 기성사회에 입각한 평범한 유파도 아니다. 무산계급문학은 무산계급적 생활에서 생기는 무산계급XXXX, 무산계급XXXXX 무산계급 문학운동을 일원적으로 볼수 있고 이해할 수 있는 범위에서 의미하는 것이다. 그럼으로써 무산계급XX과 그XX에 대한 이론은 필연적으로 계급XX의 문화를 출생시키는 것이며 무산문학이 계급XX의 영향을 받아서 그것을 문학적 가치로써

독립시키려는 것은 아니다.(박영희, 「무산예술운동의 집단적 의의」, 『조선지광』 65호, 1927.3)

김윤식의 서술에서 가장 먼저 눈에 들어오는 것은, 회월의 글을 인용하고 있는 전반부와 이에 대한 설명을 담당하고 있는 후반부로 확연히 구분되고 있다는 점이다. 그럼 내용을 살펴본다. 우선 김윤식이 인용한 박영희의 문장의 핵심은 명백히, 계급문학으로서 프로문학의 '당파성'을 규정한 것이다. 즉 프롤레타리아의 계급의식에 기초했다는 점에서 프로문학은 기존의 여타 문학의 유파와는 결정적으로 구분된다는 것이다. 그것은 "전계급을 포함하였다는 사이비적으로 광범한 문학은 아니다"는 부분에서 여실히 드러나는 것이다. 계급의식이라는 배타적 당파성에 기초하기 때문에 프로문학은 물론, 실천적 계급투쟁과도 분리되어 인식될 수 없다. 그러나 저자는 이를 계급투쟁과 문학운동을 일원적·연속적 관점에서 파악해야 한다는, 표면적이고 단선적인 의미에서만 해석하고 있다. 이는 마지막 부분, 계급문학이 문학의 고유성을 인정하지 않는다는 점을 설명하는 데까지 이어진다. 그러나 이는 상당히 왜곡된 이해이다. 그렇다고, 이를 단순한 해석의 오류나 논리적 비약으로 간주할 수 있는 것인가. 이 또한 그렇게 보기가 어렵다. 그 이유는 저자가 인용하고 있는 회월의 원문을 확인하면 바로 드러나게 된다. 즉 저자는 회월의 글을 인용한 뒤, 이를 해석하는 부분에서 다시 회월의 문장을 도용하고 있다. 즉 인용문을 인용문으로 처리하는 것, 인용문의 해석과 주석을 다시 인용문으로 대체하고 있는 것이다. 지금의 시각으로 이는 분명한 표절에 해당하는 것으로 볼 수 있다. 때문에 저자의 고유한 입장을 발견할 수 없는 것이며, 논리적 비약 또한 면하기 어려운 서술 구성상의 맹점을 갖고 있는 것이다. 그렇다면 이 역시 단순한 실수나 필사 과정에서 노정되는 불가피한 현상으로 치부될 수 있는 것인가. 이에 대해서는 그렇게 보기 어렵다는 것이 필자의 판단이다. 왜냐하면 인용 뒤 첫 문장의 어미를 '~다는 것이다'로 처리함으로써, 서술의 주체가 책의 저자임을 분명히 밝히고 있기 때문이다. 따라서 이는 서술의 잘못된 구성이거나, 아니면 학문적 비엄격성과 적당히 타협하고 이를 묵인한 결과로밖에 보지 않을 수 없다. 이런 식으로 인용문으로 인용문을 처리하거나 당대 비평가들의 글을 적절한 인용 표시 없이 저자의 서술과 뒤섞어놓은 사례는 그리 드물지 않게 발견된다. 당시의 연구 환경을 고려하더라도 이는 변명의 여지 없이 잘못된 것으로 분명히 짚고 넘어갈 필요가 있다고 본다. 특히나 『비평사』의 일차적 목표이자 선구적 성과로 평가되는 것이 실증을 통한 자료의 충실한 복원에 있는 것이라면, 이는 보다 엄격히 따져 물을 필요가 있는 것이다. 이상의 검토는 보다 다양한 사례들로 논증될 필요가 있지만, 본고의 궁극적 목적이 『비평사』의 약점을 낱낱이 드러내고 밝히는 것에 있지 않기 때문에 전형적인 몇 가지 사례들을 제시하는 것으로 그치고자 한다. 다만 이를 통해 우리가 의심하지 않았던 실체로서 『비평사』의 실증작업과 자료의 일차적 복원이 상당히 허술한 상태와 비교적 엄밀하지 않은 수준으로 이루어졌다는 사실이 상기되었으면 족할 것이다.

4. 해석과 평가의 차원

우리는 앞 절에서 『비평사』의 실증주의가 우리의 예상과 달리 엄밀하게 관철되지만은 않았음을 직접 확인하였다. 다음으로 『비평사』의 흔한 약점으로 지적되는 해석과 평가의 차원을 살피기로 한다. 먼저 『비평사』는 기본적으로 텍스트와 비평가들에 대한 해석과 개별적 가치판단을 보류하거나 이를 부정적으로 인식했다는 점이, 먼저 이해되고 전제되어야 할 것이다. 주지하듯 저자가 『비평사』에서 시도한 것은 궁극적으로, 엄밀한 '事實의 學'으로서 문학사 기술이었다. 따라서 이 절의 서술은 기본적으로 잠정적이며 유보적인 성격을 지닌다. 저자는 자신의 '문예사'를 '문화사'의 일종으로서 시종일관하고자 하였으나, 저자의 의도와는 사뭇 다르게 혹은 그 의도와는 반하여 문학사가로서 주관적 해석의 욕망과 가치판단을 드러내게 된다. 어떤 면에서 그것은 불가피한 과정이며 필연적 결과라 할 것이다. 이미 언급했듯이, 문학사 서술은 궁극적으로 주관과 객관의 교유를 통한 통합적 인식의 과정이며 따라서, 인식론의 차원을 필연적으로 요청하기 때문이다. 이 자리에서도 카프 비평이 그 논의의 중심이 될 것인데,『비평사』에서 민족주의문학론은 프로문학과의 대타의식에서 정립된 것으로 파악하고 있거니와, 그러므로『비평사』의 전체 구성을 관통하는 인식론적 지반은 카프 비평에서 찾는 것이 타당하다 할 것이다. 그렇다면 저자는 카프 문학과 그 비평적 성과를 어떻게 취급하고 있으며 무엇으로 인식하고 있는가. 물론 이는 앞선 논의들과도 긴밀한 연관을 지니고 있는 것이다. 저자는 카프문학을 하나의 집단적 운동 형태, 즉 조직론을 그 핵심 요소로 파악한다. 주지하듯 마르크스주의(문학론)는 실천의 담론이기 때문에, 실천을 위한 집단적 결사인 조직론을 그 중핵으로 파악한 것은 온당한 접근이라 할 것이다. 그리고 그 이념의 실천적 성격은 마르크스가 1845년 집필한 포이어바흐에 관한 11번째 테제("철학자들은 세계를 단지 여러 가지로 해석해왔을 뿐이지만, 중요한 것은 그것을 변혁시키는 일이다")에 간명하게 제시되어 있는 것이다. 이는 단체의 결성과 두 차례의 방향전환, 그리고 마침내 해산에 이르는 카프의 활동 시기 전반을 아우르는 제일의적이고 지배적인 강력한 규정력으로 작용하게 된다. 사실 목적의식론이나 볼셰비키화의 문제는 계급적 실천력의 강화라는 측면에서 조명되지 않으면 안 될 것이다. 그리고 이는 문학과 예술의 자율성 문제와도 직결되는 것이다.[14] 카

---

14   이에 대해서는 1장, 각주 28 참고. 이상 마르크스의 견해는 김윤식의『비평사』 44쪽에서도

프가 해산 위기에 직면하게 된 주 원인의 하나는, 문학의 상대적 자율성과 독립적 지위를 인정하지 않는 교조주의에 있었다. 아울러 초기의 내용–형식 논쟁이나 해산기를 둘러싼 창작방법논쟁 역시 크게는 이 범주를 벗어나지 않는 것이라 할 수 있다. 저자는 프로문학 비평을 논쟁 중심으로 정리하면서 그 중심에 섰던 논자들을 하나씩 호명해낸다. 여기에서 단연 두드러지는 인물은 박영희와 김기진, 임화와 김남천이다. 그리고 기본적으로 전자를 "사회주의문학도 우선 예술이어야 한다"는 명제로 요약되는 카프 구파(舊派)로, 후자를 "세계를 변혁함이 간요"(이상, 38쪽)하다는 명제로 요약되는 카프 소장파로 명명한다. 이 자리에서 그 논쟁의 세목들을 검토할 수는 없다. 다만 저자의 판단과 평가가 어디로 기울어 있는지 그 요점만을 간추리기로 한다. 미리 말해두어, 저자는 김기진보다는 상대적으로 박영희를, 김남천보다는 상대적으로 임화를 고평하는 입장에 있는 듯하다. 그 직, 간접적인 증거들을 개인별로 항목화하면 다음과 같다.

> 박영희: 회월의 내용·형식에 대한 구명은 훨씬 프로문학의 본질적 차원에 접근하려는 노력을 보인 것이라 할 수 있고, 이 점에서 팔봉보다 회월이 본래적 의미의 프로 이론가라 할 수 있다(59쪽)// 회월이 목적의식을 논하면서 현실성을 끝까지 염두에 두어 문학주의와 조선주의를 포회한 사실은 고평되어야 한다.(67쪽)
>
> 김기진: 팔봉이 회월을 반박하는 데 겨우 용어 비판에 급급했을 따름이었고 (35쪽)// 회월의 이러한 사회와 예술의 일원론적 견해와 대립되는 것은 팔봉이 내세운 이원론이다. 『KAPF는 프롤레타리아 예술가의 단체이며, 결코 푸로의 정치단체는 아니다』라는 입장에 선 팔봉은,

---

일부 소개되고 있다.

그러므로 작가의 할 일은 문학 행동이지 정치적, 사회적 행동과는 무관한 것이라 주장하였다(39쪽)// 팔봉의 대중화론은 대중의 한국적 파악, 사회적 구조와의 해명이 없었다는 데 그 한계가 있다. 대중을 막연한 무지의 독자층으로 보고 출발했다는 것은 논리의 안이성을 의미하게 된다.(79쪽)

임　화: 항시 중후하고 관념적·추상적 문체인 임화의 논문이지만 이 대목(「위대한 낭만적 정신」, 인용자)에 와서는 감동적이고 설득적이며 조리 있고 명쾌하다(102쪽)// 이상과 같은 낭만주의 대두와 이에 대한 비판은 정작 「위대한 낭만정신」을 주창한 임화 자신이 자기 비판을 함으로써 리얼리즘의 길로 귀환하게 된다. 이것은 자기 비판이 시도된 우리 문예비평사상 흔하지 않은 감격스러운 대목이라 할 것이다. 임화의 자기 비판은 「사실주의의 재인식」에서 표면화되었다.(104쪽)

김남천: 김남천은 관념론에 도피했으며(36쪽)// 김남천은 이런 역경 속에서 자못 고군분투한 느낌이 없지 않다. 그는 끝까지 조직에의 충성을 저버리지 못한 것이다. 그 자신의 손으로 KAPF 해산계를 경기도경찰부에 제출하지 않을 수 없도록 그는 조직을 지킨 사람이다(95쪽)// 그가 말하는 「시민문학」에는 명백한 해명이 없다. 이원조나 김남천은 「퇴영한 프로문학」이 기능을 상실한 이상, 시민문학 즉 부르조아문학의 뒤를 잇는 리얼리즘에 합류되어야 한다는 것인데 이 의미 속에 위장적 포즈가 잠겨 있음은 물론이다. 고발문학론이 창작 방법이 되어야 한다는 당위성 때문에 김남천은 무리하게 시민문학으로서의 리얼리즘을 도입한다.(271-272쪽)

이 자리에서 회월과 팔봉, 임화와 김남천의 비평적 성과를 섣불리 단정하거나 상세하게 논증하기에는 어려움이 있다. 이는 한편으로 연구자 개개인의 취향이나 학문적 관심과도 결부되는 문제이며, 더 나아가서 가치관이나 세계관 등의 보다 근본적인 물음과도 관련되는 것이어서, 궁극적으로는 그 개별적 진리-내용의 보편타당성을 입증할 수 없다. 이는 정치 이데올로기나 종교적 신념이 논증의 대상이 아닌 것과 마찬가지다. 다만 보다 많은 지지를 얻는 학문적 견해나 지속적으로 인정되는 주도적 입장이 있을 수 있을 것이다. 한편으로 문학사 기술의 궁극적 목적이 자료의 집적 속에서 현재의 문학적 전통에 이바지할 수 있는 창조적 가치를 발견하는 것에 있다면, 과거의 문학적 사건들에 대한 평가는 현재의 역사의식 속에서 구명될 수 있다고 본다. 여기 눈에 띄게 두드러지듯이, 저자는 팔봉보다는 회월을 윗길로 평가하는 듯하다. 그 이유는 그가 보다 본질적이며 유연한 현실주의자라는 점에서 찾아지는 것 같다. 반면에 팔봉은 이원론자로서 식민지 조선의 현실을 숙고하지 못한 점에서 그 한계가 지적되고 있다. 그러나, 과연 그러한가. 필자가 보기에 카프 비평의 이론적 심화를 가져온 것은 회월보다는 팔봉의 공이 더 크다고 생각한다. 표면적으로는 박영희가 이념에 훨씬 투철해 보이지만, 일관되게 마르크스주의를 견지한 것은 오히려 김기진이었다. 박영희의 전향선언에 대해 가장 먼저, 그리고 가장 강력하게 비판한 사람은 오랜 벗 김기진이었다. 김기진은 박영희에 대해, "부(否)다-모두 다 부(否)다 …… 이데올로기를 예술적으로 소화하는 방법을 습득하지 못하였던 곳에 책임은 있다. 결코 이데올로기가 그 물건에게 원인이 있는 것이 아니다. 마르크스주의의 세계관에 죄는 없다. 세계관은 교란자가 아니다"[15]라고 단언하며 마르크스주의의 원칙을 고수하려고 했다. 김윤식의 표현대로, "겨우 용어 비판에 급급했을 따름" 정도나 수준의 비평가가 아니었다. 또한 식민지 현실 속에서 문학주

---

15   김기진, 「문예시평―박군은 무엇을 말했나?」, 『동아일보』, 1934.1.27~2.6.

의를 끝까지 지킨 쪽도 회월보다는 팔봉에 가깝다. 따라서 위 서술이 일부 지닌 설득력에도 불구하고 이와 같은 평가는 재고될 필요가 있다고 본다.[16]

김남천에 대한 평가가 엇갈리는 반면, 임화에 대한 평가는 상당히 후하고 인상적이다. 저자가 임화를 위한 별도의 작가론(『임화연구』)을 마련해놓은 것을 보면 저자의 임화에 대한 애정은 각별한 듯하다. 먼저 임화가 근본적으로 추상적 관념론자라는 점은 저자의 진술에서도 지적되고 있거니와, 이는 임화의 문학적 출발점이 시인으로서 낭만주의에서 비롯됐다는 사실에서 기원을 찾을 수 있을 것이다. 이처럼 임화가 태생적으로 아이디얼리스트에 훨씬 가까웠던 것에 반해, 김남천은 일관되게 유물론적 입장을 관철했던 점은 카프비평사에서 특기할 만한 사항이다. 한편으로 낭만주의의 본질은 현재를 미래로 투사하는 것에서 규정될 수 있다면, 임화가 「낭만적 정신의 현실적 구조」나 「위대한 낭만적 정신」에서 낭만주의의 낙관적 전망에 경도된 것은 따라서, 매우 자연스런 의식의 귀결이라 할 것이다. 한편 임화의 비평적 성과는 실제비평보다는 그의 문학사 연구에서 찾아지는 것이 보다 온당할 것으로 생각된다.[17] 앞서 김윤식도 일부 언급한 것처럼, 그의 리얼리즘론이 상당히 거칠고 투박한 편이며, 논리적으로도 평면적이고 도식적이라는 인상을 주기 때문이다.[18] 그런 측면에서 임화의 낭만주의와 사실주의 사이

---

16 이런 견해는 새로운 것이 아니라, 꽤 오랜 전통을 지닌 주장의 하나이다. "그에 비하면 김기진은 다른 사람들이 지니지 못한 유연성을 지닌 인물이었다. 그는 현실타협론자라는 비판을 줄곧 받았지만, 문학을 통한 사회운동은 문학의 생명력을 끝까지 존중하는 가운데 이루어져야 한다는 주장을 굽히지 않았다. 김기진은 주관 없는 타협론자가 아니라, 오히려 자신이 초기에 세운 원칙을 끝까지 포기하지 않았던 원칙론자였다. 앞으로 프로문학과 「카프」에 대한 연구가 진행되는 가운데, 김기진에 대한 평가가 더욱 적극적으로 이루어져야 하리라고 생각한다"(김영민, 「「카프」 활동의 전개와 문학사적 의의」, 『문예연구』, 1999년 가을호, 40쪽).

17 이러한 관점에서 접근한 연구로서 졸고, 「『신문학사』와 『한국문학사』의 서술 방법론 비교 연구」, 『한국문화연구』 20호, 2011, 7-31쪽의 논의를 그 예로 들 수 있다.

에서의 번민과 길항을 두고, "감동적이고 설득적이며", "문예비평사상 흔하지 않은 감격스러운 대목"이라고 평가하는 것은 지나친 고평이 아닐까 생각된다. 이에 비해 김남천에 대한 평가는 사뭇 냉정하고 중립적이면서도 상당히 비판적인 편이다. 첫 번째 부정적 평가의 근거가 되는 것은 세 번째 인용문인데, 카프 해산 이후 이어진 김남천의 일련의 창작방법론을 일컫는 것이다. 주지하듯 그것은, <자기고발론-모랄론-풍속론-로만개조론-관찰문학론>으로 진행된 바 있다. 사실 김남천은 '물 논쟁' 이래 마르크스주의의 신념을 단 한 차례도 포기한 적이 없었고, 그의 이러한 내면적 고투는 두 번째 인용문에서 저자도 인정하고 있는 바이다. 가령, 김남천은 '일신상(一身上)의 진리' 개념을 통해 세계관의 주체화 문제를 심각하게 고심한 바 있는데, 저자는 이런 일련의 과정을 두고 주관적 "관념론으로 도피"했다는 평가를 내리는 듯하다. 그러나 비평의 실제적 양상을 살핀다면, 임화에 비해 김남천의 리얼리즘 논의가 훨씬 구체적이고 다채로우며 보다 본질적인 문제들을 내장하고 있음을 어렵지 않게 발견할 수 있다. 그런 뜻에서 카프비평사에서 최고의 비평가를 꼽는다면 그 주인공은 단연 김남천이라고 필자는 판단한다.[19] 이

---

18 임화의 비평적 성과에 대한 소극적 해석은 다음과 같은 평가에서도 발견된다. "임화는 역사주의적 입장에서 인류사회의 역사적 현재를 미래로 변혁하는 정신을 낭만정신이라고 하였다. 소설은 역사적 실천의 묘사가 되어야 한다는 것이 임화의 생각이었다. 후에 임화는 주체의 문제를 낭만주의로 이해한 자신의 과오를 인정하였지만, 그때도 그는 세태소설과 내성소설을 비판하며 환경과 성격이 동시에 생생하게 드러나는 본격소설을 리얼리즘 소설의 모델로 삼고, 사건다운 사건은 역사적 실천에 의거하여 규정되고 성격다운 성격은 심오한 사상에 의거하여 규정된다고 보았다. 그러나 그의 리얼리즘은 악당들과 편집광들로 가득 찬 발자크의 소설조차 분석할 수 없을 정도로 엉성하다"(김인환, 「20세기 한국 비평의 비판적 검토」, 『기억의 계단』(민음사, 2001), 305쪽).

19 다음과 같은 진술은 그러한 입장을 뒷받침한다. "김남천은 마르크스주의 이론의 합리적 핵심이 윤리와 성격을 통해 풍속에까지 침윤된 것으로 나타나기를 희망하였다. …… 리얼리즘을 자기 고발과 모럴 관찰로 규정한 김남천의 리얼리즘론은 20세기 전반기 문학비평의 가장 높은 수준을 대표한다"(김인환, 같은 글, 306쪽). 아울러 이에 대한 보다 세부적인 논의로서 졸고, 「창작 과정에 있어 '주체화'의 문제-김남천의 '일신상(一身上)의 진리' 개념

절의 서술을 마무리하면서 필자는, 마르크스주의의 진정한 유산과 현재적 전통을 되새기기 위해서는,[20] '박영희-임화'의 노선[21]보다는 '김기진-김남천'의 노선이 보다 강조될 필요가 있다고 생각한다. 겉으로 보기에 이념에 훨씬 더 헌신적이었던 박영희와 임화에 비해, 문학의 형식적 요건을 일관되게 강조했던 김기진이나, 임화와의 '물 논쟁'에서 이념을 무장해제하고 자연주의로 후퇴한 것으로 보였던 김남천의, 비평사적 자리는 상대적으로 옹색해 보인다. 다만 이 자리에서 분명히 확인해 둘 한 가지는, 김기진과 김남천은 마르크스주의를 일관되게 견지하면서도 식민지 현실의 경험적 구체성을 깊이 사유했으며, 문학의 고유한 위상에 대해서도 쉬지 않고 고민했다는 사실일 것이다.

5. 과제 및 전망

지금까지 우리는 김윤식의 『비평사』를 중심으로 비평사 연구의 방법론과 구성 요소, 그리고 이와 관련한 제 문제들을 검토하였다. 그리고 『비평사』와 「방법론」에 나타난 그 실제적 양상들과 이로부터 제기되는 문학사의 핵심적 차원과 층위들을 두루 살폈다. 이는 매우 소략하며 범박한 것이지만 그 기본 전제와 내구적인 원론들을 살피기엔 크게 부족함이 없는 것이었다. 문학사

을 중심으로」, 『한국학연구』 36호, 2011, 197-218쪽의 내용을 참고할 수 있다.

20 그것은, 특정한 이념형이 갖는 '현실성(actuality)'에 대한 마르크스의 한 명제의 해석과 깊이 결부된다.(머리말 각주 6 참고)

21 김윤식이 이 노선을 지지했다는 점은, 『비평사』 제3부 비평의 내용론과 형태론, 제1장 제3절의 '문예학적 연구' 항목을, <박영희의 문학관>과 <임화의 문학사연구>로 따로 설정해 놓은 사실이 방증하고 있다. 여기에는 회월의 장서를 소장하게 된 개인적 인연과도 관련 있지 않을까, 조심스레 추측된다.

방법론이 인식론적 문제·틀을 배제할 수 없으며, 그것은 궁극적으로 주관과 객관의 통합과정임을 이해할 수 있었다. 『비평사』의 객관적 실증주의와 주관적 해석주의는 이러한 자연스런 귀결이라 하겠다. 본론에서 우리는 문화사적 관점과 관련된 『비평사』의 서술과 구성의 층위를 살폈으며, 문예사적 관점과 관련된 『비평사』의 해석과 평가의 차원을 함께 살폈다. 이제 글을 마무리하며 이상의 논증 및 서술과정에서 도출되는 비평사 연구의 과제를 적시하고 아울러 약간의 전망을 덧붙이기로 한다.

먼저 비평사 방법론의 문제이다. 문학사 방법론은 결국 실증과 해석으로 수렴되는 문제이며 인식론적 차원을 포함하는 것이라 할 때, 인문학·사회과학·자연과학의 다양한 이론들이 폭넓게 참조될 수 있다. 그러나 방법론은 결코 이론으로부터 연역되어서는 안 되고, 구체적인 한국문학사의 자료와 데이터들로부터 철저히 귀납되어야 한다. 한국문학사의 독자성과 개별적 국면들은 자료의 귀납적 방법론에 의해 규명될 수 있을 것이다. 문학사가는 미리 수립된 이론을 통해 데이터를 조작하거나 재단할 수 있다고 믿어서는 안 된다. 다음으로 『비평사』의 실증작업을 규명하면서 드러났듯이, 정확한 자료의 수집과 충실한 자료의 제시는 비평사 연구에서 여전히 가장 긴요한 일차적 과제이다. 데이터의 성실한 구축 없이는 비평사의 온전한 기술과 정당한 가치판단이 원천적으로 불가능하다. 따라서 광범위한 비평사 아카이브의 구축과 이에 병행하는 원전의 정밀한 확인 작업은 앞으로도 꾸준히 진행되어야 할 것이다. 다음으로 자료의 해석과 평가의 문제이다. 가치판단의 문제는 연구자 개인에게로 결국 귀속되는 것이지만 학문공동체 내의 지속적인 토론과 대화를 통해 학문적 객관성의 지평을 확장해나가는 시도와 노력들이 부단히 경주되어야 할 것이다. 누차 언급했듯이, 문학사 기술의 궁극적 목적은 단순한 자료의 집성에 있지 않다. 그것은 오랜 자료의 누적과 예외 없는 시간의 부식을 견디고 스스로의 존재 증명에 성공한 문학적 사건들을 재음미하고, 이를 통해 현재의 문학적 계기들을 갱신하는 창조적 원동력을 발견하는 데 있다. 따라서 문학사 서술은 역사의식이 연구자에게 부여하는 소명의 힘과 능력을 따라 오래된 미래를 현재 속에서 발견하려는 임무를 띠고 있는 것이다. 이는 개인의 사적 욕망을 뛰어넘으며 인간적 의지와도 무관한 것이다. 예를 들어 본고에서 중점적으로 검토한 카프비평사에 관해서도 같은 말을 할 수 있을 것이다. 카프 문학의 성과에 관심을 갖고 있는 연구자는 마르크스주의의 현재적 전통이 무엇인지, 진정한 마르크스주의의 유산은 무엇인지, 스스로 묻고 답할 수 있어야 한다. 『비평사』는 카프비평사를 요약하면서, "한국문학의 이론과 비평은 거의 일방적 수입관계에 있었"(「방법론」, 18쪽)다는 결론과 함께, 비교문학적 연구의 중요성을 후학들에게 당부하였다. 여기에 덧붙여 그에게 마르크스 원전의 현재적 검토가 필요한 것은, 역사의식이 한낱 개인에게 부여하는 소명의 부름 때문인 것이다.

비평사 서술의 방법과 과제
김영민의 『한국근대문학비평사』를 중심으로

1. 들어가는 말

　김영민의 『한국근대문학비평사』(이하 『비평사』)는 김윤식의 『한국근대문
예비평사연구』(이하 『연구』)와 더불어 한국근대문학비평사 서술의 한 전범을
이루는 저작이다. 또한 두 저술 모두 해당 연구자의 학위논문과의 직·간접적
관계 속에서 제출된 것이어서, 단행본 출간년도에 앞선 오랜 구상과 숙고의
산물이라는 공통점을 지닌다.[1] 무엇보다 두 저작의 의의는 문학사의 하위
범주이자 개별 장르사로서 비평사 분야의 희소한 성과에 해당한다는 점에
있다. 또한 두 저술 모두 한국근대문학비평에서 중핵론적 위상을 차지하는
카프비평사를 근간으로 하고 있으며, 『연구』가 카프문학의 실증적 복원이라
는 학술적 의의를 갖는 것이라면, 『비평사』는 그 구체적 서술의 성격상 <논

---

[1]　김윤식, 『한국근대문예비평사연구』(한얼문고, 1973; 일지사, 1976); 「한국근대문예비평사
　　　연구」(서울대대학원, 1976). 저자의 회고에 따르면, 김윤식이 본 저술의 구상 및 작업에
　　　착수한 것은 1963년이다.
　　　김영민, 『한국문학비평논쟁사』(한길사, 1992); 『한국근대문학비평사』(소명출판, 1999); 「1920
　　　년대 한국문학비평 연구」(연세대대학원, 1986). 1999년 본 저작의 개제(改題)의 직접적인
　　　동기는, 『한국현대문학비평사』(소명출판, 2000)의 출간과 관련된다.

쟁 중심의 카프비평사>라는 기본적 차이점을 갖는다. 그리고『연구』를 직접적인 논의의 대상으로 삼은 글들은 더러 있으나, 지금까지『비평사』를 본격적인 논의의 대상으로 삼은 글은 몇몇 단평을 제외하고는 미미한 형편이다. 따라서 이 글은『비평사』를 학술적 검토의 대상으로 삼은 사실상의 첫 논의라는 의미를 일차적으로 갖는다.[2] 본고는『비평사』를 텍스트로 하여 비평사 서술의 방법론과 제 문제들, 향후 비평사 서술의 방향과 풀어야 할 과제들을 구명하고자 한다.

헤겔은 주저인『정신현상학』에서 '학적 인식에 관하여(on scientific cognition)'를 그 서설로 삼고, "철학이 학의 단계로 올라가는 데는 반드시 시간의 계기적 흐름이 있어야만 한다는 것(an der Zeit), 바로 이 점을 명백히 밝히는 것이야말로 이상과 같이 철학의 성격을 규정하려는 우리의 시도를 참으로 정당화할 수 있는 유일한 근거가 될 수 있을 것이다"[3]라고 언급한다. 학문으로서의 위상에 관여하는 '목적의 필연성'을 드러내며 수행할 수 있도록 하는 것은, 오직 '시간의 흐름'뿐이라는 것이다. 가령 대개의 분과 학문의 영역에서 단계론이 원리론 및 현상분석에 대해 갖는 궁극적 위상은 이와 관련된 것으로 이해할 수 있다. 아울러 문학 연구의 최후의 과제로서 문학사 서술이 갖는

---

2 『비평사』를 직·간접적으로 논의하고 있는 글의 목록은 다음과 같다. 이 중『비평사』만을 대상으로 하고 있는 글은 김성수의 것이 유일하지만, 이는 출간 직후 첫 '서평'으로서의 성격에 충실한 편이다.
   김성수,「고비에 이른 근대문학비평 연구의 성과와 과제-김영민,『한국문학비평논쟁사』」,『현대문학의 연구』4호, 1993.
   서준섭,「한국근대문학비평 연구의 새로운 지평」,『한국학보』26호, 2000.
   이현식,「한국 근대비평사를 바라보는 하나의 관점」,『민족문학사연구』21호, 2002.
   이현식,「카프 비평 재론-카프의 비평사적 위치」,『현대문학의 연구』30호, 2006.
3 헤겔,『정신현상학』I, 임석진 역, 지식산업사, 1988, 63-64쪽; (영문판) G.W.F. Hegel, *Hegel's phenomenology of Spirit*, trans. by A. V. Miller, London: Oxford Univ. Press, 1977, pp.3-4.

위상과 중요성 역시 바로 이와 같은 점들에 기인한다고 할 수 있을 것이다. 한편으로 하나의 사적(史的) 체계로서 문학사는 단지 문학적 사건들의 연대기적 서술만으로는 스스로의 학적 인식의 단계에 결코 도달할 수 없다. 사적 인식의 구성체계로서 문학사 서술은 그 내외부의 단절 및 지속의 양상들을 시간의 연속적 계기로서(써) 파악하고, 이를 사적으로 규명하여 논리적으로 체계화하는 작업에서 비로소 자신의 학문적 정당성을 확보한다. 한편 문학사 혹은 비평사의 서술 영역이 미적 감수와 향유의 대상으로서 문학적 집적물이라는 점에서, 즉 인간의 주관적 취미판단을 배제할 수 없다는 한계 때문에, 객관적 학적 인식의 체계로 간주할 수 있는가의 문제가 필연적으로 제기된다. 이는 『연구』의 <방법론>에 해당하는 「한국 문예비평사 연구의 방법론」(1973)에서 가장 먼저 봉착하는 논제이기도 하다. 즉 "문학이론, 비평, 문학사, 비평사 등 일체의 문학에 대한 연구가 과연 하나의 학문(Wissenschaft)으로 가능한가"[4]라는 원론적 질문이다. 그것은 "객관적 실증과 대비되는 주관적 가치판단과 해석의 차원을 어떻게 정위(定位)할 것이냐"의 문제로서, 궁극적으로 주관과 객관의 통합 문제로 귀속되는 것이다. 이와 관련한 '주관적 보편성'의 문제와 관련하여, 필자는 앞서 칸트가 『판단력비판』에서 설정한 <공통감(共通感: sensus communis)>의 개념적 가능성의 고찰을 제안한 바 있다.[5] 여기에서 분명히 얻을 수 있는 잠정적 결론의 하나는, 문학사 서술의 문제는 단순히 기술(記述/技術)의 층위로 환원되거나 제한될 수 없으며, 필연적으로 인식론의 차원과 영역까지를 포괄하게 되는 방법론과 직결된다는 것이다.

---

4   김윤식, 「한국 문예비평사 연구의 방법론」, 『근대한국문학연구』, 일지사, 1973, 8쪽.
5   김윤식은 이 문제를 정면에서 돌파하지 않고 객관적 실증주의와 주관적 해석주의의 절충적 종합과 상대적 결합으로서 과학과 미학을 포괄하는 우회 전략을 선택하는데, 최소한 이는 진정한 문제의 해결이라고 할 수는 없는 것이다. 이에 대한 상세한 논의는 앞장의 글을 참고할 것.

아울러 검토되어야 할 문제는 시사(詩史)나 소설사(小說史)가 관여하는 문학작품이 미감적(美感的) 취미판단의 직접적인 대상이 되지만, 비평사(批評史)의 대상인 비평 텍스트는 뚜렷한 논리적 담론이자 하나의 구상력(構想力)의 형태로 직접적으로 현상하기 때문에 미감적 취미판단의 간접적인 대상으로만 취급될 수 있는 속성을 지닌다는 점이다. 이는 종국적으로 비평 텍스트를 예술적 표현의 하나인 온전한 문학작품으로 볼 수 있는지, 독립된 장르로서 비평 고유의 형식과 구조는 무엇인지, 따라서 <비평의 자립적 근거>는 무엇으로 정초(定礎)될 수 있는지 등을 묻는, 결코 회피할 수 없는 문제들과도 불가분의 관계에 놓여 있다 할 것이다.

2. 『비평사』의 체계와 방법

565쪽의 총 12장으로 이루어진 『비평사』는 한국근대문학비평사의 주요 논쟁들을 독립적 장으로 하나하나 다룬다.[6] 그리고 각 장은 <서론('머리말')-본론-결론('맺음말')>의 전형적인 삼단논법으로 구성되어 있으며, 그 말미마다 '관련 자료 목록'을 덧붙이고 있다. '머리말'에서는 해당 논쟁의 개략적인 소개와 주요 논자, 그 핵심 논제를 제시한다. 각 장의 본론에서는 논쟁의

---

6   총 12장의 각 장의 제목을 보이면 다음과 같다. <제1장 비평의 공정성과 범주·역할 논쟁. 제2장 프로문학의 발생과 내용·형식 논쟁. 제3장 프로문학 운동 노선의 분화와 아나키즘 이론 논쟁. 제4장 <카프>의 조직개편과 방향전환 논쟁. 제5장 볼셰비키 이론의 대두와 문학대중화 논쟁. 제6장 계급문학, 국민문학, 절충파문학 논쟁. 제7장 식민지 농촌의 계급 분화와 농민문학 이론 논쟁. 제8장 문예운동 연합전선과 동반자작가 논쟁. 제9장 창작방법론과 사실주의 이론 논쟁. 제10장 해외문학 수용문제와 조직 성격 논쟁. 제11장 파시즘에 대한 저항과 휴머니즘 이론 논쟁. 제12장 세대론과 순수문학 이론 논쟁>. 이 중 김동인과 염상섭의 논쟁을 다룬 첫 장을 제외하면, 나머지 11개의 장은 모두 프로문학비평과 직·간 접적으로 관련된 것이다.

발단으로서 역사적, 문화적, 문학적 배경과 맥락을 설명한 뒤, 세부적인 논쟁의 전개 과정을 조목조목 살피고 비평사적 성과 및 의의와 한계를 밝힌다. '맺음말'에서는 항목별로 논쟁의 주요 내용과 성격을 일목요연하게 정리하고 요약한다. 이를 통해 각 장이 독립적 성격을 유지하면서도 전체의 장이 유기적으로 연결되도록 저자는 세심한 주의를 기울여 놓았다. 제1장은 한국 근대문학비평논쟁사의 첫 장면임과 동시에 『비평사』의 첫 장을 장식하고 있다. 그리고 그것이 비평의 범주와 역할, 공정성 문제라는 비평사 일반론의 범주에 속하는 문제라는 점에서, 『비평사』의 첫 머리를 여는 주제로서 논리적 타당성을 지니는 데 손색이 없다 할 것이다. 제2장~제5장까지는 카프 비평의 사적 전개를 주로 조직론과 결부된 주요 논제들 속에서 검토하면서 정리한다. 한편 카프 조직론의 문제는 문학비평의 본질과는 사뭇 거리가 있는 것이어서, 비평사의 간접적인 대상이자 역사적 기술의 영역에 속하는 것으로 여길 수 있다. 제6장은 '국민문학', '절충파' 등 소위 우파의 문학비평을 다루는데, 상당히 냉정한 비판이 주조를 이루고 있다. 정인섭의 지적대로 20세기 전반기 한국문학비평에서 우파 문학 집단은, "의식적 진영을 갖추고 있지 못하"며 "단지 좌파의 상대적 의미로만 실체가 규정되는 집단"(10장, 435쪽)이라는 치명적 결함을 안고 있었던 게 사실이다. 타자에 의해서만 호명되는 주체는 자기 내부의 깊이를 마련하기 어렵다. 전체 12장 중 결정적인 중요성을 갖는 것은 제7장, 8장, 9장의 논의이다. 이 중에서도 중핵론적 위상을 차지하는 것은 무엇보다 제9장이라 할 수 있다. 9장은 분량상으로도 『비평사』에서 가장 길게 서술되고 있음을 확인할 수 있다. 제10장은 소위 해외문학파를 다루고 있는데, 논의의 큰 맥락은 8장의 동반자작가 논의의 틀에서 이해될 수 있는 성질의 것이다. 제11장과 12장의 논의는 사실상 제9장의 논제들의 연장에서, 구체적으로는 사회주의 리얼리즘 논의에서 대개 촉발된 성격을 띠고 있는 것들이어서, 비평사의 국면에 새롭게 크게 추가한 의견은 없다고 볼 수 있다. 따라서 본고에서는 『비평사』의 핵심에 해당하며 카프비평사에서 중추적 위상을 차지하고 있는 제7~9장의 논의를 중심으로, 특히 제9장의 논쟁을 주요하게 다루고자 한다. 이어서 『비평사』의 체계를 구성하는 기본적인 관점과 명제들은 무엇인지 짚어보고자 한다.

(1) 나는 먼저 문학이론 논쟁들과 직접 관련되는 주요 일차자료들을 모두 수집 검토하고 정리했으며, 근대문학비평 관계 자료들이 지니는 독자적 의미를 충분히 점검하고, 그것을 바탕으로 각 논쟁들이 갖는 상호 연관성을 규명하는 일에 특히 많은 관심을 보였다. 그렇게 한 것은 외국문학이론과의 영향관계를 강조하는 기존의 일부 비평사 연구가, 우리 근대문학이론의 연결·지속성보다는 단절·파편성을 강조하는 방향으로 진행된 것에 대한 반성의 결과이다. …(중략)… 이러한 점들은 당시대의 문학 이론가들의 삶이, 결코 자신들이 속한 현실의 문제에서 멀리 벗어나 있지 않았음을 보여주는 구체적인 예가 된다. 이러한 문학이론들 간의 상호 연관성에 대한 확인과 우리사회 현실과의 연계성에 대한 확인은, 우리 근대문학 이론의 전개사가 우리 이론 나름대로의 독자적 인과관계 및 상호 영향 관계를 형성한다는 사실의 실증적 확인이라는 점에서 적지 않은 의미를 지닌다.[7]

(2) 무엇보다도 이 논의는 김기진이 박영희와 함께 주고받았던 문학의 내용·형식에 관한 논쟁의 연장선상에서 파악되어야 한다. 이런 관점에서 파악할 때 이 논의는 단순히 문학 외적 상황과 관련된 우연한 논의가 아니라, 문학이론 논쟁의 사적 전개의 필연적 귀결로 이해될 수 있다.(5장, 174쪽)

---

7 김영민, 「머리말」, 『한국근대문학비평사』, 소명출판, 1999, 3-4쪽. 이하 이 책의 인용은 특별한 경우를 제외하고, 본문에서 장과 쪽수만 밝히기로 한다.

인용에서 우리는 『비평사』의 기본적인 서술의 원칙과 방향, 비평사 인식의 관점 등 핵심 원리와 원론적인 논제들을 충분히 확인할 수 있다. (1)에서 강조하는 것은, 한국문학사(비평사)의 개별적 독자성 및 내적 논리의 실증적 확인이다. 즉 하나의 자생적 담론의 창출을 목표로 『비평사』가 기획되고 서술된 것임을 알 수 있다.[8] 반면 직접적으로 밝히진 않았지만 반성적 극복의 대상으로 언급된 "외국 문학이론과의 영향관계를 강조하는 기존의 일부 비평사 연구"는, 구체적으로 김윤식의 비평사연구를 가리키는 것으로 짐작된다. 왜냐하면 김윤식의 작업과 해석을 수정하려는 의도나 진술들이 적지 않게 발견되기 때문이다.[9] (2)는 이상의 관점이 반영된 비평사 서술의 한 실례라 할 것이다. 즉 비평사의 흐름을 <사적 전개의 필연적 귀결>로 파악하고 한국문학의 연속성에 주목하려는 저자의 일관된 입장과 지속적 관심이

---

8 이는 연구자로서 김영민의 일관되고 지속적인 태도로서, 『한국근대소설사』(솔, 1997)에서 보다 구체적인 결실을 맺은 바 있다. 본 저서에서 그는 한국근대소설의 양식적 기원으로서 <서사적 논설>과 <논설적 서사>의 개념을 실증적으로 규명하고 새롭게 장르화함으로써, 근대계몽기 한국소설사의 지평과 범주를 확장하고 논의를 크게 심화시킨 바 있다. 이는 임화의 『신문학사』에서 기원하는 한국근대문학사 내부의 보편성의 압력과 사실명제로서 이식문화론이, 당위적 차원이 아니라 실천적 차원에서 비로소 극복되고 있다는 뚜렷한 증거의 하나로 기록될 것이다.

9 제1장, 31쪽에서 『비평사』는 김윤식의 『근대한국문학연구』(일지사, 1973)를 인용한 뒤, "이러한 평가가 지니는 문제점은, 논쟁의 의미에 대한 해석을 거의 김동인의 시각에서만 바라보고 있다는 것이다. …… 이 논쟁을 전문직 비평가와 작가 비평가 사이의 논쟁, 더 나아가서는 비평가 대 작가의 논쟁으로 보는 구도는 철저히 김동인의 시각에 의존하는 것일 뿐, 1차 자료에 대한 객관적 분석의 결과는 아니다"라고 비판한다. 다시 말해 저자는 해석의 정당성 이전에, 철저한 실증작업을 통한 해석의 원칙을 재천명하고 있는 셈이다. 또한 제3장, 93-94쪽에서는 아나키즘 논쟁의 성격 규정과 관련하여 "단순히 신기한 외래사조에 대한 호기심 반영 정도의 차원을 넘어서는 프로문학 진영 내에서의 마르크시스트와 아나키스트 사이의 헤게모니 논쟁의 성격을 강하게 갖고 있다"고 수정된 의견을 제시한다. 여기에 인용된 책은, 김윤식의 『한국근대문학사상사』(한길사, 1984)이다. 특히 이 부분은 「머리말」에서 저자가 언급한, 일본과의 비교문학적 연구의 문제점을 극복하려 시도한 사례의 하나로 꼽을 수 있을 것이다.

선명하게 드러나는 대목이 아닐 수 없다. 이상의 맥락에서 『비평사』의 서술 방법론을 검토하기로 한다.

> 그렇게 된 데에는 전체 자료에 대한 세밀한 검증보다는, 김동인 개인의 회고에 의존한 비평사 서술에 원인이 있었던 것으로 판단된다. 따라서 여기에서는 구체적인 자료 검증 과정을 통해 이 논쟁이 지니는 의미를 새롭게 밝히고 기존의 그릇된 해석들을 바로잡고자 한다.(1장, 14쪽)

『비평사』에는 뚜렷한 방법론이 없다. 그러나 확고한 방법론이 있다. 그것은 과학적 엄밀성에 가까운 철저한 자료 검증과 객관적 실증작업이다. 저자는 문학사 기술이 엄밀한 실증과정을 통해서만 학문적 정당성을 얻는다는 입장을 완강하게 고수한다. 그것은 학자로서 신념에 가까운 것이며, 그만큼이나 철저한 것이다. 사실 문학사 기술은 거칠게 말해, 실증과 해석의 두 차원으로 귀결되는 문제이다. 그래서 문학사 기술의 일차 과정이자 해석의 전 단계로서 객관적 실증작업의 중요성은 실로 막대한 것이다. 문학사 서술의 성패 역시 기본적으로는 여기에 달려 있다 해도 조금도 과장된 것이 아니다. 인용은 앞선 논의의 연장에서 『비평사』의 서술 원칙이 개별 비평가와 실제 텍스트에 관철된 예라 할 것이다.[10]

---

10 『비평사』의 실증의 수준을 예거할 수 있는 진술로서 다음의 것들을 들 수 있다. 그것은 공적 발화로서 발표 시기와 사적 발화로서 탈고 시기까지를 구분하는 높은 수준에서 이루어졌음을 확인할 수 있다. "김화산이 이 글을 발표한 것은 1927년 3월이지만, 그가 글을 쓴 날짜는 1927년 1월 31일이다. 따라서 그가 한설야의 비판을 보고 이 글을 쓴 것은 물론 아니다"(3장, 94쪽); "그런데 이 글을 살펴보면서 미리 염두에 두어야 할 것은, 이 글의 발표시기가 백철의 글 「농민문학 문제」보다 늦은 것이기는 하나 실제 집필한 시기는 그것보다 빨랐다는 것이다"(7장, 298쪽). 이어지는 해당 각주 16)의 설명은 이렇다. "이 글은 『조선일보』 1931년 10월 21일~11월 5일까지 발표되었다. 그러나 실제 이 글이 탈고된 것은 1931년 9월 26일로, 백철의 글이 연재되기 시작한 10월 1일보다 일주일 정도 빠르다"

한편 '논쟁'은 일차적으로는 공시적 차원을 지시한다. 그런 맥락에서 공시적 차원을 통시적 차원의 평면 위에서 기술하는 것, 그것이 바로『비평사』의 세부 방법론이었다고 규정할 수 있을 것이다. 이 지점에 이르러 우리는『비평사』의 핵심 국면에 한층 다가섰다고 말할 수 있다.『비평사』의 문학사로서의 특장과 함께, 그 구조적 한계 또한 명백해지는 순간을 목도하기 때문이다. <논쟁>이란 모름지기 양자의 입장이 가장 첨예하게 충돌하는 자리로서, 각자의 논리적 입각점 및 개성적 비평관이 고도의 긴장적 언어로서 표출되며 낱낱이 드러나기 마련이다. 따라서 그 성격상 논쟁은 개별 비평가나 특정 문학집단의 문학관이나 담론 특성을 규명하고 이해하는 데 결정적인 기여를 할 수 있다. 정신분석의 논의가 아니더라도 주체의 위치는 타자에 의해 규정되는 바가 분명히 있다. 따라서 비평사 기술에 있어 논쟁사의 도입은 방법론적으로도, 실제적으로도 매우 유효한 측면이 있다고 평가할 수 있다. 동시에 그것은 개별 비평가나 집단 언어의 미학적 고유성과 이데올로기적 특성을 분석·해명하거나, 그 자체의 내적 기술 등에 있어서는 약점을 보일 수밖에 없다는 명백한 구조적 한계를 지닌다. 이러한 점들은 향후의 비평사 서술에 있어 긴요한 참조사항이 될 수 있을 것이다. 이와 같이『비평사』는 논쟁사를 적극 수용·도입함으로써, 그 논의의 방향은 필연적으로 해당 논제의 타당성과 논리적 정합성, 즉 논리적 일관성을 중심으로 기술하게 된다. 그리하여 '타당성'은 그것이 당대 현실과의 관련하에 얼마나 유효하고 실제적인 것이었나를 묻는 현실 규정력의 문제로, 그리고 '정합성'의 고찰은 감정적인 진술

(같은 쪽). 물론『비평사』의 자료나 데이터가 잘못된 것도 분명 있다. 대표적으로 1장의 논쟁이 촉발되었던 염상섭의 글, 「백악씨의 '자연의 자각'을 보고서」가 그렇다. 이 글의 서지사항은 "『현대』 제2호, 1920년 3월"(1장, 15쪽)로 되어 있으나,『현대』 제2호는 2월에 발간된 것이 맞다(과거 민음사판 전집에도, 최근 출간된『염상섭 문장 전집』(소명출판, 2013)에서도 관련 서지사항은 분명히 확인된다). 따라서 1장에서 서술되고 있는 논쟁의 전개과정은 재정리될 필요가 있다.

을 비판하고 배제하는 형태를 취하게 된다. 그 논리적 일관성을 결여한 비평가나 담론으로, 『비평사』는 대표적으로 박영희의 비평, 백철의 휴머니즘론 등을 지목한다. 여기에서 저자는 에누리 없는 매우 냉정한 논리를 펼친다.[11] 이상의 문제들과 여러 맥락들에 대한 충분한 숙고와 이해를 바탕으로 다음 장의 논의를 이어가기로 한다.

3. 『비평사』의 서술 양상과 층위

이 장의 논의에 앞서, 카프문학비평사 서술을 위한 전제이자 예비 작업으로서 무엇보다 일제강점기에 대한 사회구성체 및 사회적 성격에 대한 규정 문제가 선결되어야 한다는 점이 지적되어야 한다. 그리고 그것은 토대와 상부구조의 역학적 관계의 해명 문제로도 직결되는 것이다. 카프문학 혹은

11 　다음 (1)은 박영희에 대한 부분이고, (2)는 백철에 관한 것이다. 해당 진술들은 저자의 이러한 비판적 평가가 두드러지는 전형적 사례라 하겠다.

(1) 아울러 우리가 여기서 발견하게 되는 것이 바로 박영희 문학이론의 정처없음이다(2장, 75쪽).// 이러한 변모를 보면, 박영희의 주장이 일관된 논리보다는 유입된 지식의 단편성에 의존한다는 사실이 더욱 분명히 확인된다. 자기의 주관적인 견해를 일관성 있게 전개하기보다는, 새로 유입되는 견해들과 높은 목소리의 진원을 따라 부유하는 것이 박영희의 이론 전개사였다(4장, 161쪽).

(2) 그런데 백철은 이 시기에 이르면 프로문학을 부정하면서 창작방법론에 관한 논의 자체까지 부정한다. 창작방법론은 창작에 대하여 개념화 고정화된 공식처럼 강제될 수 있기 때문이라는 것이다. 이러한 창작방법론에 대한 부정은 과거 자신의 인간묘사론의 출발 근거까지를 부정하는 논의라는 점에서 매우 역설적인 주장이 아닐 수 없다(11장, 472쪽).// 임화가 그를 가리켜 말한 것처럼, 모든 새로운 이론을 따라 부유하는 지식인의 무정견성을 드러내는 것이 그의 휴머니즘론의 전개과정이다(479쪽).// 백철의 이러한 복고주의적 논의는 그 출구를 잘못 찾은 논의이다. 1930년대의 파시즘이 강화되는 식민지 현실 속에서 동양의 풍류인간을 찾으며 거기서 휴머니즘의 전형을 발견하려 한다는 것은 철저히 시대착오적인 논의가 아닐 수 없다. 이 시기 그의 일련의 휴머니즘은 공소한 논의, 이론 자체를 위한 이론 전개의 극치를 보여준다(486쪽).

프로문학 이론과 그 비평사적 전개는, 사회구성체로서 자본주의 체제와, 프롤레타리아 계급의 존재 및 그 직접적인 물리적 현존을 논리적으로 전제하기 때문이다. 가령 우파문학 진영에서 반복적으로 제기되었던, 식민지 조선의 프로문학이 경험적 현실과 유리된 추상적 관념론에 불과하다는 비판이나, 카프 내외부에서 대중화논쟁과 결부된 농민문학의 현실적 위상 문제가 지속적으로 논의되었던 문화사적 맥락도 바로 여기에서 비롯되는 것이다. 즉 그것은 식민지 조선의 경제구조와 생산관계에서 프롤레타리아 계급이 경험적 실체로서 현저하게 인지되며, 사회적 노동의 담당자로서 주도적인 양상을 띠고 직접적으로 현상하고 있는가의 문제로 집약되는 것이다. 이는 문학사 서술과정에서 끊임없이 반복될 수밖에 없는 문제이어서, 가령 임화의 문학사 서술에서도 즉각적으로 제기되고 있다. 임화는 이 대목의 서술에 세심한 주의를 기울였던 바, 예를 들면 다음과 같은 부분이다.

> 그러나 이곳에 있어서의 자본주의적 발전의 특이한 부자연성은 토착 부르조아지로 하여금 한 개 역사적 운명적인 십자로상에 서게 하였다. 이 딜레마는 다른 것이 아니라 이 옹색한 자기 발전의 활로를 타자에게 예속되어 기생하는 데 구할 것인가, 혹은 모든 역사적 숙제를 해결할 행동선상에 진출할 것이냐 하는 오뇌, 그것이었다. 허나 이미 명확한 바와 같이 그의 힘은 너무 약했고, 또 그들을 타력본원(他力本願)에 의귀(依歸)케 함에는 이여(爾餘)의 사회적 민족적인 하부의 압력은 지나치게 큰 것이었다. 즉 토지 문제의 근대적 해결을 요구하는 농민의 팽창된 열망과 아직 객관적으로 자각되지는 아니하였을망정 자본주의적 발전 그것과 같이 급격히 성장하고 있는 하층 민중의 잠재된 세력, 그리고 낡은 봉건적 속박과 자본의 전진 하에 고통을 감(感)하고 있는 지적 소시민 등의 급진된 정신은 이 딜레마를 일층 심각케 하였다.[12]

실로 이 문장은 한국근대문학비평사의 핵심적 문제들을 선취하고 있는 바가 있는데, 즉 상부구조를 생산하는 토대의 현실 규정력 및 그 역학 관계에 대한 언급이다. 여기에는 취약했던 토착자본의 문제 등 식민자본주의의 기형적 발전에 기인하는 당대 문학상의 제 문제들, 즉 농민문학 및 프로문학의 헤게모니 문제, 또는 소시민이나 동반자·중간파 작가 수용의 문제 등의 역사적 기원들이 거의 망라되고 있다. 임화가 토대 문제에 기울이는 관심과 정성은, 「신문학사의 방법」(1940)에서도 일부 드러나거니와, 이 글에서 그는 1920년 전후의 노동계급의 괄목할 만한 성장과 사회진출의 가시화에 주목한다.[13] 결국 이상의 문제들의 근본적인 고찰과 해결을 위해서는, 1980년대 학계에서 활발히 논의되었던 '사회구성체논쟁(일명, 사구체논쟁)'이라는 약간의 우회로를 경유해야만 한다.[14] 그것의 핵심 논제는 일제강점기의 사회구성체는 '자본

---

12   임화, 「조선신문학사론 서설 – 이인직에서 최서해까지」, 『조선중앙일보』, 1935.10.9~11.13.

13   이와 관련된 것으로 다음의 서술에 주목할 수 있다. "사실 신경향파문학은 …… 이 가운데는 시간적으로 보아 약 3, 4년의 선후를 갖는 것으로 근로자층이 경제적 욕구의 영역에서 자연성장적이고 분산적인 제일보를 내디디기 비롯한 1920년 전후로부터는 말할 것도 없거니와, 그들의 운동을 명확한 일개 사상체계를 가지고 통일을 기도하고 광범한 계몽사업을 비롯하던 잡지 『공제』, 『신생활』, 『조선지광』 등의 발간으로부터 약 2, 3년의 간격을 갖는다"(임화, 같은 글). 이상의 논의와 관련하여 임화는, 임정재의 「문사제군에게 여(與)하는 일문」(『개벽』 39호, 1923.9)과 『동아일보』 1924년 신년호에 수일간 연재됐던 「민족적 경륜 –정치운동과 결사」의 내용 중, "우리는 조선 내에서 허(許)하는 광범위 내에서 일대 정치적 결사를 조직하라"는 제안에 주목한다(이 슬로건은 결코 정치결사의 확대를 의미하는 것이 아니라, 식민지조선 내에서의 계급분화의 촉진 및 계급의식의 첨예화에 따른, 합법성의 추수와 정치운동의 제한으로 간주해야 함을 임화는 강조한다). 즉 프롤레타리아 계급의 현실적 기초로서 물적 토대가 형성된 후에야, 조선의 프로문학이 가능해졌던 역사적 조건들을 분명히 상기시키는 것이다.

14   관련 논의의 핵심에 해당하는 박현채의 글로서, 대표적인 것은 다음과 같다. (1) 「현대 한국사회의 성격과 발전단계에 관한 연구」, 『창작과 비평』 '부정기간행물' 제1호, 창작과비평사, 1985, 310-345쪽; (2) 「해방전후 민족경제의 성격」, 『한국사회연구』 I, 한길사, 1983. 6, 392-395쪽. 그 핵심적인 내용은 아래와 같이 간추릴 수 있다. (1)은 이론적 논의로서, 특정 사회에 대한 성격 규정과 사회구성체 문제를 논하고 있다. 사회구성체는 '객관적으로 존재하는 하나의 역사적 사실'이다. 여기서 중요한 점은, 한 사회구성체 내에 상이하고 모

주의'이지만, 그 사회적 성격은 '식민지·반(半)봉건사회'라는 현실적 모순에 기인하는 것이다. <토대와 상부구조의 결합된 전체성>으로서 '사회구성체'에 대해 다소 장황한 논의를 진행하는 것은, 프로문학의 존립 근거를 약화시키거나 훼손하기 위함이 전혀 아니다. 오히려 프로문학의 이론적·현실적 근거를 반성적으로 고찰함으로써 이를 논리적으로 정교화하고, 프롤레타리아 계급의 존재론적 위상을 사회구성체 내에 재정위함으로써 그 역사적 정당성 및 객관적 가능성을 한층 견고하게 구축하기 위함에서이다.

이제 본격적 논의로서 『비평사』의 제7장~9장까지를 검토하기로 한다. 먼저 제7장은 이른 바, '농민문학' 논쟁을 다루고 있는 부분이다. 앞선 언급처럼

순적인 두 개의 생산양식이 병존할 수 있다는 점이다. 따라서 지배적이고 결정적인 생산양식과, 주도적이지만 부차적으로만 현상하는 생산양식을 구별해야 하며, 결과적으로 사회구성체는 지배적 생산양식에 따라 결정된다. (2)는 실천적·역사적 논의로서, 구체적으로 식민지조선의 사회구성체 규정 문제를 언급하고 있다. 결론부터 말해, 일제식민지배기의 사회구성체는 본질적으로 '자본주의'이다. 그러나 그것의 현상적 형태는, '식민지자본주의와 반(半)봉건적 토지소유하 소농민경영'이라는 모순적 경제구조로 드러난다. 그리고 이 시기 식민지 주요모순인 <민족적 모순이 계급적 모순에 의해 매개됨 없이 직접적으로 주어지게 된다>. 이는 매우 중요한 지점으로, 프로문학의 현실적 토대에 대해 심각한 회의를 갖게 만드는 사실이 아닐 수 없다. 즉 부차적이지만 주도적인 생산양식은 봉건적 농업경영이며 인구의 대다수 또한 농민이었다는 사실과, '자본-임노동관계'를 중심으로 형성되는 자본제적 생산관계는 실제적으로는 주된 것이 아니었으며, 따라서 프로문학이 주장하는 프롤레타리아 계급은 사실 관념적 상상물이자 허구적 개념으로서, 한낱 '유령적 존재'에 불과한 것이 아니었느냐, 라는 근본적 의문이다. 카프비평사에서 농민문학, 동반자문학 등의 위상과 현실적 가치들은 모두 이상의 제반 문제들과 깊이 연루된 것이다. 그러나 앞선 (1)의 논의를 토대로, 자본주의의 구성요소이자 전제조건으로서, 사적 소유의 법인(法認), 그리고 생산수단의 생산자로부터의 분리라는 중핵적 사실들을 충분히 고려한다면, 프로문학과 프롤레타리아 계급은 식민지 조선에서 다만 허구적 상상물이나 유령적 존재로서가 결코 아니라, 현실적 존재이자 역사적 실체로서 객관적으로 현상한다는 점을 재확인할 수 있는 것이다. 이는 1920년을 전후로 한, '토지조사사업'과 '임야조사사업'을 통한 사적 토지소유권의 확립에 의해서도 실증적으로 뒷받침된다. 결론적으로 식민지조선에서 엄밀한 범주로서 식민지·반봉건사회 개념의 성립은, 자본주의로의 과도기인 식민지경제의 확립 이후라고 간주할 수 있는 것이다. 이상의 사실에 근거하여 박현채는, 일제강점기의 사회구성체를 <식민지종속형 자본주의>로 규정한 바 있다.

일제강점기는 임노동자와 농민 간의 끊임없는 '대류(代流)' 관계가 형성되어 있었던 시기였다. 그리고 농민문학의 현실적 위상과 제 문제들은 이런 점들과도 무관하지 않다고 할 것이다. 여기에서 논의되는 핵심의 하나는 '프롤레타리아 헤게모니'의 문제이다. 그리고 그것은 직접적으로는 <소(小)소유자적 특성>으로 인한 농민계층의 근본적인 보수적·반동적 성격에서 비롯되는 것이다.[15] 그리고 그 주요 논자로서 1920년대 김기진과 1930년대 안함광의 논의가 주로 검토되고 있다. 이 시기의 농민문학 논쟁은 대체로 이상의 진술들의 자장을 크게 벗어나지 않는 범위에서 진행된 것이다. 이 시기 농민들이 점차 소작권 자체를 박탈 당해감에 따라 농민의 계층분화가 더욱 촉진되고,

---

15 이는 마르크스의 '프랑스혁명사 3부작', 특히 「1848년에서 1850년까지 프랑스에서의 계급투쟁」(1850)과 「루이 보나파르트의 브뤼메르 18일」(1852)에서 적나라하게 묘사된다. 농민의 비주체적 성격, 그 타자 규정성은 가령, "그들은 스스로를 대표할 수 없다. 그들은 대표되어야 한다"는 문장에서 가장 노골적인 표현을 얻는다. 그들의 반동적 성격은 제1제정기(나폴레옹 1세)로부터 유래하는 '분할지' 소유에 대한 집착 때문이다. 이에 대해 마르크스는 다음과 같이 지적한다. "분할지 농민들 사이에 단순한 지역적 연계밖에 존재하지 않고 그들의 이해의 동일성이 그들 사이에 어떠한 공통성, 어떠한 국민적 결합, 어떠한 정치조직도 만들어내지 못하는 한에서, 그들은 계급을 이루고 있지 않다. 그러므로, 의회를 통해서건 국민공회를 통해서건 간에 그들은 자신들의 계급적 이해를 자신들의 이름으로 주장할 능력이 없다. 그들은 스스로를 대표할 수 없다. 그들은 대표되어야 한다. 그들의 대표자는 동시에 그들의 주인으로서, 그들 위에 군림하는 권위로서, 그들을 다른 계급들로부터 지켜주고 그들 위에서 비와 햇빛을 내려주는 무제한적 통치권력으로서 나타나야 한다. 따라서 분할지 농민들의 정치적 영향력은, 집행권력이 사회를 자신에게 예속시키는 데서 그 최후의 표현을 찾는다 …… 보나빠르트 왕조가 대표하는 것은 혁명적 농민이 아니라 보수적 농민, 자신의 사회적 생존조건인 분할지를 뛰쳐나가는 농민이 아니라 오히려 이 조건을 공고히 하려는 농민, 도시와의 연계 아래서 자신의 에너지로 낡은 질서를 전복하려는 농촌 인민이 아니라 거꾸로 제국의 유령이 자신과 자신의 분할지를 구원하고 총애해주기를 바라면서 낡은 질서 속에 무감각하게 틀어박혀 있으려고 하는 농촌 인민이다"(마르크스, 「루이보나파르트의 브뤼메르 18일」, 『칼 맑스·프리드리히 엥겔스 저작선집』 2권, 최인호 역, 박종철출판사, 1992, 383-384쪽). 프랑스혁명사의 상황을 식민지조선에 그대로 비추어보는 것은 신중을 요하는 일이나, 봉건제에서 자본주의로 이행하는 과도기 과정에서의 농민의 이중적 속성은 충분히 보편적이며 비교적 명백한 것이다. 이에 덧붙여 식민지 통치권력 및 경제구조의 파행성이 마땅히 추가적으로 고려되어야만 한다는 것 또한 자명한 바다.

농업 생산자의 생산수단으로부터의 분리가 점점 확고해지는 양상을 띠게 되지만, 여전히 농지를 소유한 자작농 역시 미미한 비율로나마 분포하고 있었다. 즉 프로문학의 헤게모니 문제는 농민과 프롤레타리아 계급 간의 명백한 물적 토대의 차이에서 기인하는 것이다. 아울러 이 문제가 당시 논자들의 견강부회처럼, <부르조아 농민 대 프롤레타리아 빈농>의 계급적 구도로는 파악될 수도 해결될 수도 없다는 점이다. 이는 물론 당시 농민들이 현실적으로 프롤레타리아적 지위와 위상을 갖는다는 경험적 논리에 근거한 것이어서, 완전히 그릇된 것으로만 매도할 수는 없다고 본다. 하지만 양자 간의 현실적 토대와 계급적 기초가 전혀 달랐다는 분명한 사실이 결코 간과되어서는 안 될 것이다. 동어반복이지만 이는 결국 일제강점기의 사회적 성격 및 사회구성체 규정 문제로부터 조명될 수밖에 없다는 것이다. 『비평사』는 이에 대해 305쪽 각주 26) 등에서 일부 언급하고 있지만, 농민문학의 제반 현상에 대한 본질적 접근을 위해서는 이 문제에 대한 좀 더 전반적이고 심층적인 검토 및 본격적인 서술이 시도됐어야 할 것으로 판단된다.

제8장은 근대비평사에서 소위 '동반자' 혹은 '중간파' 작가 문제를 다루고 있는데, 여기에서 그것은 토대 문제와는 직결되지 않는 작가의 <의식 지향성>의 문제라는 데 그 핵심이 가로놓여 있다는 점을 상기할 필요가 있다. 다시 말해 분리적 사고의 근거가 소위 '계급적 선명성'에 있는 것이라면, 이 문제는 단지 '작가'의 '의식 지향성' 문제만으로는 근원적으로 해결될 수 없으며, 이는 불가피하게 카프 작가들 자신의 계급적 기반을 문제 삼게 될 수밖에 없다는 점이다. 사실 카프 작가나 동반자작가 모두 (소)부르조아 출신인 것은 동일하며, 그들의 표면적 차이는 의식 지향성, 그 계급적 선명성으로 판가름되는 것이다. 그렇다면 자신들의 계급적 선명성을 카프작가들은 과연 무엇으로 담보할 수 있는 것인가. 그것은 결국 존재로서가 아닌 <의식으로서의 노동자>를 앞세우는 논리적 귀착점을 갖는 것이겠으나, 이러한 명제

는 그들의 존립 기반으로 삼고 있는 유물론의 명제(즉, '존재'가 '의식'을 규정한다)를 정면으로 부인하는 자가당착에서 벗어날 수 없으며, 따라서 치명적인 논리적 약점을 지닐 수밖에 없는 것이다. 동반자작가 논의가 다소 공소한 양상을 띠게 된 것은 표면적으로는 당파성을 강조하는 카프 집단의 경직성에서 비롯된 것이지만, 보다 본질적인 원인은 바로 이 지점에서 찾아져야 할 것으로 보인다. 또한 이는 이후 해외문학파 수용 및 중간파작가 획득 문제에서도 사실상 동일하게 적용되는 부분이라고 할 수 있는 것이다.

제9장 창작방법론과 사실주의 논쟁은 카프비평사에서 명실상부, 그 중핵론적 위상을 차지한다. 그 자체 내에 마르크스주의(비평)의 합리적 핵심 및 문학·예술에서의 형상화 문제 등이 모두 집약되어 있기 때문이다. 소위 사회주의 리얼리즘 논쟁을 위시하여 1930년대 비평사에서 그것은 종국적으로, 리얼리즘 논의를 주축으로 한 '세계관과 창작방법'의 문제로 귀속되었으며, 그 논의의 큰 흐름은 정치/이론에서 현실의 구체성 및 예술의 특수성을 점차 고려하는 방향으로 나아갔다고 하겠다. 한편 카프비평사에서 창작방법논쟁은 기술비평으로서 이론 및 실제 비평이 중첩된 양상을 띠고 있으나, 사실상 이론비평으로서의 입법적 성격이 강하다.[16] 그리고 이에 대해서는 9장의 머리말에서도 간략히 언급되고 있다.[17] 주지하듯 이 장의 관련 논의는 '리얼리

---

16 그것의 핵심개념인 <리얼리즘> 논의의 전개과정을, 그 주요 논자 및 성격·이론적 준거별로 도식화하면 다음과 같다.

변증적 사실주의(김기진; 헤겔)

⇩

프롤레타리아 리얼리즘(안막; 마르크스의 주관주의[낭만주의])

⇩

유물변증법적 창작방법(신석초; 마르크스의 객관주의[사실주의], 세계관 > 창작방법)

⇩

사회주의 리얼리즘(안막 등, 창작방법 > 세계관, '당파성'의 문헌적 준거로서 레닌의 「당 조직과 당 문헌」[1905])

즘' 개념에 집중되고 수렴되고 있다 해도 과언이 아니다. 그리고 그 전개과정은, <변증적 사실주의론-프롤레타리아 리얼리즘론-유물변증법적 창작방법론-사회주의 리얼리즘론>의 순으로 진행되었다. 그리고 전체적인 논의의 수준과 밀도, 전후의 영향관계를 종합적으로 고려할 때, 이 중 가장 비중 있게 언급되어야 하는 것은 단연, 안막의 논의[18]이다. 안막의 논의는 김기진의 논의를 발전적으로 계승하여, 변증법적 유물론에 기초한 비평적 사유를 여실히 보여주고 있으며, 그것은 또한 이후 논의 내용의 대부분을 선취하고 있는 바가 뚜렷하기 때문이다. 동시에 마르크스주의(비평)의 합리적 핵심과 본질을 거의 망라하여 내장하고 있기도 한 때문이다. 여기에는 리얼리즘 논의의 핵심의 하나인 '전형'의 문제까지 포함하고 있고, 사회주의 리얼리즘의 근간으로서 '당파성'의 규정 및 '혁명적 낭만주의'의 성격까지가 이미 자세히 언급되고 있다. 본 논제와 관련한 이론적인 논의는 사실상 안막의 것으로 마무리된다고 해도 큰 오류는 없을 것이다. 『비평사』에서도 그 중요성과 선도적 위상에 주목하고 있거니와, 안막 이후의 논의들은 사실상 안막의 논의를 그대로 답습 또는 반복하거나, 거개가 그가 제기한 몇 가지 명제들과 비평적 모티프를 매개로 하여 변주 혹은 심화되는 양상이어서 내용상의 큰

17　『비평사』, 345쪽 참고. 흔히 비평의 범주는 <이론비평-실제비평-기술비평>의 세 가지로 나뉘어 설명된다. 하지만 기술비평은 일종의 창작방법론으로서 이론비평과 실제비평이 중첩·혼효되는 양상을 띠게 마련이어서, 독립된 비평유형으로 분류하기 어렵다는 것이 필자의 생각이다. 이런 점을 고려한다면 비평유형의 분류는 이론비평과 실제비평, 두 가지만 고려하는 것이 비교적 온당하다고 본다.

18　안막, 「프로예술의 형식문제-'프롤레타리아 리얼리즘'의 길로」, 『조선지광』 제90호, 1930.3. 이 글의 탈고 시기는 <1930.3.17(夜)>로 되어 있으며, 세부목차는 다음과 같다. (1) 서(序) (2) XXXX[맑ㅅ주의]자는 형식문제를 왜 문제삼느냐? (3) 왜 형식주의자는 형식론을 문제삼느냐? (4) 통일적 이면(二面)으로서의 내용과 형식 (5) 예술의 내용이란 무엇이고 형식이란 무엇인가? (6) 프롤레타리아 예술의 내용 (7) 프롤레타리아 예술의 형식 (8) 프롤레타리아 리얼리즘의 확립 (9) 결론

변화나 본질적인 차이는 거의 없다고 봐도 무방할 것이다. 특히 '산 인간'을 부르짖었던 신석초의 논의는, 실제로는 아무런 논의의 진전도, 어떠한 진리-내용도 갖지 않는 공허한 것에 지나지 않았다. 경험적 현실의 구체성은 앞서 김기진이나 안막 역시 일관되게 강조했던 지점이었고, 신석초만 유달리 지적했던 부분이 아니었다. 그것은 보다 직접적으로는 변증법적 유물론과 유물변증법이 단어조합의 순서만 바뀌었을 뿐, 실제 내용상으로는 큰 차이가 없는 개념이기 때문이다.[19] 이제 우리는 본 논의의 핵심적 국면이자 본고의 근본적 문제의식에 육박해가기로 한다.

(1) 유물변증법적 창작방법론이 프롤레타리아 리얼리즘론을 비판할 때 사용하던 도식성의 문제와 현실성 결여라는 지적이, 사회주의 리얼리즘론에 의한 유물변증법적 창작방법론의 비판에 그대로 사용되고 있다는 점은 흥미롭다. 물론 여기에서 제기된 도식성과 현실성의 문제는 앞에서의 그것과 지칭하는 대상이 전혀 다른 것이기는 하다.(9장, 396쪽)

(2) 김오성은 「문제의 시대성」에서 포이에르바하의 인간 이해가 인간을 정신적인 측면에서만 연구하는 문제를 지니고 있다고 지적한 바 있다. 그는 이러한 한계가 바로 마르크스 엥겔스에 의해 극복되었다고 본다. 근대 인간을 매몰시킨 것이 세계이성이 아니라 물질적 사회적 조건인 바, 사회적 조건의 제약을 극복하지 않고는 인간의 자기소외는 극복될 수 없다는 그들의 견해를

---

19 엥겔스는 『루드비히 포이에르바하와 독일 고전철학의 종말』(1886)에서, 마르크스가 헤겔의 관념론적 변증법과 포이에르바하의 형이상학적 유물론을 지양하고, 변증법적 유물론과 사적 유물론의 초석을 놓았다고 평가한다. 이 지점에서 유물론적 변증법보다 변증법적 유물론이 좀 더 역사철학적으로 정립된 용어이자 상위개념의 단위임을 알 수 있다. 또한 변증법이 하나의 방법론임에 비해 유물론은 하나의 인식론이라는 점에서도, 더 큰 개념일 수밖에 없다는 결론에 도달하게 되는 것이다.

받아들였던 것이다. 그런데 김오성은 「네오 휴머니즘론」에 이르러서는 마르크스와 엥겔스의 인간이해의 문제점은 무엇인가 하는 점을 다시 지적한다. 물질적 제약, 객관적 조건에 대한 지나친 강조가 인간의 능동적 창조성을 제약했다는 것이 바로 그것이다. 김오성의 이러한 논의는 그의 휴머니즘 문학론이 마르크스주의적 인간이해에서 출발하여 어떻게 그것을 독창적인 입장에서 재해석했는가 하는 것을 분명히 보여준다. 이는 당시까지 발표된 휴머니즘 논의 가운데 가장 주목할 만한 것이다.(11장, 476쪽)

(1)의 사회주의 리얼리즘 수용과 관련된 창작방법 논의에서, 이와 같은 저자의 평가는 전적으로 수긍하기가 어렵다. 그것은 매우 '흥미'로운 것도, 그리 '놀랄' 만한 사실도 못 되기 때문이다. 즉 카프비평사의 리얼리즘 논의의 전개에 있어 <순차적인> 내용상의 질적 차이는 발견되지 않기 때문이다. 또는 동일한 문제틀을 구성하는 요소들이 그 현상적 발현 양태만을 달리하여 반복되고 있기 때문이다. 따라서 문제의 핵심은 리얼리즘의 개념 및 마르크스주의(비평)의 본질 구성요소와 합리적 핵심의 내용이 무엇인지가 궁극적으로 구명되어야 한다. 그리고 『비평사』에서 얼마간의 서술의 혼선은 따라서, 저자가 마르크스주의(비평) 혹은 카프문학비평의 본질적 요소 및 그 합리적 핵심에 대해 깊이 숙고하지 않은 때문으로 여겨진다. (2)에서의 해석과 평가 역시 사실 동의하기 어려운 것이다. 왜냐하면 김오성의 해석은 전혀 '독창적'인 것도, 마르크스주의 해석에 있어 결코 '타당한' 이야기도, 아니기 때문이다. 필자는 여기에서 소위 늦게 태어난 자로서 학술연구 기반의 비약적 발전을 일개 개인적 축복으로 호도하려는 의도는 추호도 없다. 다만 연구자로서 그 논리적 오류와 해석의 부당성만을 지적하고자 하는 것이다. 그리고 그것은 『비평사』의 결정적 한계, 근원적으로는 방법론의 부재에서 오는 구조적 문제라는 점을 언급하고자 한다. 비평사 기술은 일종의 메타서술로서 비평

텍스트와 비평가의 담론을 조망하는 상위의 시선과 관점이 반드시 전제되어야 한다. 하지만 이 부분에서 저자는 김오성의 논의를 축자적으로 해석하여 그 논리적 정합성을 따지는 일에는 충분한 관심을 기울이지 않은 듯하다. 주지하듯 마르크스와 엥겔스는 『독일 이데올로기』(1846)에서 포이어바흐를 형이상학적 유물론자로 규정하고 그 한계를 지적한 바 있다. 그리고 그 결과로서 자신들의 논리적 거점을 변증법적 유물론 및 사적 유물론에 정초하게 된다. 김오성의 추론을 따르자면 「네오 휴머니즘」의 논리는 다시 포이어바흐에게로 되돌아가야만 한다. 그것은 결국 자신이 비판한 형이상학적 주의주의(主意主義)로 복귀하는 것이어서 논리적으로도 맞지가 않을 뿐더러, 따라서 사유의 발전과정이 아니라 명백한 정신의 퇴행작용에 불과한 것이다. 그런 뜻에서 후반부의 저자의 평가는 매우 논거가 취약한 것이다. 동시에 김오성과 저자 모두 마르크스(주의)의 본질 구성요소를 전혀 파악하지 못했다는 증거라 할 것이다. 결론을 미리 말한다면, 그것의 핵심은 주관주의와 객관주의의 통합 문제이다.[20] 부연하여 그것은 <객관적 존재>와 <주관적 위지>의

---

20   아마도 우리는 다음의 논의에서 카프 비평사(批評史) 혹은 '토대-상부구조'의 역사서술과 관련한 어떤 직관적 통찰을 얻을 수도 있을 듯하다. 그것은 일반적인 수준에서도 타당하지만, 마르크스(주의)에 내재된 고유한 속성으로서 그 합리적 핵심에도 분명히 해당하는 것이다. 실로 마르크스의 모든 저작들은 이 두 가지 사이에서 팽팽한 긴장으로 길항하는 것으로 파악할 수 있다. 짧은 서문에 불과하지만, 역자는 마르크스(주의)의 본질을 정확히 꿰뚫어 보는 혜안을 보여준다. "이와 같이 두터운 현상의 외피를 뚫고 사건의 본질에 대한 올바른 인식에 도달하는 것은 어떻게 가능한가? 혹 분석의 객관성이나 과학성을 확보하기 위해서는 그 사건이 일련의 구체적 결과들로 완결지어질 때까지 관망하는 자세를 취해야만 하는 것은 아닌가? 형식 논리상으로는 그렇다. …… 이상과 같은 문제제기의 이면에는, 일정한 역사적 거리를 둘 때에만 가능한 객관적이고 과학적인 완결된 분석을 기다리지 않고 날마다 새로운 국면으로 줄달음치는 제사건의 인과론적 흐름 속에서 올바른 실천은 어떻게 가능한가라는 물음이 동시에 제기되어야 한다. …… 그것은 역사적 유물론의 교조적 적용이나 역사의 법칙성에 기반을 두지 않은 정치주의적 입장 그 어느 것에 의해서도 결코 해결될 수 없다. 분석의 대상이 과거의 역사적 사실이라 해도 혹은 현재의 실천적 정세라 해도 그것은 마찬가지이다. 따라서 문제는 역사의 주관성과 객관성, 즉 '주관적 존재'와

변증법적 통일과정과 결부된 것이다. 달리 말해 카프비평사 혹은 마르크스주의비평사에서 이론과 현실은 사전적 의미로도, 서로 '비슷한 힘으로 버티어 대항하거나'(拮抗), 양자가 '어긋나게 맞추어지거나 갈마드는'(交互) 양상을 띠는 것이기 때문이다. 마르크스주의(비평) 혹은 카프비평사에 있어 이와 같은 주관과 객관의 괴리 및 통합의 문제는, 그들이 관념론을 비판하고 내세웠던 유물론조차 인식론의 하나로서 인간적 의식 형태에 속한다는 점에서, 궁극적 '주관성'의 문제로부터 완전히 자유롭지는 못하다는 근원적 역설에 기인하는 것이다. 사실 소비에트 '사회주의 리얼리즘'²¹의 핵심 명제로서,

---

'객관적 실재'를 어떻게 변증법적으로 통일시키냐 하는 점이다. …… 그러나 정작 요구되는 것은 이미 결론내려진 바 있는 이상과 같은 원칙에 대한 확인이 아니라, 그것을 역사연구나 정세분석에 올바로 적용시킬 수 있는 구체적인 힘이다. 이러한 의미에서 여기에 소개되는 칼 마르크스의『프랑스혁명사 3부작』은 많은 시사점을 던져준다. …… 물론 이 양자 간의 균형이 3부작 전체에 걸쳐 일관된 것만은 아니다. <프랑스에서의 계급투쟁>에서는 비교적 전자의 접근방법이 강하게 배어들어 있으며(특히 I·II·III장), 따라서 객관적·물적 여건을 다소 경시하면서 혁명의 장래를 낙관하는 주관주의적 오류의 요소가 비치기도 한다. 한편 <브뤼메르 18일>의 경우에는 양자의 접근방법이 다시 건강한 긴장관계를 유지하면서 이 책을 마르크스 역사서의 금자탑의 위치로 끌어올리기도 하고, <프랑스 내전>에 이르러서는 객관성에 대한 강조의 톤이 다소 높아지는 느낌이다. 독자들이 이러한 점에 유의해서 3부작을 세심히 읽는다면 분석 감각을 익히는 데 적지 않은 도움이 되리라 믿는다"(임지현, 「초판 서문」; 칼 마르크스,『프랑스혁명사 3부작』(개정판), 임지현·이종훈 역, 소나무, 1991).

21 '사회주의 리얼리즘(Socialist Realism)'은 사회주의 이념의 실현을 창작 정신의 근간으로 하는 사실주의적 방법을 일컫는 용어이다. 사회주의 리얼리즘은 러시아혁명 이후 특히 러시아미술가협회 설립 이후(1922) 러시아에서 발전되고 계승된 문예·미술 전반의 기본적 창작방법이다. 1932년 소련작가동맹결성준비위원회에서 키르포친(V.Y.Kirpotin)이 「신단계에 서 있는 소련 문학」이라는 제목으로 행한 조직위원회 총회 보고에서 처음으로 이 용어가 사용되었고, 1934년 제1회 소비에트 작가회의에서 공식용어로 채택되어 기본 창작 방법으로 받아들여졌다. 사회주의 리얼리즘은 단순한 현실의 재현을 지향하는 것이 아니라, 사회적 운동 전체에 대한 통찰을 바탕으로 사회주의적 충동을 불러일으키는 현실의 실천적인 반영을 목표로 한다. 소련 아카데미가 편찬한『마르크스-레닌주의의 미학의 기초이론』은 사회주의적 사실주의 방법의 두 가지 기본 특징으로 사실주의와 사회주의적 당파성을 들고 있다. 이 둘의 결합에 의해 공산주의적 사상성, 인민성, 계급성, 당파성, 전형성이라는 다섯 가지 범주가 사회주의적 사실주의의 구성요소를 이루게 된다. 사회주의 리얼리

<진실을 그려라>라는 슬로건과 <혁명적 낭만주의>라는 테제는, 어떤 면에서 해결될 수 없는 영원한 모순을 하나로 집약해 놓은 듯한 인상마저 준다. 객관적 실재에 충실하게 되면 미래에의 전망은 불투명해지며, 주관적 존재로서 정치적 신념에 함몰되게 되면 현재의 객관적 조건들을 무시하거나 왜곡하기 마련이다. 따라서 양자는 끊임없는 긴장 관계 속에서 길항하는 교호작용을 통해 스스로를 정립 해나간다고 할 것이다. 창작방법논쟁에서 표면적으로 보이는 여러 모순들과 혼선, 상이한 진술들의 다양한 착종 현상은, 마르크스(주의)의 심층적 기저로서 이와 같은 인식론의 차원을 충분히 고려할 때 비로소 선명하게 부각될 수 있다. 그리고 주관과 객관, 양자 모두의 인식론적 지반이자 경험적 모태로서 완강한 사실의 세계, <현실>이 위치하고 있음이 결코 망각되어서는 안 될 것이다. 즉 그것은 현실 인식의 문제로 최후적으로 귀속되는 것이라 할 것이다. 이상의 논의에서, 『비평사』의 구조적 한계로서 방법론의 부재는 서술의 층위와 차원에까지 파급되어 스스로를 제한함으로써, 해석의 신뢰도 문제 또한 낳고 있음을 확인하게 된다.

4. 『비평사』의 의의와 비평사의 전망

김영민의 『한국근대문학비평사』 서술의 학술적 의의와 성과를 간추리면

즘의 가장 중요한 과제는 '계급 없는 사회의 건설'이다. 그러므로 작가는 사회를 묘사함에 있어 불완전함을 인정하기는 해도, 보다 폭넓은 역사와의 연관을 염두에 두고 긍정적이고 낙관적인 시각을 취해야 한다. 사회주의 리얼리즘의 필수적 요건은 온갖 장애와 난관에 맞서 분투하는 적극적·긍정적인 주인공이다. 사회주의 리얼리즘 창작방법의 효시로 막심 고리키(Maksim Gorkii)의 소설 『어머니』를 꼽을 수 있다. 이 작품에서는 당에 헌신하는 정치적으로 의식화된 프롤레타리아가 제시되고 긍정적인 인물이 등장한다. 보다 자세한 내용은 『문학비평용어사전』(국학자료원, 2006)의 '사회주의 리얼리즘' 항목 참고.

아래와 같다. <이 저작은 메마른 작업을 자신의 학문적 소명으로 깊이 수용한, 한 국문학자의 오랜 발원(發願)의 결과이다.> 무엇보다『비평사』는 고단한 실증작업을 끝까지 견뎌낸 연구자의 인고의 결실이라 하지 않을 수 없다. 한국문학사는『비평사』를 통해 비로소 과학적 실증의 높낮이를 가늠할 수 있는 엄밀한 척도 하나를 얻게 되었다. 향후『비평사』의 내구력 역시 스스로가 내장하고 있는 실증의 과학적 객관성에 의해 판가름될 것이다.『비평사』가 구성한 내적 논리를 따라, 이제 우리는 비평사의 큰 줄기와 그 연면한 흐름을 한눈에 조망할 수 있는 안목을 갖추게 되었다. 아울러『비평사』의 다른 미덕의 하나는 조화로운 균형 감각에 있다 할 것이다. 그것은 일종의 사회사와 형식사를 아우르고 종합하는 것으로서, 동반자작가와 중간파문학까지를 광범위하게 포괄하는 유연하고 신축적인 것이었다. 이는『비평사』의 한 표현을 빌리자면, "극좌적 종파주의의 극복과 우익적 기회주의의 청산"(338-339쪽)으로도 집약될 수 있을 것이다. 필경 그것은 비평사 전체에 대한 통찰과 한국문학의 독자적 개별성에 대한 창조적 직관으로 갈무리되었다.

문제는 그 통찰과 직관을 일관되게 통어(統御)하는 세부 방법론이 부재하다는 점이다.『비평사』가 노정하고 있는 도외시할 수 없는 제 문제들은, 논쟁사 중심의 서술이라는 구조적 한계와도 깊이 맞물려 있다. 결국 논쟁사는 비평사 자체의 자기 기술이라는 내적 목표를 달성하지 못한다. 앞선 언급과 같이, 논쟁사의 구성 및 서술은 타자성의 현존을 그 직접적인 계기로 삼는 것이기 때문이다. 환언하여 카프비평사의 독자적 서술 및 비평가 개인의 개별 기술 문제가 거의 해결되지 않은 이유 또한 여기에 있다. 그런 맥락에서 카프의 주요 논자인 임화나, 특히 일련의 창작방법 논의를 지속적으로 전개했던 김남천의 비평적 성과가 충분히 검토되지 못한 것은 유감스러운 일이다. 또한 비평사의 뚜렷한 영역인 시론(詩論) 분야가 전혀 다루어지지 않았으며, 덧붙여 1930년대 독자적 비평 세계를 구축했던 김기림과 최재서 등이 한

번도 언급되지 않은 점은 아쉬운 대목이 아닐 수 없다. 향후 비평사 서술의 과제 및 전망은 이상의 진술과 관련된 몇몇 명제들로부터 도출될 수 있을 것이다.

먼저 비평의 개념과 정의가 보다 정교하게 이루어져 하며, 그 대상과 범위, 범주와 유형에 대한 규정도 좀 더 세부적으로 마련되어야 한다. 그것은 일반적이고 추상적인 수준에서는 말할 것도 없거니와, 한국문학비평사의 구체적 수준에서 실증적으로 재구성되어야 할 것이다. 또한 비평의 기원과 양식의 문제에 대해서도 면밀히 고찰할 필요가 있다고 본다. 가령 『비평사』는 1920년대에서 그 출발점을 잡고 있는데, 그 이전 혹은 근대계몽기를 전후로 한 시기에서 비평의 양식적 기원을 실증적으로 탐색할 수 있는 가능성은 없는지 진지하게 따져볼 필요가 있을 것이다. 물론 이상의 논제들은 모두 유기적으로 연결되어 있는 것이어서, 가능한 함께 규명될 필요가 있다고 하겠다. 다음으로 비평사의 실제 기술에 있어 문학작품에 대한 실제비평을 기반으로 한 비평사 서술이 기획될 필요가 있다고 판단된다.[22] 여러 불가피한 제약들이 예상되지만, 이론비평의 공소함은 누구나 절감하는 바이다. 다음으로 비평사 방법론의 요청과 모색의 필요성이다. 문학사 서술은 결국 객관적 실증을 바탕으로 한 주관적 해석의 문제로 귀결되는 것이며, 따라서 별도의 방법론이 따로 존재한다고 말할 수는 없다. 또한 그것은 결코 연역적으로 도출되어서는 안 되고 비평사의 구체적인 자료와 데이터로부터 실증적으로 귀납되어야 하는 것이다. 하지만 방법론의 부재는 구조적 문제로 직결되는 부분이기 때문에, 최소한의 잠정적 가설 및 유력한 이론적 준거들은 마련해두는 것이 바람직할 것이다. 특히 본고에서 주로 다루었던 카프비평사의 경우, 이론비

---

22 이는 『비평사』가 제기하는 정당한 문제의식의 하나이며, 가장 신랄한 비판의 사례로서 이태준[이태준, 「휴머니즘 운운은 평론을 위한 평론」, 『동아일보』, 1937.6.4]을 거론한다(11장, 488-489쪽).

평이 주도적인 양상을 띠고 있기 때문에 방법론의 모색이 한층 더 요망된다 하겠다. 이와 관련하여 참고할 만한 사례를 끝으로 언급해두고자 한다.

현실적이고 구체적인 것, 실재적인 전제로부터 시작하는 것, 요컨대 경제학에서 전체 사회적 생산 행위의 기초이자 주체인 인구에서부터 시작하는 것이 올바른 것처럼 보인다. 그렇지만 더 자세히 살펴보면 이것은 잘못된 것임이 드러난다. 인구는, 예를 들어 그것을 구성하고 있는 계급들을 무시한다면 하나의 추상이다. 이 계급들은 다시 그것들이 기초하는 요소들을 알지 못하면 공허한 용어이다. …… 구체적인 것은 비록 그것이 실재적 출발점이고 따라서 직관과 표상의 출발점이라고 할지라도, 총괄과정, 결과로서 현상하지 출발점으로 현상하지 않는다. …… 추상적인 것으로부터 구체적인 것으로 상승하는 방법은 사유가 구체적인 것을 점취하고, 이를 정신적으로 구체적인 것으로 재생산하는 방식일 뿐이다. 그러나 결코 구체적인 것의 생성 과정 자체는 아니다. …… 그러나 직관과 상상의 밖에서 또는 위에서 사유하고 스스로 잉태되는 개념의 산물이 아니라, 직관과 상상을 개념들로 가공한 산물.[23]

여기에서 마르크스가 강조하는 방법론의 핵심은 '추상'에서 '구체'로 향하되, 헤겔의 관념적 변증법과 '실재의 재생산'이 아니라, 유물론적 변증법을 통해 <실재의 생산과정 자체>를 직접적으로 드러내야 한다는 것이다. 그것을 베버의 사회학 방법론으로 투박하게 환언해보면 '역사적 개념구성'[24]의

---

23 칼 마르크스, 「정치경제학의 방법」, 『정치경제학 비판 요강』, 김호균 역, 백의, 2000, 70-72쪽; (영문판) Karl Marx, *Outlines of the Critique of Political Economy; Marx-Engels Collected Works(MECW)* Vol. 28, Trans. by Ernst Wangermann, London: Lawrence & Wishart, 1986, pp.37-39. 국역본은 직역투에 가까운 편이라 섬세한 독해를 위해서는(독일어 독자가 아니라면), 영문판을 대조해볼 필요가 있다. 아울러 새로운 번역으로 출간된 일본어판, 『マルクス 資本論草稿集』(大月書店, 1997)도 참조할 만하다.

문제로 볼 수 있다. 또한 베버의 핵심개념인 '이념형(Ideal Typus: 비현실적 전형)'[25]이 구체적인 역사상(歷史像)에 적용될 때는 마찬가지로, '추상'에서 '구체'로의 사유 경로를 보여준다는 점은 주목할 만하다. 문학사 혹은 비평사의 영역이 역사의 통시적 차원에 속하는 상부구조를 다루는 것임에 반해, 정치경제학은 공시적 차원의 토대와 하부구조를 직접적인 대상으로 한다는 점에서, 사회학이나 정치경제학의 방법이 비평사 서술에 그대로 적용될 수는

---

24 베버는 이에 대해 다음과 같이 언급한다. "역사적 개념구성이란 그 방법적인 목적상 현실을 추상적인 유(類)개념에 끼워 맞추려 시도하지 않고 항상 그리고 불가피하게 특별한 개별적 색채를 띠는 구체적인 발생적 연관 관계로 편입시키려 시도하는 것을 가리킨다."(막스 베버, 『프로테스탄티즘의 윤리와 자본주의 정신』, 김덕영 역, 길, 2010, 72쪽)

25 '이념형'의 개념은 원래 옐리네크의 『일반국가학』(1900)에서 베버가 따온 것인데, 옐리네크는 이념형이 존재가 아니라 존재 당위를 논하는 목적론적 성격을 띠기 때문에, '경험형(Empirischer Typus)'이 보다 좋은 방법이라는 견해를 펼쳤다. 이러한 이념형을 베버는 사유 구성물로 파악함으로써 문화과학과 사회과학의 기본적인 인식 방법으로 확립했다(김덕영, 「해제」, 위 책, 578쪽 참고). 베버는 이념형을 다음과 같이 정의한다. "이념형은 하나의 관점 또는 몇 가지 관점을 일방적으로 강조하고, 이렇듯 일방적으로 강조된 관점들에 부합하는 일련의 개별 현상들, 다시 말하자면 곳에 따라서 더 많이 또는 더 적게 존재하거나 아니면 어떤 곳에서는 전혀 존재하지 않는 개별 현상들을 하나의 통일적 사유상으로 종합함으로써 얻어진다. 이러한 사유상은 그 개념적 순수성에서는 현실 세계의 그 어느 곳에서도 경험적으로 존재하지는 않는다. 그것은 하나의 유토피아이다. 그리고 역사적 연구의 과제는 모든 개별적인 경우에 현실이 이러한 이념상에 얼마나 가까운지 또는 먼지를 확인하는 데 있다."(막스 베버, 「사회과학 및 사회정책 인식의 '객관성'」(Die 'Objektivität' sozialwissenschaftlicher und sozialpolitischer Erkenntnis), 『사회과학 및 사회정책 저널』제19권, 1904, pp.22-87. 여기에서는 위 책, 553-554쪽에서 재인용)
한편으로 이와 같은 '이념형'의 정의는, 리얼리즘의 핵심개념인 '전형(典型)'과도 얼마간 상통하는 의미를 내포한 것으로 간주할 수 있다. 주지하듯 엥겔스는 이른 바 '발자크론'(1888년 엥겔스가 마가렛 하크니스에게 보낸 편지)에서 리얼리즘의 양대 축으로, 세부묘사의 충실성과 함께 전형적 상황에서의 전형적 성격의 창조를 강조한다. 여기에서 '전형'은 사실 비현실적인 이상적 인간형으로서 추상(抽象)된 것이다. 즉 역사에서 몰락하는 부르조아계급의 전형이든, 상승하는 프롤레타리아계급의 전형이든, 그것이 '개별화(Individualisation)'라는 구체성의 사상(捨象) 과정을 통해서 구축된다는 점에서는 마찬가지라는 것이다. 한편으로 엥겔스의 리얼리즘 논의에서 흔히 개별화에 대한 언급(1885년 엥겔스가 민나 카우츠키에게 보낸 편지)을 누락시키곤 하는데, 리얼리즘 논의의 풍부한 제고를 위해서는 이 문제에 대해서도 충분히 숙고할 필요가 있다고 본다.

없다. 하지만 마르크스주의(비평)과 카프비평사가 정치경제학을 토대로 하여 그 불가분의 관련을 맺고 있다는 점에서, 마르크스의 정치경제학 방법론은 카프비평사 서술에서 적극적인 고려의 대상이 될 수 있다고 본다. 한편으로 마르크스주의(비평)의 진정한 유산을 정당하게 계승하고 그 현재적 전통을 재정립하기 위해서라도,[26] 소박한 효용론의 관점은 재고될 여지가 있으며, 이와 결부된 문학의 상대적 자율성 문제도 심층적으로 재구될 필요가 있다고 본다. 문학텍스트는 현실을 모방하지 않음으로써만 현실을 모방할 수 있으며, 주관을 통해서만 주관을 뛰어넘는 객관적 진리로서 현상하게 된다. 이상의 논의들을 토대로 새로운 <카프문학비평사>의 서술은 기본적으로, 개별 비평가로서 박영희, 김기진, 임화, 김남천, 안막, 안함광, 한설야의 텍스트와 비평활동을 중심으로, 각각의 문학적 고유성을 존중하는 입장에서, 실제비평을 근간으로 하는 작가론의 층위에서 탈구축되고 재구성되어야 할 것이다. 아울러 문학사 방법론의 일반 과제와 더불어 마르크스주의(비평)를 역사적으로 체계화할 수 있는 실제적인 방법론이 독자적인 개념으로 구상되고 고안되어야 한다고 하겠다. 이하 췌언으로서, 새로운 비평사의 기술은 반드시 새로운 자료의 발굴에 의해서 실증적으로 뒷받침되어야 한다. 문학사 기술이 종국적으로는 해석의 차원으로 귀결되는 것이지만, 기존 문학사에 대한 반성

---

26 이는 들뢰즈 등 사이비 좌파들과의 결별 역시 분명히 암시하는 것이다. 들뢰즈의 소위 욕망의 정치경제학에 내재된 탁월한 통찰들에서 얻는 풍부한 영감은 자명한 바 없지 않지만 — 사실 들뢰즈의 사유가 함유하는 전복적 의미는 정신분석이 의식의 하부구조를 다루는 유물론으로서의 성격을 본유적으로 갖기 때문이다(그것은 리비도 에너지가 본질적으로 물리적인 것이라는 점에서 명백하다) —, 들뢰즈는 권력의 내적 부정성을 불가피한 것으로 파악함으로써 실천의 문제에 대해서는 아무런 답변도 제출하지 못한다. 더 나은 세상으로 향하는 발걸음과 구체적 실천이 결여된 좌파의 논리는 마르크스주의의 본질과 결코 부합하지 않는다. 비약컨대 그것은 "프로문학의 고난에 찬 십 년"(임화, 위 글)의 역사적 정당성을 사상하는 행위이며, '마이너스 노동자'로서 연구자의 사회적 소명을 한낱 개인적 유락(愉樂)으로 타락시키는 것이다.

적 극복은 다만 해석 영역의 확장을 통해서는 이루어질 수 없으며, 실증적 데이터의 구축을 통해서만 비로소 객관적으로 가능해지는 것이다. 더하여 자료 <발굴>의 의미는 일차적으로 그간 사장되었던 자료를 복원한다는 미증유의 뜻을 갖는 것이지만, 마땅히 그것은 기존 서술에서 누락되었던 자료를 해석의 지평으로 다시금 끌어들여 새로운 의미망을 구성하는 것까지를 포괄하는 이중적 과제로 이해되어야만 할 것이다.

이도연(李道淵)

1971년 서울 출생
2005년 고려대 국문과 및 동대학원 졸업
2007년 문학동네신인상 평론부문 수상
현재 국립한국체육대학교 교양과정부 교수

저서
『채만식 문학의 인식론적 지형도와 구성 원리』(소명출판, 2011)
『실재의 언어』(비평집, 케포이북스, 2016) 외 다수

카프 비평을 다시 읽는다

초판 1쇄 인쇄 2024년 8월 26일
초판 1쇄 발행 2024년 9월 6일

지은이 이도연
펴낸이 이대현

편집 이태곤 권분옥 임애정 강윤경
디자인 안혜진 최선주 강보민 | **마케팅** 박태훈 한주영
펴낸곳 도서출판 역락 | **등록** 1999년 4월 19일 제303-2002-000014호
주소 서울시 서초구 동광로46길 6-6 문창빌딩 2층(우06589)
전화 02-3409-2060(편집부), 2058(영업부) | **팩스** 02-3409-2059
전자우편 youkrack@hanmail.net | **홈페이지** www.youkrackbooks.com

ISBN 979-11-6742-865-3 93810